DROEMER

Folgende Titel sind von Anders de la Motte bisher bei Droemer erschienen:
Spätsommermord
Winterfeuernacht

Über den Autor:
Anders de la Motte, geboren 1971, arbeitete mehrere Jahre als Polizist in Stockholm und in der Security-Branche, bevor er Schriftsteller wurde. 2010 debütierte er mit *Game* und gewann auf Anhieb den Preis der Schwedischen Akademie der Krimiautoren für den besten Erstling. Bisher hat er neun Kriminalromane veröffentlicht, bei Droemer erschien zuletzt 2019 *Winterfeuernacht*. Anders de la Motte lebt mit seiner Familie in der Nähe von Malmö.

ANDERS DE LA MOTTE

SOMMERNACHTS TOD

KRIMINALROMAN

Aus dem Schwedischen
von Marie-Sophie Kasten

DROEMER

Die schwedische Originalausgabe erschien 2016 unter dem Titel »Slutet på sommaren« bei Forum, Stockholm.

Besuchen Sie uns im Internet:
www.droemer.de

Aus Verantwortung für die Umwelt hat sich die Verlagsgruppe Droemer Knaur zu einer nachhaltigen Buchproduktion verpflichtet. Der bewusste Umgang mit unseren Ressourcen, der Schutz unseres Klimas und der Natur gehören zu unseren obersten Unternehmenszielen. Gemeinsam mit unseren Partnern und Lieferanten setzen wir uns für eine klimaneutrale Buchproduktion ein, die den Erwerb von Klimazertifikaten zur Kompensation des CO_2-Ausstoßes einschließt. Weitere Informationen finden Sie unter: www.klimaneutralerverlag.de

MIX
Papier aus verantwortungsvollen Quellen
FSC® C083411

Vollständige Taschenbuchausgabe Juli 2020
Droemer Taschenbuch

Ein Imprint der Verlagsgruppe
Droemer Knaur GmbH & Co. KG, München
Published by agreement with Salomonsson Agency.

Redaktion: Viola Eigenberz
Covergestaltung: Hilden Design, München
Coverabbildung: © Hilden Design unter Verwendung mehrerer Motive von Shutterstock.com / Ymaeze, Songquan Deng, Dignity 100
Satz: Adobe InDesign im Verlag
Druck und Bindung: CPI books GmbH, Leck
ISBN 978-3-426-30626-0

2 4 5 3

Für meinen Vater
Für alles, was du mir beizubringen versucht hast

I stood in the disenchanted field
Amid the stubble and the stones,
Amazed, while a small worm lisped to me
The song of my marrow-bones.

Blue poured into summer blue,
A hawk broke from his cloudless tower,
The roof of the silo blazed, and I knew
That part of my life was over.

Already the iron door of the north
Clangs open: birds, leaves, snows
Order their populations forth,
And a cruel wind blows.

Aus »End of summer« von Stanley Kunitz

PROLOG

SOMMER 1983

Das Kaninchen hockte im hohen Gras. Sein Fell war vom Tau, der sich soeben zur Dämmerung in den Garten gesellt hatte, feucht und glänzend.

Eigentlich sollte er reingehen. Mama mochte es nicht, wenn er allein draußen war, schon gar nicht, wenn es dunkel wurde. Aber schließlich war er schon groß, in ein paar Wochen wäre er fünf, und er liebte die Dämmerstunde. Bald würden die Nachttiere hervorkommen, Igel würden vorsichtig unter den großen Büschen hervorlugen und in kleinen, lustigen Schlangenlinien durch das Gras tapsen. Fledermäuse würden zwischen den hohen Bäumen umherflattern, und von der Kastanienallee auf der anderen Seite des Wohnhauses konnte er schon die ersten Eulen rufen hören.

Vor allem aber wollte er die Kaninchen sehen. Ein eigenes Kaninchen stand ganz oben auf seiner Wunschliste. Ein junges, weiches Kaninchen, genauso eines wie dasjenige, das dort drüben im Gras saß. Das kleine Tier sah ihn an, es rümpfte ein wenig die Nase, als ob es sich unsicher wäre, was seinen Geruch anging. Ob er gefährlich oder ungefährlich war. Er ging ein paar vorsichtige Schritte auf das Tier zu. Das Kaninchen blieb hocken, es wirkte unentschlossen.

Er wartete schon seit ein paar Monaten sehnsüchtig auf seinen Geburtstag. Von Mattias wünschte er sich einen Drachen. Er hatte gesehen, wie sein großer Bruder in Papas Werkstatt stundenlang an einem Drachen gebaut hatte. Wie er sorgfältig die Stäbe für das Gerüst abgemessen,

Schnüre zwischen den Enden gespannt und alles mit einem glänzenden, dichten Stoff verkleidet hatte, geklaut aus einer der Schubladen oben auf dem Dachboden. Dort hingen Kleider, die einmal ihrer Großmutter gehört hatten und von denen sich die Mutter noch nicht hatte trennen können.

Er hatte diesen Sommer mehrmals zugeschaut, wenn Mattias und seine Freunde ihre selbstgebauten Drachen um die Wette fliegen ließen. Mattias' Drachen flog jedes Mal am höchsten. Er schwebte ruhig über den Feldern wie ein Milan.

Das Kaninchen drüben im Gras sah ihn weiter an, und er ging noch ein paar Schritte vor. Als das Tier den Kopf hob, blieb er stehen. Eigentlich würde er am liebsten losrennen. Auf das Kaninchen zustürzen und sich daraufwerfen, es packen. Aber Onkel Harald sagte immer, dass ein guter Jäger nicht zu eifrig sein durfte, deshalb blieb er stehen, stand ganz ruhig da und dachte an seine Wunschliste.

Von seiner großen Schwester wünschte er sich ein rotes Auto, wie er es unten in der Stadt im Laden gesehen hatte. Das Auto hatte Flammen auf den Seiten, und wenn man es nach hinten zog und dann losließ, fuhr es ganz von selbst. Das Auto war bestimmt teuer, aber Vera würde es ihm trotzdem kaufen. Papa würde ihr das Geld dafür geben. Wenn sie darum bäte. Er wusste nicht genau, ob sie ihm die Sache mit den Habichteiern noch übel nahm, an die er am liebsten gar nicht denken wollte. Mattias hatte ihm verziehen, aber bei Vera wusste er nie so genau.

Das junge Kaninchen senkte den Kopf und begann an einem Grashalm zu mümmeln. Die Schnurrhaare bewegten sich dabei so niedlich, dass er kurz davor war, Onkel Haralds Regeln zu brechen. Aber er musste noch ein wenig ausharren. Den Augenblick abwarten, in dem das Kaninchen sich entspannte und nicht mehr zu ihm herübersah.

Von Mama und Papa wünschte er sich ein Fahrrad. Er hatte schon angefangen, auf Mattias' altem Rad zu üben, obwohl er das eigentlich nicht allein durfte. Neulich war er gestürzt und hatte sich das Knie aufgeschlagen. Nicht schlimm, aber doch so, dass es geblutet hatte. Er hatte geweint und war in den Holzschuppen gekrochen, um sich zu verstecken. Onkel Harald hatte ihn gefunden und mit ihm geschimpft: »Was wird deine Mama sagen? Weißt du nicht, dass sie sich Sorgen macht?«

Doch, das wusste er. Mama machte sich fast dauernd Sorgen um ihn. »Weil du meine kleine Maus bist«, sagte sie dann. »Weil ich den Gedanken nicht ertrage, dass dir etwas passieren könnte.« Deshalb hatte er sich versteckt und nicht gewagt, ins Haus zu gehen. Nachdem er mit Schimpfen fertig war, hatte Onkel Harald ein Pflaster auf sein Knie geklebt und der Mutter gesagt, er sei auf dem Kiesweg zwischen Scheune und Wohnhaus hingefallen. *Kein Wunder, wenn man in Holzpantoffeln herumrennt.* Er hatte nicht seinetwegen gelogen, sondern wegen Mama. Damit sie sich keine Sorgen machte. Seitdem durfte er keine Holzpantoffeln mehr tragen wie Mattias und Vera. Er fand das ungerecht.

Plötzlich bewegte sich das kleine Kaninchen. Es machte ein paar Hopser in seine Richtung, auf der Jagd nach höherem Gras. Anstatt auf das Tier zuzulaufen, blieb er ganz still stehen. Er wartete ab, genau wie Onkel Harald es gesagt hatte.

Onkel Harald war der beste Jäger in der Gegend, das wussten alle. In seinem Heizkeller hingen fast immer tote Tiere von der Decke. Fasanen, Rehe, Hasen, mit leerem

Blick und steifem Körper. Onkel Harald hatte grobe Hände. Er roch nach Tabak, Öl, Hund und noch etwas anderem, von dem er nicht wusste, was es war. Aber vermutlich etwas Gefährliches. Viele Leute hatten Angst vor Onkel Harald. Vera und Mattias fürchteten sich auf jeden Fall vor ihm, obwohl Vera sich nichts anmerken lassen wollte. Manchmal widersprach sie ihm, aber man hörte, dass ihre Stimme dabei ein bisschen zitterte. Mattias sagte dagegen nichts, sah nur zu Boden und tat, was vom ihm verlangt wurde. Holte Onkel Haralds Pfeife oder fütterte seine Hunde. Die Hunde waren keine, mit denen man spielen konnte. Sie lebten draußen in großen Zwingern und fuhren auf der Ladefläche mit anstatt im Auto. Raues Fell, wachsam, ängstlicher Blick, mit dem sie jede kleinste Bewegung Onkel Haralds verfolgten. Diese Woche war er mit Papa und Mattias im Schwimmbad gewesen. Hatte mit in der Sauna gesessen und dem Gerede der Erwachsenen zugehört. Als Onkel Harald kam, rutschten alle zur Seite, sogar Papa. Sie gaben ihm den besten Platz in der Mitte und sahen ihn genauso an wie die Hunde.

Die Einzige, die keine Angst vor Onkel Harald hatte, war Mama. Mama hatte vor niemandem Angst, außer vielleicht vor Gott. Manchmal stritten sie und Onkel Harald. Er hatte gehört, wie sie einander Dinge sagten. Schwierige Wörter, die er nicht richtig verstand, außer dass sie nicht nett waren.

Trotzdem hoffte er am allermeisten auf Onkel Haralds Geburtstagsgeschenk. Ein kleines Kaninchen, das nur ihm gehören sollte, hatte der Onkel ihm versprochen. Vielleicht genauso eins wie das, welches nur wenige Meter von ihm entfernt saß. Wenn er das fangen könnte, hätte er zwei. Und Onkel Harald wäre stolz auf ihn. Stolz darauf, dass er ein richtiger Jäger war.

Er hatte jetzt lange genug gewartet, also machte er vorsichtig einen großen Schritt. Das Kaninchen knabberte weiter an den hohen Grashalmen und merkte nicht, dass er näher kam. Er machte noch einen Schritt, streckte langsam die Hände aus. Es könnte klappen.

»Billy, Zeit zum Reinkommen!«

Das Kaninchen hob den Kopf und schien auf die Stimme zu horchen, die vom Wohnhaus kam. Dann drehte es sich um und sprang davon.

Er spürte, wie die Enttäuschung ihm die Brust zuschnürte. Aber dann blieb das Kaninchen stehen und sah sich zu ihm um, fast als wunderte es sich, wo er geblieben war. Er zögerte. Mama würde unruhig werden, wenn er nicht käme. Die Schreie der Eulen wurden jetzt lauter, die Außenbeleuchtung war angegangen, wodurch sich die Schatten drüben im Garten verdichteten. Das Kaninchen sah ihn immer noch an. »Kommst du?«, schien es zu fragen.

Er machte ein paar Schritte, dann noch einige.

»Billy«, rief Mama. »Billy, komm jetzt rein!«

Die Jagd war nun im vollen Gange. Das Kaninchen sprang vor ihm her, und wenn er richtig Glück hatte, würde es ihn zu seinem Bau führen. Einen Ort voller kleiner Kaninchen mit großen Augen und weichem Pelz. Kaninchen, die er mit nach Hause nehmen könnte. Die in dem Käfig wohnen könnten, den Onkel Harald ihm versprochen hatte.

»Billy!« Mamas Rufe verloren sich in der Ferne. Das Kaninchen hoppelte weiter vor ihm her, und obwohl er seine besten Laufschuhe anhatte, könnte es ihm bestimmt ohne Weiteres entkommen. Vielleicht *wollte* das Kaninchen, dass er es fing? Es in die Arme nahm, es zu seinem machte.

Er verfolgte es durch die Reihen knorriger alter Obstbäume. Dann weiter zwischen den wild wuchernden Sträuchern hindurch. Eigentlich mochte er diesen hinteren Teil des Gartens nicht. Diesen Sommer hatte sein Freund Isak auf dem Boden unter den dichten Zweigen einen Kiefer gefunden, einen weißen Knochen mit vier gelblichen Backenzähnen. Onkel Harald hatte erzählt, dass Opa dort Sachen vergraben hatte. Solche, die er für immer los sein wollte. Dass der Kieferknochen bestimmt von einem Schwein stamme und dass man manche Sachen richtig tief begraben müsse, wenn die Füchse sie nicht finden sollten.

Er hatte in seinem Leben erst einmal einen Fuchs gesehen. Nämlich als Onkel Harald, Papa und die anderen Männer im Herbst ihre Jagdbeute auf dem Hof ausgelegt hatten. Schmale Augen, glänzendes rotes Fell und spitze Zähne, die unter der blutbefleckten Schnauze hervorblitzten. Die Hunde hatten einen Bogen um ihn gemacht. Sie hatten unruhig, beinahe ängstlich gewirkt. Füchse muss man schießen, wann immer man die Chance hat, hatte Onkel Harald gesagt. Es war die Pflicht eines jeden Jägers, bei den wenigen Gelegenheiten, die sich boten. Denn Füchse waren listig, genau wie im Märchen. Sie wussten, wie man sich bewegt, ohne Spuren zu hinterlassen.

»Sie haben fantastische Nasen«, sagte er. »Und Füchse lieben den Geruch von Kaninchen und kleinen Jungs. Also, bleib innerhalb der Umzäunung, Billy!«

Dann hatte Onkel Harald gelacht, dieses dröhnende Lachen, das zwar herzlich, aber zugleich auch gefährlich klang, und nach einer Weile hatte Billy mitgelacht. Aber er hatte trotzdem an die Füchse denken müssen, die im Garten tief in der Erde nach Skeletten gruben. Manchmal hatte er sogar nachts von ihnen geträumt. Scharfe Zähne, Pfoten, die in der Erde scharrten, blanke, feuchte Schnauzen, die Witterung aufnahmen. Die in der Nähe des Wohnhauses einen kleinen Jungen witterten.

Seitdem hatte er diesen Teil des Gartens gemieden und kein bisschen protestiert, als Isak den Schweinekiefer mitnehmen wollte, obwohl er eigentlich ihm zugestanden hätte.

Aber jetzt gerade konnten ihn weder Skelette noch Füchse abhalten. Das Kaninchen umrundete die Stämme der trockenen Sträucher, und er verfolgte es immer weiter ins Dickicht hinein. Ein tief sitzender Ast verfing sich im Ärmel seines Pullovers und zwang ihn, ein paar Sekunden stehen zu bleiben. Als er sich befreit hatte, war das Kaninchen verschwunden.

Er zögerte einen Moment, überlegte, umzukehren und zum Haus zurückzulaufen. Aber er war noch immer im Jagdfieber. Das verlieh ihm den Mut weiterzugehen. Tiefer ins Gestrüpp hinein. Wie ein echter Jäger.

Noch mehr Äste reckten sich ihm entgegen, tasteten mit stacheligen Fingern nach seinen Kleidern. Irgendwo dort vorn im Dunkeln glaubte er einen kleinen weißen Schwanz zu sehen, der sich bewegte. Vielleicht war er jetzt beim Bau? Der Gedanke daran ließ ihn schneller werden, und er wäre beinahe in den hohen Zaun gerannt, an dem der Garten endete.

Er blieb abrupt stehen. Nur wenige Meter hinter dem Maschendrahtzaun wuchs dicht der Futtermais. Noch war es lange hin bis zur Ernte. Erst wenn er getrocknet und ganz gelb geworden war, hatte Papa gesagt.

Im Blattwerk zirpten die Grillen, verwoben ihre Melodien zu einem kreischenden Klangteppich, der fast seine Gedanken übertönte. Das Kaninchen befand sich auf der anderen Seite. Es saß genau vor der grünen Wand aus Maispflanzen und beobachtete ihn. Wartete auf ihn.

Der Zaun war hoch. Vielleicht sogar höher als Onkel Harald und in jedem Fall zu hoch für Billy, um hinüberzuklettern. Die Jagd war zu Ende. Er würde nie diesen Kaninchenbau sehen. Trotzdem fühlte er sich ein wenig erleichtert. Er war noch nie allein so weit in den Garten vorgedrungen. Von der Abendsonne sah man nur noch einen schwachen Streifen am Himmel, und die Schatten zwischen dem Gestrüpp hatten sich, wie er jetzt erst bemerkte, in eine kompakte Finsternis verwandelt.

Er beschloss nach Hause zu gehen und wollte sich gerade umdrehen, als er etwas entdeckte. Eine Furche unter dem Zaun, wo ein kleiner Junge ganz gut hindurchkriechen konnte. Er sah zu dem Kaninchen hinüber. Es saß noch an derselben Stelle.

Ein Windstoß fuhr durch das Maisfeld, blies dann durch die rostigen Maschen des Drahtzauns und in die dunklen Büsche hinter ihm. Er sah sich um, kniete sich hin und legte sich dann auf den Bauch. Er schob sich vorsichtig unter dem braunen Maschendraht hindurch, stand auf und wischte sich die Erde von Knien und Handflächen. Sein ganzer Körper kribbelte vor Aufregung. Er war jetzt draußen, außerhalb des Gartens, zum ersten Mal allein. Das würde er am Montag Isak erzählen. Vielleicht auch Mattias und Vera. Er würde erzählen, wie mutig er war, dass er ein eigenes Kaninchen gefangen hatte, aber dass sie nichts Mama sagen durften.

Es raschelte im Mais, und zuerst dachte er, es wäre wieder der Wind. Da sah er den weißen Schwanz zwischen den hohen Pflanzen verschwinden. Das Kaninchen hoppelte jetzt nicht mehr, es rannte ganz schnell. Die Ohren lagen eng zurückgelegt am Kopf, die Erde spritzte um die

Pfoten auf. Erst als das Kaninchen außer Sichtweite war, begriff er, was passiert war: dass die empfindliche Nase des Kaninchens einen anderen Duft als seinen aufgefangen hatte. Von jemandem, der sich leicht unter dem Zaun hindurchgraben konnte. Jemandem mit rotem Fell und spitzen Zähnen, der den Kaninchengeruch liebte. Und den Geruch kleiner Jungen …

Sein Herz schlug wie wild, es raste wie das Herz eines erschreckten Kaninchens. Die Maispflanzen türmten sich vor ihm auf wie dunkle, wehende Riesen und drängten ihn zurück an den Zaun. Tränen stiegen in ihm auf. Aus den Augenwinkeln sah er eine Bewegung, etwas Rotes. Er drehte sich um und bemerkte im selben Moment, dass die Grillen verstummt waren.

Mama!, konnte er gerade noch denken. Mama …

Liebling

Hier beginnt unsere Geschichte. Deine und meine Erzählung. Ich habe versucht zu widerstehen, habe versucht, Dich von mir fernzuhalten und mich nicht fallen zu lassen, aber jetzt lasse ich los, Liebling, und vertraue darauf, dass Du mich auffängst. Tust Du das? Oder werden wir beide stürzen?
Das hoffe ich nicht. Ich will so gerne daran glauben, dass unsere Geschichte ein Happy End hat.

1

Sie ist ein Herbstmensch, das war sie schon immer. Oder fast immer. Früher einmal hat sie sich gewünscht, dass der Sommer niemals zu Ende gehen würde. Dass das Licht, die Wärme und der hohe, blaue Himmel für immer blieben. Aber das ist schon lange her. An einem anderen Ort, in einem anderen Leben.

Die Wanduhr zeigt an, dass es noch elf Minuten bis zum Beginn der Sitzung sind. Bis jetzt ist alles gut gegangen. Ruud und sie haben zusammen Brötchen geschmiert und Kaffee in die Pumpkannen gefüllt. Sie haben die Stühle in einem ordentlichen Kreis auf dem grauen Teppichboden aufgestellt, zwölf abgewetzte Metallklappstühle – wahrscheinlich ein paar mehr als nötig, aber zugleich nicht so viele, dass es im Kreis leer aussieht –, und auf jeden Sitz eine Packung billiger Papiertaschentücher gelegt.

Als alles fertig war, hat Ruud die Flügeltür draußen im Foyer aufgeschlossen und zwei Teilnehmer hereingelassen, die früh dran waren und die den Geruch nach regennassem, warmem Asphalt mitbrachten. Von allen Stadtgerüchen mag sie diesen am liebsten. Vielleicht weil er etwas Reinigendes an sich hat. Einen Neuanfang. Und genau das soll dieser Tag sein.

Der erste Teilnehmer, den Ruud hereingelassen hat, ist ein Mann zwischen dreißig und vierzig, genau wie sie. Er hat tätowierte Arme, zerknitterte Kleider und einen Kopf, der im Vergleich zum Körper ein bisschen zu groß wirkt. Wahrscheinlich liegt das am Bart. Der ist wirr und ungepflegt, und außerdem hat der Mann matte, blutunterlaufene Augen, womit er heute nicht der Einzige sein wird.

Der andere Teilnehmer ist eine ältere, grauhaarige Frau, die fast so alt wie Ruud ist. Sie trägt ihr Haar in einem langen geflochtenen Zopf auf dem Rücken. Ihre Augen hinter den Brillengläsern schauen zwar freundlicher als die des tätowierten Bärtigen, aber ihre Blicke ähneln sich.

Ruud lotst sie behutsam zum Kaffeetisch, und sie will gerade zu ihnen gehen und sich vorstellen, als es sie überwältigt: das Gefühl, einen großen Fehler gemacht zu haben und dass das alles hier fürchterlich schiefgehen wird.

Verdammt!

Sie stürzt hinaus in die Küche und landet gerade noch rechtzeitig auf einem Stuhl, bevor ihre Beine nachgeben. Sie legt das Gesicht in die Hände, den Kopf zwischen die Knie, atmet tief durch.

Ein

Aus

Eiiin

Auuus

Das Gemurmel von Ruuds höflichem Small Talk sickert durch die Schwingtür. Es windet sich um ihr Hirn und vermischt sich mit dem rhythmischen Pochen ihrer Schläfen.

»Bist du mit dem Bus hergekommen?«, *poch, poch*, »Ah, mit der U-Bahn«, *poch, poch*, »Und du bist wie immer mit dem Auto gefahren, Lars? Hast du gleich einen Parkplatz gefunden? Ja, hier im Viertel muss man ein bisschen aufpassen, wo man seinen Wagen parkt, die verteilen hier fleißig Strafzettel.« *Poch, poch, poch.*

Jetzt hört sie noch andere Geräusche, neu eingetroffene Teilnehmer, die über den faserigen Teppichboden schlurfen, stehen bleiben, kurz zur Neonröhre hochblinzeln, bevor Ruud sie bemerkt und sie mit einem Lockruf in die Runde aufnimmt, dem nur wenige Menschen widerstehen können: »Hier gibt's Kaffee und belegte Brötchen.«

Schleppende, zögerliche Schritte, das Klacken von Plastikbechern, die voneinander gelöst werden, gefolgt vom Zischen der Pumpkanne. Ihre Atmung beruhigt sich langsam, aber sie traut sich noch nicht aufzustehen. Sie schaut auf den Fliesenboden. Der Blick schweift über eine Fuge, die von Fett und Schmutz graubeige verfärbt ist. Alles hier drin ist ranzig, sogar die Luft. Der seit dreißig Jahren bestehende Essensdunst hinterlässt einen salzigen, klebrigen Geschmack im Rachen.

Der Geräuschpegel draußen steigt, er hallt durch den großen Raum. *Bus, U-Bahn, Parkplatz? Bisschen Regen schadet nichts. Gut für die Wiesen. Sonst hatten wir doch einen fantastischen Sommer, findet ihr nicht? Fast wie am Mittelmeer. Habt ihr Pläne fürs Wochenende?*

Sie ärgert sich. Bereut, dass sie nicht die Abfindung genommen hat, die man ihr angeboten hatte, und abgehauen ist. Jeder vernünftige Mensch hätte das gemacht. Hätte alles hinter sich gelassen und anderswo neu angefangen. Egal wo. In einer neuen Stadt, einer neuen Gegend, vielleicht sogar einem neuen Land?

Noch ist es nicht zu spät.

Der Hinterausgang liegt genau vor ihr. Sie hat den Schlüssel in der Tasche. Draußen vor der Tür sind eine Treppe und ein paar Mülltonnen, dann gelangt man zur Straße. Es würde nur ein paar Minuten dauern, sich hinauszuschleichen. Aber sie hat das Papier unterschrieben, sie hat ihnen beteuert, dass sie eine zweite Chance verdient. Und sie hat sich selbst davon überzeugt, dass es ihre letzte ist.

Das Gemurmel draußen im Saal wird immer lauter. Die

Pumpkanne zischt. Das Geräusch nimmt zu, je weniger in der Kanne ist. Die Gespräche geraten ins Stocken.

Jaja. Man kann sich wirklich nicht über das Wetter beklagen, das stimmt …

Sie richtet sich auf, schielt zur Hintertür. Schließt die Augen. Mit den Fingern greift sie nach ihrem rechten Unterarm, die Nägel kratzen über den weißen Blusenstoff und schieben den Ärmel bis zum Ellenbogen hoch. In einer Minute könnte sie draußen auf dem regennassen Asphalt stehen. In Freiheit. Abhauen.

Da geht die Schwingtür auf. Es ist Ruud. Er hockt sich neben sie, berührt sie am Knie.

»Alles in Ordnung, Veronica?«

Seine große Hand ist warm und trägt deutliche Altersflecke. Wie alt ist er eigentlich? Vermutlich eher um die siebzig als um die sechzig. Er arbeitet seit zwanzig Jahren hier, er hat alles gesehen und gehört, was man so an Schicksalen sehen und hören kann. Warum macht er das? *Es gibt umsonst Kaffee*, hat sie ihn sagen hören, und das Lachen, das dann folgt, erspart ihm meist weitere Fragen. Ein guter Trick. Den sollte sie auch mal ausprobieren.

Sie schaut zu ihm auf, zwingt sich zu einem Lächeln. Dann krempelt sie die Hemdsärmel wieder bis zu den Handgelenken herunter. Ruud glaubt, dass sie Angst hat, und in gewisser Weise hat er recht. Sie hat Todesangst. Panik. Aber das ist nicht die ganze Wahrheit.

»Jaja. Ich wollte mich nur ein bisschen sammeln. Die Routine noch mal durchgehen«, sagt sie und klopft sacht auf den Notizblock in ihrem Schoß.

»Gut.« Ruud streckt ihr die Hand entgegen, hilft ihr auf die Beine. »Wann hast du das letzte Mal gearbeitet? Vor drei Monaten?«

Obwohl sie schon seit einer Woche miteinander zu tun

haben, tut er immer noch so, als würde er nicht jedes kleinste Detail der Abmachung kennen. Als ob er nicht derjenige wäre, der kontrollieren soll, dass sie sich daran hält.

Und wie immer spielt sie mit.

»Vor zwei Monaten, zwei Wochen und vier Tagen. Nicht, dass ich mitzähle.«

Ruud lacht. »Klingt auch gar nicht danach. Du wirst sehen, dass es hier keinen großen Unterschied zu deinem alten Arbeitsplatz gibt.«

Er führt sie in den Saal hinaus und löst den vorsichtigen Griff um ihren Ellenbogen, kurz bevor die Teilnehmer sich zu ihnen umdrehen.

Neun Leute, ein paar mehr, als sie an einem Freitagnachmittag erwartet hätte. Ausweichende Blicke, schiefes Lächeln, kurzes Nicken zur Begrüßung. Das Gefühl der Hoffnungslosigkeit hängt wie eine klebrige Schicht über dem Raum, breitet sich bis in die dunklen Ecken aus, in die das Licht der Neonröhren nicht mehr ganz vordringt, und verdrängt den Sauerstoff.

Sie zwingt sich noch einmal zu einem Lächeln, setzt sich auf einen Stuhl und schlägt den Notizblock auf. Das Herz klopft ihr bis zum Hals, sie verspürt ein leichtes Unwohlsein. Sie fühlt Ruuds Blick von seinem Platz an der Wand aus, aber sie schaut nicht zu ihm hinüber. Stattdessen versucht sie zu vergessen, warum er hier ist.

Sie holt tief Luft, spürt in sich hinein und fühlt sofort das Eis.

»Hallo, herzlich willkommen. Mein Name ist Veronica Lindh, ich bin Gesprächstherapeutin mit Schwerpunkt Trauerbewältigung. Ich habe vier Jahre lang im Bürgerzentrum Nord gearbeitet, aber ab heute helfe ich hier in Söderort mit.«

Sie wundert sich, wie sicher ihre Stimme klingt. Irgendwie fremd, als ob Veronica Lindhs Stimme nicht ihre eigene wäre, was ja in gewisser Weise auch stimmt.

»Diese Selbsthilfegruppe ist für alle, die wie wir jemanden verloren haben, der uns nahestand, jemanden, den wir geliebt haben.«

Alle Blicke sind auf sie gerichtet. Ihr Herz klopft gegen das Eis direkt unter ihrem Brustbein. Sie stellt sich vor, dass es bei jedem Herzschlag ein bisschen nachgibt. Schlag für Schlag, bis sich ein Loch öffnet und man darunter einen Streifen schwarzen Wassers erahnen kann.

»Als ich vierzehn war, habe ich meine Mutter verloren. Eines Abends füllte sie die Taschen ihres Wintermantels mit Steinen und lief auf einen zugefrorenen See hinaus.«

Jetzt darf sie nicht zögern. Nicht aufstehen, nicht auf den Boden schauen. Sie atmet noch einmal tief ein. Langsam breitet sich die Kälte in ihrer Brust aus.

»Auf der anderen Seite des Sees stand ein Mann. Er hat gesagt, dass sie einfach geradeaus gelaufen ist, obwohl man das Eis deutlich knacken hörte. Als er nach ihr rief, hielt sie inne, blieb mitten auf dem Eis stehen und schaute ihn an. Dann war sie plötzlich weg.«

Sie schiebt den Gedanken an das Loch im Eis beiseite. Sie stellt sich vor, wie sich das Eis wieder schließt, über ihrer Mutter und über dem Riss in ihrer Brust. Wie es sich in einen harten Panzer verwandelt.

Sie räuspert sich, greift vorsichtig nach dem Notizblock. Niemand merkt, dass ihre Hände zittern, nicht einmal Ruud.

»Meine Mutter hat uns verlassen«, sagt sie. »Sie hat meinen Vater, meinen großen Bruder und mich verlassen, und wir waren gezwungen, damit klarzukommen. Es hat Jahre gedauert, bis ich nicht mehr wütend auf sie war. Bis ich nicht mehr dieselben Fragen gestellt habe, die ihr jetzt stellt.«

Sie schluckt ein paarmal und spürt, wie sich ihr Blut mit etwas deutlich Angenehmerem füllt als kaltem Seewasser. Sie hat es geschafft. Sie hat sich geopfert, und jetzt ist es Zeit für ihre ersehnte Belohnung. Sie zählt still bis zehn und wendet sich dann an die Teilnehmerin, die ihr am nächsten sitzt. Es ist die grauhaarige Frau mit dem Zopf.

»Bitte.«

Sie nickt der Frau zu, hört, wie sie Luft holt. Eine andere Geschichte, neu und doch wohlbekannt.

Tochter, Krebs, ist nicht einmal dreißig geworden.

Sie setzt ihre mitfühlende Miene auf, kritzelt Wörter auf ihren Block. Der Stift bewegt sich schnell, verwandelt Trauer in Tinte. Die Grauhaarige weint. Leise fließen die Tränen, während sich die Geschichte entfaltet, halten an der Unterkante der Brille kurz inne, bevor sie über die Wangen der Frau rollen. Immer mehr Worte.

Ungerecht, hatte noch das ganze Leben vor sich. Vermisse sie so.

Als die Grauhaarige fertig ist, nimmt sie die Brille ab und putzt sie mit einem dieser billigen Papiertaschentücher. Dann faltet sie es langsam zusammen und stopft es vorsichtig in ihre Handtasche, als ob die Tränen aus Glas wären und sie sie mit nach Hause nehmen wollte, um sie wie kleine Sorgenperlen in eine Vitrine zu legen.

Bei diesem Gedanken ist Veronica kurz unkonzentriert, und die nächste Person hat bereits angefangen zu sprechen. Lars, der Mann mit dem Bart. Viele Worte, harte Stimme. Sie beeilt sich mitzuschreiben, saugt auch seine Erzählung mit dem Stift auf.

Frau, Verkehrsunfall, betrunkener Autofahrer, Hirn-

schaden, schlechte medizinische Versorgung, nie wiederhergestellt.

Hier gibt es keine Tränen. Nur Wut. Verbitterung. Sie notiert es auf ihrem Block. Ihre Hand bewegt sich jetzt leichter über das Papier.

Hass, Rachegelüste, will Schaden zufügen. Auge um Auge … Sie sollen ihre Strafe bekommen, alle. Der Säufer, die Ärzte, alle!

Lars verstummt und holt tief Luft. Zuerst sieht er erleichtert aus, dann beschämt. Er murmelt etwas, was Veronica nicht versteht, und sieht auf seine Hände. Sie sind grob, schwielig, die Risse in der Haut sind so tief, dass sich Schmutz und Öl nicht mehr wegwaschen lassen. Papas Hände. Und die von Onkel Harald. Ihre eigenen Hände sind glatt und weich, mit langen Fingern, die am besten um einen Stift passen. Schreibende Hände. Mamas Hände. Sie schiebt den Gedanken beiseite und nickt dem nächsten Teilnehmer zu, mit seiner Geschichte zu beginnen.

Das Wort wird im Uhrzeigersinn weitergegeben. Gefolgt von Schluchzen, Tränen und dem Rascheln von Taschentüchern. Ihr Stift kritzelt über das Papier, immer schneller, genau wie der Pulsschlag, der die Belohnungshormone durch den Körper pumpt.

Tragödie, unsere Familie kommt nie darüber weg. Niemals.

Drüben an der Wand bewegt sich der Minutenzeiger mechanisch über die vergilbte Uhr. Alle fünf Minuten bleibt die Nadel ein paar Sekunden hängen, bevor sie mit einem lauten Klicken freikommt.

Als alle Geschichten erzählt sind, steht dieses eine Wort, das alle wiederholen, ganz unten in Großbuchstaben auf der letzten Seite. Die Frage, die im Raum hängt und die niemand von ihnen beantworten kann, egal wie oft sie ihre Geschichte erzählen.

Warum?

Veronica unterstreicht es und fährt die Buchstaben und das Fragezeichen immer wieder nach, bis der Stift durch das Papier drückt. Sie hört nicht auf, bis der Minutenzeiger der Wanduhr ein letztes Mal klickt und die Stunde vorbei ist.

Die Erleichterung ist riesig und vermischt sich mit den Endorphinen, die bereits ihr Hirn überschwemmt haben. Ihre linke Hand sucht wieder den rechten Unterarm, streicht ein wenig zerstreut über den Stoff der Bluse und die lange Narbe, die sich darunter verbirgt.

Ist es schon vorbei?, fragt sie sich. Und dann: Wann bekomme ich mehr?

2

SOMMER 1983

Eigentlich war es ein guter Regen. Kein Gewitterregen, der die reife Saat niederdrückte, sondern ein sanfter, leiser Regen, der die Erde behutsam wässerte und bei Sonnenaufgang aufhören würde, sodass Ähren und Blätter bis zum Mittagessen trocknen könnten. Dreschregen nannten die Bauern in der Gegend so etwas. Ein guter Regen also, und in jeder anderen Sommernacht hätten Polizeichef Krister Månsson und die Männer um ihn herum auf dem Hof Backagård ihn begrüßt.

Er schob seine Uniformmütze zurück und wischte sich mit dem Handrücken über die Stirn. Obwohl er schon vor einiger Zeit seine Krawatte gelockert hatte, klebte ihm das Uniformhemd im Nacken.

Es war nicht seine erste Suche, redete er sich ein. Zumindest hatte er es schon einmal geübt, als er vor einigen Jahren eine Weiterbildung besucht hatte. Die Knackpunkte waren die Planung, die Organisation und die Leitung. Es ging darum, methodisch jede denkbare Alternative durchzukauen, bis man denjenigen fand, nach dem man suchte. Aber in Regen und Dunkelheit war das wesentlich leichter gesagt als getan.

Einige Männer hatten die Zündung ihrer Fahrzeuge eingeschaltet gelassen und die Autos auf dem Platz vor Nilssons Wohnhaus in einem Kreis um ihn herum geparkt. Die Scheinwerfer beleuchteten die wachsende Schar an Leuten, verwandelten sie in Schattenfiguren mit deutlich angestrahlten Beinen und Unterleibern und geisterhaften Gesichtern, deren Züge man kaum auseinanderhalten konnte. Das war allerdings auch nicht nötig. Alle erkannten einander. Alle kannten sich.

Månsson spürte ihre Blicke. Er zupfte ein wenig an seiner zerknitterten, etwas zu eng sitzenden Uniformjacke, die kurz davor war, vor dem Regen zu kapitulieren, schob die Mütze wieder an ihren Platz und hob die Hand.

»Hört mal her!«

Weder sein Rufen noch seine Handbewegung brachten das Stimmengewirr um ihn herum zum Schweigen. Er überlegte, ob er auf die Ladefläche des Pick-ups steigen sollte, der neben ihm stand, sah aber ein, dass die Metallkante zu hoch und zu rutschig und dass dies nicht der richtige Moment war, um seine Würde aufs Spiel zu setzen. Stattdessen versuchte er, lauter zu sprechen und autoritärer zu klingen.

»Alle mal herhören!« Das Ergebnis war nur minimal besser.

»Jetzt haltet doch mal die Klappe, verdammt. Månsson hat was zu sagen. Die Zeit läuft uns davon, während ihr rumsteht und Mist redet.«

Die scharfe Stimme kam von einem hoch aufgeschossenen Mann, der sich hinter Månsson mit Leichtigkeit auf die Ladefläche geschwungen hatte. Harald Aronsson, der Onkel des Jungen. Das Gerede verstummte sofort, und die Schar um Månsson und das Auto rückte zusammen.

Er räusperte sich, nickte Aronsson anerkennend zu, ohne eine Reaktion zu erhalten.

»Die meisten von euch haben schon gehört, was passiert ist, und ich kann verstehen, dass ihr endlich mit der Suche anfangen wollt«, begann er. »Aber damit wir alle den gleichen Informationsstand haben, gebe ich euch eine kurze Zusammenfassung von dem, was wir zum jetzigen Zeitpunkt wissen.«

Er machte eine kurze Pause, damit diejenigen, die zuletzt gekommen waren, nah genug herantreten konnten.

»Wir suchen also nach dem kleinen Billy Nilsson, fast fünf Jahre alt. Er wurde zuletzt kurz nach acht von seiner Mutter gesehen, was bedeutet, dass er jetzt circa …«

Månsson blickte auf seine Armbanduhr. Eine viereckige Digitaluhr, die Malin ihm zum zwanzigsten Hochzeitstag geschenkt hatte. Der einzige der vier hervorstehenden Metallknöpfe, mit dem er zurechtkam, brachte das kleine Ziffernblatt zum Leuchten, was ihm in der Dunkelheit sehr gelegen kam.

»… fünf Stunden weg ist. Die Familie hat im Garten gesucht, im Haus, in der Scheune und im Stall … also im Kuhstall«, präzisierte er schnell, »bevor sie gegen elf Uhr Alarm schlug. Kurz vor Mitternacht begann im Garten die Suche mit dem Polizeihund.«

Er wies mit der Hand auf das Wohnhaus am hinteren Ende des Vorplatzes, woraufhin zu seiner Zufriedenheit die meisten den Kopf in diese Richtung wandten.

»Der Hund hat Witterung aufgenommen bis zu einem Loch im Zaun, Richtung Maisfeld, ganz am hinteren Ende des Gartens. Danach hat er die Spur leider verloren, wahrscheinlich wegen des Regens oder weil Billys Eltern und Geschwister schon dort waren.«

Er ließ die Hand sinken und wartete, bis ihn wieder alle anschauten.

»Es sieht also so aus, als ob der Junge unter dem Zaun durchgekrochen wäre und sich zwischen den Maispflanzen verirrt hätte. Wie ihr alle wisst, steht der Mais mannshoch, es ist also leicht, sich dort draußen auf dem Feld zu verlaufen, noch dazu im Dunkeln. Hier brauchen wir daher eure Hilfe. Wir werden vier Suchtrupps bilden …«

Als Månsson seine Zusammenfassung beendet hatte, sah er erleichtert, dass alle auf dem Hof gehorsam seinen Instruktionen folgten. Sie teilten sich schnell in Gruppen auf und verließen den Hof teils zu Fuß, teils mit ihren Fahrzeugen, wobei jede Gruppe von einem seiner uniformierten Polizisten angeführt wurde.

Alle wollten so schnell wie möglich anfangen. Die meisten hatten eigene Kinder und konnten sich problemlos in die Hölle versetzen, durch die Familie Nilsson gerade gehen musste. Aber es hatte auch mit der kollektiven Erleichterung zu tun, die das gesamte Dorf verspüren würde, wenn man den kleinen Billy zu seiner Mutter zurückbrächte, durchnässt, frierend und ängstlich – aber unbeschadet. Denn so würde es natürlich kommen. Alle gingen davon aus, und manche genossen vielleicht sogar die Spannung, dachte Månsson. Sie freuten sich geradezu darauf, dass sie derjenige sein könnten, der den Jungen fand. Die Person, die Billy Nilsson entdeckte, müsste nie mehr die eigene Zeche zahlen, weder unten im Dorfkrug noch beim Volksfest, dafür würde Harald Aronsson schon sorgen.

Månsson war jetzt seit vier Jahren Polizeichef in Reftinge. Er war mit seiner Familie hierhergezogen, als er die Nachtschichten, die Besoffenen und die Psychos in Norrköping leid war. Als er genug davon hatte, in seiner Karriere dauernd von jüngeren und eifrigeren Polizisten überholt zu werden. In Reftinge, am Rande des schonischen Flachlands, war er das alles los. Hier war er der Chef von zwölf Polizisten und zwei zivil angestellten Damen, die das Telefon beantworteten, Anzeigen aufnahmen und Waffenscheine ausstellten.

Er war selbst in einem ähnlichen Dorf in Östergötland aufgewachsen und wusste, wie die Dinge auf dem Land liefen, was sicher einer der Gründe dafür war, dass er den Job bekommen hatte. Seiner Erfahrung nach arbeiteten die Leute auf dem Land hart und standen füreinander ein. Meistens hielten sie sich an die Zehn Gebote, was bedeutete, dass die Verbrechensstatistik von Reftinge hauptsächlich Einbrüche, Wilderei, Trunkenheit am Steuer und unerlaubtes Fahren umfasste. Was die beiden letzten Punkte anging, wusste er, dass seine Leute gerne ein Auge zudrückten. Es gab sozusagen eine stillschweigende Übereinkunft zwischen den Anwohnern und der Ordnungsmacht, die lange vor seiner Zeit getroffen worden war. Draußen auf dem Land brauchte man einfach sein Auto. Ohne Fahrzeug gab es keinen Job, ohne Job kein Essen auf dem Tisch. Und er wollte nicht derjenige sein, der einer Familie ihre Einkünfte und ihr Essen wegnahm. Ein Zugereister zu sein war schwer genug, nicht nur für ihn, sondern auch für Malin und die Kinder. Es dauerte, bis man sich einlebte und akzeptiert wurde, noch dazu, wenn man einen anderen Dialekt sprach.

Er hatte wirklich sein Bestes getan. Er hatte sich daran gewöhnt, dass sein Name anders ausgesprochen wurde – Månnsenn statt Måånsson. Er trank nicht mehr Kaffee von Gevalia, sondern von der lokalen Rösterei Skånerost und sprach nicht mehr von Imbiss, sondern von der Brotzeit. Er hatte sich, seine Kinder und Malin im Fußballverein angemeldet und ging pünktlich jeden Donnerstagabend um sieben in die Sauna, um sich zu den Dorfbewohnern zu gesellen. Die Mühe hatte sich gelohnt. In der letzten Saison war Malin zur stellvertretenden Kassenwartin des Vereins ernannt worden und er selbst zum Trainer der U14-Jungenmannschaft. Zu Beginn des Frühlings hatte man ihm außerdem einen Begehungsschein in einem der größeren Jagdreviere angeboten. Er freute sich auf den Herbst. Sehnte sich geradezu danach.

Bis dahin würde sich die Stimmung vermutlich ein wenig aufheizen, besonders jetzt, gegen Ende der Erntesaison, wenn die Männer erschöpft und leicht reizbar waren. Schlägereien, Trunkenheit und Sachbeschädigung, schlimmstenfalls sogar die eine oder andere Körperverletzung. Mehr passierte normalerweise nicht. Tatsache war, dass es in seiner vierjährigen Amtszeit als Polizeichef bis heute Abend nie einen Fall gegeben hatte, der einen größeren Einsatz von ihm verlangt hätte, und das war ihm gerade recht. Er hielt sich lieber im Hintergrund. Trank gerne in Ruhe seinen Morgenkaffee und las dabei die Lokalzeitung, die Wochenzeitschrift *Land* und das Jagdmagazin. Ging zu Treffen mit dem Unternehmerverband, dem Roten Kreuz und der Gemeindeverwaltung. Zündete beim Elternabend einen Joint an, damit alle Eltern wussten, wie es roch, falls es einem unternehmungslustigen Jugendlichen gelingen sollte, von einer Dänemark-Tour Haschisch mitzubringen. Hielt den alljährlichen Fahrrad- und Verkehrssicherheitstag an den kommunalen Schulen ab. Das war die Art von Polizeiarbeit, die er bevorzugt machte. Das, was er gut konnte.

Dass inzwischen alle Blicke auf ihn gerichtet waren, wurde ihm in dem Moment bewusst, als die herbeigerufenen Heimwehr-Soldaten nach und nach den Hof füllten. Die Einsicht formte sich zu einem sauren Kloß in seinem Magen, der im Takt mit der wachsenden Zahl an Leuten um ihn herum größer wurde. Alle schauten ihn an, vertrauten darauf, dass er ihnen helfen würde, dem Albtraum der Familie Nilsson ein Ende zu bereiten.

Månsson richtete den Blick auf das große Wohnhaus, in dem jetzt jede einzelne Lampe zu brennen schien. In einem der Fenster entdeckte er zwei Umrisse, ein Mädchen und einen Jungen im gleichen Alter wie seine eignen Kinder. Er suchte in seiner Erinnerung nach den Namen von Billys großen Geschwistern. Dass ihr Vater Ebbe hieß, wusste er schon lange. Ebbe Nilsson war ein sanfter und ausgeglichener Mann, der nicht viel Aufhebens um seine Person machte, einer von denen, die in der Sauna schweigend auf einer der unteren Bänke saßen, während andere das Wort führten. Sein Schwager, Harald Aronsson, zum Beispiel.

Und die Mutter der Kinder, Magdalena Nilsson, geborene Aronsson, kannten natürlich alle. Die allererste Schönheitskönigin der Gegend, deren schwarz-weiße Krönungsfotografie immer noch im Foyer der Gemeindeverwaltung hing, obwohl das Bild inzwischen über zwanzig Jahre alt war. Das lag sicher ebenso an Magdalenas Schönheit wie an ihrem Nachnamen. Die Familie Aronsson hatte hier in der Gegend viel zu sagen, was die jetzige Situation nicht gerade einfacher machte.

Månsson suchte noch immer angestrengt nach den Namen der Kinder dort oben am Fenster, aber er kam einfach nicht darauf, wie sie hießen. Ohne richtig zu wissen, warum, hob er die Hand und winkte, aber keines der beiden Kinder machte Anstalten zurückzuwinken. Sie standen nur ganz still dort am Fenster und beobachteten ihn, warteten darauf, dass er ihren kleinen Bruder fand und alles wiedergutmachte.

3

Veronica hält sich im Grunde für einen guten Menschen. Sie trennt ihren Müll, bezahlt pünktlich ihre Rechnungen und spendet ab und zu einen Groschen für irgendeinen guten Zweck.

In die Kirche ist sie allerdings seit Jahren nicht mehr gegangen. Sie mag die Erinnerungen nicht, die Kirchen in ihr auslösen. Dieselben Erinnerungen, die dafür verantwortlich sind, dass sie ihren Vater nur etwa einmal im Monat anruft. Sie schiebt das Gespräch immer so lange auf, bis sich das schlechte Gewissen nicht mehr ignorieren lässt. Es vergehen immer mindestens acht Klingeltöne, bis er abhebt. Dann folgen ein Klicken, wenn er den Hörer abnimmt, und einige Sekunden Schweigen, in denen sie beide gegen jede Vernunft hoffen, eine andere Stimme am anderen Ende zu hören. Schließlich die Enttäuschung, wenn die Realität sie einholt, eine Enttäuschung, die keiner von ihnen richtig verbergen und die kein Small Talk der Welt überwinden kann.

Sie war seit Jahren nicht mehr zu Hause in Reftinge, weder zu Geburtstagen noch Taufen oder Beerdigungen, obwohl sie natürlich hätte hinfahren sollen. Sie weiß, dass es die Leute dort bemerken, dass sie darüber reden.

Das ärgert sie, und es ärgert sie auch, dass sie Reftinge immer noch als ihr Zuhause ansieht, obwohl sie vor über fünfzehn Jahren von dort weggezogen ist.

Ruud und sie stehen draußen auf der breiten Treppe des Bürgerhauses, einem grauen Sechzigerjahrekasten. Es hat aufgehört zu regnen, und die Wärme, die in Asphalt, Metall und Beton um sie herum angestaut war, hat dafür gesorgt, dass schon fast alles wieder trocken ist. Der frische Duft von vorhin ist verschwunden und einem Geruch nach abgestandenem Müll, Essen und Abgasen gewichen. Dem typischen Sommeratem der Stadt. Sie schließt für ein paar Sekunden die Augen, genießt das Gefühl von Zufriedenheit, das langsam abklingt.

»Danke für heute, und bis nächste Woche?« Die Verabschiedung der Grauhaarigen ist eine Feststellung, die zugleich nach einer Frage klingt. Als ob die Frau sich nicht ganz sicher sei, dass es zu weiteren Treffen kommt.

Veronica nickt, schüttelt der Frau die Hand. Sie ist zerbrechlich und knochig wie ein Küken.

»Bis nächste Woche.«

Die Grauhaarige geht die vier Stufen hinunter, dreht sich halb um und winkt unschlüssig. Dann presst sie die Handtasche mit den Sorgenperlen an die Brust und läuft weiter auf den Gehweg zu.

Sie stehen schweigend da und sehen der Frau nach, die Richtung U-Bahn geht.

»Wie lief es deiner Meinung nach?«, fragt Ruud, ohne den Blick abzuwenden.

Sie zuckt mit den Achseln. »Okay.« Die Antwort ist fast genauso wahr wie gelogen.

»Mhmmm.« Er angelt nach einer Dose Kautabak und schiebt sich eine Prise unter die Oberlippe, wo er sie mit der Zungenspitze zurechtdrückt. »Du hast nicht viele Fragen gestellt.«

Sie zuckt wieder mit den Achseln.

»Ich wollte den Rhythmus nicht unterbrechen.« Sie schielt zu ihm hinüber und bereut ihren schroffen Tonfall. Ein bisschen Selbstkritik wäre wohl angebracht. Immerhin ist sie diejenige, die beurteilt werden soll. »Aber ich schätze natürlich deine Meinung«, fügt sie hinzu.

Er zieht eine Grimasse, aber vielleicht rückt er auch nur den Tabak zurecht.

»Wenn du Fragen stellst, trauen sich die anderen auch, es zu tun«, sagt er. »Es ist wichtig, ein Gespräch in der Gruppe in Gang zu setzen, nicht nur Monologe. Alle sollen sich beteiligen. Das ist die Idee der Gruppentherapie.« Er wendet sich ihr zu und lächelt schief. »Wobei du das natürlich selbst weißt. Du bist nur ein bisschen eingerostet. Noch ein paar Gespräche, dann läuft wieder alles wie geschmiert.«

Sie nickt, wobei sie es vermeidet, ihn anzusehen, damit er nicht merkt, wie erleichtert sie ist. Die Grauhaarige ist nicht mehr zu sehen, sie ist irgendwo zwischen den Häusern verschwunden wie ein verschrecktes Mäuschen.

»Das mit deiner Mutter«, sagt er leise. »Ich wusste nicht, dass einer gesehen hat, wie sie ...«

»Einer der Pfleger war draußen und hat nach ihr gesucht.« Veronica wundert sich darüber, wie fest ihre Stimme klingt. Dass sie es schafft, ihm zu antworten, und gleichzeitig zu verstehen gibt, dass sie keine weiteren Fragen möchte.

Ruud lässt sich aber nicht davon abhalten. »Eine furchtbare Geschichte ...«

Es ist klar, dass er sie dazu bringen will, mehr zu erzählen, sich ihm anzuvertrauen, obwohl sie sich erst seit einer Woche kennen. Aber sie hat heute keine Lust mehr auf eine weitere Herausforderung, weder von Ruud noch von sonst jemandem. Stattdessen sieht sie weiterhin die Straße hinunter. Nach einer Weile versteht er den Wink, dreht sich um und spuckt zwischen den Zähnen hindurch auf den Boden.

Sie stehen eine Weile schweigend da, während die Schatten zwischen den Häusern länger werden. Von der Schnellstraße, einige Blocks weiter, hört man den Nachmittagsverkehr.

»Du schaffst das, Veronica«, sagt Ruud leise. »Was im Frühling passiert ist, war einfach ein vorübergehendes Problem, eine Hürde, über die du hinwegkommen musstest. Entspann dich und konzentriere dich auf die Arbeit, dann ist bald alles wieder ganz normal.«

Sie antwortet noch immer nicht. In gewisser Weise ist sie froh darüber, dass das Versteckspiel der letzten Woche ein Ende hat. Dass er endlich aufhört, so zu tun, als wisse er nicht, warum sie hierher versetzt wurde. Trotzdem will sie nicht mit ihm über die Sache reden. Sie hat die Geschichte in den letzten Monaten gedanklich schon hundertmal hin- und hergewendet.

Warum, meinst du, hast du so reagiert, wie du es getan hast, Veronica? Wie kannst du vermeiden, dass sich eine solche Situation wiederholt? Welches Gefühl verknüpfst du mit deinem Verhalten?

Ein Motorrad biegt genau vor ihnen in die Straße ein. Der Motor knattert dumpf. Der Fahrer trägt Jeans und eine braune Lederjacke. Der Helm ist mattschwarz, das dunkle Visier heruntergelassen. Das Fahrzeug gleitet langsam an ihnen vorüber, hat kaum Schritttempo. Gerade als er an ihnen vorbeifährt, dreht der Fahrer den Kopf und sieht sie an.

Sie ist kein Model, was immer man sich auch darunter vorstellen mag. Aber sie ist durchtrainiert, hat lange Beine und einen Zug um Mund und Augen, den sie von ihrer Mutter geerbt hat und der deutlicher hervortritt, wenn sie sich schminkt und das Haar offen trägt. Einen verletzlichen Zug, wie eine Andeutung, dass sie ein bisschen defekt ist. Erstaunlich viele Männer finden das attraktiv. Als sie jünger war, hat sie das ausgenutzt. Aber das ist lange her, war in einer anderen Stadt, in einem anderen Land. Jetzt verzieht sie ihren Mund nicht mehr und geht mit erhobenem Kopf. Sie spricht sanft, aber bestimmt und sieht den Leuten in die Augen. Trotzdem braucht es noch immer überraschend wenig, um einen Mann anzumachen. Eine Geste, eine Kopfbewegung, manchmal nur einen Blick.

Der Mann auf dem Motorrad schaut immer noch zu ihr herüber, er scheint ihr zuzunicken, als ob sie sich kennen würden. Ruud hat offenbar den gleichen Eindruck.

»Jemand, den du kennst?« Er versucht, ruhig zu klingen, aber sie hört Verstimmung heraus.

»Nein.« Sie schüttelt den Kopf, um sowohl sich selbst als auch ihn zu überzeugen, aber aus irgendeinem Grund hat ihr Herz wieder angefangen, schneller zu schlagen.

Sie folgt dem Rücken des Mannes mit dem Blick, sieht ihn die Straße entlangfahren. Plötzlich gibt er Gas. Der Motorenlärm lässt sie zusammenzucken. Er hallt zwischen den Gebäuden wider und klingt wie das Gebrüll eines wilden Tieres.

Der Lärm lässt nach, während das Motorrad sich schnell entfernt.

»Vielleicht jemand, der sich erst noch Mut machen muss? Der sehen wollte, wie gefährlich du aussiehst, bevor er sich in die Gruppe traut.« Ruud stupst sie mit dem Ellenbogen an und grinst.

Sie gibt den Stups zurück, spürt, wie sich die Anspannung legt, und lächelt ihn dankbar an.

»Wenn du mir hilfst abzuschließen, fahre ich dich anschließend nach Hause«, sagt er. »Einverstanden?«

»Einverstanden.«

Er dreht sich um und geht auf die Tür zu. Sie bleibt noch ein paar Sekunden stehen, sieht in die Richtung, in die das Motorrad verschwunden ist. Das Motorengeräusch lässt sich immer noch wie ein entferntes Brummen erahnen.

4

SOMMER 1983

Månsson hatte sein provisorisches Hauptquartier auf der erhöht liegenden Terrasse an der Rückseite des Hauses errichtet. Von dort aus konnte er das Wenige, das in der Dunkelheit vom Garten zu sehen war, überblicken und zwischendurch das gespenstische Rufen der Suchtrupps auf den umliegenden Feldern hören.

Bi-lly!

Biii-llyy!

Er hatte eine große Karte auf dem Gartentisch ausgebreitet und eine Sturmlampe bringen lassen, die er an der Markise über seinem Kopf aufgehängt hatte. Der Polizeifunk war auf den vereinbarten Sender eingestellt, und wenn die Suchmannschaften an den festgelegten Stationen vorbeikamen, markierte er sie auf der Karte. Wie erwartet machten es der hoch stehende Mais, die Dunkelheit und der Regen den zu Ketten formierten Suchenden schwer, sich zu orientieren, und die Polizisten, die die Suchtrupps dirigierten, mussten immer wieder stehen bleiben, um den Kurs zu ändern oder ein verlorenes Mitglied der Gruppe einzusammeln.

Hinter ihm ging vorsichtig die Terrassentür auf, und Ebbe Nilsson kam heraus. Er hielt ein Tablett mit einer Thermoskanne, ein paar Tassen und einer Platte mit belegten Broten in den Händen, das er auf die Ecke des Tisches stellte, die nicht von der Karte bedeckt war.

»Ich dachte, du könntest vielleicht etwas Wärmendes vertragen.«

Månsson nahm dankbar eine Kaffeetasse entgegen und

bekam einen Moment lang ein schlechtes Gewissen. Ebbe Nilssons kleiner Junge war verschwunden, die ganze Familie stand unter Schock, trotzdem hatte sich dieser Mann die Zeit genommen, für ihn Kaffee zu kochen. Und sogar für etwas zu essen gesorgt. Er beobachtete Nilsson verstohlen, während er in eines der Wurstbrote biss.

Der Blick des Mannes war ausdruckslos, das Gesicht weiß und zerfurcht. Die Schatten und das blasse Licht der Sturmlampe verstärkten den vergrämten Eindruck. Aber er hielt sich aufrecht und wirkte einigermaßen gefasst.

»Wie läuft es?«, fragte er.

Månsson machte eine Handbewegung Richtung Garten und Maisfeld. »Wir arbeiten dran. Die Dunkelheit und der Regen machen uns zu schaffen, aber wir finden ihn bestimmt, du wirst sehen.« Der letzte Satz platzte aus ihm heraus, bevor er ihn zurückhalten konnte. Natürlich wusste er es besser. Er war lange genug Polizist, um zu wissen, dass man nichts versprechen durfte, was man nicht in der Hand hatte. Dennoch hatte er es beinahe getan. Aus Mitleid, redete er sich selbst ein, aber er hatte den Verdacht, dass das nicht die ganze Wahrheit war.

Das Funkgerät knackte, er drehte sich danach um. Keine Nachricht, nur ein kurzes statisches Rauschen, das gleich wieder aufhörte. Månsson schluckte den letzten Bissen Brot hinunter.

»Wie geht es Magdalena?« Er nickte leicht Richtung Obergeschoss.

»Sie schläft«, sagte Nilsson schroff. Offenbar bemerkte er es selbst, denn er änderte sofort den Tonfall. »Sie war so aufgeregt, dass sie ein Beruhigungsmittel genommen hat. Und weil sie so durcheinander war, hat sie aus Versehen die doppelte Dosis genommen, deshalb schläft sie jetzt tief und fest. Vielleicht ist es ganz gut, dass sie von alldem eine Weile nichts mitbekommt. Billy ist ihr Ein und …« Nilssons Stimme brach, und der Rest des Satzes ging im Geräusch des Regens unter, der auf die Markise trommelte.

»Und die anderen Kinder?«, fragte Månsson und machte sich im selben Moment klar, dass die Frage mehrdeutig war. Aber Nilsson wählte die richtige Deutung.

»Mattias und Vera sind ins Bett gegangen, aber ich glaube ehrlich gesagt nicht, dass sie schlafen. Wenn sie nicht wären, wäre ich auch da draußen.« Er zeigte auf das Maisfeld, wo immer wieder das Licht einer Taschenlampe aufleuchtete.

Einer der Suchtrupps musste zum Hof zurückgekommen sein. Månsson sah auf der Karte nach und seufzte, als er feststellte, dass die Mannschaft B dabei war, ein Gebiet entlang des Gartenzauns zu durchkämmen, wo man heute Nacht schon einmal gesucht hatte. Er griff nach dem Funkgerät, aber blieb mit dem Apparat in der Hand stehen. Nilsson stand mit hängenden Schultern da, sein Blick wanderte über den Boden, und sein Mund stand halb offen, als wollte er etwas sagen. Aber es kam kein Laut. Der Mann sah auf einmal vollkommen niedergeschlagen aus, als würde er jeden Moment zusammenbrechen.

Månsson räusperte sich. Er überlegte, was er sagen könnte.

»Du wirst vor allem hier gebraucht, Ebbe«, sagte er. Und nach kurzem Zögern klopfte er dem Mann etwas unbeholfen auf die Schulter.

»Jeder von uns kann suchen, aber du musst dich um Magdalena und die Kinder kümmern. Außerdem muss ja jemand hier sein, wenn wir Billy finden.«

Schon wieder hatte er mehr versprochen, als er sollte, aber seine Worte und Gesten schienen zumindest eine gewisse Wirkung zu haben. Ebbe Nilsson schloss den Mund und nickte langsam.

Das Funkgerät raschelte wieder.

»Månsson, bist du da?«

»Ich höre«, erwiderte er.

»Hier Berglund, Mannschaft B. Der Hundeführer hat draußen auf dem Feld etwas gefunden, vom Loch im Zaun aus ungefähr zwanzig Meter geradeaus.«

»Was denn?« Månsson hielt die Luft an. Er sah zu Ebbe Nilsson. Der Mann richtete sich auf und schien wieder etwas zu Kräften zu kommen.

Das Funkgerät knackte ein paarmal und zerriss Berglunds Stimme.

»...uh«, war das Einzige, was man hören konnte.

»Bitte wiederholen!«, sagte Månsson, beugte sich über die Karte und versuchte herauszufinden, wo sich die genannte Stelle befand. »Was habt ihr gefunden, Berglund?«

Das Gerät knackte wieder.

»Einen kleinen blau-weißen Schuh.«

5

Ruud bringt seinen Volvo vor ihrem Haus zum Stehen. Der Geruch des gelben Duftbaums, der unter dem Rückspiegel hängt, ist so stark, dass es in der Nase brennt. Ruud löst den Sicherheitsgurt, und einen Moment lang glaubt sie, er habe vor, sich auf eine Tasse Kaffee zu ihr einzuladen.

Sie will gerade eine schlechte Ausrede hervorstammeln, da kramt er in seiner Hosentasche herum und fischt etwas mühsam seine Tabakdose heraus, bevor er sich wieder anschnallt.

»Wir sehen uns am Montag«, sagt er. »Arbeitsfrühstück um neun Uhr.«

»In Ordnung.«

Noch bevor er sich eine Prise Tabak in den Mund geschoben hat, ist sie ausgestiegen. Sie bleibt mit der Hand an der Wagentür stehen.

»Danke.«

»Kein Problem. Das war kein großer Umweg.«

Sie will noch etwas hinzufügen, da zwinkert er ihr aufmunternd zu.

»Nächste Woche wird es leichter, Veronica. Das verspreche ich dir.«

Ihre Wohnung könnte jedem gehören. Vierzig Quadratmeter, eingerichtet mit einer Mischung aus Flohmarktfundstücken und Ikea-Möbeln. Küche und Wohnzimmer auf der rechten Seite, Schlafzimmer links. Praktisch, sauber und zweckmäßig. Keine Familienfotos, Bilder oder Gemälde. Auch keine Duftkerzen, Buddhas, getrockneten Blumen oder Kühlschrankmagnete mit Sinnsprüchen wie »Carpe diem« oder »Heute ist der erste Tag vom Rest deines Lebens«.

Erstaunlich unpersönlich hatte ein am Hals tätowierter Blödmann, den sie vor langer Zeit einmal gedatet hatte, lange vor Leon, die Wohnung genannt. Er war ein Ihr-müsst-mich-nehmen-wie-ich-bin-Typ. Die Art von Mensch, die sich für authentischer als alle anderen hält, bloß weil ihr etwas so Simples wie Manieren fehlt. Außerdem fickte der Tätowierte ungefähr so, wie man es erwartete. Egozentriert und talentfrei, worauf sie ihn aufmerksam machte, als sie sich von ihm trennte.

Er vertrug ihre Kritik nicht sehr gut. Ihr klappriger alter Wagen hat an der Fahrertür lange Kratzspuren von seinem Schlüssel, aber inzwischen sind sie durch den vielen Rost beinahe mit dem Lack verschmolzen. Sie sind nur noch eine diffuse Erinnerung an einen alten Fehlgriff.

Die Luft in der Wohnung ist warm und stickig. Sie knöpft ihre Bluse am Hals auf, öffnet ein Wohnzimmerfenster und lehnt sich ein Stück hinaus. Durch die Blätter des Baums vor ihrem Haus sieht sie Ruuds Volvo langsam davonfahren.

Draußen ist es nur ein paar Grad kühler als im Zimmer, und die Luft steht genauso still. Sie öffnet auch noch das andere Fenster und dann das schmale Fenster, das vom Schlafzimmer auf den Garten hinausgeht, in dem vergeblichen Versuch, einen Durchzug zu schaffen.

Die Kühlschranklampe flackert beunruhigend. Wahrscheinlich gibt sie so langsam ihren Geist auf, noch ein Punkt auf ihrer To-do-Liste. Im Kühlschrank befinden sich eine halbe Flasche Mineralwasser, ein paar Tüten Soja und ein altes Fertiggericht mit unbekanntem Verfallsdatum. Sie steht einen Moment lang vor der geöffneten

Kühlschranktür und genießt die Kühle, bevor sie die Flasche herausholt. Das Mineralwasser ist abgestanden und schmeckt etwas salzig.

Ein vorübergehendes Problem.

Ruud meint es gut. Sowohl er als auch die Personalabteilung glauben genau zu wissen, wer sie ist und was gut für sie ist. In Wirklichkeit haben sie keine Ahnung.

Warum lässt sie sich dann ihre Bevormundung gefallen? Warum akzeptiert sie alle Bedingungen der Vereinbarung, die die Gewerkschaft für sie ausgehandelt hat, anstatt einfach zu gehen?

Gute Frage, zumal heute Abend, aber die Antwort ist und bleibt dieselbe. Weil sie sich entschlossen hat, nicht mehr zu fliehen, sobald etwas schwierig wird. Das klingt gut, reif und verantwortungsbewusst. Aber der Hauptgrund, warum sie bleibt und auf alle ihre Forderungen eingeht, ist wesentlich weniger edel.

Sie schielt zum Telefon, das auf der Küchenanrichte steht. Das Lämpchen leuchtet beharrlich rot. Keine neue Nachricht. Sie hat nichts anderes erwartet, trotzdem macht sie dieses weit geöffnete rote Auge irgendwie niedergeschlagen. Der Kick der Gesprächstherapie ist jetzt weg, sie fühlt sich schwer und traurig. Einen Moment lang spielt sie mit dem Gedanken, den Hörer abzuheben. Die verbotene Nummer zu wählen, nur um Leons Stimme zu hören. Natürlich macht sie es nicht. Sie ist kein Idiot und wird wütend auf sich selbst, wenn sie daran denkt, dass sie sich trotz dieser Einsicht nicht mehr traut, ein Handy zu besitzen, weil sich SMS fast von allein schreiben und verschicken.

Sie geht ins Bad. Ihre Kleider türmen sich zu einem Haufen auf dem Boden: die langärmlige weiße Bluse, die sie wie eine Nonne aussehen lässt, die schwarze Hose, die

Baumwollunterhosen, die sie bei H&M im Fünferpack kauft. Billige, einfache Sachen, ungefähr genauso unpersönlich wie ihre Wohnung.

Das Wasser ist lauwarm, sogar wenn man es ganz kalt stellt. Sie lässt es über ihren Körper rinnen, über die zackige rote Narbe, die fast ihren gesamten rechten Unterarm entlangläuft. In ein paar Jahren wird auch die verblichen sein, verschmolzen, genau wie die Kratzer an ihrer Autotür. Sich zu einer diffusen Erinnerung an einen alten Fehlgriff verwandelt haben.

Hinterher fühlt sie sich besser, so als ob das Wasser die düsteren Gedanken weggespült hätte. Sie wickelt sich in den weißen Frotteebademantel, den sie und Leon aus dem kleinen, gemütlichen Hotel in Trosa haben mitgehen lassen, als er ihr zum ersten Mal sagte, dass er sie liebte, nimmt ihre Zigaretten und einen Aschenbecher und setzt sich an das geöffnete Fenster, das auf die Straße hinausgeht. Eigentlich hat sie aufgehört zu rauchen. Das ist Teil ihres selbst erdachten Behandlungsplans. Keine Rauschmittel, weder Tabak noch Alkohol. Vor allem Letzteres nicht.

Auf der Straße sind inzwischen die Laternen eingeschaltet. Man kann Insekten erkennen, die darum herumschwärmen. Einen Augenblick lang erinnert sie sich an die Nachtfalter, die zu Hause manchmal durch die Terrassentür hereinflogen und mit raschelnden Flügeln Runde um Runde um die Küchenlampe tanzten. Dann denkt sie an den unruhigen Gesichtsausdruck der Mutter, den dieser Tanz hervorrief.

Die Erinnerung überrascht sie, sie zündet sich eine Zigarette an und bläst den Rauch in die Sommernacht. Sie versucht, an etwas anderes zu denken. Damit die Gedanken sie nicht aufs Eis führen.

Die Zigarette ist schneller aufgeraucht als erwartet, also zerdrückt sie die Kippe im Aschenbecher und überlegt sich noch eine anzustecken. Bevor sie sich entschieden hat, bemerkt sie etwas, ein Stück weiter die Straße hinunter. Ein schwaches Licht, das aufleuchtet und ein paar Sekunden flackert, bevor es wieder verschwindet und durch einen glühenden Punkt ersetzt wird. Wahrscheinlich ein Nachbar, der sich hinausgeschlichen hat, um heimlich eine Abendzigarette zu rauchen.

Neugierig beugt sie sich ein bisschen weiter aus dem Fenster, späht durch die Blätter der Bäume, die am Straßenrand stehen, um einen Blick auf denjenigen zu erhaschen, der dort steht. Das Einzige, das die Anwesenheit des Rauchenden verrät, ist der kleine glühende Punkt, der im Rhythmus der Zigarettenzüge an Stärke zu- und abnimmt.

Sie stellt sich vor, dass dort unten jemand steht, der sich hinausgestohlen hat, um zu rauchen, obwohl er oder sie dem Ehepartner schon lange versprochen hat aufzuhören. Sie sieht es direkt vor sich, wie die Person den Zigarettenrauch von seinen Kleidern wegbläst, in der Tasche schon die Halspastillen bereit, um die Versündigung zu vertuschen.

Bei dem Gedanken muss sie lächeln. Es gefällt ihr, still und heimlich hier oben zu sitzen, während der Raucher dort unten mit seinem kleinen Geheimnis beschäftigt ist. Es gibt ihr ein Gefühl der Überlegenheit, der Kontrolle, fast schon Erregung, ungefähr so wie vorhin in der Gruppentherapie.

Die Glut leuchtet noch einmal auf, dann macht sie einen Bogen Richtung Rinnstein. Die Zigarettenpause ist wohl zu Ende, Zeit für den Raucher, zurück ins Haus zu gehen. Aber nichts passiert. Der Raucher scheint immer noch dort unten zu stehen. Sie beugt sich noch ein Stückchen weiter vor, glaubt, den dunklen Umriss eines Körpers zwischen den Blättern zu erkennen. Ein hellerer Fleck, ein Gesicht, das schräg nach oben gerichtet ist, in ihre Richtung. Sie zuckt zusammen, zieht schnell den Oberkörper zurück. Sie fühlt sich auf einmal ertappt. Durchschaut.

Liebling

Ich habe mich noch nie so lebendig gefühlt wie jetzt. Es kommt mir vor, als wäre ich gerade aus einem langen Dämmerschlaf aufgetaucht, als hätte ich mich viel zu lange in einem grauen Grenzland zwischen Schlafen und Wachen aufgehalten. Jetzt bin ich endlich wach. Endlich bei Dir.
Ich lebe für unsere Autofahrten. Für unsere kurzen gemeinsamen Ausflüge, wo wir wir selbst sein können.
Über Dich wird manchmal geredet, das weißt Du sicher. Es werden Sachen gesagt, die nicht gerade freundlich sind. Ich lache heimlich darüber, weil ich weiß, dass sie sich irren. Ich kenne Dich besser als jeder andere und weiß, wer Du hinter dieser harten Maske eigentlich bist. Aber wir müssen vorsichtig sein, Liebling. Aller Blicke sind auf uns gerichtet, und niemand meint es gut mit uns. Niemand.

6

SOMMER 1983

»So, jetzt sind wir schon über einer Stunde hier. Höchste Zeit für 'ne kleine Trinkpause, oder was meinst du?«

»Och, da sage ich nicht Nein.« Sailor sah zu, wie Rask den Dragganker aus dem Wasser fischte und ihn über die Reling des kleinen Plastikbootes hängte. Dann schlug sich der jüngere der beiden Männer auf den Nacken und wischte die Mischung aus toten Mücken und Schweiß am Hosenbein ab, bevor er eine halb volle Flasche Branntwein aus der Tasche kramte, die auf dem Schiffsboden zwischen ihren Füßen stand.

»Heiß wie in Afrika«, stellte er völlig überflüssigerweise fest und reichte Sailor die Flasche. Obwohl das halb zugewachsene Gewässer nicht mehr als zehn, zwölf Meter im Durchmesser betrug und deshalb fast immer im Schatten der Bäume lag, die es umgaben, herrschte drückende Hitze. Insekten tanzten über dem reglosen Wasser und trauten sich ab und an zu den kleinen Flecken hinaus, wo die Sonne durch die Vegetation schien und die Farbe des Wassers von Schwarz in Dunkelgrün verwandelte.

Sailor antwortete nicht. Stattdessen schraubte er den Deckel ab und trank ein paar große Schlucke. Nebenbei bemerkte er, dass der Alkohol selbstgebrannt war. Er gab Rask die Flasche zurück und zog die kurzen Ruder ein. Der jüngere Mann trank ungefähr doppelt so viel wie er selbst, aber Sailor sagte nichts. Immerhin war es Rasks Flasche, dessen Branntwein, und Bemerkungen über den

Durst desjenigen zu machen, der einen ausgab, gehörte sich nicht.

»Ah, das haut rein«, sagte Rask. Er streckte die Arme über den Kopf und entblößte dabei die Schweißflecken unter seinen Achseln. »Jetzt merkt man den Gestank von dieser verdammten Pfütze kaum noch. Wir hätten uns vorher stärken sollen, bevor wir losgelegt haben.«

Sailor brummte zustimmend.

»Ansonsten fühlst du dich hier bestimmt wie zu Hause«, sagte Rask. »Wann bist du noch mal von der See zurückgekommen?«

»Letzten Frühling.«

»Wie lange warst du diesmal weg?«

»Sieben Jahre.«

»Und davor?«

»Zweiundsechzig bin ich los, als das Bergwerk geschlossen wurde. War das letzte Mal siebenundsechzig zu Hause, als Mutter starb.«

»Da warst du ganz schön lange weg. Du hattest bestimmt in jedem Hafen ein Mädchen. Wie ein richtiger Bilderbuch-Seemann.«

Sailor zuckte mit den Achseln. Er wusste, dass Rask sich über ihn lustig machte. Das taten die meisten im Dorf. Sie spotteten darüber, dass er so in sich gekehrt war, so unbeholfen. Dass er so gerne trank. Er blickte verstohlen auf die Flasche zwischen den Stiefeln des anderen Mannes.

Rask holte eine Kautabakdose hervor und wies mit dem Kinn auf den wenige Meter entfernt liegenden grünen Streifen zwischen Feld und Wasser. Zwischen Nesseln und Gras lagen die schlammigen Reste eines Fahrrads, zwei halb verrottete Stämme und ein verrosteter Eimer.

»Verdammt schöner Fang, den wir da bisher gemacht

haben. Diese alten Mergelgruben sind seit dem Krieg reine Müllhalden. Ich verstehe nicht, warum Aronsson die hier nicht schon längst zugeschüttet hat. Er ist doch sonst nicht der Typ, der an alten Dingen festhält.«

Rask schob sich eine ordentliche Prise Tabak unter die Lippe, aber machte dieses Mal keine Anstalten, teilen zu wollen. Sailor schielte wieder zur Flasche. Einen Schluck daraus würde er dem Tabak ohnehin vorziehen.

»Aronsson wartet bestimmt auf die Gemeinde. Wahrscheinlich will er, dass sie für die Kosten aufkommt.«

Er stopfte die Tabakdose wieder in die Tasche und wischte die Finger an seinem karierten Flanellhemd ab.

»Hast du übrigens kapiert, warum Månsson wollte, dass wir ausgerechnet hier suchen? Glaubt die Polizei allen Ernstes, dass Nilssons kleiner Junge sich bei Regen und Dunkelheit zuerst zwei Kilometer durchs Maisfeld schlägt, dann über drei Einfriedungen klettert, über einen asphaltierten Weg läuft und dann noch hundert Meter geradeaus über das Rübenfeld rennt?« Er wies mit dem Daumen über die Schulter auf das Feld, wo man auf den grünen Pflanzen noch deutlich die Schleifspur ihres Bootes erkennen konnte. »Jeder Lausebengel hier in der Gegend weiß doch, dass man sich vor Löschteichen und Mergelgruben in Acht nehmen muss. Mein Vater hat mir mit seinen Erzählungen darüber immer eine Scheißangst gemacht. Er hat gesagt, dass sie bodenlos sind und voll mit Blutegeln.«

Sailor gab ein zustimmendes Brummen von sich. Er schaute weiter auf die Flasche. Vielleicht würde Rask seinen Blick bemerken? Und noch eine Runde ausgeben, bevor sie mit dem Dragganker weitersuchten? Leider schien er vollauf mit seinen Ausführungen über die Familie Aronsson beschäftigt.

»Und dann die Sache mit dem Futtermais. Hätte Ebbe Nilsson auf seinem Acker hinterm Haus Erbsen gepflanzt, wie jeder andere Bauer, hätte sich der Junge nie verlaufen können. Aber natürlich hat Aronsson das entschieden. Nilsson hat in seinem ganzen Leben wahrscheinlich noch nie eine selbstständige Entscheidung getroffen. Wahrscheinlich geht er noch nicht mal scheißen, ohne seinen Schwager zu fragen, oder vielleicht seine Frau.«

Rask räusperte sich und spuckte gelbbraunen Speichel ins dunkle Wasser. Sailor schwieg.

»Hast du übrigens bemerkt, wie wenige wir heute Morgen bei der Versammlung waren? Nicht mal halb so viele wie an den ersten Tagen. Niemand will der sein, der den Jungen findet. Jetzt nicht mehr. Also lassen sie solche wie dich und mich die Scheißarbeit machen. Weil wir von Aronsson abhängig sind. Alle, die immer noch nach dem Jungen suchen, sind entweder Aronssons Angestellte oder seine Mieter. Oder Kunden oder Pächter, oder sie schulden ihm einfach nur Geld.«

Rask spuckte wieder aus. Der schwere Speichel klatschte auf die Teichoberfläche, verschreckte ein paar Wasserläufer und bildete einige müde Ringe, die fast unmittelbar vom träge fließenden Wasser verschluckt wurden. Dann hob er die Flasche vom Boden auf.

»Ich muss außerdem noch an was anderes denken.« Rask hielt die Branntweinflasche noch in der Hand.

»Was denn?«, brummte Sailor, der einsah, dass die Flasche nicht geöffnet werden würde, solange er nicht nachgefragt hatte.

»Wir haben jetzt fast eine Woche lang kreuz und quer gesucht, die Polizei war mit Hunden unterwegs, und Månsson, dieser Trottel, hat es sogar geschafft, einen Hubschrauber aus Malmö anzufordern. Außer diesem Schuh haben wir nicht die kleinste Spur von dem Jungen. Er ist wie vom Erdboden verschluckt.«

Rask öffnete die Flasche und nahm ein paar nachdenkliche Schlucke, anstatt sie erst anzubieten.

»Mm …« Sailor befeuchtete seine Lippen.

»Ich glaube, dass irgendwas anderes passiert ist.«

Rask nahm noch einen Schluck und sah ihn auffordernd an.

Sailor versuchte sich auszurechnen, was er wohl sagen sollte. Er dauerte ein paar Sekunden, bis er darauf kam.

»Meinst du etwa, jemand hat sich mit Absicht an dem Jungen vergriffen? Wer denn?«

Rask zuckte mit den Schultern und reichte ihm die Flasche. Sailor nahm ein paar tiefe Schlucke. Dann zur Sicherheit noch einen, falls es keine weitere Runde mehr geben sollte. Der Alkohol brannte im Hals und verströmte eine angenehme Wärme bis in den Magen hinunter.

»Es gibt einige, die die Aronssons nicht leiden können«, erwiderte Rask. »Das meiste Geld, mit dem Harald Aronsson die ganze Gegend aufkauft, kommt von den Geschäften, die sein Vater im Krieg gemacht hat, das wissen doch alle. Assar Aronsson war ein Geizhals, der hat nie ein schlechtes Geschäft gemacht. Wobei Harald gerissener ist als sein Vater. Ich hab gehört, dass er Kontakte zur Bank hat. Er weiß genau, wer knapp bei Kasse ist und keine andere Wahl hat, als seine unverschämten Angebote für einen Wald, ein Stück Land oder ein Haus anzunehmen. Er bereichert sich auf Kosten der anderen. Und trotzdem sitzt die ganze Familie schön brav in der Kirche, in der ersten Reihe. Aronsson, seine Schwester, ihr Waschlappen von einem Mann und die Kinder. Ordentlich frisiert, schick angezogen und scheinheilig. Aber keiner traut sich, was zu sagen. Und was die Schwester angeht, da gibt es ja noch eine Geschichte, über die niemand spricht.«

Rask machte eine auffordernde Handbewegung, und Sailor gab ihm widerwillig die Branntweinflasche zurück.

»Magdalena Aronsson und ich sind zusammen in die Schule gegangen. Sie war schon damals verdammt hübsch. Rote Haare, lange Beine und hier und da schön rund. Wir waren viele, die bei ihr Schlange standen. Magda war nicht gerade eine keusche Jungfer, wenn du verstehst, was ich meine.«

Rask grinste, und man sah dabei seinen Tabak unter der Oberlippe. Sailor versuchte das Grinsen zu erwidern.

»Magda gefiel es, wenn man ihr den Hof machte, sie flirtete gerne. Der alte Aronsson und ihr großer Bruder bewachten sie wie die Hunde. Ich und alle anderen, die ihr zu nahe kamen, bekamen es mit Harald und seiner Gang zu tun. Ich musste zu Hause lügen, habe behauptet, ich wäre mit dem Moped gestürzt, um die blauen Flecken zu erklären. Trotzdem hat Magda mich weiter ermuntert. Mich angemacht. Als der alte Aronsson starb, haben bestimmt noch einige außer mir gehofft, dass wir jetzt freie Bahn haben.«

Er spuckte zum dritten Mal aus.

»Aber Magda ist nach Kopenhagen abgehauen. Wahrscheinlich hat sie was Besseres gesucht als einen einfachen Bauerntölpel. Ironischerweise hat sie aber als Ebbe Nilssons Frau geendet. Mit dem besten Freund vom großen Bruder verheiratet, näher kann man der Inzucht wohl nicht kommen, was?«

Rask trank den letzten Rest Branntwein und schmiss die leere Flasche dann ins Wasser. Sailor folgte ihr sehnsüchtig mit dem Blick.

»Jaja …« Rask nahm die Draggleine in die Hand, löste den Anker von der Reling und ließ ihn wieder ins Wasser sinken. »Es gibt einige Leute hier in der Gegend, die einen Grund hätten, den Aronssons eins auszuwischen. Wenn unser Polizeichef ein bisschen was draufhätte, hätte er eine Liste gemacht und wäre alle nacheinander durchgegangen, anstatt uns zu zwingen, so sinnlose Sachen wie das hier zu machen. Und du und ich, wir wissen beide, mit wem er hätte anfangen sollen, stimmt's? Mit deinem Jagdkumpel Tommy Rooth.«

Sailor antwortete nicht, sondern beobachtete nur die Leine, die durch Rasks Hände lief. Dezimeter für Dezimeter, bis der Anker den Boden berührte, tief unten in der schlammigen Finsternis. Er griff nach den Rudern und machte ein paar lustlose Schläge. Das Boot glitt etwa einen halben Meter durch das dunkle Wasser, blieb aber abrupt stehen, als sich die Leine spannte.

»Treffer«, sagte Rask. »Was denkst du, was für einen Mist wir dieses Mal haben? Vogel, Fisch oder was dazwischen?«

Er begann an der Leine zu ziehen, aber die bewegte sich kaum.

»Ruder ein Stück zurück«, befahl er. Er stemmte sich mit den Füßen gegen die Bootswand und versuchte es noch einmal. Aber worin auch immer der Anker sich verfangen hatte, es gab nicht nach. »Verdammt!«

Rask stand auf und stemmte sich noch einmal gegen das Boot, bevor er wieder an der Leine zerrte.

Die Bewegung brachte das Boot zum Schwanken, und einen Moment lang dachte Sailor, es würde kentern. Dann richtete sich das Boot plötzlich wieder auf.

»Es ist auf jeden Fall irgendwas Großes«, stöhnte Rask, während er weiter an der Leine zog. »Bestimmt ein Baumstamm.« Er holte die Leine ein. Grüner, schmieriger Schleim klebte daran und fiel auf die Planken.

Sailor sah, wie die Wasseroberfläche in Bewegung geriet, widerstrebend, so als wolle der Teich das, was am Anker hing, nicht freigeben. Er hielt die Luft an.

»Jetzt aber«, stöhnte Rask.

Das Wasser blubberte. Irgendetwas Dunkles ließ sich dort unten erahnen, dann etwas Helles. Ein Bündel. Sailors Magen krampfte sich zusammen. Ein Kopf, Schultern, etwas, das wie ein Arm aussah.

Ohne Vorwarnung rutschte das Bündel vom Dragganker ab, sodass Rask nach hinten fiel. Er schlug mit dem Kopf gegen die Ruderbank, und das Boot schwankte heftig nach Steuerbord. Dunkles Wasser schwappte über die Reling, und Sailor stand schnell auf, um das Gewicht auf die andere Seite zu verlagern. Aber es war zu spät. Das Wasser strömte über die Reling, und der zähe, stinkende Schlamm verschluckte das ganze Boot, Rask und ihn selbst.

7

Sie weiß, dass sie süchtig ist. Zwischen achtzehn und fünfundzwanzig hat sie das meiste ausprobiert: Ecstasy und Koks, um Party zu machen, Hasch und Benzos, um runterzukommen. Und wenn sie ehrlich ist, war sie später auch nicht ganz clean. Aber erst als sie anfing, sich zur Therapeutin ausbilden zu lassen, entdeckte sie, welche Droge für sie am besten war: die Trauer anderer Leute.

Die Freitagsgruppe besteht aus acht Personen. Es sind ungefähr dieselben, die auch montags kommen, daher kennt sie inzwischen die Namen der meisten Teilnehmer. Letzte Woche wurden neben der Trauerbegleitung außerdem noch zwei Therapiegruppen für Alkoholiker angeboten, eine für Spielsüchtige und eine für deprimierte Arbeitslose. Auch wenn diese Art von Problemen nicht dasselbe wie echte Trauer ist, haben die Monate, die sie weg war, sie so empfänglich gemacht, dass auch dabei ihre Endorphine ausgeschüttet werden. Und sie beherrscht das Eis inzwischen fast perfekt. Sie kann einen Spalt öffnen, gerade groß genug, damit die Gruppe sie als eine von ihnen erkennt, und ihn dann schnell wieder schließen, bevor sie Gefahr läuft, in die Tiefe gezogen zu werden.

Ruud taucht immer noch zwischendurch am Rand auf, aber er hat die Überwachung gelockert und sitzt meistens in seinem Büro. Das passt ihr sehr gut, gibt ihr mehr Möglichkeiten, sich auf ihr Ding zu konzentrieren.

Elsa, die grauhaarige Frau mit den Sorgenperlen, hat wieder von ihrer Tochter erzählt, die an Krebs gestorben ist, und ihre Trauer hat erneut eine halbe Seite im Block gefüllt.

Jetzt hat gerade Sture das Wort, ein Rentner mit spärlichem Haar und rauer Haut, als die Tür aufgeht und ein blonder, etwa fünfundzwanzigjähriger Mann hereinkommt. Er bleibt nicht stehen und drückt sich verlegen an der Tür herum wie alle anderen, sondern kommt über den zerschlissenen Teppichboden direkt auf die Gruppe zugeschlendert. Er scheint genau zu wissen, wohin er will und warum.

Sture erzählt weiter von der Trauer um seinen Bruder, aber Veronica hört ihm nicht mehr zu. Irgendetwas an dem Neuankömmling zieht ihre Aufmerksamkeit an. Er sieht gut aus, das lässt sich nicht leugnen. Hat breite Schultern und einen schlanken Körper. Die Haut ist sonnengebräunt, die Augen sind hellblau, und als er ihren Blick bemerkt, lächelt er. Der eine Ärmel seines T-Shirts ist ein Stück aufgerollt, und darunter zeichnet sich der viereckige Umriss einer Zigarettenschachtel ab. Er muss den Trick in einem James-Dean-Film gesehen haben, aber im Gegensatz zu den allermeisten, die versuchen, das Klischee zu bedienen, ist er so selbstsicher, dass man es ihm durchgehen lässt.

Kurz kribbelt es irgendwo unterhalb ihres Zwerchfells, und eine heisere Stimme in ihrem Kopf rechnet aus, wie viele Monate es genau her ist, seit sie das letzte Mal mit jemand anderem Sex hatte als mit sich selbst.

Der Mann nickt ihr zu, nimmt sich einen Klappstuhl und setzt sich. Sie zwingt sich wegzuschauen, sich wieder auf Sture und seinen toten Bruder zu konzentrieren und den Stift wieder dazu zu bringen, seine Erzählung aufzusaugen. Aber plötzlich ist das überhaupt nicht mehr so befriedigend wie noch vor ein paar Minuten. Die Trauer bleibt nicht mehr an der Seite haften, und ihr Blick wandert immer wieder zu dem Blonden. Er sitzt vornübergebeugt auf seinem Stuhl, die Ellenbogen auf den Knien, und scheint dem, was Sture zu erzählen hat, intensiv zuzuhören. Seine Ausstrahlung unterscheidet sich so markant von der der anderen Teilnehmer, dass er die Aufmerksamkeit der gesamten Gruppe auf sich zieht, genau wie das Licht der Straßenlaterne die Motten vor ihrem Zimmerfenster anlockt.

Zum Schluss bemerkt auch Sture, was vor sich geht. Er verstummt und starrt ein paar Sekunden lang dümmlich vor sich hin, als ob er nicht richtig wüsste, was er tun soll. Sie rettet ihn, bevor es peinlich wird.

»Danke, Sture.«

Von den übrigen Teilnehmern ist leises Gemurmel zu hören. Eigentlich sollte Mia jetzt das Wort haben, deren Mann bei einem Arbeitsunfall gestorben ist und deren Tragödie schon fast eine ganze Seite im Block füllt. Aber alle schauen den blonden Mann an, sogar Mia, deshalb beschließt sie, die Regeln ein bisschen zu ändern.

»Wir haben einen neuen Teilnehmer. Willkommen. Ich heiße Veronica Lindh und bin Gesprächstherapeutin.« Sie nickt dem Blonden zu und erhält ein Lächeln zur Antwort, das angesichts der Umstände etwas zu entspannt wirkt. »Vielleicht weißt du das schon, aber wir alle hier in der Gruppe haben jemanden verloren, der uns nahestand. Indem wir unsere Trauer teilen, versuchen wir, an ihr zu arbeiten und weiterzukommen. Wir stellen uns gegenseitig Fragen, aber nie über Details, sondern nur über Gefühle. Wir zeigen einander Respekt und Mitgefühl.«

Sie hält inne und erwartet beinahe, dass sein Lächeln verschwindet, dass er aufsteht und sich entschuldigt und erklärt, dass er sich in der Gruppe und der Zeit geirrt hat.

Stattdessen präsentiert er weiter sein etwas zu charmantes Lächeln, wie um zu zeigen, dass er genau da ist, wo er hingehört. Sie schlägt eine neue Seite in ihrem Notizblock auf und sieht sich kurz nach Ruud um, aber der ist zum Glück nicht zu sehen.

»Hast du Lust, dich vorzustellen und von deinem Kummer zu erzählen?«

Sie zückt den Stift und wartet.

»Hallo, zusammen. Ich heiße Isak …« Der Mann zögert kurz, als ob er nicht wüsste, ob er seinen Nachnamen verraten soll. »Als ich so fünf, sechs Jahre alt war, habe ich meinen besten Freund verloren. Er ist verschwunden, und ich habe nie herausgefunden, was eigentlich passiert ist. Danach war irgendwie nichts mehr wie vorher, weder in meiner Familie noch in dem Dorf, in dem wir gewohnt haben. Es war, als hätte sich eine große Leerstelle gebildet, die niemand richtig füllen konnte. Ich denke immer noch oft an ihn. Frage mich, was ihm passiert ist.«

Isaks Dialekt kommt ein ganzes Stück aus dem Norden, aber irgendwas an der Satzmelodie passt nicht richtig dazu. Er schaut sie kurz an, als würde er auf eine Anweisung warten, bevor er fortfährt. Aber sie sitzt reglos da. Das gute Gefühl von den anderen Erzählungen ist auf einmal weg, und sie hört, wie das Eis in Bewegung gerät.

Isak wartet noch einen Moment darauf, dass sie etwas sagt, und will gerade weiterreden, als der bärtige, verbitterte Lars den Mund aufmacht.

»Was meinst du damit, dass dein Freund *verschwunden* ist?« Der Ton ist scharf, aber zugleich interessiert. Lars hat noch nie zu jemandem in der Gruppe etwas gesagt, nachdem er seinen Dampf abgelassen hat und seine Wut und Rachefantasien losgeworden ist.

Isak lehnt sich auf seinem Stuhl zurück. Sein Gesichtsausdruck ist nicht mehr ganz so selbstsicher, und sein Lächeln wirkt ein bisschen verkrampft.

»Also … Er war abends draußen und hat gespielt. Als

seine Mutter nach ihm gerufen hat, ist er nicht gekommen. Das ganze Dorf hat über eine Woche nach ihm gesucht, aber man hat ihn nie gefunden. Er war einfach … weg.«

Das Geräusch von berstendem Eis in ihr nimmt zu. Sie will das Wort gerade an jemand anderen weitergeben, als Lars noch eine Frage stellt, die alles verändert.

»Meinst du, so wie Billy Nilsson?« Lars klingt beinahe ausgelassen. Er wendet sich an die anderen in der Runde. »Ihr erinnert euch doch an ihn? Den Jungen, der zu Beginn der Achtziger verschwunden ist.«

Unter den Teilnehmern bricht Gemurmel aus. Sie müsste jetzt eingreifen und das Gespräch wieder unter Kontrolle bekommen. Aber sie kann nicht.

Lars steht auf. In seinen sonst leeren Blick ist Leben eingekehrt. Er macht einen Schritt in den Kreis hinein, sucht Unterstützung bei den anderen. »Das Verschwinden von Billy Nilsson hat große Schlagzeilen in der Zeitung gemacht. Die Leute sprachen damals von nichts anderem. Billy war knapp fünf, er hat auf dem Land gewohnt, in Schonen. Ist er der, den du meinst? War Billy dein Freund?«

Isak windet sich verlegen und sucht ihren Blick. Lars hat gegen die Regeln verstoßen. Außerdem ermuntert er noch die anderen dazu, und sie hätte ihn schon längst stoppen sollen. Stattdessen sitzt sie ganz still da. Ihr Kopf und ihr Körper sind steif von der Kälte, die durch ihre Adern fließt.

»Wurde er nicht gekidnappt?«, fragt eine piepsige Stimme von rechts. Sie gehört einer Frau um die fünfzig mit Aknenarben. Annika, oder vielleicht Anita. Veronica hat plötzlich die Namen vergessen.

Lars breitet eifrig die Arme aus, wie um zu sehen, ob jemand noch mehr dazu zu sagen hat. Ein Gewirr von

Stimmen entsteht, während der Riss in ihrer Brust immer größer wird.

»Meine Eltern haben mich monatelang nicht mehr allein irgendwohin gehen lassen.«

»Wurde denn Lösegeld gezahlt?«

»Hat man jemals herausgefunden, wer es war?«

Sie spürt, dass Isak sie anstarrt. Er hat einen fast bittenden Ausdruck in den Augen, aber da ist noch etwas anderes. Etwas, das sie nicht identifizieren kann. Vielleicht Schmerz oder einfach nur Mitleid?

»Eine schreckliche Geschichte, das Ganze.«

»Arme Familie.«

Der Spalt weitet sich immer mehr, dunkles Wasser wird sichtbar. Sie öffnet den Mund, schnappt nach Luft, um laut schreien zu können. Sie will schreien, dass sie den Mund halten sollen. Dass sie nicht durch das Eis brechen will. Dass sie …

»Setz dich, Lars!« Ruuds bestimmter Ton lässt die Kakofonie an Stimmen sofort verstummen. Lars bleibt stehen und sieht Ruud, der sich dem Gesprächskreis langsam nähert, trotzig an.

»Wir haben doch wohl das Recht, Fragen zu stellen?«

»Du kennst die Spielregeln. Frag nach Gefühlen, nicht nach Details.«

»Okay, Entschuldigung.« Lars hebt die Hände. Dann dreht er sich zu Isak um und zeigt mit einem groben, schwieligen Finger auf ihn. »Wie hast du dich gefühlt, als dein Freund Billy verschwunden ist? Weißt du, wer ihn entführt hat?«

Veronica versucht, ihren Körper unter Kontrolle zu bringen, etwas zu tun oder zu sagen, irgendwas. Aber alles, was sie tun kann, ist, genau wie die anderen Teilnehmer Isak wie verhext anzustarren.

Ruud macht einen raschen Schritt in den Kreis und stellt sich zwischen Lars und Isak. »Jetzt reicht es, Lars.«

Lars wirft Ruud einen wütenden Blick zu. Seine Augen sind gerötet, die Haut teigig und durchscheinend. Ein feines Netz aus geplatzten Äderchen färbt seine Wangen und die Nasenspitze rosa und blau.

Die beiden Männer sind in etwa gleich groß, aber Lars ist dreißig Jahre jünger und viel durchtrainierter. Trotzdem scheint Ruud keinerlei Angst vor ihm zu haben.

»Du hast getrunken, Lars«, sagt Ruud leise, beinahe freundlich. »Du weißt, dass das hier nicht erlaubt ist. Ich muss dich bitten zu gehen.«

Lars öffnet den Mund, ballt die Hände zu Fäusten und macht einen halben Schritt nach vorn. Einen Moment lang sieht es so aus, als wolle er zuschlagen. Veronica hält die Luft an, und der ganze Raum scheint dasselbe zu tun. Ruud rührt sich nicht vom Fleck. Er sieht den anderen Mann nur fest an. Lars' Blick beginnt zu flackern. Er glotzt Isak an, dann sie, dann wieder Ruud.

»Ach, fahrt doch zur Hölle!«

Er macht auf dem Absatz kehrt und wirft zwei Klappstühle um, sodass der Kreis aufgebrochen wird. Die Stühle segeln über den Boden wie große, blecherne Herbstblätter.

Ruud wartet, bis die Tür hinter Lars zuschlägt.

»Die Regeln sind dafür da, dass sich alle sicher fühlen«, sagt er. »Jeder von euch wählt selbst, was er mitteilen möchte und wie viel. Niemand hat das Recht, jemanden infrage zu stellen oder ins Kreuzverhör zu nehmen. Verstanden?«

Er lässt den Blick im Kreis wandern. Von allen Teilnehmern bekommt er ein verschämtes oder zustimmendes Nicken.

»Ich denke, es ist Zeit, für heute Schluss zu machen, oder was meinst du, Veronica?«

Der Name löst ihre Lähmung. Sie quetscht ein zustimmendes »Mmm« heraus. Dann holt sie tief Luft und fügt mechanisch hinzu: »Bis nächste Woche.«

Sie steht auf und macht ein paar unsichere Schritte. Aber zu dem Zeitpunkt ist Isak schon fast an der Tür.

»Entschuldige, Veronica. Ich habe nur eine Frage.« Es ist Sture mit der Halbglatze, der offenbar gemerkt hat, dass er seine Erzählung über den toten Bruder nicht beenden konnte. Er hält sie noch fünf lange Minuten auf, und weil Ruud sie beobachtet, strengt sie sich aufs Äußerste an, so auszusehen, als würde sie genau zuhören. In Wahrheit hört sie kein Wort von dem, was Sture sagt. Alles, was sie hört, ist ein singender metallischer Laut, der an das Sirren von U-Bahn-Schienen erinnert, in dem Moment, bevor der Zug angerast kommt. Das Geräusch von dickem Eis, das kurz davor ist nachzugeben.

8

SOMMER 1983

Und ihr seid euch immer noch sicher, dass ihr das wirklich gesehen habt?«

Die Männer, die vor Månsson im Gras saßen, trugen beide eine gelbe Rettungsdecke um die Schultern. Die Sommerwärme hatte inzwischen schon ein, zwei Stunden Zeit gehabt, sie zu trocknen, aber sie sahen eigentlich immer noch wie zwei ertränkte Katzen aus. Ihre Gesichter waren grau umrandet, das Haar und die Kleider mit einer Mischung aus Schlamm und Algen getränkt, weshalb sie schlimmer stanken als Hühnerkacke.

»Es war der Junge«, sagte Rask. »Er ist da unten, oder nicht, Sailor?«

Der andere Mann antwortete nicht, zuckte nur vage mit den Schultern.

»Du scheinst mir nicht mehr ganz so sicher zu sein, Olsson«, bemerkte Månsson und beugte sich näher zu ihm hin. Sailor wich seinem Blick aus, schaute ins Gras.

»Wir sind uns sicher«, sagte Rask schroff. »Warum sollten wir lügen?«

Weil ihr zwei der schlimmsten Trinkbrüder der ganzen Gegend seid und man den Branntwein noch durch den Schlammgestank hindurch riecht, dachte Månsson. Aber er beschloss, diesen Gedanken erst einmal für sich zu behalten. Ihm kam in den Sinn, dass auch eine kaputte Uhr zweimal am Tag die richtige Uhrzeit anzeigte.

Hinter ihm waren einige Männer damit beschäftigt, mit einem Traktor, so gut es ging, das gekenterte Boot zu bergen, das fast komplett mit Schlick bedeckt war. Ein anderes, größeres Boot lag draußen in der Mergelgrube, und seit bald einer Dreiviertelstunde warf man an der von Rask angezeigten Stelle doppelte Dragganker aus, ohne einen einzigen Fang gemacht zu haben.

Månsson war sofort ins Auto gesprungen, sobald er die Nachricht erhalten hatte. Innerhalb einer Stunde hatte er ein neues Boot und eine Suchausrüstung besorgt. Die Bewegungen der Männer draußen auf dem Boot zeigten jetzt aber deutlich, dass die erste Entschlossenheit einem nagenden Zweifel Platz machte, genau wie bei ihm selbst.

»Wir haben ihn so klar und deutlich gesehen wie dich jetzt«, sagte Rask, der offenbar langsam einsah, dass seine Glaubwürdigkeit infrage gestellt wurde. »Aber die Mergelgrube ist bodenlos. Er kann wer weiß wie tief liegen.«

»Drei Meter«, erwiderte Månsson.

»W-was?«

»Knapp drei Meter an der tiefsten Stelle, behaupten die Jungs da draußen.« Er machte eine Handbewegung Richtung Boot. »Habt ihr das nicht gemerkt, als ihr hier vorhin gebadet habt?«

Rask ging nicht auf die Ironie ein. »Dann kann man die Grube doch auspumpen. Lass die Feuerwehr anrücken und den ganzen Scheiß rausholen.«

»Vielleicht«, murmelte Månsson. Er hatte das selbst schon in Erwägung gezogen und auch überlegt, Taucher herzuholen. Er bezweifelte allerdings, dass jemand freiwillig in das träge dahinfließende Wasser steigen und blindlings am Grund herumtasten würde. Wer wusste schon, welcher Müll in all den Jahren in die Mergelgrube geworfen worden war. Und selbst wenn sich jemand bereit erklärte, war sich Månsson nicht sicher, ob er dieses Risiko eingehen sollte, einzig aufgrund dessen, was die beiden Zeugen glaubten gesehen zu haben.

Månsson warf einen Blick auf seine Uhr und sah die beiden Männer dann noch einmal streng an. Sailor schaute immer noch abwesend ins Gras, und selbst Rasks Blick begann unruhig zu werden. Noch eine halbe Stunde, dachte Månsson. Dann würde er diesen Einsatz abbrechen und die beiden Saufkumpane nach Hause schicken.

Eine Wahrnehmung aus dem Augenwinkel ließ ihn herumfahren. Die Männer draußen auf dem Boot hatten ihr Bewegungsmuster plötzlich verändert. Schnelle, resolute Handgriffe. Eine gespannte Leine.

»Wir haben was gefunden«, rief einer von ihnen. »Was Großes.«

Månsson machte ein paar Schritte auf das Ufer zu. Er schirmte die Augen mit der Hand ab, um besser sehen zu können. Das Boot lag nicht mehr als vier Meter entfernt, und er sah, wie die Männer kämpften, um noch einen Dragganker an dem Gegenstand, der sich am Grund befand, zu befestigen. Nach ein paar Anläufen gelang es ihnen.

»Wir ziehen jetzt hoch!« Die beiden Leinen spannten sich und wurden dann langsam eingeholt.

Rask war aufgestanden, hatte sich neben Månsson gestellt und war so aufgeregt, dass er mit einem Fuß ins Wasser trat.

Die Draggleinen wurden weiter eingeholt. Das Boot schaukelte unter der Last des Gegenstandes, der an den Ankern hing. Rask spuckte nervös aus. Månsson spürte, dass sein Herz schneller schlug.

Die Leinen wurden immer kürzer. Das Wasser dicht am Boot kam in Bewegung, gab sein Geheimnis nur widerwillig preis.

»D-da«, keuchte Rask. »Das ist er.«

Eine dunkle, mit schwarzem Schlamm bedeckte Gestalt, deren Gliedmaßen aber deutlich zu erkennen waren, tauchte an der Oberfläche auf. Ein Rumpf, zwei Arme. Månsson schnappte nach Luft. Das Herz klopfte ihm bis zum Hals.

Sie hatten ihn gefunden! Sie hatten den kleinen Billy gefunden!

Es war, als würde er von einer schweren Last befreit. Billys Tod war ein Unglück. Ein fürchterliches, tragisches Unglück, das das Dorf nie vergessen würde. Aber er hatte seine Arbeit getan. Die Aufgabe gelöst. Und niemand konnte etwas anderes behaupten.

Der Körper wurde langsam hochgezogen, blieb über der Reling des schaukelnden Bootes hängen, die Beine noch im Wasser.

Plötzlich stellte Månsson fest, dass irgendetwas nicht stimmte. Die Proportionen waren völlig falsch. Das war kein kleiner Junge. Eher ein erwachsener Mann. Oder etwas, das so aussehen sollte. Der Kopf war ein sackartiges Bündel, die Hände fehlten. Hier und da schaute die Füllung aus dem zerschlissenen Overall.

»Eine Vogelscheuche«, rief einer der Männer vom Boot. »Das ist eine verdammte Vogelscheuche.«

9

Die Kiste steht auf einem Regalbrett ganz oben in der Kleiderkammer des Schlafzimmers, und Veronica muss sich auf einen Hocker stellen, um sie herunterzuholen. Eine dicke, graue Staubschichte liegt auf dem Deckel, und als sie die Kiste zu sich heranzieht, bringen die Staubwolke und die halbe Flasche Wein, mit der sie sich Mut angetrunken hat, sie beinahe zum Stürzen.

Sie stellt die Kiste auf den Couchtisch, sitzt still da und starrt sie minutenlang an. Der Rotwein ist gut gegen die innere Kälte, also trinkt sie noch ein paar Schlucke, bevor sie es wagt, den Deckel zu öffnen.

Ganz oben liegen ein paar vergilbte Zeitungsausschnitte, die von einer Büroklammer zusammengehalten werden. Die Schlagzeile und die grobkörnigen Fotos auf dem ersten Blatt schlagen sofort einen Eispflock durch die Rotweinwärme.

Wer hat Klein Billy entführt? Ein Rätsel, das nach fünfzehn Jahren noch ein ganzes Dorf plagt.

Sie schenkt sich ein weiteres Glas Wein ein und leert es fast in einem Zug. Die Wärme kehrt zurück. Der Zeitungsartikel ist vom Sommer 1998. Es ist also fünf Jahre her, dass sie die Kiste geöffnet hat. Fünf Jahre, seit sie ihre private Trauersammlung zum letzten Mal erweitert hat. Das war vermutlich, kurz bevor sie hierhergezogen ist. Bevor sie angefangen hat, als Therapeutin zu arbeiten. Lange vor Leon.

Natürlich hätte sie alle Zeitungsausschnitte wegwerfen sollen, anstatt sie mit hierher zu nehmen und in der Kammer zu verstecken. Ihr Therapeut könnte ihr bestimmt erklären, welcher psychologische Mechanismus sie daran hindert, aber obwohl sie sich während ihrer langen Krankschreibungszeit zweimal pro Woche getroffen haben, hat sie ihm nichts von Billy erzählt. Sie spricht mit niemandem über Billy. Sie hat ihn und Mama unter dem Eis versteckt, hat geglaubt, sie sei in Sicherheit.

Sie legt die raschelnden Zeitungsausschnitte beiseite, ohne noch mehr von ihnen zu lesen. Darunter findet sie in der Kiste den braunen Umschlag. Schnell leert sie ihr Glas. Sie wartet, bis der Wein den Raum weicher aussehen lässt, bevor sie das Kuvert öffnet.

Das erste Bild stammt vom Fotografen zu Hause im Dorf und zeigt ihren kleinen Bruder. Billy ist fein angezogen und sitzt auf einem antiken weißen Stuhl. Blond, neugierige blaue Augen und eine kleine Stupsnase. Er lacht in die Kamera, wahrscheinlich, weil der Fotograf ein lustiges Gesicht macht. Weiter unten in der Kiste gibt es ähnliche Fotos von ihr und Mattias, aufgenommen, als sie ungefähr im gleichen Alter waren. Derselbe Stuhl, derselbe braungraue Hintergrund, das gleiche unbekümmerte Lachen. Sie dreht das Bild von Billy um. Es ist auf Februar 1982 datiert, anderthalb Jahre vor seinem Verschwinden.

Die Weinflasche hat sich auf wundersame Weise geleert, deshalb geht sie in die Küche und holt sich eine neue. Das rote Lichtauge des Telefons schaut sie vorwurfsvoll an.

Sie dreht ihm den Rücken zu und geht zum Sofa zurück.

Das nächste Foto ist ein Familienporträt, das wahrscheinlich bei derselben Gelegenheit aufgenommen wurde. Mama sitzt auf einem Stuhl, Mattias und sie stehen rechts und links von ihr, und Billy sitzt auf ihrem Schoß. Papa steht hinter der Mutter, eine Hand liegt auf ihrer

Schulter. Die gestelzte Geste war die Idee des Fotografen, ihre Eltern haben sich definitiv nie so angefasst. Der stolze Blick in Papas Augen ist dagegen echt und geht gerade durch die Kamera hindurch. Die Mutter schaut ein bisschen schräg zu Billy hinunter. Auf dem Bild muss sie dreiunddreißig sein, fast genauso alt wie Veronica jetzt. Sie ähneln sich noch mehr, als sie es in Erinnerung hatte, es ist fast beängstigend. Haarfarbe, Gesichtsform, Haltung. Mama sieht Billy mit einem so weichen Blick an, dass es Veronica wehtut. Sie schließt die Augen für ein paar Sekunden, redet sich ein, dass die Ähnlichkeit nur das Aussehen betrifft. Dass sie und ihre Mutter zwei ganz unterschiedliche Menschen sind.

Rechts von der Mutter steht Mattias und sieht verlegen aus. In einer Woche wird er fünfzehn. Das Hemd, die Krawatte und der Anzug sind neu und mindestens eine Nummer zu groß. Außerdem hat Mama ihn gezwungen, das kleine Oberlippenbärtchen wegzurasieren, auf das er so stolz war, wodurch seine Oberlippe ein bisschen rosa aussieht. Er hat nicht protestiert. Keinen Mucks gesagt. Denn Mattias ist ein gehorsamer Junge, er macht immer das, was man von ihm erwartet.

Billy strahlt in die Kamera, genau wie auf dem anderen Bild. Mit seinen blonden Haaren und blauen Augen ist er der Blickfang des Fotos. Seine Kleider sind hell, neu und sitzen perfekt.

Sie selbst starrt wütend unter der rotblonden Stirnlocke hervor. Das Kleid, das sie trägt, ist babyblau mit kleinen weißen Rosetten am Saum und auf der Brust. Tante Helga, die eigentlich nicht ihre Tante ist, sondern Mamas, hat es genäht. Das Kleid wäre für ein achtjähriges Mädchen wahrscheinlich süß gewesen, aber auf dem Foto ist sie schon fast dreizehn. Sie hat lange, staksige Beine, und unter der Brustpartie des Kleides sind deutlich zwei kleine Erhebungen zu sehen. Sie haben sich vor dem Fototermin wegen des Kleides gestritten, und wie immer, wenn sie und ihre Mutter lange herumdiskutierten, ist ihr Papa gekommen, hat sie beiseitegenommen und sie gebeten, ihre Mutter glücklich zu machen.

Veronica beugt sich vor, kneift die Augen zusammen und betrachtet sich selbst genauer. Das Gesicht ist der Kamera zugekehrt, das Kinn gesenkt. Der Blick geht schräg zur Seite, wie sie jetzt erkennt. Er ist auf Mama und Billy gerichtet, nicht auf den Fotografen. Sie gibt dem dunklen Blick die Schuld dafür, dass die Fotografie gealtert ist. Alle hellen Farben sehen ein wenig gedämpft aus, und die dunkleren Nuancen, wie in ihren Augen, sind fast schwarz. Wenn sie das Bild mit etwas Abstand betrachtet, wirkt es beinahe so, als hätte jemand einen dünnen, dunklen Filter über das ganze Motiv gelegt. Wie eine Warnung, eine Vorahnung dessen, was kommen sollte.

Sie legt das Foto beiseite, schüttelt das Gefühl ab. Das ist mit Sicherheit nur Einbildung. Ein spannender Cocktail aus nachträglichen Erklärungsversuchen und Alkohol. Trotzdem kann sie den Blick nicht ganz von dieser über zwanzig Jahre alten Momentaufnahme lassen.

Das Weinglas ist schon wieder leer, und sie greift nach der Flasche. Erst als sie etwas danebengießt und ein Schuss Rotwein auf dem Couchtisch landet, sieht sie ein, dass sie betrunken ist. Reflexartig wischt sie mit dem Ärmel darüber, sodass der verwaschene Baumwollstoff den Wein aufsaugt. Dann hebt sie den Arm und betrachtet fasziniert den wachsenden Fleck. Sie spürt die Feuchtigkeit auf der Haut, auf der Narbe, stellt fest, dass der Weinfleck wie Blut aussieht. Sie schaudert, stopft die Fotos schnell zurück in die Kiste und steht mit wackligen Beinen auf.

Sie geht in die Küche, um den Spüllappen zu holen und den Rest des verschütteten Weins aufzuwischen. Vor dem Telefon bleibt sie stehen, das rote Auge leuchtet immer noch, jetzt eher traurig als anklagend. Leons letzte Nachricht befindet sich noch auf dem Anrufbeantworter, obwohl sie sich vorgenommen hatte, sie zu löschen. Alles andere hat sie entsorgt: seine Kleider, die Zahnbürste und den Rasierer. Die kleinen Zettel, die er immer auf dem Küchentisch hinterlassen hat, und die Geschenke, die er ihr auf ihren Reisen gekauft hat. Auf einem Grillplatz eine Autostunde südlich hat sie alles verbrannt. Sie hat die Sachen mit flüssigem Grillanzünder getränkt, bis die Flammen alles verzehrt haben. Sie hat alle Spuren von dem ausgerottet, was sie einmal zusammen hatten.

Sie tippt den Code ein, spult zurück, hört sich den letzten Satz an.

»Du musst damit aufhören.« Leons Stimme klingt nicht wütend, nur erschöpft. »Liebe Veronica. Du musst jetzt damit aufhören.«

10

SOMMER 1983

Månsson hatte sich so lange wie möglich davor gescheut. Er hatte nach anderen Beschäftigungen gesucht, *wichtigen* Dingen. Aber Tatsache war, dass er das Gespräch nicht länger aufschieben konnte.

Zum jetzigen Zeitpunkt hatten sie in einem Radius von fünf Kilometern um den Hof Backagård jedes Feld durchsucht, jede Wiese, jeden Stall, Schuppen, Brunnen, jede Mergelgrube, jeden Bachlauf, jeden Pfad. Einiges davon mehr als einmal. Seine Polizisten hatten mit allen Nachbarn und Ortsansässigen gesprochen, die irgendwie mit der Sache zu tun haben könnten. Jetzt stand für Månsson fest, dass er zu Ebbe und Magdalena fahren und ihnen berichten musste, was das gesamte Dorf schon wusste. Dass die Polizei, abgesehen von dem Schuh im Maisfeld, nicht die kleinste Spur ihres Sohnes gefunden hatte.

Er stand von seinem Bürostuhl auf und stellte die Jalousie schräg. Der zurückhaltende Journalist der Lokalpresse hatte in den letzten Tagen Gesellschaft bekommen. Sommer bedeutete in der Regel Nachrichtenflaute, und die Leute hatten keine Lust mehr, etwas über U-Boot-Vorfälle zu lesen. Glücklicherweise, wenn man es so nennen konnte, wütete momentan ein großer Waldbrand in Småland, was ihm ein paar ruhige Arbeitstage beschert hatte. Normalerweise hatte er nichts gegen Journalisten, und er hatte versucht, ihre Frage, so gut es ging, zu beantworten, zumindest am Anfang, als sie noch mit der Suche beschäftigt gewesen waren. Aber in den letzten Tagen schienen die Reporter der Abendzeitungen Wind bekommen zu haben, dass die Ermittlungen eine neue Wendung nahmen. Sie hatten die Nachbarn und Verwandten der Familie Nilsson zu allen möglichen Tages- und Nachtzeiten kontaktiert und waren außerdem unangemeldet mit Kameras und Teleobjektiven auf dem Hof aufgetaucht, was Månsson dazu veranlasst hatte, ein Polizeifahrzeug in der Auffahrt zu postieren. Sein Budget an Überstunden war im Prinzip schon überschritten, und die Rund-um-die-Uhr-Überwachung fraß schnell den verbleibenden Rest. Und als ob das nicht genug wäre, hatten die Journalisten auch noch angefangen, ihm selbst nachzustellen, sodass Malin zu Hause schließlich den Telefonstecker gezogen hatte. Das half zwar in dem Moment, doch heute Morgen hatten zwei Reporter vor dem Personaleingang auf ihn gewartet und nicht lockergelassen, bis er ihnen eine Pressekonferenz versprochen hatte. Aber bevor er das tat, musste er mit dem Ehepaar Nilsson reden und sie hinsichtlich der kommenden Ereignisse vorwarnen.

Er ging zum Ausgang und schaute vorsichtig durch das Fenster an der Tür nach draußen, um sich zu vergewissern, dass die Luft rein war, bevor er hinaustrat. Dann lief er die wenigen Schritte bis zu seinem blauen Volvo.

Als er die Autotür öffnete, schlug ihm die Hitze entgegen. Er nahm sich nicht die Zeit, den Wagen auszulüften, sondern schlüpfte schnell auf den Fahrersitz, startete den Motor und fuhr so schnell rückwärts, dass die Reifen auf dem weichen Asphalt quietschten. Das kunststoffüberzogene Lenkrad brannte in seinen Händen, aber er kurbelte nicht das Seitenfenster hinunter, bevor der Wagen nicht Geschwindigkeit aufgenommen hatte.

Er schaltete das Radio an, wechselte zwischen Radio

Malmöhus und Radio Kristianstad hin und her, die beide Schlager von Carola Häggkvist spielten, und landete schließlich auf P1. Die sendeten direkt vom Waldbrand oben in Småland.

»Wir tun, was wir können«, sagte der erschöpfte Feuerwehrhauptmann, der interviewt wurde. »Aber manchmal reicht das einfach nicht.«

In der Auffahrt zum Backagård hielt Månsson an und wechselte ein paar Worte mit den Polizisten im Streifenwagen. Zu spät fiel ihm ein, dass er ihnen etwas hätte mitbringen können, eine Thermoskanne Kaffee, etwas Plundergebäck oder ein paar Flaschen kalter Cuba Cola. Etwas, das gegen die Wärme und die Eintönigkeit half und zeigte, dass er sich um seine Leute kümmerte. Stattdessen hielt er das Gespräch kurz, damit sie glaubten, dass er für solche Dinge viel zu beschäftigt wäre.

Auf dem Hof stand das Tor zur Garage offen. Ebbe Nilssons Wagen stand darin, und daneben entdeckte Månsson die beiden großen Geschwister von Billy. Er wusste jetzt, wie sie hießen. Vera Nilsson, vierzehn, und ihr zwei Jahre älterer Bruder Mattias. Vera ging in die Parallelklasse seines ältesten Sohnes.

Als Månsson aus dem Dienstwagen stieg, kam ihm das Mädchen langsam entgegen. Es schirmte seine Augen mit einer Hand ab, nahm sie aber herunter, als es ihn erkannt hatte. Vera ähnelte ihrer Mutter, stellte Månsson fest. Groß, schlank, mit rotblonden Haaren und heller, sommersprossiger Haut. Sie hatte einen Zug um Nase und Mund, der sie zugleich verletzlich und bestimmt aussehen ließ, und einen forschenden Blick, der schwer zu deuten war.

»Hallo, Vera. Sind deine Eltern zu Hause?«

Das Mädchen nickte und machte eine Handbewegung Richtung Wohnhaus.

»Haben Sie etwas gefunden?« Ihre Stimme war hell, noch die eines Kindes.

Månsson schüttelte den Kopf. Er fasste sich in den Nacken, versuchte, die richtigen Worte zu finden. Worte, die hoffnungsvoll und tröstend klingen sollten.

»Noch nicht«, brachte er schließlich hervor, was zumindest besser als nichts war. »Aber wir tun unser Bestes«, fügte er hinzu und merkte, dass er fast genauso klang wie der Feuerwehrmann, den er im Radio gehört hatte.

Das Mädchen schaute ihn an, ohne etwas zu sagen.

»Wie geht es deiner Mutter? Besser?«, fragte er.

Vera zuckte mit den Achseln. Ihr Blick wanderte zur offenen Garage. Ihr Bruder war noch dort, saß mit dem Rücken zu Månsson neben seinem Moped in der Hocke und schien ein bisschen zu beschäftigt, als dass es ganz überzeugend gewirkt hätte.

Månsson beugte sich ein Stück zu dem Mädchen vor, lächelte und senkte die Stimme.

»Sein Moped ist getrimmt, oder?«

Vera riss die Augen auf und sah plötzlich fast ängstlich aus. Månsson hob beschwichtigend die Hand, er hatte sie nicht erschrecken wollen.

»Keine Sorge, das bleibt unter uns. Manchmal muss man ein kleines Geheimnis haben dürfen, nicht wahr?« Er zwinkerte ihr zu. »Willst du meines wissen?«

Sie sah ihn ein paar Sekunden lang an. Dann entspannte sie sich, lächelte ihn schief an und nickte.

»Ich stecke mir immer diese kleinen Zuckertütchen ein, die es im Restaurant gibt. Auf der Wache habe ich eine ganze Schublade voll damit. Eigentlich brauche ich sie ja nicht, aber ich kann es irgendwie nicht lassen.«

Veras Lächeln wurde breiter und ging in ein Kichern über. Da lächelte Månsson auch, als wären sie zwei Freunde, die Vertraulichkeiten austauschten.

»Mattias wollte ein Motorrad zu seinem sechzehnten Geburtstag. Er hat selber das Geld gespart, aber Mama hat es ihm nicht erlaubt. Deshalb trimmt er jetzt sein Moped.«

»Na, dann sag ihm aber, dass er vorsichtig fahren soll.« Da fiel Månsson plötzlich etwas ein. »An dem Abend, als Billy verschwunden ist, kamt Mattias und du gleichzeitig nach Hause. Du hast gesagt, dass du mit dem Fahrrad gefahren bist …?« Er hob fragend die Augenbrauen.

»Ich habe mich ziehen lassen«, sagte Vera, ohne zu zögern. »Mattias ist mit dem Moped neben mir hergefahren, und ich habe mich an seiner Schulter festgehalten. Ich lasse immer in der Allee los, und er fährt voraus, damit Papa und Mama es nicht sehen. Also, ich weiß, dass man das nicht machen soll. Sie sagen doch nichts, oder?«

»Natürlich nicht.« Månsson lächelte wieder. Vera Nilsson hatte irgendetwas Besonderes an sich. Sie tat lässig und gleichgültig, aber er war sich ziemlich sicher, dass ihr nicht viel entging.

»Was passierte, als ihr nach Hause kamt? Ihr habt das Fahrrad und das Moped dort abgestellt …« Er zeigte auf die Garage.

Vera nickte. »Papa kam mit einer großen Taschenlampe angerannt und hat gesagt, dass er und Mama Billy nirgends finden können. Er hat uns gebeten, alle Gebäude abzusuchen. Manchmal spielen wir mit Billy Verstecken.«

»Ihr habt also an seinen üblichen Verstecken gesucht?«

Sie nickte wieder. »In der Garage, im Kuhstall und in der Scheune. Wir haben gründlich gesucht und uns viel Zeit dafür genommen, so wie Papa es gesagt hatte. Mattias hat sogar die Tür zum alten Melkraum aufgeschlossen, obwohl Billy unmöglich da drin sein konnte.« Sie brach ab und sah fast erschrocken aus. So als ob der Gedanke an den Melkraum ihr unangenehm wäre.

»Aber ihr habt nichts gefunden«, konstatierte Månsson.

»Nein.«

»Und was passierte dann?«

»Dann kam das erste Polizeiauto.«

»Weißt du, wie viel Uhr es da war?«

Vera schüttelte den Kopf. »Nicht genau. Mattias und ich waren Punkt halb zehn zu Hause, so wie versprochen, es muss also auf jeden Fall etwas später gewesen sein.«

»Aha.«

Månsson wusste das alles schon. Die erste Streife, die Viertel nach zehn zum Backagård gekommen war, hatte ein fast vorbildliches Verhör mit Ebbe Nilsson und danach den Kindern durchgeführt. Aber es kam darauf an, nicht zu schnell zur Sache zu kommen, wenn er erfahren wollte, worauf er eigentlich aus war.

»Als ihr auf dem Nachhauseweg wart, du und dein Bruder …« Månsson zögerte, beschloss dann aber, weiter zu fragen. »Habt ihr da jemanden getroffen?«

»Meinen Sie, ein Auto?«

»Autos, Radfahrer, Mopeds. Oder jemanden, der mit seinem Hund spazieren ging?«

Sie sah aus, als würde sie nachdenken. »Wir haben ein paar Autos gesehen. Das eine war Lindgrens blauer Saab, da bin ich mir sicher.« Sie runzelte die Stirn. »Das andere Auto könnte rot gewesen sein. Ich erinnere mich nicht mehr genau, ich war voll damit beschäftigt … Na ja, Sie wissen schon.« Sie lächelte wieder schief, machte eine Geste, als halte sie sich an der Schulter ihres Bruders fest.

Månsson lächelte zurück. »Und an etwas anderes erinnerst du dich nicht?«

»Nein.« Sie sah ihn forschend an. Auf einmal schien sie zu begreifen, worauf die Fragen abzielten. »Warum wollen Sie das wissen?«

Månsson wollte gerade antworten, als er Ebbe Nilsson entdeckte, der die Treppe vom Wohnhaus herunterkam und mit schnellen Schritten auf ihn zuging. Er fragte sich, ob der Mann gehört hatte, worüber sie gesprochen hatten.

»Vera, kannst du mit Mattias reingehen und mit dem Essen anfangen?«

Das Mädchen nickte und warf Månsson einen letzten unruhigen Blick zu, bevor sie sich zu ihrem Bruder davonmachte.

Månsson gab Ebbe Nilsson die Hand und wartete darauf, dass der Mann ihn bitten würde, mit ihm ins Haus zu gehen. Aber Nilsson blieb vor ihm stehen. Er sah noch müder aus als in der Nacht, in der Billy verschwunden war. Seine blutunterlaufenen Augen schienen in den Kopf gesunken zu sein. Sein Gesicht war gleichzeitig bleich und sonnengebräunt. Das karierte Hemd hing locker über den zusammengesunkenen Schultern, und die Hosenbeine waren erdverschmiert, als hätte er gerade auf den Knien gelegen und den lieben Gott um Hilfe gebeten. Månsson wusste, dass die Familie Nilsson, wie so viele andere aus der Gegend, sonntags in die Kirche ging. Er selbst hatte Malin und die Jungs ein einziges Mal dazu gebracht mitzugehen, in einem seiner Versuche, sich in die Dorfgemeinschaft zu integrieren. Danach war damit Schluss gewesen. Mit Malin kam man normalerweise leicht aus, aber den Ruhetag verbrachte sie am liebsten im Morgenrock und mit einer großen Tasse Tee, was sie ihm auch prompt mitgeteilt hatte. Deshalb ging Familie Månsson nur zu Weihnachten und Ostern in die Kirche. Eigentlich machte ihm das nicht viel aus. Er war nicht gerade religiös. Die Handlungen der Menschen beschäftigten ihn weitaus mehr als die unergründlichen Wege des Herrn.

Aber Månsson konnte sich problemlos Ebbe Nilsson auf den Knien vorstellen, wie er die Hände faltete, den Blick gen Himmel wandte und für seinen kleinen Jungen betete. Wahrscheinlich hätte er an Ebbes Stelle dasselbe getan.

Månsson räusperte sich und versuchte, sich auf sein Anliegen zu konzentrieren. Er hatte sich genau überlegt, was er sagen wollte, und während der Autofahrt hierher mehrmals geübt.

»Also …«, begann er. »Ich habe vor, morgen eine Pressekonferenz abzuhalten. Oder besser gesagt ist der Bezirkspolizeichef der Meinung, dass es das Beste wäre. Die verdammten Reporter …«

Er hob die Arme, verzog ein bisschen den Mund, bekam aber nicht die Zustimmung, die er erhofft hatte.

»Jedenfalls …« Er schluckte. »Ich werde wohl sagen, dass wir die Suchaktion bis auf Weiteres abgebrochen haben. Dass wir anderen Möglichkeiten nachgehen.«

»Welchen denn?« Nilssons Stimme klang weicher als erwartet. Dennoch fand sich eine leichte Schärfe darin.

Månsson schaute zur Seite. Er entdeckte, dass das Mädchen und sein großer Bruder immer noch in der offenen Garage standen und ihn beobachteten. Er fragte sich, ob sie hören konnten, was geredet wurde.

»Wir sollten vielleicht drinnen darüber sprechen?« Månsson machte eine Handbewegung Richtung Wohnhaus. »Magdalena sollte auch dabei sein.«

Ebbe Nilsson schüttelte langsam den Kopf. »Sie ruht sich aus. Der Arzt war heute Morgen wieder da.«

»Verstehe«, sagte Månsson. Das erklärte, warum Nilsson ihn nicht ins Haus gebeten hatte. Er hatte bereits gehört, dass sich Magdalena Nilsson im Schlafzimmer einschloss. Dass sie nicht mal ohne Hilfe aufstehen konnte. Offenbar war das nicht nur ein Gerücht.

Er schluckte wieder, nahm sich zusammen. Dann warf er einen letzten Blick auf die beiden Kinder, bevor er die Worte sagte, die er eigentlich gerne vermieden hätte. »In den letzten Tagen haben wir mit der Hypothese gearbeitet, dass etwas anderes passiert ist. Dass Billy sich nicht verlaufen hat, sondern dass er entführt wurde. Von jemandem, der ihm oder euch Schaden zufügen wollte.«

11

Isak ist diesmal pünktlich. Aber nur gerade so, den Kaffee, die belegten Brote und den Small Talk hat er verpasst. Zur Sitzung am Montag ist er nicht erschienen, und Veronica hat eine ganze Woche lang ungeduldig auf ihn gewartet. Sie hat die Tage abgehakt, während sie versucht hat, sich auf ihre anderen Therapiegruppen zu konzentrieren. Ruuds Miene nach wahrscheinlich mit mäßigem Erfolg.

Die übliche Freitagsrunde sitzt schon im Kreis, mit Ausnahme von Lars. Ruud hat ihn angerufen und ihm erklärt, dass er erst in einem Monat wieder willkommen ist. Das hat er nicht besonders gut aufgefasst. Er hat behauptet, dass sie an allem schuld sei, allerdings mit einer Wortwahl, die Ruud nicht wiederholen wollte.

Isak setzt sich auf denselben Stuhl wie beim letzten Mal und nickt ihr freundlich zu. Seine Augen sind noch blauer, als sie sie in Erinnerung hat. Er lächelt, und sie merkt, dass sie zurücklächelt.

»Willkommen«, sagte sie und spürt, dass ihre Atmung flach wird.

»Danke.«

Er sieht sie weiter an, beugt sich vor. Er öffnet den Mund, um etwas zu sagen, aber bevor er dazu kommt, taucht Ruud aus dem Nichts auf und zieht sich einen Stuhl neben sie.

»Ich dachte, ich setze mich heute dazu. Das ist in Ordnung, oder.« Eher eine Feststellung als eine Frage.

»Natürlich.« Sie wendet sich wieder Isak zu, aber der hat sich aufgerichtet und sieht weg. *Verdammt noch mal!* Sie versucht ihre Enttäuschung zu verbergen, bevor Ruud etwas bemerkt.

Das Gespräch verläuft gut, auf jeden Fall nach außen hin.

Die Teilnehmer erzählen von ihrem Kummer, und Veronica flicht die üblichen Fragen ein, wenn sie jemandem ein bisschen auf die Sprünge helfen muss. Der Stift wandert über den Block, aber genau wie letzte Woche ist er kein so effektives Werkzeug mehr. Anstatt Kummer und Trauer aufzuschreiben, fährt er nur unruhig hin und her, und der übliche Kick bleibt aus.

Ihre Frustration steigt – sie wartet im Grunde nur darauf, dass die anderen Teilnehmer fertig werden, damit sie Isak das Wort geben kann. Ruuds Anwesenheit zwingt sie, die Routine einzuhalten, sich am Riemen zu reißen und alle ausreden zu lassen. Leif, ein Geschäftsmann um die fünfzig, der seine gesamte Familie bei einem Autounfall verloren hat, nimmt sich viel zu viel Zeit. Er weint und verschwendet wichtige Minuten, und Veronica muss sich anstrengen, damit man ihre Ungeduld nicht hört, als sie ihn tröstet.

Als Isak endlich an der Reihe ist, verbleiben nur noch ein paar Minuten auf der Wanduhr. Sie blättert schnell eine neue Seite im Block auf und spürt, wie ihre Hand dabei leicht zittert.

»Hallo, ich heiße Isak«, beginnt er. Genau wie beim letzten Mal lässt er den Nachnamen weg. »Als ich klein war, habe ich meinen besten Freund verloren. Er ist verschwunden, und ich habe nie herausgefunden, was eigentlich passiert ist«, berichtete er weiter. »Ich habe die ganzen Jahre über viel an ihn gedacht. Manchmal träume ich noch von ihm.«

Er scheint fertig zu sein, denn er schaut sich nach den üblichen mitfühlenden Blicken um.

»Was fühlst du normalerweise, nachdem du geträumt

hast?«, fragt sie. Sie versucht, ihrer Stimme einen neutralen Klang zu geben, obwohl ihr Herz wild gegen das Eis in ihrer Brust hämmert.

Er zuckt mit den Schultern, begegnet ihrem Blick.

»Das ist unterschiedlich.«

»Kannst du ein Beispiel geben?« Die Frage ist zweideutig. Sie kann sehr wohl auf seine Gefühle gemünzt sein, aber genau wie sie gehofft hat, missversteht er sie. Er erzählt Details, ohne dass sie wirklich danach gefragt hätte.

»Manchmal träume ich, dass wir in seinem Garten Verstecken spielen.«

Er lächelt versonnen, sieht zu Boden und dann zur Seite, als ob er den grauen Teppichboden als Projektionsfläche für seine Erinnerung nutzen würde.

»Der Garten ist riesig, jedenfalls habe ich ihn so in Erinnerung. Zugewachsen, fast wie ein Wald. Ich mache die Augen zu und zähle bis hundert. Ich kann hören, in welche Richtung er läuft, wie es knackt und raschelt, wenn er durch die Büsche rennt.« Isak macht eine Pause, schaut wieder auf.

»Und dann?«, fragt sie. Ihr Mund ist ganz trocken, der Puls klopft. Sie merkt, dass Ruud zu ihr herüberschaut. Sie hat eine Grenze überschritten, aber jetzt kann sie nicht aufhören.

»Dann, als ich fertig gezählt habe und anfange zu suchen, finde ich ihn nicht, obwohl ich überall suche, wo wir uns normalerweise verstecken. In der hohlen Ulme, in dem Baumhaus, das seine großen Geschwister in einem der alten Obstbäume gebaut haben, sogar auf dem Heuboden. Dann gebe ich auf, rufe nach ihm. Rufe ihn immer wieder.«

Isak holt tief Luft. Es herrscht eine kompakte Stille. Aller Augen sind auf ihn gerichtet. Ihr Stift bewegt sich schon lange nicht mehr, und einen Moment lang scheint es ihrem Herzen genauso zu gehen. Isak öffnet den Mund, als würde er gleich anfangen zu rufen, genau wie im Traum.

Der Minutenzeiger der Wanduhr klickt, gibt an, dass die Sitzung vorbei ist. Aber sie bemerkt es nicht. Isaks Augen suchen die ihren. Seine Lippen bewegen sich, scheinen ein lautloses Wort zu formen. Zwei stumme Silben, die sie genau kennt. Die den Panzer über dem Eisloch zerreißen.

Bi-lly!

Sie sitzt ganz still da, wie festgefroren. Es ist ihr unmöglich, zu sprechen oder sich zu bewegen. Nach ein paar Sekunden kommt Ruud zu Hilfe.

»Okay, danke für deinen Bericht, Isak. Für heute ist die Zeit rum.«

Um sie herum werden Stühle gerückt, die Teilnehmer stehen auf, aber erst als Ruud seine Hand auf ihre Schulter legt und fragt, wie es ihr geht, löst sich die Lähmung. Sie antwortet nicht, steht nur auf und stolpert zur Tür hinaus.

»Veronica«, ruft Ruud. Aber er ist ihr vollkommen egal. Sie muss Isak erwischen, sie muss mehr erfahren.

Die Nachmittagssonne draußen auf der Treppe blendet sie, sie schirmt die Augen mit der Hand ab.

Etwas fährt die Straße entlang. Ein Motorrad braust in einer Staubwolke vorbei und verschwindet.

12

SOMMER 1983

Alles hatte gut angefangen. Britt, eine der Sekretärinnen, hatte die kleine Aula der Grundschule, in der freitags manchmal Filme gezeigt wurden, für die Pressekonferenz gebucht. Vierzehn Reporter und Fotografen hatten Interesse angemeldet. Aber eine Stunde vorher war plötzlich ein Übertragungswagen auf dem kleinen Wendeplatz vor der Schule aufgetaucht. Antennen wurden ausgefahren, Kabel kreuz und quer verlegt und der Hausmeister der Schule mit Fragen nach Spannungswandlern und Dreiphasenschaltungen bombardiert. Und irgendwie verbreitete sich die aufgeregte Stimmung rasch im ganzen Dorf. Die Leute standen schon eine halbe Stunde vor dem festgesetzten Termin vor der Aula Schlange.

Månsson hatte nicht damit gerechnet, dass normale Bürger daran interessiert sein könnten zu kommen, und hatte seinen Leuten daher nicht die Anweisung gegeben, jemanden abzuweisen. Anstatt also auf zwei Stuhlreihen mit Reportern zu blicken, stand er jetzt vor einer vollbesetzten Aula, wo sich sogar noch Menschen an der Eingangstür drängten, um mitzubekommen, was gesagt wurde. Im Raum mussten es über dreißig Grad sein, und schon als er die kleine Bühne betrat, spürte er, wie der erste Schweiß zwischen seinen Schulterblättern hinabrann. Die Scheinwerfer an der Decke blendeten ihn und machten es ihm schwer, die Gesichter der Leute jenseits der ersten Reihen zu erkennen. Alles, was er sah, waren verbissene Mienen und angespannte Gesichter.

Er räusperte sich, schaute auf seine Notizen. Trockene

Behördensprache, die er vor dem Spiegel geübt hatte. Ein Fotoapparat blitzte, dann noch einer. Ein Mann mit einer großen Fernsehkamera auf der Schulter ging ein paar Schritte vor.

»Wie alle wissen, ist jetzt genau eine Woche vergangen, seit Billy Nilsson verschwunden ist.« Er holte tief Luft. Wieder blitzte es. »Und nachdem wir eine umfassende und sorgfältige Suchaktion durchgeführt haben, haben wir jetzt einen Punkt erreicht, wo weitere Einsätze dieser Art nicht mehr als berechtigt anzusehen sind.«

Er hatte sich vorgenommen, keine Pausen zu machen, nicht auf die Reaktion des Publikums zu warten. Dennoch hielt er inne. Ein Raunen ging durch den Raum und schwoll zu einem Murmeln an.

»Ich habe daher beschlossen, die Suche abzubrechen«, fügte er hinzu. »Aber wir fahren mit anderen Ermittlungsmaßnahmen fort.«

»Glauben Sie immer noch, dass Billy sich verlaufen haben kann?«, rief jemand aus der ersten Reihe.

Er versuchte zu erkennen, wer der Mann war, aber das erneute Blitzen eines Fotoapparats blendete ihn.

»Also … Wir arbeiten unvoreingenommen und schließen kein Szenario aus.«

Das Gemurmel wurde zu einem Stimmengewirr.

»Glauben Sie, dass der Junge entführt worden ist?«, rief ein anderer Reporter.

»Wie schon gesagt …« Månsson spürte das Hemd am Rücken kleben. Er hob die Hände, um den Lärm im Publikum zu dämpfen. »Wie gesagt arbeiten wir unvorein…«

»Gibt es einen Verdächtigen?«, unterbrach ihn jemand. Månsson schirmte mit der Hand die Augen ab und versuchte zu erkennen, ob ein weiterer Reporter die Frage gestellt hatte.

»W-wir haben …«

»Natürlich gibt es einen Verdächtigen. Inzwischen weiß doch das ganze verdammte Dorf, wer es getan hat. Die Frage ist nur, warum Tommy Rooth noch auf freiem Fuß ist.«

Månsson erkannte die Stimme sofort. Harald Aronsson. Bevor er antworten konnte, schwoll das Stimmengewirr wieder an, und immer mehr Leute riefen einfach in den Raum, bekräftigten, was Aronsson gesagt hatte. Mehrere Journalisten standen auf, drängten sich näher an die Bühne heran, um sich Gehör zu verschaffen.

Er hob wieder die Hände, bat die Leute vergeblich, sich zu setzen, damit er die Fragen nacheinander beantworten könne. Niemand schien ihm zuzuhören. Aus allen Richtungen schrien die Leute auf ihn ein. Fragen vermischten sich mit bloßen Behauptungen.

»Sie haben also einen Verdächtigen?«

»Sperrt den Drecksack ein, Månsson!«

»Von welcher Hypothese gehen Sie aus?«

»Rooth ist ein unzuverlässiger Mistkerl! Das war er schon immer!«

»Geht es um Erpressung? Gibt es irgendwelche Forderungen?«

»Wir trauen uns nicht, unsere Kinder allein nach draußen zu lassen, solange er frei herumläuft.«

»Glauben Sie, dass Billy noch lebt?«

Schließlich sah Månsson ein, dass er die Kontrolle über die Situation verloren hatte, und hielt es für das Beste, sich geschlagen zu geben.

»Verdammter Mist«, murmelte er leise, als er die Bühne hinter einem seiner stämmigsten Polizisten verließ. »So ein verdammter Mist!«

13

Sie ist keine gute Tochter. Und auch keine gute Schwester. Tatsächlich hat sie Mattias' Telefonnummer so schlecht im Kopf, dass sie ihr altes, abgenutztes Telefonbuch aus einer Schublade hervorkramen muss, um die Nummer nachzusehen, bevor sie ihn anruft.

In dem Jahr, in dem Billy verschwand und die Mutter starb, wurde sie vierzehn und Mattias sechzehn. Sie wuchsen in einer Gegend auf, die Mattias einmal auf den Namen Schattenreich taufte. Ihr gefällt der Ausdruck, sie hat oft darüber nachgedacht. Erst später kam sie darauf, dass er ihn in irgendeinem Film gehört haben musste.

Das Schattenreich ist riesig, trotzdem sieht man es nie in den Nachrichten, außer wenn etwas Schlimmes passiert ist. Die restliche Zeit über verbirgt es sich hinter Bahnhofsnamen, die am Zugfenster vorbeisausen, oder hinter Ausfahrten, die man nie wählt, all diese halb bekannten Orte, an denen man vorbeifahren muss, um anderswohin zu kommen.

Zwei Sorten Mensch wachsen im Schattenreich auf, hat Mattias gesagt. Diejenigen, die weggehen, und die, die bleiben. Und sie beide, sie und er, würden weggehen, sobald sie nur konnten.

Als Mattias achtzehn wurde, ging er als einer der Jüngsten seines Jahrgangs an die Polizeihochschule in Stockholm. Zwei lange Jahre ließ er sie allein mit dem Vater und den leeren Zimmern in dem großen Haus zurück. Sie war deshalb wütend auf ihn gewesen. Trotzdem hatte sie sich immer nach den Wochenenden gesehnt, an denen er nach Hause kam. Sie sehnte sich danach, dass er von der Wohnung in Stockholm erzählte, die sie teilen würden, von all den Sachen, die sie zusammen machen wollten. Sie zählte die Tage, bis es so weit war, hakte sie auf einem Kalender ab, wie eine Gefangene, die ihre Strafe absaß.

»HallohiersprichtCeciliaNilsson!«

Die Begrüßung am Telefon klingt wie ein Freudenschrei. Cecilia ist ihre Schwägerin. Mattias' erste und einzige Freundin. Entgegen jeder Wahrscheinlichkeit hatte Cecilia es geschafft, dass ihre Beziehung überlebte, als er wegzog. Sie war clever, stellte keine Forderungen und bot ihm ihr Bett, wenn er wollte. Und Mattias war dumm genug zu wollen.

Als nur noch fünf Tage auf ihrem Kalender zum Ankreuzen blieben, stand Veronica vor der Kirche und warf Reis über Mattias' Examensuniform und Cecilias Tortenkleid. Glänzender, weißer Stoff über einem leicht gewölbten Babybauch. Mattias hatte eine feste Stelle bei der örtlichen Polizei bekommen, und Onkel Harald machte ihnen ein Reihenhaus zum Hochzeitsgeschenk. Das Hochzeitsfoto liegt auch irgendwo ganz unten in der Kiste in der Kleiderkammer, aber sie braucht es nicht hervorzuholen, um zu wissen, dass Mattias' Gesichtsausdruck darauf ungefähr der gleiche wie auf dem Familienporträt ist. Denn Mattias ist ein braver Junge, er macht immer das, was man von ihm erwartet.

Eine Woche später packte Veronica ihre Reisetasche und ließ alles hinter sich zurück. Das Schattenreich, Mama, Papa, Billy. Und Mattias.

»Hallo, hier ist Veronica.« Ihr nach Alkohol riechender Atem prallt gegen den Telefonhörer.

Ein paar Sekunden zu lange bleibt es still.

»Vera«, fügt sie hinzu.

»Ach, hallo! Ich habe deine Stimme gar nicht erkannt.«

Das ist natürlich gelogen. Was ihre Schwägerin auf ihre

passiv-aggressive Weise eigentlich sagen möchte, ist, dass sie nicht mehr den gleichen Dialekt sprechen. Das gehört zum Spiel. Genauso, dass Cecilia sie zwingt, sich mit einem Namen zu präsentieren, den sie seit fünfzehn Jahren nicht mehr benutzt.

»Ist Mattias da?«, fragt sie, bevor die Schwägerin noch ein paar vorhersehbare Sätze darüber verlieren kann, dass sie sich lange nicht mehr gemeldet hat (wahr) und dass die Mädchen ihre Tante vermissen (eine glatte Lüge).

Cecilia atmet tief durch, wahrscheinlich verärgert darüber, dass Veronica ihr zuvorgekommen ist.

»Er macht Überstunden. Es läuft eine große Fahndung mit der Polizei aus der Stadt. Franzén überlässt Mattias die meiste Arbeit. Er hört nächstes Jahr auf.«

»Mattias?« Veronica bemerkt den gedanklichen Fehler in dem Moment, in dem ihr die Frage herausrutscht. Sie schiebt es auf den Stress und den Alkohol, der ihr im Kopf herumwirbelt. Oder vielleicht war der Wunsch Vater des Gedankens.

»Nein, Franzén natürlich. Frühpensionierung.« Cecilia lacht, froh, wieder die Oberhand gewonnen zu haben. »Mattias wird sein Nachfolger, er ist dann der jüngste Polizeichef im ganzen Regierungsbezirk.«

»Wie schön«, murmelt sie. »Du weißt nicht zufällig, wie ich Mattias erreichen kann? Ich muss ihn dringend sprechen.«

»Hast du es auf seinem Handy versucht? Aber vielleicht hast du die Nummer nicht?« Cecilia kennt die Antwort auf diese Frage selbstverständlich schon im Voraus. Eins zu null für die gute, verantwortungsbewusste Ehefrau.

Veronica hat keine andere Wahl, als in den sauren Apfel zu beißen. »Nein. Es wäre nett, wenn du sie mir geben könntest.«

Mattias antwortet beim dritten Klingeln. Sie ist überrascht, wie hart und erwachsen er klingt. Die Stimme wird aber ein bisschen weicher, als er hört, dass sie es ist.

»Vera, hallo. Ich wusste nicht, dass du diese Nummer hast.« Er scheint beinahe froh, dass sie angerufen hat. Zumindest ein bisschen.

»Cecilia hat sie mir gegeben. Störe ich?«

»Im Moment nicht. Wir sind gerade in einer Observierung. Aber ich rechne nicht damit, dass vor Mitternacht etwas passiert. Wie geht es dir? Lange nichts gehört.«

»Gut.« Sie merkt, dass es nicht echt klingt. Er auch.

»Ist was passiert?«

Sie holt tief Luft, sammelt sich.

»Erinnerst du dich an Isak Sjölin?«

»Wen?«

»Billys besten Freund …« Der Name ihres kleinen Bruders sorgt wie immer dafür, dass sich der Riss im Eis etwas öffnet. Nicht nur bei ihr.

»Nicht so richtig. Warum?«

»Ich glaube, ich habe ihn getroffen.«

»Wo denn?« Der Polizeitonfall ist zurück.

»Ob du es glaubst oder nicht, aber er ist in einer meiner Therapiegruppen. Trauerverarbeitung.«

»Und woher weißt du, dass er wirklich dieser Isak Sjölin ist?«

»Das weiß ich nicht. Aber nach dem, was er erzählt hat, weiß ich nicht, wer er sonst sein könnte.«

Es bleibt ein paar Sekunden still. Mattias' Stimme kommt näher an den Hörer heran.

»Was hat er gesagt?«

»Dass er seinen besten Freund verloren hat, als er klein war. Dass sein Freund verschwunden ist und danach nichts mehr so war wie vorher. Er hat von unserem Garten erzählt, der hohlen Ulme, dem Baumhaus, der Scheune.« Sie nimmt einen Schluck Wein, um ihren Redefluss zu stoppen, und hält den Hörer ein bisschen von sich weg, damit Mattias ihr Schlucken nicht hört.

»Hat er Billy erwähnt? Hat er gesagt, dass es um ihn geht?«

»Nein, nicht direkt.«

»Wie meinst du das?« Seine Fragen kommen schnell, sie hat keine Zeit nachzudenken.

»Ein anderer Teilnehmer hat gefragt, ob er Billy meint, aber er hat weder Ja noch Nein gesagt.«

»Also weißt du es nicht sicher?«

»Was sicher?« Ihr Gehirn hinkt wieder hinterher.

»Ob es Isak Sjölin war. Ob er wirklich von Billy gesprochen hat?«

Sie antwortet nicht. Ihr Polizistenbruder hat unerbittlich die Schwachstelle in ihrer Erzählung aufgedeckt. Nicht einmal das lautlose Wort, das sie auf Isaks Lippen gesehen haben will, ändert etwas daran, deshalb erwähnt sie es nicht. Sie weiß, was Mattias sagen wird. *Eine Vermutung ist kein Beweis. Annahmen sind keine Fakten.*

Statt eines trockenen polizeilichen Kommentars kommt eine neue Frage. Eine, die sie überrascht. Eine, über die sie noch nicht nachgedacht hat.

»Glaubst du, er wusste, wer du bist?«

Sie macht eine Pause, zwingt sich zu überlegen.

»Keine Ahnung. Woher sollte er das wissen? Ich habe den Namen gewechselt, niemand von zu Hause weiß, wo ich wohne oder arbeite.«

Nicht einmal so richtig meine Familie, fügt sie in Gedanken hinzu.

Mattias gibt ein nachdenkliches Geräusch von sich, und sie weiß, was er denkt. Die Polizei glaubt nie an Zufälle.

»Wie sah er aus?«, fragt er dann.

»Blond, mittelgroß. Blaue Augen.«

»Und wie alt?«

»Etwa fünfundzwanzig, genau wie …« Sie stockt, und es ist an Mattias, den Satz zu beenden.

»… wie Billy jetzt wäre.«

Einen Moment lang schweigen beide. Sie hört, wie Mattias sich im Fahrersitz dreht, dann das Rauschen eines Funkgeräts.

»Ich muss Schluss machen«, sagt er. Er klingt verärgert. Als würde er lieber weiterreden. »Sjölins sind schon lange von hier weggezogen, aber ich versuche herauszufinden, wohin sie gegangen sind.«

»Danke.«

Das Funkgerät knackt wieder am anderen Ende der Leitung. Eine Autotür wird geöffnet, gefolgt von der flüsternden Stimme einer Frau.

»Ich muss jetzt aufhören«, sagt er. »Halt dich von diesem Isak fern, bis ich herausgefunden habe, wer er ist und worauf er aus ist. Er könnte ein Reporter sein, der versucht, an dich heranzukommen, oder schlimmstenfalls ein Verrückter. Das Ganze ist bald zwanzig Jahre her. Solche Jahrestage setzen bei manchen Leuten Prozesse in Gang.«

»In Ordnung.«

»Gut. Pass auf dich auf, Vera. Ich zieh ein paar Erkundigungen ein und rufe dich an, sobald ich etwas weiß. War schön, dich zu hören.«

Das Gespräch wird abrupt unterbrochen, also muss sie sich keine passende Erwiderung einfallen lassen.

Sie legt den Hörer auf, trinkt die letzten Tropfen Wein, während sie zum Fenster geht. Ihr Blick wandert zu der Stelle, an der der Raucher gestanden hat, aber sie sieht keine Zigarettenglut. Seltsamerweise ist sie ein bisschen enttäuscht.

Gerade als sie die Jalousie herunterlassen will, entdeckt sie, dass sich etwas direkt unter ihrem Fenster bewegt. Sie erkennt, was es ist, noch bevor es ihr Angst einjagt. Ein Tier, das mit der Nase am Boden vorsichtig im Schatten herumschnüffelt.

Zuerst denkt sie, dass es ein Hund ist, aber dann kommt das Tier in den Lichtkegel der Straßenlampe. Es bleibt stehen, blickt zu ihrem Fenster hinauf und legt den Kopf ein wenig schief, als würde es sie direkt anschauen.

Schwarze Schnauze, weiße Brust, roter Pelz.

Ein Fuchs.

14

SOMMER 1983

Månsson war erst kurz nach zehn Uhr abends zu Hause in seinem Backsteinhaus in der Algata. Der Rasensprenger seines redseligen Nachbarn lief, und da er glaubte, jemanden hinter der sorgfältig geschnittenen Thujahecke in der Garagenauffahrt hantieren zu hören, beeilte er sich ins Haus zu kommen.

Er war auf der Polizeiwache geblieben, bis die Abendnachrichten zu Ende waren und der Ausschnitt aus der unglückseligen Pressekonferenz zum letzten Mal gezeigt worden war. Der Polizeibezirkschef hatte wie erwartet nur wenige Minuten danach angerufen. Er hatte ihm geschmeichelt und es so klingen lassen, als ob er ihm lediglich zur Unterstützung ein paar Kriminalbeamte schicken würde. Månsson hatte sich artig bedankt und behauptet, er würde sich darauf freuen, mit der Bezirkspolizei zusammenzuarbeiten, und dass natürlich alle Ressourcen willkommen seien, um den Fall zu lösen. Aber er wusste, worum es dabei eigentlich ging. Sie hatten ihm den Billy-Fall entzogen. Seinen Fall.

Malin wartete in der Küche auf ihn. Sie hatte überbackenen Toast gemacht, den sie in den Ofen geschoben haben musste, sobald sie seinen Wagen gehört hatte. Der Duft nach geschmolzenem Käse, Ananas und Schinken brachte seinen Magen zum Knurren, und ihm ging plötzlich auf, dass er seit der Mittagspause nichts mehr gegessen hatte. Er ließ sich auf einen der Küchenstühle sinken und nahm einen Schluck von der Milch, die seine Frau ihm hingestellt hatte.

»Schlafen die Jungs?«

Malin nickte. »Sie wollten auf dich warten, aber ich habe ihnen gesagt, dass du wahrscheinlich erst spät kommst. Johan möchte, dass du ihn weckst, er will dir von seinem Fußballspiel erzählen.«

»Ach ja, wie lief es denn?« Um die Wahrheit zu sagen, hatte er keine Ahnung, um welches Spiel es ging. Er vermutete, dass seine Frau das wusste, aber trotzdem mitmachte.

»Zwei zu null, er hat ein Tor geschossen.«

»Wie schön. Und Jakob?«

Malin machte ein Gesicht, das Månsson gut kannte. Er seufzte.

»Sind sie wieder auf ihn losgegangen?«

»Er sagt nichts, er schließt sich einfach in seinem Zimmer ein.«

»Mhm.« Månsson nahm noch einen Schluck Milch. »Wer war es?«

»Bestimmt dieselbe Bande wie beim letzten Mal. Die beiden Söhne vom Händler, Patrik Brink und noch ein paar andere.«

»Soll ich die Eltern anrufen? Sören ist doch eigentlich ein vernünftiger Kerl, Olle Brink auch, zumindest meistens.«

»Ich glaube nicht, dass das helfen würde. Im Moment jedenfalls nicht.«

»Vielleicht nicht«, brummte Månsson.

Die Kinder wiederholen nur das, was die Eltern zu Hause am Mittagstisch sagen, dachte er. Dass er und seine Kollegen Billy nie finden werden. Dass er sich nicht traue, den einzig möglichen Täter einzusperren. Dass er ganz einfach Angst vor Tommy Rooth habe.

Månsson wusste natürlich, von wem das alles kam.

Brink und der Gemischtwarenhändler gehörten beide zu Harald Aronssons engstem Kreis, und ausgerechnet die anzurufen und ihnen zu sagen, sie sollten besser auf ihre Kinder achten, würde nur dazu führen, dass sich ihr Bild von ihm verfestigte.

Malin zog einen Stuhl heran und setzte sich zu ihm. »Ich habe dich in den Nachrichten gesehen«, sagte sie im gleichen Ton, in dem sie früher die Kinder getröstet hatte, als sie klein waren. »Wie geht es dir?«

Månsson spürte ihre Hand auf seinem Arm und brummte irgendetwas in sein Milchglas hinein. Sein erster Impuls war, ihr zu antworten, dass alles in Ordnung wäre. Dass er alles unter Kontrolle hätte und sie sich keine Sorgen um ihn zu machen bräuchte. Malin würde es akzeptieren und keine weiteren Fragen stellen. Sie würde nur den Kopf etwas schief legen, ein wenig besorgt, so wie immer, wenn sie wusste, dass er log. Also ersparte er ihnen dieses Theater und wechselte das Thema.

»Familie Nilsson«, sagte er. »Magdalena geht es sehr schlecht, sie kommt nicht einmal aus dem Bett. Der Arzt ist jeden Tag dort. Und Ebbe sieht aus wie ein Scheintoter. Die Geschwister …«

Er schaute weg, drehte das Glas zwischen den Händen und beobachtete, wie die Milchreste über den Glasboden liefen. Malin drückte seinen Arm, sagte aber nichts.

Månsson sah seine Frau an. Sie waren seit bald fünfundzwanzig Jahren zusammen, kannten einander in- und auswendig. Malins Gesicht war ein wenig breiter geworden als früher, genauso ihr Körper. Die Falten an den Mundwinkeln und zwischen den Augenbrauen waren ausgeprägter, und wenn man genau hinsah, entdeckte man kleine graue Strähnen in ihrem Haar. Sie erinnerte ihn immer mehr an seine Mutter, was er natürlich niemals sagen würde. Tatsächlich liebte er sie jetzt gerade, in diesem Augenblick, mehr als jemals zuvor. Weil sie einfach still dasaß und seinen Arm hielt.

Plötzlich wurde er von einem Gefühl der Dankbarkeit erfüllt. Er und Malin saßen hier in der Küche, während Johan und Jakob in ihren Betten lagen, sicher und geborgen. Er war drauf und dran, Malin davon zu erzählen. Ihr zu sagen, dass er sich schämte, nicht wegen seines Einsatzes als Polizist und Ermittlungsleiter, sondern weil er erleichtert war. Erleichtert darüber, dass nicht sein kleiner Junge von einer Augustnacht verschluckt worden war und die Familie mit in die Dunkelheit gerissen hatte. Aber noch bevor er mit seinem Bekenntnis anfangen konnte, wurde er von der Küchenuhr am Herd unterbrochen, die vermeldete, dass sein Abendessen fertig war.

Månsson aß schnell drei überbackene Toasts und hatte gerade den ersten Bissen des vierten im Mund, als er Sodbrennen bekam. Er stieß diskret in seine Hand auf. Die Magensäure brannte ihm im Hals, deshalb legte er das Besteck beiseite und lehnte sich zurück.

»Die Geschwister Nilsson«, sagte er. »Die hast du in der Schule doch bestimmt mal gesehen?«

»Ja.« Malin stand auf, räumte seinen Teller und sein Besteck weg. »Mattias hat jetzt im Frühjahr die neunte Klasse beendet. Ein netter, wohlerzogener Junge, der kein großes Aufheben um sich macht.«

»Wird er in die Stadt aufs Gymnasium gehen?«

»Ja. Ich meine, er hat ein soziales Profil gewählt. Ich glaube sogar, dass er überlegt hat, Polizist zu werden oder vielleicht Feuerwehrmann.«

»Und das Mädchen? Vera?«

Malin setzte sich wieder zu ihm an den Tisch und

schüttelte leicht den Kopf. »Als Berufsberaterin trifft man die Schüler eigentlich erst ab der achten Klasse. Aber ich weiß natürlich, wer sie ist, ich sehe sie manchmal auf dem Gang. Höre, was die Lehrer über sie sagen.«

»Und was sagen sie?«

»Dass sie fleißig ist, gute Noten hat.« Malin klingt auf einmal ein bisschen ausweichend.

»Aber?« Er kannte sie genauso gut wie sie ihn. Er wusste, wann er weiter nachfragen konnte.

Malin zuckte mit den Schultern. »Sie kann wohl manchmal schwierig sein.«

»Inwiefern?« Er sah das Mädchen vor sich. Die langen, schlanken Beine, die noch kindliche Stimme.

Malin schaute in die Diele hinaus, als ob sie Sorge hätte, dass einer der Jungs dort stehen und lauschen könnte. Dann beugte sie sich zu ihm vor.

»Sie ist offenbar ziemlich frühreif. Jungs, Alkohol. Der Sozialarbeiter ist eingeschaltet, aber mehr weiß ich auch nicht.«

Månsson nickte. Er dachte an den Ausdruck in Vera Nilssons Augen. Intelligenz, Wachheit, aber auch noch etwas anderes. Etwas Unruhiges.

Liebling

Kannst Du Dich daran erinnern, wie wir uns das erste Mal getroffen haben? Ich wusste damals schon, dass wir füreinander geschaffen sind. Ich wusste es, als unsere Blicke sich zum ersten Mal trafen. Vielleicht klingt das lächerlich, wie bei einem verliebten Teenager. Aber so empfinde ich. Du bedeutest mir alles. Alles!
Heute Nacht habe ich von Dir geträumt. Dass Du da warst, bei mir, in meinen Armen. Für immer. Stattdessen muss ich mich mit kurzen Augenblicken des Glücks begnügen. Im Moment kann ich damit leben. Ich warte geduldig auf Dich, weil ich weiß, dass unsere Zeit bald kommt.

15

Zum ersten Mal seit Langem träumt sie von ihrer Mutter. Es ist der gleiche Traum wie immer, und als sie am Samstagmorgen aufwacht, fühlt sich ihr Kopf benommen an und der Körper schwer.

Sie macht einen kurzen Spaziergang, um wach zu werden, und sucht nach Spuren des Fuchses, den sie am Abend zuvor gesehen hat. Sie findet keine. *Denn Füchse sind listig. Sie wissen, wie man sich bewegt, ohne Spuren zu hinterlassen.*

Als sie klein waren, erzählte Onkel Harald ihr und Mattias manchmal Märchen. Immer heimlich, damit Mama es nicht hörte. Die Erzählungen waren schrecklich, es ging immer um Kinder, denen etwas Schlimmes passierte. Um Kinder, die ertranken, verhungerten oder erfroren. Manchmal ließen die Erzählungen sie mitten in der Nacht erschrocken hochfahren, das Nachthemd schweißnass. Aber weder sie noch Mattias verrieten der Mutter den Grund für diese Albträume. Sie wussten, dass Onkel Harald es einem nicht verzieh, wenn man kein Geheimnis bewahren konnte.

Sie läuft auf dem Gehweg bis zu der Stelle, an der sie neulich abends den Raucher gesehen hat. Der Raucher ist nicht so listig wie der Fuchs, denn sie entdeckt Zigarettenkippen im Rinnstein. Fünf Stück, bei allen ist eine rote Krone auf das Papier gedruckt, genau über dem Filter. Rote Prince, dieselbe Marke, die ihre Mutter geraucht hat.

Sie denkt an das Zigarettenpäckchen unter Isaks sorgfältig aufgerolltem James-Dean-Ärmel. In ihrer Vorstellung ist es rot-weiß, außerdem erinnert sie sich an den starken Tabakgeruch, der von seinem Atem ausging, was sie seltsamerweise leicht erregt. Sie wirft die Kippe auf den Boden und eilt nach Hause.

Das Auge des Telefons blinkt ihr freundlich zu, als sie in die Wohnung kommt, und sie hofft schon, dass es Leon ist. Aber als sie den Code für den Anrufbeantworter eingibt, ist Mattias' Stimme zu hören.

»Ich habe Isak gefunden. Ruf mich an.«

Die Aufregung steigt im Takt mit der Nummer, die sie wählt.

»Hallo, Vera, bleib kurz dran.«

Sie bemerkt Stimmen im Hintergrund, hört seine Schritte und dann eine Tür, die geschlossen wird.

»Also, ich habe die Familie Sjölin gefunden. Wie gesagt ist sie von hier weggezogen. Der Vater hat seinen Job verloren, als die Ziegelei geschlossen wurde, und so sind sie irgendwann in Kristianstad gelandet …«

Ihre Neugier steigt, deshalb unterbricht sie ihn mitten im Satz.

»Und Isak?«

»Studiert seit zwei Jahren Architektur in Oslo. Ich habe seine Nummer bekommen, aber niemanden erreicht. Laut seiner Mutter sprechen sie selten über Billy, aber sie erinnert sich daran, dass sie über einen Zeitungsartikel zu Billys Verschwinden geredet haben, als er im Frühjahr zu Hause war. Offenbar hat ihn das mitgenommen.«

»Dann könnte er es sein?« Ihr Puls schlägt wieder schneller.

»Das ist nicht auszuschließen. Zur Sicherheit habe ich die Mutter gebeten, ein Foto von ihm zu faxen. Ich habe es hier vor mir liegen.«

»Wie sieht er aus? Ist er blond?«

»Das Fax ist schwarz-weiß und die Qualität des Fotos

nicht gerade die beste, deshalb ist das schwer zu erkennen. Seine Haare sind in jedem Fall hell.«

Frustriert beißt sie sich auf die Unterlippe. Dann hat sie eine Idee.

»Du, wir haben ein Fax bei der Arbeit. Ich fahre schnell hin. Ich ruf zurück, wenn ich dort bin.«

Die U-Bahn-Götter sind milder gestimmt als sonst, und rund fünfunddreißig Minuten später hat sie das Bürgerzentrum aufgeschlossen und die Alarmanlage abgestellt. Der große Versammlungsraum sieht leer noch trister aus als gewöhnlich.

Ruuds Büro liegt am hinteren Ende des Raumes. Büro ist eigentlich nicht die richtige Bezeichnung für den kleinen, fensterlosen Raum. Verschlag kommt der Wahrheit deutlich näher. Der Plastikboden misst sicher nicht mehr als vier oder fünf Quadratmeter, und die Pinnwände, die an sämtlichen Wänden hängen, sind voll mit Listen, Bildern und Flyern über verschiedene Seminare, Sitzungen und Gruppen.

Es fühlt sich etwas seltsam an, hier zu sein, in Ruuds Allerheiligstes zu treten, ohne ihn vorher um Erlaubnis zu bitten. Der Verschlag riecht sogar nach ihm. Nach Tabak, Kaffee und noch etwas anderem, das sich nicht richtig beschreiben lässt.

Der Schreibtisch wird von einer Tastatur und dem übergewichtigen Bildschirm dominiert, der beinahe komplett von Post-it-Zetteln bedeckt ist. Auf einem Aktenschrank steht das Faxgerät, sie ruft Mattias von Ruuds Telefon aus an und gibt ihm die Nummer durch, die auf einem Klebestreifen neben dem Ein- und Ausschaltknopf steht. Dann vertreibt sie sich ungeduldig die Zeit damit, die Zettel an der Anschlagtafel hochzuheben. Anstatt auszusortieren, scheint Ruud nur immer neue Papiere über die alten zu pinnen, was sein Wandbrett zu einer Art retrospektiven Collage über die Geschichte des Bürgerhauses macht. Sie erschrickt, als sie ihr eigenes Gesicht auf einem Prospekt vom Bürgerhaus Nord entdeckt. *Veronica Lindh, Gesprächstherapeutin.* Das Foto ist mehrere Jahre alt, es wurde bei ihrer Einstellung aufgenommen. Der Gedanke daran, dass sich ihr Bild hundert- oder sogar tausendfach auf solchen Flyern findet, ist ihr irgendwie unbehaglich. Vielleicht ist es aber auch nur der Gedanke an Leon und ihren alten Arbeitsplatz, der in ihr herumgeistert.

Ein plötzliches Geräusch lässt sie zusammenzucken. Das Faxgerät ist zum Leben erwacht und beginnt langsam ein Blatt Papier auszuspucken. Sie stellt sich vor den Apparat und wartet. Dabei hält sie beinahe die Luft an.

Mattias hat recht. Das Bild ist unscharf, und dass es noch einmal gefaxt wurde, macht es sicher nicht besser. Aber eine Sache ist auf jeden Fall glasklar und ändert sich nicht, egal wie lange sie auf das warme Blatt starrt.

Sie stößt die Luft aus, lässt sich schwer auf Ruuds Schreibtischstuhl fallen und zieht das Telefon zu sich heran. Mattias antwortet beim ersten Klingeln, er nimmt sich nicht einmal die Zeit, Hallo zu sagen.

»Und?«

Sie sieht ein letztes Mal auf das Foto. Isak Sjölin hat ein völlig alltägliches Gesicht. Seitenscheitel, leicht abstehende Ohren und einen freundlichen, fast schüchternen Blick. Es gibt nicht die geringste Ähnlichkeit zwischen ihm und dem blonden Mann in ihrer Gesprächsgruppe.

»Das ist er nicht.«

»Bist du dir ganz sicher?«

»Bombensicher.«

»Okay.« Am anderen Ende wird es kurz still, während Mattias zu überlegen scheint, wie es jetzt weitergeht.

»Wie oft hat dieser Mann deine Gesprächsgruppe besucht?«

»Zweimal, zuletzt gestern.«

»Hat er direkt mit dir gesprochen? Irgendwelche Fragen gestellt?«

»Nein.« Sie schüttelt den Kopf, was natürlich unsinnig ist, weil Mattias sie nicht sehen kann. »Er ist sofort gegangen, sobald die Sitzungen zu Ende waren.«

Sie überlegt, ob sie das Motorrad und die Zigarettenkippen in ihrer Straße erwähnen soll. Früher einmal hat sie Mattias all ihre Geheimnisse erzählt. Aber das ist jetzt lange her. Das war, bevor er blieb und sie wegging.

»Wann ist die nächste Sitzung?«, fragt er.

»Am Montag.«

»Kannst du darum bitten, die Gruppe zu wechseln?« Er geht die Sache genauso praktisch an, wie sie erwartet hatte. Geh dem Problem aus dem Weg, versteck dich eine Weile, dann löst es sich vielleicht von selbst.

»Nein.« Sie ist kurz davor, wieder den Kopf zu schütteln.

»Warum denn nicht?«

»Das geht eben nicht.« Sie hat keine Lust, ihm zu erklären, dass ihr jetzt im Moment dieser Bewegungsspielraum fehlt. Er würde sofort fragen, warum, und sie hat keine Lust, ihm von ihrem Zusammenbruch zu erzählen. Von Leon, der Therapie und dass sie unter Ruuds Beobachtung steht. Deshalb wechselt sie lieber abrupt das Thema.

»Ich habe heute Nacht von Mama geträumt. Von den Habichteiern oben auf dem Silo.«

Er sagt nichts, aber sie weiß, dass er sich windet. Sie glaubt fast zu hören, wie sein Bürostuhl gequält quietscht.

»Also, Vera …« Er klingt jetzt viel weniger bestimmt. So unsicher, dass er sich unterbrechen lässt.

»Warum, glaubst du, hat Mama das gemacht?«, fragt sie.

»Weil es nicht richtig war, was wir gemacht haben. Weil man keine Vogeleier kaputt macht.«

»Nicht das. Der See, das Eis. Warum, glaubst du, hat sie sich das Leben genommen? Die Ärzte hatten doch gesagt, dass sie auf dem Weg der Besserung war.«

»Woher soll ich das wissen, verdammt? Mama hatte doch das Interesse an mir verloren, lange bevor ihr kleiner Prinz …«

Er bereut sofort, was er gesagt hat, das hört sie. Aber es ist zu spät, die Worte sind schon heraus. Sie bleiben in der Telefonleitung hängen.

»Was ich meine, ist, dass wir uns nicht sehr nahestanden. Ich war schließlich erst sechzehn, ich hatte keine Ahnung, was in ihrem Kopf vorging.« Er räuspert sich. »Im Übrigen bist du doch die Therapeutin in der Familie. Warum begehen Leute Selbstmord?«

»Weil sie nichts haben, wofür es sich zu leben lohnt.« Die Antwort kommt reflexartig, ohne dass sie darüber nachdenken musste.

Wieder Stille. Es raschelt im Hörer, als würde er sich aufrichten. Sie hört ihn einatmen, er ist kurz davor, etwas zu sagen.

Da hört sie ein leises Klopfen, dann das Geräusch einer Tür, die geöffnet wird. Eine Frauenstimme murmelt etwas, das sie nicht richtig versteht.

»Okay«, sagt Mattias ins Zimmer hinein. »Hol den Wagen, dann sehen wir uns vorn.«

Dann ist er wieder am Hörer.

»Du, es ist was passiert. Ich muss jetzt leider los. Ruf mich an, falls dieser Typ am Montag wieder auftaucht, und sprich auf keinen Fall mit ihm über Billy. Hast du verstanden?«

Das Letzte klingt wie von einem Polizisten, der einen Befehl erteilt, nicht wie von einem Bruder, der mit seiner Schwester spricht. Noch bevor sie ihm das sagen kann, wird das Gespräch unterbrochen.

Ein paar Sekunden lang sitzt sie still an Ruuds Schreibtisch. Der blonde Mann ist nicht Isak Sjölin, was in gewisser Weise ein Rückschlag ist. Tief im Inneren hatte sie das Gegenteil erhofft. Hatte auf eine Gelegenheit gehofft zu hören, welche Erinnerungen er an Billy hat. Und vielleicht auch an ihre Mutter.

Daraus wird also nichts werden. Denn der blonde Mann ist kein alter Bekannter, sondern ein Fremder. Einer, dessen Interessen und Motive noch unklar sind.

Plötzlich durchfährt sie ein Gedanke. Mattias hat gesagt, dass Isak Sjölin und seine Mutter im Frühling über einen Artikel gesprochen hatten, in dem es um Billy ging. Sie schaltet Ruuds Computer an und wartet geduldig darauf, dass die Suchmaschine hochgeladen wird.

Es dauert eine Weile, bis sie den Artikel gefunden hat, dann scrollt sie rasch zum Ende hinunter, ohne den Text zu lesen. Aber der Autor des Artikels erweist sich als Frau, nicht als übereifriger blonder junger Mann, wie sie vermutet hatte. Sie scrollt wieder zur Überschrift des Artikels zurück. Die ist ungewöhnlich treffend. Sie fasst die ganze tragische Geschichte in nur sieben Worten zusammen.

Der Sommer, der nie zu Ende ging

Direkt unter der Überschrift sind drei Bilder. Das eine ist das gleiche Porträt von Billy, das sie zu Hause in der Kiste hat. Wahrscheinlich hat die Polizei das Foto bei ihren Ermittlungen verwendet, da die Zeitung an eine Kopie gekommen ist. Das zweite Foto stellt Tommy Rooth dar und muss von seinem Führerschein stammen. Es zeigt einen Mann mit hellem Haar, eindringlichem Blick und arrogantem Lächeln. Er sieht gut aus, das muss sie zugeben. Ein bisschen gefährlich, so wie es manche Frauen mögen. Wie sie es selbst mal mochte.

Das dritte Bild ist computeranimiert, es zeigt einen Mann, der an einen lebendigen Menschen erinnert, dem aber irgendetwas Unbestimmtes fehlt, das ihn menschlich macht.

Sie starrt auf das Bild und dann auf den Text darunter. Der Raum beginnt zu schwanken, sie hält sich am Schreibtisch fest, um nicht zu stürzen.

So könnte Billy Nilsson heute aussehen.

Vom Bildschirm aus sieht der blonde Mann sie mit leblosen Augen an.

16

SOMMER 1983

Månsson schob ein bisschen die Papiere herum, die seinen Schreibtisch bedeckten. Er sortierte sie vor allem, um sich einreden zu können, dass er etwas Nützliches tat.

Ganz links lag ein beträchtlicher Stapel Anträge zu den durchgeführten Dienstmaßnahmen: den Polizeihundaktionen, dem Hubschrauber, den er aus Malmö angefordert hatte. Neben den Anträgen befand sich der große Stapel Berichte über die Arbeit der Suchmannschaften. Ganz oben lag die Karte, auf der er eingezeichnet hatte, welche Gegenden durchkämmt werden sollten. Ein dritter Stapel enthielt alle durchgeführten Befragungen. Mit dem Vater des Jungen, den großen Geschwistern, den Nachbarn und allen anderen, von denen man sich erhofft hatte, dass sie zur Aufklärung beitragen könnten. Es waren nicht sehr viele.

Dann zum Schluss, ganz rechts, der Stapel mit den eingegangenen Hinweisen. Fünfundneunzig Prozent davon stammten von Leuten, die nie ihren Fuß in die Gegend gesetzt und Billy Nilsson nie anders gesehen hatten als auf einem Foto. Eine bunte Mischung aus Spinnern, Hobbydetektiven, Besserwissern und armen Schweinen, die nur wollten, dass ihnen jemand einen Moment lang zuhörte.

Die restlichen Tipps waren auch nicht viel wert. Ein paar Hinweise zu fremden Autos oder Leuten, die sich seltsam verhalten hatten, und dann noch eine Reihe von Vorschlägen von wohlmeinenden Dorfbewohnern, gegen wen man ermitteln sollte. Als ob er das nicht schon wüsste. Tommy Rooths Name tauchte in fast jedem zweiten Satz auf, und Månsson wusste genau, warum. Rooth war ein bekanntes Gesicht auf der Polizeiwache, und zum jetzigen Zeitpunkt kannte Månsson die gesamte Geschichte dieses Mannes. Chaotisch und rastlos schon in der Schule, getrimmte Mopeds, Sachbeschädigungen, das Übliche eben. Später unerlaubtes Fahren, Trunkenheit, Schlägereien in Parks und Tanzlokalen. Oft Streitereien mit den eifersüchtigen Freunden der Mädchen, auf die er es abgesehen hatte oder die es vielleicht auch auf ihn abgesehen hatten. Rooth sah gut aus. Kantiges, braungebranntes Gesicht, helle Locken, die ihm immer in die Augen fielen. Außerdem lag da etwas in seinem Blick. Der war selbstsicher, beinahe arrogant, genau wie sein Auftreten. Hier draußen auf dem Land, wo die Männer im nüchternen Zustand meistens schweigsam und schüchtern waren, war es nicht schwer zu verstehen, warum sich Frauen zu ihm hingezogen fühlten.

Sobald er volljährig wurde, ging Rooth zur See. 1974, als der Vater starb, kam er zurück, zusammen mit einer Frau, die er in Malmö gefunden hatte. Er zog auf den elterlichen Hof und gründete eine Familie. Im Frühjahr und Sommer arbeitete er als Saisonarbeiter, half beim Asphaltieren und beim Erbsendreschen. Im Herbst und Winter hielt er sich mit Gelegenheitsjobs über Wasser und mit dem, was seine kleine Landwirtschaft abwarf. Rooth befolgte nicht die ungeschriebenen Gesetze der Gegend, weigerte sich, seinen Platz in der Hierarchie anzuerkennen, was die Leute reizte und die Gerüchteküche in Gang setzte. Man munkelte von Dieselraub und Wilderei, dass Rooths Mutter eine Zigeunerin gewesen und dass er von seinem Vater rausgeschmissen worden sei.

Dass er sogar einen Mann getötet habe, während er zur See fuhr.

Månsson suchte das kurze Verhör heraus, das mit Rooth geführt worden war. Der höhnische Tonfall des Mannes war deutlich aus dem trockenen, maschinengeschriebenen Text herauszuhören.

Ich bin nur wegen der Sache mit Aronssons Auto hier, die letzten Herbst passiert ist. Dein Chef kuscht und gehorcht, genau wie alle anderen in diesem verdammten Kaff. Warum ist Månsson eigentlich nicht selbst da, traut er sich nicht, mit mir zu sprechen? Ich dachte, wir würden uns inzwischen kennen.

Beim vorletzten Satz errötete Månsson leicht vor Scham, zum einen, weil Rooth das so gesagt, zum anderen, weil man es ins Protokoll aufgenommen hatte. Aber hauptsächlich wohl deshalb, weil ein Fünkchen Wahrheit darin steckte. Rooth hatten keinen Respekt vor Autoritäten, selbst nicht vor der Ordnungsmacht. Månsson hatte Probleme mit solchen Typen. Er mochte keine Konflikte, vor allem nicht solche, von denen er glaubte, sie nicht gewinnen zu können, was der Grund dafür war, dass er beim Verhör von Rooth anderes zu tun gehabt hatte.

Er blätterte im Hauptprotokoll, in dem alles zu dem Fall gesammelt war. Noch einmal ging er es durch, verglich es mit jedem Dokument in seinem Stapel. Und genau wie die fünfundzwanzig anderen Male, die er diese Prozedur schon durchgeführt hatte, blieb die Antwort die gleiche:

Er war den Vorgaben für solch eine Ermittlung bis ins kleinste Detail gefolgt. Er hatte an jedem denkbaren Ort gesucht, den Suchradius so ausgeweitet, dass er um einiges größer war, als ein fünfjähriger Junge mit nur einem Schuh in Regen und Dunkelheit bewältigen konnte. Er hatte alle möglichen Leute befragt, war sogar den Hinweisen von Menschen nachgegangen, die behaupteten, mit »der anderen Seite« in Kontakt zu stehen. Trotzdem war er gescheitert. Billy Nilsson blieb verschwunden, und er selbst war der Lösung des Rätsels keinen Millimeter näher gekommen als an jenem Abend, an dem er unter der Markise auf der Terrasse vom Backagård, dem Hof der Familie Nilsson, gestanden und Ebbe Nilsson versprochen hatte, seinen kleinen Jungen zu finden.

Månsson trank einen Schluck aus der Tasse, die auf seinem Schreibtisch stand, und bereute es sofort. Lauwarmer Kaffee war kaum das, was er jetzt brauchte. Sein nervöser Magen hatte schon vor geraumer Zeit gemeldet, dass es höchste Zeit für das Mittagessen war. Normalerweise freute er sich auf diesen Moment. Die Dorfschenke servierte gute schwedische Hausmannskost in großen Portionen, aber heute hatte er keine Lust, dorthin zu gehen.

Er stand auf und öffnete die Tür zum Konferenzraum einen Spalt breit. Die beiden Kriminalpolizisten, die der Bezirkspolizeichef geschickt hatte, saßen dort vor ihren großen Pizzen vom Lieferservice. Bei dem Geruch fuhr er sich über den Bauch. Verdammte Schleimhautentzündung, im einen Moment war ihm schlecht, im nächsten hatte er einen riesigen Hunger.

Ein paar Sekunden lang beobachtete Månsson heimlich die Männer. Die Kriminalinspektoren Bure und Borg sahen sich so ähnlich mit ihren gleichen Frisuren und dunklen Anzügen, dass er sie kaum auseinanderhalten konnte. Vielleicht bemühte er sich aber auch gar nicht darum. Als eine Art kleinliche Rache dafür, dass er zurückgestellt worden war. Dafür, dass diese beiden Anzugfritzen seinen Konferenzraum, seine Untersuchung und seine Polizeistation übernommen hatten.

Månsson biss die Zähne zusammen. Sein Magen knurrte wieder. Die Abendzeitungen hatten ihr Hauptquartier in den beiden Pizzerien aufgeschlagen, was bedeutete, dass er im Gegensatz zu Bure und Borg nicht dorthin gehen konnte. Er konnte natürlich nach Hause fahren und dort essen, aber Malin arbeitete, und seine eigenen Kochkünste waren begrenzt. Alternativ konnte er auch eine der Sekretärinnen losschicken, um für ihn einzukaufen. Aber um diesen Gefallen hatte er in den letzten Tagen schon öfter gebeten, und er war sich ziemlich sicher, dass seine Mitarbeiter ihn langsam durchschauten.

Es blieb also mal wieder nur die Wurstbude am anderen Ende des Dorfes oder die Kneipe gegenüber. Skylla oder Charybdis.

17

Am Montag ist Veronica viel früher da als nötig. Sogar vor Ruud.

»Frühaufsteherin«, bemerkt er, bevor er in die Küche geht, um die Kaffeemaschine anzumachen.

Eigentlich sollte sie ein schlechtes Gewissen haben, weil sie unerlaubterweise sein Büro benutzt hat, aber dieses Gefühl geht in dem Tumult, der in ihrem Kopf herrscht, unter. Sie kann sich kaum daran erinnern, wie sie am Samstag nach Hause gekommen ist. Oder wie sie die Stunden bis jetzt verbracht hat. Sie weiß nur, dass zu Hause drei leere Weinflaschen neben der Spüle stehen und dass sich ihre Kopfschmerzen mit Aufregung und Chaos paaren. Seltsamerweise scheint man ihr nichts davon anzusehen. Ruud macht freundlich Small Talk, und obwohl sie sich unbehaglich abwendet, als er die Tür zu seinem Büro öffnet und eine Weile darin herumkramt, sieht er nicht so aus, als würde er etwas bemerken.

Die üblichen Montagsteilnehmer tauchen auf, und diesmal steht sie an der Tür und begrüßt sie alle mit Handschlag. Ab und zu wischt sie sich diskret die Hand am Hosenbein ab, damit sie sich nicht so klebrig anfühlt. Obwohl sie weiß, dass der junge Mann bisher nur zur Freitagsgruppe gekommen ist, ist sie enttäuscht, als es neun Uhr wird und er nicht da ist. *Der blonde Mann.* So nennt sie ihn seit dem Gespräch mit Mattias. *Der blonde Mann*, nicht Isak.

Sie setzt sich auf ihren Platz, füllt ihre Lungen mit Sauerstoff und schlägt eine leere Seite ihres Notizblockes auf. Die Frustration macht ihre Bewegungen ungeduldig. Sie fordert Elsa mit den grauen Haaren und den Trauerperlen mit einem Nicken auf, von ihrer Tochter zu erzählen. Sie erntet einen verwunderten Blick, aber erst als die Frau schon angefangen hat zu sprechen, fällt ihr ein, dass sie vergessen hat, sich vorzustellen und mit ihrer eigenen Geschichte anzufangen, wie sie es sonst immer macht. Sie schielt zur einen Seite hinüber, hofft, dass Ruud nichts gemerkt hat. Zum Glück steht er gar nicht da.

Elsa ist gerade mitten in ihrer Erzählung über die Tochter, als die Tür geöffnet wird und der blonde Mann hereinschlendert. Er ist genauso angezogen wie beim letzten Mal, und als sich die erste Überraschung ein wenig gelegt hat, stellt sie fest, dass sie ihm ins Gesicht starrt.

Er nickt entschuldigend, setzt sich still auf einen der freien Stühle, und Veronica zwingt sich, den Blick abzuwenden. Schnell blättert sie zu dem Ausdruck des computersimulierten Fotos, das sie ganz hinten in ihrem Block versteckt hat.

Die Ähnlichkeit ist immer noch deutlich sichtbar, auch wenn ihr überdrehtes Hirn sie seit Samstag übertrieben hat. Wenn man genau hinschaut, sieht man, dass Nasen- und Stirnpartie etwas anders sind und die Augen auf dem Phantombild ein bisschen enger beieinanderstehen. Wenn man das Bild aber aus ein paar Metern Abstand betrachtete, würden sicher die meisten behaupten, dass es sich um dieselbe Person handelt. Im Moment kann sie das nicht ausprobieren. Alles, was sie tun kann, ist, zu dem Blonden hinüberzuschielen, während sie so tut, als würde sie Elsas Geschichte zuhören. Sie versucht, sich Billys Gesten und seine Mimik in Erinnerung zu rufen und sie mit denen des blonden Mannes zu vergleichen. Aber der Mann sitzt still da, macht keinerlei Bewegungen, die ihr irgendwie weiterhelfen. Außerdem versucht sie, einen Erwachsenen mit einem Kind zu vergleichen.

Es dauert einen Moment, bis sie merkt, dass Elsa aufgehört hat zu sprechen. Sie entschuldigt sich, bringt ein paar steife Fragen hervor, bevor sie das Wort an den nächsten Teilnehmer weitergibt. Dann steht sie sieben weitere quälende Berichte durch, und während der ganzen Zeit muss sie sich anstrengen, nicht den blonden Mann anzustarren. Und obwohl sie drängt und die Erzählungen gelegentlich stark abkürzt, bleiben wieder nur ein paar Minuten auf der Wanduhr, als er endlich an der Reihe ist.

Zu dem Zeitpunkt klebt ihre Bluse an ihrem Rücken fest, und ihre Hände sind so feucht wie ihr Mund trocken.

Der Blonde beginnt mit seiner üblichen Erzählung. *Hallo, ich heiße Isak. Als ich klein war, ist mein bester Freund verschwunden. Danach war alles anders …* Sie hört ihm an, dass er an ungefähr der gleichen Stelle aufhören will wie sonst. Sie sieht, dass er sogar zur Uhr hinaufschaut. Deshalb tut sie das Verbotene. Sie unterbricht ihn mit einer Detailfrage.

»Wo bist du aufgewachsen, Isak?«

Er hält inne und sieht einen Moment lang etwas überrascht aus. Dann lächelt er sie an. Sein Lächeln ist hübsch, und ihr ist kaum bewusst, dass sie fast unmittelbar zurücklächelt.

»Auf dem Land. Ziemlich weit weg von hier.«

»Und haben deine Eltern jemals mit dir über deinen verschwundenen Freund gesprochen?«

»Nein, überhaupt nicht. Ich bin bei einer Pflegefamilie aufgewachsen. Das alles mit …«

Er macht eine Handbewegung, und sie holt tief Luft, glaubt, dass er kurz davor ist, den Namen ihres kleinen Bruders zu sagen, aber er tut es nicht.

»… mit meinem Freund ist passiert, bevor ich adoptiert

wurde. Eigentlich sind es vor allem Erinnerungsfetzen, ein Rätsel, für das es nie eine richtige Erklärung gab. Vielleicht fällt es mir deshalb schwer, davon abzulassen.«

Der letzte Satz trifft sie wie ein Eiszapfen. Der Mann richtet seine hellblauen Augen auf sie, und es kommt ihr vor, als würde sich der ganze Raum auflösen. Die Klappstühle mit den anderen Teilnehmern sind weg, alles, was noch da ist, sind er und sie. Ihre Augen füllen sich mit Tränen, sie spürt, wie ihr Mund sich öffnet.

»Dann bedanken wir uns für heute.« Ruuds Stimme klingt schroff, und als sie überrascht und erschrocken zu ihm aufschaut, sieht sie in seinem Gesicht denselben harten Ausdruck.

Ruud schneidet ihr den Weg ab, bevor sie sich dem Blonden nähern kann. Er packt sie leicht, aber bestimmt beim Arm und bringt sie dazu aufzustehen. Er lächelt den Teilnehmern freundlich zu, während diese den Raum verlassen, und sie zwingt sich, es ihm gleichzutun. Nicht dem Mann nachzublicken, als dieser sich entfernt. Nicht darauf zu achten, ob auf der Zigarettenschachtel, die er direkt an der Tür hervorzieht, die Marke Prince steht.

»Wir müssen reden, Veronica«, sagt Ruud.

18

SOMMER 1983

Månsson bemerkte seinen Fehler, sobald er die Tür zur Dorfkneipe geöffnet hatte. Er hätte sich die Autos auf dem Parkplatz anschauen sollen, dann hätte er sich ausrechnen können, wer hier war, und den Ort für sein Mittagessen davon abhängig machen sollen. Aber er war lediglich darauf bedacht gewesen, den Reportern zu entgehen, deshalb hatte er nur schnell eine Jacke über die Uniform gezogen und war geradezu über den Platz gerannt.

Jetzt stand er also hier in der Türöffnung, und so ziemlich jedes Gesicht in der Kneipe hatte sich zu ihm umgedreht. Natürlich kannte er die meisten, die hier saßen. Den Händler Möller, den Maler Kurt, Kristin von der Bank und ihre Kollegin mit den langen roten Fingernägeln. Ein paar Leute von der Kommunalverwaltung saßen ein Stück weiter hinten. Aber es war die Gesellschaft am Tisch direkt an der Tür, die ihn am meisten beunruhigte.

Harald Aronsson, Billys Onkel, saß dort mit seinem Vorarbeiter Brink und den Gebrüdern Strid. Die vier schienen mitten in einer Diskussion, als sie ihn sahen.

Månsson holte tief Luft und ging auf das hintere Ende des Raumes zu, wo er einen freien Tisch entdeckt hatte. Er nickte Aronsson und seinen Leuten zu, ergänzte ein »Mahlzeit«, was sowohl souverän als auch entspannt klingen sollte, aber offenbar war weder das eine noch das andere der Fall.

»Månsson!«

Er blieb stehen und drehte sich widerwillig um. Aronsson zeigte auf einen leeren Stuhl an seinem Tisch. »Setz dich!« Es klang mehr nach einem Befehl als nach einer Einladung.

Månsson zögerte einen Moment, suchte nach einer guten Ausrede, um den Männern nicht Gesellschaft leisten zu müssen, aber Aronsson kam ihm zuvor.

»Alf«, rief er dem Wirt zu. »Bring ein Tagesgericht für den Polizeichef, bitte. Das geht auf meine Rechnung.«

Aronsson zeigte erneut auf den Stuhl und hob ein wenig die dunklen Augenbrauen. Seine tief liegenden Augen und seine markante Nase erinnerten Månsson wie immer an einen Bussard.

Er setzte sich Aronsson gegenüber und knöpfte seine Jacke auf. Der Wirt stellte einen Teller Pyttipanna in Sahnesoße vor ihm ab, ein Kartoffelgericht, auf das er sich normalerweise stürzen würde, aber jetzt war er plötzlich gar nicht mehr so hungrig. Er spürte die Blicke der anderen Männer und zwang sich, einen Bissen zu sich zu nehmen.

Brink war ein kräftig gebauter Kerl um die fünfzig, der fast keine Haare mehr auf dem Kopf hatte. Die Gebrüder Strid waren ungefähr zehn Jahre jünger, rothaarig, durchtrainiert und hatten es im Dorf zu einiger Berühmtheit gebracht. Beide waren erfolgreiche Ringer gewesen, der eine hatte sogar einmal die schwedischen Meisterschaften gewonnen. Später hatten sie die Mechanikerwerkstatt des Vaters übernommen und sie erweitert. Gerade waren sie dabei, drei große Windkraftwerke für Aronsson zu bauen, was die meisten im Dorf allerdings für eine idiotische Idee hielten.

»Wie läuft es so bei euch? In den letzten Tagen bist du ein bisschen in die Bredouille gekommen«, sagte Aronsson.

Månsson sah aus den Augenwinkeln, dass die anderen Männer grinsten.

»Wir fahren mit den Ermittlungen fort.« Er kaute und spülte mit einem Schluck Bier nach. »Der Polizeibezirkschef hat ein paar Kollegen aus der Stadt rübergeschickt …«

Aronsson unterbrach ihn mit einer Handbewegung und einem unzufriedenen Gesicht.

»Das stand in der Zeitung. Ich will wissen, was ihr konkret unternehmt, um den Kerl zu finden, der sich meinen Neffen geholt hat. Welcher Spur ihr folgt, mit wem ihr redet.« Aronsson beugte sich weiter vor. »Wann ihr den Schuldigen fasst.«

»Tja, es ist so«, wich Månsson Aronsson aus, »das sind Ermittlungsgeheimnisse …«

Aronsson schlug mit der Faust auf den Tisch.

»Ich scheiße auf deine verdammte Schweigepflicht!« Der Ausruf ließ das Gemurmel im Raum jäh verstummen.

Aronssons Augen waren schwarz, eine blaue Ader pulsierte an der Stirn. Månsson musste schluckte, diesmal mit leerem Mund. Er fluchte innerlich, weil er sich diesen verräterischen Reflex nicht verkneifen konnte.

»Wir sind dabei, Befragungen durchzuführen, und folgen verschiedenen Hinweisen …«, begann er, ohne richtig zu wissen, was er sagen sollte.

»Habt ihr Tommy verhört?«, fragte einer der Strid-Brüder.

»Tommy Rooth«, ergänzte Brink. Er beugte sich über den Tisch zu Månsson hinüber. »Habt ihr ihn verhört? Alle wissen, dass er ein Problem mit Harald hat. Diese ganze Geschichte letztes Jahr mit der Jagdpacht und dem Schuss in Haralds Windschutzscheibe.«

Månsson sah Brink an, dann wieder Harald Aronsson.

»Wir haben Rooth verhört. Er leugnet. Behauptet, dass er nichts von Billy weiß.«

»Und sein Hof. Habt ihr dort nichts gefunden?«, fragte der andere der beiden Brüder.

Månsson schloss kurz die Augen, nahm eine Gabel Pyttipanna, um Zeit zu gewinnen. Er hätte den Mund halten sollen, hätte sich überhaupt nicht hierhersetzen dürfen. Er sollte nicht so wahnsinnig bemüht sein, es allen recht zu machen. Er legte die Gabel beiseite.

»Alter Groll genügt nicht, um eine Hausdurchsuchung zu veranlassen. Außerdem wurde er wegen des Schusses damals freigesprochen. Wir haben alle seine Gewehre Probe geschossen, ohne Ergebnis. Rooth ist schlau …«

Månsson hob die Arme und stand auf.

»Ich muss Recht und Gesetz befolgen, besonders jetzt, wo die Bezirkspolizei involviert ist. Ohne irgendetwas, das eine Verbindung zwischen Tommy Rooth und Billy schafft, kann ich nicht mehr tun. Vielen Dank fürs Essen, Aronsson, aber jetzt muss ich zurück auf die Wache.«

Er hatte gerade zehn Minuten an seinem Schreibtisch gesessen und seinen Magen mit ein paar trockenen Keksen aus der Teeküche getröstet, als das Telefon klingelte. Seine direkte Leitung. »Hallo, hier ist Laila von der Tankstelle. Ich möchte etwas erzählen.«

Månsson versuchte sich an die Frau zu erinnern. Kurze Haare, Brille, etwas mollig, ungefähr wie seine Malin. Immer freundlich und mit einem munteren Glitzern in den Augen. Normalerweise leitete er alle Tipps an eine Sekretärin weiter. Aber irgendetwas in Lailas Stimme verriet ihm, dass er dieses Gespräch selbst führen sollte.

Er fegte die Krümel von der Schreibtischunterlage und kramte einen Stift und Papier aus der Schublade hervor.

»Was willst du erzählen?«

Einen Moment lang blieb es im Hörer still, lange genug, dass Månsson ihr Zögern bemerkte.

»Also, es geht um Tommy Rooth.«

19

Manchmal, wenn sie gewisse Wörter lange für sich wiederholt, hören sie sich irgendwann komisch an. Als würden die Silben aneinanderscheuern. Als würde die Bedeutung die Richtung ändern und zu ihrem eigenen Gegenteil werden.

Diesmal sind es nicht ihre eigenen Worte, die verdreht werden, sondern Ruuds.

Alles kommt in Ordnung. Alles kommt in Ordnung.

... in Ordnung.

... in Ordnung.

Er sagt auch noch einen Haufen anderer Sachen. Dass sie am Samstag von seinem Büro aus die verbotene Nummer angerufen und damit das Kontaktverbot gebrochen hat, obwohl sie sich nicht daran erinnern kann. Vollkommen dämlich natürlich. Das Bürgerhaus hat im Gegensatz zu ihrem Telefon zu Hause keine unterdrückte Nummer, und von dort aus anzurufen ist ein sicherer Weg, enttarnt zu werden. Er fragt dagegen nicht, was sie an einem Samstag in seinem Büro gemacht hat, wofür sie ihm dankbar ist. Auf der anderen Seite wundert sie sich, warum. Vielleicht will er die Antwort einfach gar nicht wissen?

Ruud hebt jedenfalls hervor, dass er die Personalabteilung überreden will, ihr eine letzte Chance zu geben. Aber dafür muss sie erst noch einmal ihren Therapeuten treffen und ihn davon überzeugen, dass das Telefonat ein einmaliger Fehltritt war und kein Rückfall. Sie willigt ein, ohne zu begreifen, dass Ruud jetzt sofort meint. Sie versteht es erst, als er seinen Wagen vor der Praxis parkt und ihr ein letztes Mal erklärt, dass alles *in Ordnung kommen* wird.

Ihr Therapeut, der eigentlich gar nicht ihrer ist, weil er von ihrem Arbeitgeber bezahlt wird, heißt Bengt und ist groß, steht aber immer krumm da. Er sieht aus, als würde er sich wegen seiner Größe schämen und versuchen, kleiner auszusehen, indem er sich vorbeugt, wodurch sein Gesicht ihr allzu nahe kommt.

»Erzähl, was passiert ist, Veronica.« Er sitzt ihr gegenüber in einem Ledersessel. Er lächelt freundlich, und seine Zungenspitze zuckt ein bisschen um die Mundwinkel herum. Sie hört seinen Füller über das Blatt kratzen, während sie von dem Telefonat mit Leon berichtet, einem Telefonat, das absolut nicht stattgefunden haben dürfte. Während sie dem Instinkt widersteht, sich ihre Fingernägel in den Unterarm zu bohren und tiefe Wunden ins Fleisch zu ritzen, um sich für ihre eigene Dummheit zu bestrafen.

Hinterher fährt Ruud sie nach Hause. Er stellt keine Fragen, lässt sie in Ruhe dasitzen und aus dem Fenster starren. Er macht sogar das Radio an, gerade so laut, dass die Stille erträglicher wirkt.

»Du bist eine Woche krankgeschrieben«, sagt er, als sie nach einer halben Ewigkeit in ihre Straße einbiegen. »Bengt hat versprochen, Anfang nächster Woche sein Gutachten zu schicken. Sobald die Personalabteilung es hat und wir miteinander gesprochen haben, melde ich mich. Aber ich verspreche, dass ich mein Bestes gebe, um dir zu helfen. Okay?«

»Natürlich«, murmelt sie. Und nach einer Weile fügt sie ein »Danke« hinzu.

Er bringt den Wagen in einer Halteverbotszone zum Stehen und dreht sich zu ihr um.

»Du musst dich zusammenreißen, Veronica.«

Die selbstverständliche Ermahnung klingt zugleich mitleidig und beunruhigt, und sie weiß nicht, was ihr weniger gefällt.

»Kein Alkohol, nicht mal ein Glas Wein dieses Wochenende. Und auf keinen Fall weitere Anrufe bei Leon Santos, sonst kann ich dir nicht mehr helfen. Und bleib vom Bürgerhaus weg, hörst du?«

Sie weiß, dass Ruud an den Blonden denkt. Vielleicht glaubt er sogar, dass sie scharf auf ihn ist. Vielleicht ist er sogar ein bisschen eifersüchtig. Oder verärgert. Weil sie die Frechheit hatte, sich direkt vor seinen Augen so zu benehmen.

Sie hat keine Lust zu antworten, sondern steigt einfach aus dem Wagen. Reflexartig sieht sie die Straße entlang zu der Stelle, wo der Raucher gestanden hat. Aber wie gewöhnlich ist sie leer.

20

SOMMER 1983

Der kleine, fensterlose Verhörraum war warm, die Luft darin auf dem besten Weg, abgestanden zu sein. Sie waren zu viert im Raum, was mindestens einer zu viel war. Månsson hob die Faust vor den Mund und unterdrückte ein Aufstoßen. Seine Magenprobleme hatten sich zu einem ausgewachsenen Katarrh entwickelt, und er hatte heute Nacht nicht viel geschlafen. Aber nichts würde ihn daran hindern, bei diesem Verhör anwesend zu sein.

»Also, dann fangen wir an«, sagte der etwas größere der beiden Kriminalbeamten, der entweder Borg oder Bure hieß, und lehnte sich an die Wand.

Sein Kollege drückte auf den Schalter des Aufnahmegeräts und schob das Mikrofon zurecht, sodass es näher bei dem Mann stand, der ihm gegenübersaß.

»Verhör mit Tommy Rooth, geboren am 21.10.1947. Beim Verhör anwesend sind ich selbst, Kriminalinspektor Bure, sowie Kriminalinspektor Borg von der Bezirkspolizei und Polizeiinspektor Månsson …«

»Polizeichef.« Månsson fuhr sich über den Bauch.

Bure sah auf, wechselte einen kurzen Blick mit seinem Kollegen.

»Polizeichef Månsson«, wiederholte Månsson, dieses Mal lauter und bestimmter. Er wusste, dass sie ihn eigentlich gar nicht dabeihaben wollten. Sie hatten sogar angedeutet, dass es das Verhör erschweren könnte. Trotzdem hatte er darauf bestanden.

»Polizei*chef* Månsson«, berichtigte Bure mit hörbarer Ironie.

Er öffnete einen Ordner, den er neben das Aufnahmegerät gelegt hatte. Dann wandte er sich an den Mann ihm gegenüber.

»Also, Rooth. Sie haben so was ja schon mal mitgemacht, daher wissen Sie, wie es läuft, nicht wahr?«

Tommy Rooth zuckte mit den Achseln.

»Zwei Verurteilungen wegen Misshandlung, eine wegen widerrechtlicher Drohung. Gewaltsamer Widerstand, Gewalt gegen einen Beamten, Entwendung eines Beförderungsmittels, Trunkenheit. Eine Zeitlang waren Sie Stammgast hier auf der Wache.«

»Das ist lange her, das war, bevor ich zur See gefahren bin. Jugendsünden, fragen Sie, wen Sie wollen.« Rooths Tonfall war provokativ wie immer. Genauso seine Körpersprache.

»Genau das haben wir getan«, sagte Borg von der Wand aus. »Wir haben einen Haufen Leute gefragt, wer etwas gegen die Familien Aronsson und Nilsson haben könnte, und raten Sie mal, welcher Name sofort aufkam. Sie scheinen hier in der Gegend nicht besonders beliebt zu sein.«

»Die Leute hier reden eine Menge Scheiß«, schnaubte Rooth. »Das haben sie schon immer. Das ist nicht mehr aktuell.«

»Nicht mehr aktuell?« Bure schlug die Seite im Ordner um. »Hier steht, dass Sie am fünften Oktober letzten Jahres Harald Aronsson in seinem Haus aufgesucht haben. Dem Bericht zufolge waren Sie betrunken und haben ihm gedroht.«

»Betrunken! Ihm gedroht! Was für ein verdammter Lügner Aronsson ist. Er ist nur sauer, weil ihm einmal jemand die Meinung gesagt hat. Das ganze Dorf tanzt doch nach Harald Aronssons Pfeife, sogar Månsson hier.«

Månsson sah weg, wich den Blicken der Männer aus.

»Sie geben also zu, dass Sie dort waren. Dass Sie und Aronsson Streit hatten?«

Rooth machte eine Handbewegung Richtung Månsson. Seine Hand hatte lange, kräftige Finger, die genauso braungebrannt waren wie sein Gesicht.

»Wir haben das schon durchgekaut, Månsson und ich. Letzte Woche. Oder warten Sie, das war gar nicht Månsson. Einer seiner Jasager hat mich verhört. Månsson selbst hat sich nicht getraut.«

Månsson biss die Zähne aufeinander.

»Wir wissen, dass Sie schon einmal befragt worden sind«, sagte Bure. »Aber jetzt stellen *wir* die Fragen. Haben Sie Harald Aronsson am fünften Oktober letzten Jahres zu Hause aufgesucht?«

Rooth hob in gespielter Resignation die Augenbrauen.

»Klar, ich war da. Wir haben uns gestritten. Der Mistkerl hat im Herbst den Nordwald vom Gutshof abgekauft und meine Jagdpacht auf der Stelle gekündigt. Er hat behauptet, es gäbe keinen schriftlichen Vertrag, und hat mich nicht mal für den Eigenbedarf jagen lassen, obwohl ich direkt am Waldrand wohne. Mein Großvater war früher Förster auf dem Hof. Dann hatte mein Vater die Jagd und nach ihm ich. Wir haben nie irgendeinen Vertrag gebraucht. Der Wald ist das, wovon wir das halbe Jahr über leben. Davon versorge ich meine Familie, also war ich verdammt sauer, das können Sie mir glauben.«

»Sauer genug, um in derselben Nacht eine Kugel in die Windschutzscheibe von Aronssons Wagen zu schießen?«, wollte Bure wissen.

Rooth verschränkte die Arme über der Brust und verzog einen der Mundwinkel zu einem selbstsicheren Grinsen.

»Das ist schon längst untersucht worden. Die Kugel

kam nicht aus einer meiner Waffen. Fragen Sie Månsson hier, seine Leute haben alle meine Gewehre ausprobiert. Keines davon hat zu der Kugel gepasst. Die Sache ist abgehakt, oder nicht?«

»Das stimmt«, brummte Månsson, ohne es zu wollen. Er wusste, was die Kriminalpolizisten von ihm dachten, sah es ihnen am Gesichtsausdruck an. *Nichtsnutziger Dorfpolizist.*

»Der Wagen stand auf dem Hof«, sagte Bure. »Der Schütze muss also in der Nähe gestanden und eine Waffe mit Dämpfer benutzt haben. Diese Art Gewehr benutzen Wilderer.«

Rooths Grinsen wurde breiter, seine Augen glitzerten.

»Davon weiß ich nichts.«

»Sie wildern also nicht im Nordwald? Sie und Ihr Kumpel, der Seemann Kjell-Åke Olsson, genannt Sailor.«

Rooth seufzte übertrieben. »Ihr Städter versteht nicht, wie die Dinge hier laufen.«

Keiner der beiden Kriminalbeamten sagte etwas. Rooth beugte sich über den Tisch.

»Es sieht folgendermaßen aus. Harald Aronsson ist sauer, weil ich auf meiner Seite des Nordwalds sitze und die Hirsche schieße, die er an dänische Trophäenjäger verkaufen will. Aber ich jage auf meinen Äckern, was ich will, zum Teufel, besonders Tiere, die meine Saat fressen. Das Wild gehört dem, auf dessen Grund es zu Boden geht. Alle wissen, dass ich im Recht bin, aber keiner traut sich, was zu sagen, weil alle so eine Heidenangst vor Aronsson haben.«

Er sank an die Stuhllehne zurück.

»Ich habe keine Angst vor Harald Aronsson. Er kann zur Hölle fahren. Wer weiß, ob er nicht selbst auf seine Windschutzscheibe geschossen und es mir dann in die

Schuhe geschoben hat, damit Månsson hier die Gelegenheit bekommt, auf meinem Hof herumzuschnüffeln und meinen Waffenschrank zu öffnen. Aronsson hat wahrscheinlich gehofft, dass ich illegale Gewehre zu Hause habe und so die Waffen und die Lizenz verliere. Das hätte sein Problem gelöst. Aber so verdammt blöd bin ich nicht. Ihr solltet lieber gegen Aronsson ermitteln. In der Familie gibt es einiges, was mal ans Licht kommen sollte. Aber natürlich gibt es keinen, der sich das traut. Nicht mal ihr Anzugfuzzis aus der Stadt.«

Rooth grinste wieder und schlug lässig ein Bein über das andere. Månsson sah, wie Borg sich an der Wand aufrichtete. Er konnte dessen Wut beinahe fühlen und verspürte ein wenig Sympathie. Bure dagegen blieb ruhig und schien stattdessen zu beschließen, dass es höchste Zeit war, das Thema zu wechseln.

»Sie haben sich nicht an der Suche nach Billy Nilsson beteiligt. Warum nicht?«

»Ich hatte anderes zu tun. Es ist Erntezeit.«

»Wo waren Sie an dem Abend, als er verschwand?«

»Auf diese Frage habe ich auch schon ein paarmal geantwortet. Vermutlich war ich im Wald oder draußen auf meinen Feldern.«

»Gibt es jemanden, der das bezeugen kann?«

Rooth schüttelte den Kopf. »Höchstens die Hunde. Sie können sie gerne zum Verhör einbestellen.«

Erneutes Grinsen, aber Bure ließ sich nicht provozieren.

»Mehrere Zeugen haben berichtet, dass sie in den Tagen nach dem Verschwinden des Jungen Ihren Wagen in der Nähe der Gegend gesehen haben, die abgesucht wurde. Was haben Sie dort gemacht?«

Ein erneutes Achselzucken war die Antwort. »Ich

wusste nicht, dass es verboten ist, in seinem Wohnort herumzufahren. Ich hatte wahrscheinlich dort zu tun, außerdem war ich neugierig. Vor allem nach einer Weile. Ich habe mich gefragt, was die Polizei so treibt, dass sie den Jungen nicht findet.«

Månsson biss die Zähne zusammen und ballte die Faust hinter seinem Rücken.

»Der Junge, ja. Billy Nilsson. Waren Sie auch auf ihn neugierig?« Borg machte einen Schritt in den Raum hinein.

»Wie meinen Sie das?« Rooth wandte sich Borg zu. Auf einmal schien er irgendwie auf der Hut zu sein.

»Haben Sie mal mit Billy Nilsson gesprochen?«

Rooth schüttelte den Kopf. »Nein, nie.«

»Nie? Sie haben selbst einen Jungen im gleichen Alter. Sind Sie Billy und seiner Familie nie im Dorf begegnet und haben ein paar Worte gewechselt? Sind Sie sich ganz sicher?«

»Ja, Nilla kümmert sich um alles, was mit den Kindern zu tun hat. Ich habe den Jungen nur aus der Ferne gesehen, wusste, wer er war.«

Borg und Bure wechselten einen Blick. Jetzt kommt es, dachte Månsson.

»Wir haben einen glaubwürdigen Zeugen, der Sie und Billy Nilsson am Tag vor seinem Verschwinden zusammen gesehen hat«, sagte Borg.

Rooths Miene änderte sich. Der Gesichtsausdruck war so flüchtig, dass Månsson im Nachhinein bezweifelte, ob er ihn wirklich gesehen hatte. Aber einen Moment lang war er in dem stickigen Raum überzeugt gewesen, dass der Mann Angst hatte.

»Das ist eine Lüge.«

Borg und Bure tauschten erneut Blicke aus, und Månsson begriff, was das hieß. Sie hatten Rooth bei einer Lüge ertappt. Und wo es eine gab, gab es für gewöhnlich auch noch mehr.

»Sie haben kurz nach fünf mit Billy an der Tankstelle gesprochen, während seine Mutter drinnen war und bezahlt hat«, sagte Bure. »Er saß im Wagen der Familie, und Sie haben sich mit ihm durch das heruntergelassene Fenster unterhalten. Der Zeuge behauptet, dass es so aussah, als ob Sie den Türgriff festhielten und versuchten, Billy zum Aussteigen zu überreden. Dass Sie wahrscheinlich geschafft hätten, ihn herauszulocken, wenn seine Mutter nicht aufgetaucht wäre.«

Rooth saß ein paar Sekunden lang still da. Das höhnische Grinsen war verschwunden. Der Mund war zu einem Strich zusammengepresst. Månsson hielt die Luft an.

»Ich will mit einem Anwalt reden«, sagte Rooth dann. Er klang auf einmal müde, fast resigniert.

Hinterher waren die beiden Kriminalkommissare siegessicher. Sie klopften sich gegenseitig auf den Rücken und schüttelten einander die Hand. Der Ton war nun freundlicher. Kollegialer. Månsson fühlte sich vor allem benommen, hatte Mühe, seine Gedanken richtig zu ordnen.

Borg rief den zuständigen Staatsanwalt an, während Bure jedem von ihnen einen Schnaps aus einem mitgebrachten Flachmann einschenkte. Die Stimmung im Raum war gelöst, aber Månsson fiel es schwer, die Freude der Männer zu teilen. Er dachte an Rooths harten Blick, seine langen, starken Finger. An den kleinen Billy Nilsson. Der Kräuterschnaps brannte ihm im Rachen, verbreitete Wärme in der Brust und ging ins Blut.

Im Hintergrund vernahm er Borgs Gespräch mit dem Staatsanwalt.

Er ist wütend auf die Familie. Einer früheren Tat gegen den Onkel verdächtigt. Zeigte großes Interesse an der Suchaktion. Hat am Vorabend des Verschwindens versucht, den Jungen zu sich zu locken. Rooths Wagen ist außerdem frisch gewaschen und scheint auch innen gereinigt worden zu sein, soweit man von außen sehen kann.

Das Letzte war gelogen. Bure hatte den Wagen bereits mit dem Schlüssel, den sie Rooth abgenommen hatten, aufgeschlossen. Sie hatten festgestellt, dass der rostrote Amazon-Kombi mit der schwarzen Heckscheibe tatsächlich gesäubert worden war, aber nach einem genaueren Blick in den Kofferraum hatten sie in einer Fuge Spuren gefunden, die mit größter Wahrscheinlichkeit Reste von Blut waren.

Bure versuchte weiter, den Staatsanwalt zu überzeugen. *Rooth hat im Verhör gelogen, und er wurde früher schon einmal wegen eines Gewaltdelikts verurteilt.* Und dann das i-Tüpfelchen: *Er hat für die Mordnacht kein Alibi.*

Mordnacht, so nannten sie ihn jetzt, den Abend, an dem Billy Nilsson verschwunden war. Der Abend, an dem er ermordet wurde.

Das Hemd klebte Månsson im Rücken. Auf einmal fiel es ihm schwer zu atmen, er musste die Dienstkrawatte lockern und den obersten Hemdknopf öffnen. Borg legte den Hörer auf, grinste breit und zeigte den erhobenen Daumen.

»Gegen Rooth ergeht jetzt ein Haftbefehl. Wir haben einen Durchsuchungsbeschluss für seinen Wagen, sein Wohnhaus, seine Wirtschaftsgebäude und das Gelände um sein Grundstück herum, also ruft die Techniker und mehr Personal zusammen. Zwei Tage, maximal drei, bis wir die Stelle finden, an der er den Jungen vergraben hat.«

Bure schenkte noch einmal Schnaps ein, und sie prosteten sich zu. Noch mehr Alkoholwärme. Månsson hustete und rülpste laut.

Borg klopfte ihm auf den Rücken. Er gehörte jetzt dazu. Er war einer von denen, die den Fall gelöst hatten. Plötzlich überkam ihn Erleichterung. Das Band, das seine Brust zusammengepresst hatte, gab nach, und einen Moment lang war er kurz davor, in Tränen auszubrechen.

21

Sie träumt von dem Geräusch der sich langsam öffnenden schiefen Kleiderschranktür in ihrem Zimmer, das später einmal Billys sein wird. Krallen kratzen über den Boden. Schnauzen wittern ein kleines Kind.

Sie zieht die Decke über den Kopf und schreit, bis sie keine Luft mehr hat und sich ihr Kopf vor lauter Sauerstoffmangel dreht. Jemand greift nach der Decke und zieht sie weg. Und dann ist Mama da, die Kleiderschranktür ist zu, und einen kurzen Moment lang fühlt sich alles besser an. Sie drängt sich in die Arme der Mutter, drückt das Gesicht an ihren Hals, hält sie so fest, wie ihre fünfjährigen Arme es können. Aber dann entdeckt sie die grauen Strähnen in dem langen rotblonden Haar, begegnet dem abwesenden Blick und nimmt den Geruch von Medizin, Zigaretten und Krankenhaus wahr. Das ist ihre Mutter nach Billys Verschwinden.

Die Mutter sagt nichts, das tut sie in Träumen fast nie. Sie streicht ihr nur über die Wange und sieht sie mit einem Ausdruck an, der zugleich Enttäuschung und Sorge signalisiert. Als hätte Veronica sie enttäuscht, als hätte sie der Mutter Sorgen bereitet, nicht umgekehrt. Die Worte brennen ihr auf der Zunge, aber wie gewöhnlich bringt sie sie nicht hervor, bis sich der Traum langsam auflöst.

Ich habe mein Bestes gegeben, Mama. Ich habe überall gesucht, aber ich habe ihn nicht gefunden.

Es war nicht meine Schuld.

Ich hab dich lieb.

Und dann zum Schluss die Frage. Die Frage, die sich alle Teilnehmer in ihrer Therapiegruppe stellen.

Warum?

Als sie aufwacht, ist es im Auto kochend heiß. Sie kurbelt das Fenster noch ein paar Zentimeter herunter, um den Geruch von warmem Plastik hinausziehen zu lassen, aber draußen ist es beinahe windstill, genau wie an den meisten Tagen diesen Sommer.

Die Luft flimmert über dem Asphalt, und an der Fassade des Bürgerhauses, einem grauen Betonklotz auf der anderen Straßenseite, ist das Unkraut gelb und vertrocknet. Es ist fast fünf Uhr am Freitagnachmittag, und noch dauert es lange, bis es dämmern und die Hitze erträglicher sein wird. Sie rutscht auf ihrem Sitz hin und her und versucht, den Traum abzuschütteln. Sie kann höchstens wenige Minuten lang eingenickt sein, aber ihre Kleider kleben schon am Sitz.

Sie geht den Traum in Gedanken noch einmal durch. Über den Anfang verzieht sie ein bisschen den Mund. Warum erzählte Onkel Harald eigentlich immer diese schrecklichen Geschichten? Was hatte er davon, kleinen Kindern Angst einzujagen? Sie fragt sich, ob er Billy die gleichen Märchen erzählt hat, als sie und Mattias zu alt geworden waren. Und ob er sie seinem eigenen Sohn erzählt, jetzt, wo er auf seine alten Tage noch Vater geworden ist. Ob Timothy auch weinend aufwacht und von seiner Mutter getröstet werden muss.

Sie streckt sich nach der Flasche, die zwischen den Sitzen steckt, nimmt ein paar Schlucke von dem lauwarmen Wasser und sieht die üblichen Teilnehmer der Freitagsgruppe nacheinander die Treppe hinaufgehen. Elsa mit den Trauerperlen, Mia mit dem toten Mann und der Rentner Sture mit der überkämmten Halbglatze. Noch immer ist nichts von dem blonden Mann zu sehen, der sich Isak nennt.

Die letzten Tage waren eine echte Tortur, und sie hat

sich zu allen möglichen Aktivitäten gezwungen, um die Zeit herumzubringen. Kino, Laufen, Fernsehen, so intensive Trainingseinheiten im Fitnessstudio, dass fast jeder Muskel schmerzt. Und jetzt sitzt sie hier, kann einfach nicht wegbleiben.

Sie wartet weiter, trinkt das Wasser in kleinen Schlucken, um nicht auf die Toilette gehen und die Überwachung beenden zu müssen. *Trink aus Durst, nicht aus Langeweile.* Leon sagte das immer, wenn sie Ausflüge zusammen machten. Dalarna, Värmland. Das Glasreich in Småland. Leon fuhr gerne Auto. Oder fährt gerne Auto. Er ist schließlich nicht tot, nur außer Reichweite. Unerreichbar für sie.

Sie selbst macht sich nichts aus Autos. Ihr klapperiger kleiner Golf ist zehn Jahre alt und hat die Gewohnheit zu kochen, wenn man nicht ab und zu Kühlflüssigkeit nachschüttet.

Zwei Minuten vor fünf glaubt sie ein Motorrad zu hören und dreht am Rückspiegel, um es einzufangen. Einen Moment lang sitzt sie gespannt da, kurbelt das Fenster noch ein Stück herunter, um zu sehen, wohin es gefahren ist. Aber das Geräusch geht im allgemeinen Verkehrslärm unter, und kein Motorrad biegt in die Straße ein.

Es wird fünf, zehn nach, Viertel nach, zum jetzigen Zeitpunkt haben mindestens zwei Teilnehmer Zeit gehabt, ihre Geschichte zu erzählen. Der Blonde lässt sich nicht blicken.

Ihre Trinktaktik scheint trotz allem nicht zu funktionieren, sie muss immer dringender, und zum Schluss kann sie ihre Blase nicht länger ignorieren. Zwanzig nach fünf startet Veronica den Motor und fährt nach Hause. Öfter als nötig sieht sie dabei in den Rückspiegel.

Sie hat Glück und findet direkt an der Ecke zu ihrer Wohnung einen Parkplatz. Dann rennt sie die Treppe hinauf, reißt die Wohnungstür auf und schafft es gerade noch rechtzeitig, ihre Hose hinunterzuziehen. Sie sitzt bei geöffneter Tür auf der Toilette und macht einen Moment lang die Augen zu, während sich der Uringeruch langsam in dem kleinen Badezimmer ausbreitet. Der Blonde ist nicht aufgetaucht. Sie hat nicht die Gelegenheit bekommen zu sehen, welche Zigaretten er raucht, sich das Kennzeichen seines Motorrads aufzuschreiben oder ihn sogar bis zu seinem Haus zu verfolgen. Und die nächste Therapiesitzung ist erst am Montag. Hält sie es aus, so lange zu warten?

Die Frage ist, ob sie ihren Job nächste Woche überhaupt noch hat. Das hängt davon ab, ob sich der etwas zu große Bengt überzeugen ließ.

Ein plötzliches Geräusch aus der Wohnung lässt sie zusammenzucken. Ein leises, unregelmäßiges Geräusch, das ein bisschen so klingt, als würde Regen auf das Fenstersims klopfen.

Sie hält die Luft an. Das Geräusch kommt wieder, jetzt hört sie es deutlicher. Da ist jemand. Jemand oder etwas. Denn sie glaubt, diese klackenden Schritte wiederzuerkennen. Sie hat sie in ihren Albträumen gehört. Krallen, die über den Boden kratzen.

Sie springt auf, zieht sich die Hose hoch und stürzt zur Türklinke. Mit einem Knall zieht sie die Tür zu und schiebt den Haken vor. Ihr Herz klopft zum Zerspringen. Es flimmert vor ihren Augen. Sie presst den Rücken an die Wand und lässt sich auf den Badezimmerboden hinuntersinken. Dort zwingt sie sich, tiefe, lange Atemzüge zu machen. Sie spürt die leisen Vibrationen, als jemand dort draußen herumgeht. Näher kommt, immer näher.

Am liebsten würde sie das Licht ausschalten, weil sie keine Decke hat, die sie sich über den Kopf ziehen kann, aber sie begreift schnell, dass die Dunkelheit und der geschlossene Raum ihr nur noch mehr Angst machen würden.

Das Bad hat kein Fenster. Der einzige Weg nach draußen führt durch die Tür, dann liegen noch drei Meter Flur vor einem, bevor man an der Wohnungstür und draußen in Freiheit ist.

Die vorsichtigen Schritte bleiben vor der Badezimmertür stehen. Sie beugt sich vor, versucht, unter dem Türspalt durchzuschauen. Sie erahnt ein dunkles Feld auf dem Boden. Der Schatten desjenigen, der draußen steht.

Sie starrt auf die Türklinke und den kleinen Messinghaken darüber. Sie hält die Luft an. Schließt die Augen.

Nichts passiert. Und als sie die Augen wieder öffnet, ist der Schatten draußen weg.

Sie weiß nicht genau, woher sie die Kraft nimmt, den Haken hochzuschieben, die Tür aufzureißen und zur Wohnungstür zu rennen, ohne sich umzusehen. Sie glaubt, hinter sich Geräusche zu hören. Ein heftiges Atmen, Krallen oder Füße, die über den Boden schaben.

Sie fummelt an der Türklinke herum und hält den Kopf instinktiv gesenkt. Sie bereitet sich innerlich auf den Biss vor, den warmen Atem, die Zähne, die in ihre Haut eindringen. Oder doch eher auf eine starke Hand, die sie an der Schulter packt und sie zurück in die Wohnung zieht.

Dann geht die Tür endlich auf, und Veronica stürzt Hals über Kopf ins Treppenhaus. Sie rennt direkt gegen einen Mann mit einem dunklen Motorradhelm und einer schwarzen Lederjacke, der draußen genau vor ihrer Tür steht. Er ist groß, türmt sich wie ein Riese vor ihr auf. Sie schreit, tritt, schlägt. Hände ergreifen ihre Handgelenke, drehen ihre Fäuste weg, dann zieht er sie eng an sich. Der Geruch nach Abgas und Leder verursacht ihr Übelkeit.

»Vera«, schreit der Mann in ihr Ohr, aber durch den Helm klingt es dumpf und rau. »Vera, ich bin's.«

Und plötzlich erkennt sie die Stimme.

Mattias.

Liebling

Wir wissen beide, dass das hier gefährlich ist, dass wir alles verlieren können. Trotzdem können wir nicht voneinander lassen. Wir sind wie zwei Nachtfalter, die von einer Sturmlampe angezogen werden, um die Flamme kreisen, Runde für Runde, während die dünnen Flügel immer wärmer werden.
Werden wir im Feuer vergehen? Ich weiß es nicht, und es ist mir auch gleich. Ich weiß nur, dass ich in Deiner Nähe sein muss.
Ich gehöre Dir. Nur Dir. Jetzt und für immer.

22

SOMMER 1983

Rooths Hof lag am Ende eines schmalen Kieswegs, nur ein paar Hundert Meter vom Waldrand entfernt. Er bestand aus drei kleinen Gebäuden, die zum Schutz vor dem Wind ein Hufeisen formten. Die Mauern und Dächer waren aus schmutzig braunem Eternit, und die undichten Fenster hätten schon längst ausgetauscht werden müssen.

Ein paar grau gesprenkelte Mischlingshunde rannten auf dem gepflasterten Hof herum, bellten, fletschten die Zähne und zwangen die Polizisten, im Wagen sitzen zu bleiben, bis Rooths Frau sie in den Zwinger in der Scheune gesperrt hatte.

Nilla Rooth wirkte schüchtern und schien Augenkontakt zu meiden. Månsson hatte sie einige Male im Dorf gesehen. Er hatte sie im Supermarkt gegrüßt oder in der Schneiderei getroffen, wo sie manchmal arbeitete, aber nie mehr als ein paar Worte mit ihr gewechselt.

Die kleine Küche, die auf den Hof hinausging, roch nach Bratfett und Feuchtigkeit. Zwei flachsblonde Kinder, ein Mädchen um die sieben Jahre und ein Junge, der ungefähr so alt war wie Billy Nilsson, standen am Esstisch und schauten mit großen Augen, als die Polizei hereinkam.

»Wir müssen das Haus durchsuchen«, sagte Bure unnötig barsch. »Sie müssen so lange hierbleiben. Haben Sie verstanden?«

Nilla Rooth wischte sich die Hände an den Hosenbeinen ab und murmelte etwas mit gesenktem Kopf, während die Kinder sie weiter anstarrten.

Mit Rooths Schlüsselbund marschierten Bure und Borg über den Hof zu Stall und Scheune. Sie schlossen auf und kämpften mit der schiefen Holztür, die im Rahmen festzuklemmen schien. Månsson blieb in der Küche. Er schaute die Kinder an und lächelte, so freundlich er konnte. Das Mädchen blickte auf den Tisch, aber der Junge beantwortete scheu sein Lächeln, und Månsson versuchte, nicht an Billy Nilsson und Tommy Rooths starke Hände zu denken.

»Wenn es Kaffee gibt, würde ich gern ein Tässchen nehmen«, sagte er zu Nilla Rooth. »Die Kinder können vielleicht in ihr Zimmer hochgehen, solange wir hier sind.«

Månsson ließ die beiden Stadtpolizisten gewähren, während er seinen Kaffee trank. Er wusste schon, dass es hier draußen nur leere Schweineställe und eine schmutzige Werkstatt gab, aber Bure und Borg konnten das gerne selbst herausfinden. Rooth bewahrte nie etwas zu Hause auf, das ihn mit irgendeiner Straftat in Verbindung bringen könnte, das hatte Månsson schon letzten Herbst, nach der Sache mit Aronssons Wagen, festgestellt. Rooth war ein arroganter Kerl, aber offenbar war er schlau genug, seine legalen Geschäfte von den zweifelhafteren zu trennen. Und deshalb würden Bure und Borg heute auch nichts finden. Jedenfalls nicht hier, davon war Månsson überzeugt.

Nilla Rooth tauchte mit einer Kaffeekanne wieder auf, und Månsson hielt ihr die angeschlagene Tasse hin.

»Ich nehme gerne noch einen Schluck, wenn's geht. Der Kaffee ist sehr gut.«

Nilla Rooth errötete und sah weg. Sie war Komplimente offensichtlich nicht gewohnt.

Bei Månssons letztem Besuch auf dem Hof war Rooth

zu Hause gewesen. Er war ihnen gefolgt, während sie das Haus durchsuchten, und hatte sie verhöhnt, als sie ihre Uniformen schmutzig machten. Nilla und die Kinder waren kaum zu sehen gewesen, Månsson hatte nur ein paar verschreckte Gesichter am Fenster im oberen Stock gesehen.

Jetzt beobachtete Månsson die Frau, die neben ihm stand. Früher war sie vermutlich einmal attraktiv gewesen – bevor sie hier draußen mit Rooth gelandet war, bevor ihr Körper vom Kinderkriegen und von der eintönigen Arbeit gezeichnet wurde. Nilla Rooth war kaum älter als dreißig, aber sie sah zehn, fünfzehn Jahre älter aus.

»Was macht Tommy mit den Tieren, die er schießt?«, fragte Månsson.

Die Hand, die die Kanne hielt, zitterte und verschüttete etwas Kaffee.

»Ich weiß, dass er sie nicht hier auf dem Hof verwahrt, dafür ist er zu clever. Was macht er also mit den Tieren, Nilla?«

Die Frau drehte ihm den Rücken zu. Sie stellte die Kanne auf den Herd zurück und begann unnötig laut mit dem Geschirr zu klappern.

»Die Wilderei ist uns eigentlich egal. Wir sind hier, weil wir glauben, dass Tommy etwas richtig Dummes gemacht haben könnte. Dass er Billy Nilsson etwas angetan haben könnte. Alle wissen schließlich, wie Tommy über dessen Onkel denkt.«

Er machte eine kurze Pause, ließ die Worte wirken.

»Tommy kann ziemlich wütend werden. Manchmal macht er Sachen, die er dann bereut, nicht wahr?«

Das Geklapper hörte auf. Månsson ließ seine Stimme so sanft wie möglich klingen.

»Wir müssen Billy finden. Seine Mutter ist außer sich,

sie hat sich im Schlafzimmer eingesperrt und will mit niemandem sprechen. Sie müssen mir helfen, Nilla. Stellen Sie sich vor, es wäre Ihr Sohn. Ihr kleiner …«, Månsson kam nicht auf den Namen des Jungen, deshalb begnügte er sich mit einer Geste in Richtung erster Stock, »… Junge.«

Er verstummte. Nilla Rooth stand reglos da, den Blick fest auf eine der schiefen Küchenschubladen gerichtet.

»Tommy wird nie erfahren, dass Sie etwas gesagt haben«, setzte Månsson leise hinzu. »Niemals, das verspreche ich Ihnen. Bitte, helfen Sie mir.«

Nillas Schultern senkten sich langsam. Ihre Atmung klang fast wie ein Schluchzen.

23

Veronica sitzt draußen auf der Treppe mit Mattias' Motorradhelm auf den Knien. Ihre Hände und Beine zittern. Sie ist angespannt und atmet keuchend, während Mattias mit einer Pistole in der Hand in die Wohnung geht.

Durch die geöffnete Tür hört sie ihn darin herumlaufen und methodisch die Räume durchsuchen. Bad, Küche, Wohnzimmer. Zum Schluss die Ankleidekammer ganz hinten beim Schlafzimmer.

Sie hört keine Schreie, keinen Tumult, keinen Schuss. Nur das Geräusch seiner vorsichtigen Schritte. Sie fingert an dem Helm herum, klappt das dunkle Visier hoch und herunter. Seit wann fährt Mattias Motorrad? Und was macht er sechshundert Kilometer von zu Hause entfernt mit einer Pistole unter der Jacke?

Mattias schaut durch die Tür heraus. Er bestätigt ihr das, was sie schon erwartet hat. »Da ist niemand.«

Veronica steht auf und geht auf wackeligen Beinen in die Wohnung zurück. Sie folgt seinem breiten Rücken ins Wohnzimmer.

»Kannst du feststellen, ob etwas fehlt?«

Sie sieht sich um. Der Fernseher steht noch da und auch die billige kleine Musikanlage, die sie selten benutzt. Im Schlafzimmer scheint der Schreibtisch unberührt zu sein, und als sie die oberste Schublade aufzieht, liegen die kleinen Schachteln mit ihren wenigen Schmuckstücken genau in der Ordnung da, wie sie sie zurückgelassen hat.

Alles scheint, wie es soll, trotzdem weiß sie, dass es nicht so ist. Irgendetwas im Raum kommt ihr komisch vor.

»Lässt du das normalerweise offen?« Mattias zeigt auf das schmale Fenster in der hinteren Wand des Schlafzimmers.

»Manchmal. Warum?«

»Es ist nicht richtig zu.«

Er hat recht. Das Fenster ist zwar zugezogen, aber die beiden Metallgriffe an der einen Seite zeigen nach oben, anstatt in den kleinen Klammerungen zu liegen. Er öffnet das Fenster und streckt den Kopf hinaus. Draußen befindet sich eine Feuerleiter, die auf dem dunklen Innenhof endet. Er scheint sich die Stufen genau anzuschauen. Danach untersucht der die Griffe und den Fensterrahmen.

Sie überlegt, wann das Fenster zum Hof das letzte Mal offen stand. Gestern Abend wahrscheinlich. Durchzug zu schaffen ist die einzige Möglichkeit, ein bisschen Abkühlung zu bekommen. Sie schließt die Augen, holt tief Luft und versucht sich daran zu erinnern, ob sie das Fenster zugemacht hat.

»Keine Einbruchspuren am Rahmen«, sagt Mattias und schließt das Fenster. »Und auf der Treppe sind auch keine sichtbaren Spuren. Bist du dir sicher, dass du Schritte gehört hast? Vielleicht hat das Fenster durch die Zugluft geklappert?«

Sie ist kurz davor, ihn anzuschnauzen, ihm zu sagen, dass ganz ohne Zweifel jemand in der Wohnung war. Aber sie hält sich zurück, gesteht sich ein, dass sie noch vor ein paar Minuten geglaubt hat, sie werde von den Monstern aus den Albträumen ihrer Kindheit gejagt.

»Was machst du hier überhaupt?«, fragt sie stattdessen.

»Ein Termin. Könnte es sein, dass du vergessen hast, das Fenster richtig zu schließen?«

»Vielleicht. Was für ein Termin?«

»Es geht um eine Drogengeschichte, in der wir gerade

ermitteln. Die Staatspolizei will auch mitmischen, deshalb wurde ich gebeten vorbeikommen. Eventuell hängt unsere Geschichte mit einer Sache zusammen, an der sie gerade dran ist.«

»Nur du?« Sie weiß eigentlich nicht, warum sie die Frage stellt. Aber sie merkt, dass er kurz starr wird.

»Außer mir noch jemand aus unserer Dienststelle. Es war eine kurzfristige Entscheidung, deshalb konnte ich dir nicht vorher Bescheid geben.«

Er dreht ihr den Rücken zu und kontrolliert das Schlafzimmerfenster, das auf die Straße führt. Dann geht er ins Wohnzimmer und kontrolliert auch dort die Fenster. Alle sind geschlossen, und außerdem wohnt sie im dritten Stock.

»Ich wollte nur vorbeikommen und wissen, ob du noch was von diesem Isak gehört hast. Ob du herausgefunden hast, wer er ist und was er will.«

Seine Polizistenstimme ist wieder da. Oder vielleicht die vom großen Bruder. Egal, welche es ist, der Ton macht ihr klar, dass sie keine weiteren Fragen zu seiner Arbeit und seiner Begleitung stellen sollte.

»Nein, er ist nicht zur letzten Sitzung gekommen«, sagt sie, was schließlich der Wahrheit entspricht. Dass sie auch nicht da war und woran das liegt, braucht Mattias nicht zu wissen.

Er setzt sich auf die Armlehne ihres Sofas. Unter seiner Motorradjacke sieht sie den Riemen seines Holsters. Mattias lässt die Schultern sinken, die angespannten Kiefer entspannen sich ein bisschen. Sie stellt fest, dass er abgenommen hat. Er sieht durchtrainiert und drahtig aus. Die Frisur ist auch neu. Sie gefällt ihr. Veronica versucht, nicht daran zu denken, wie lange sie sich nicht mehr gesehen haben.

»Du bist dir also ganz sicher, dass jemand hier drin war?«

Er legt den Kopf schief, so wie er es früher immer gemacht hat, wenn er um sie besorgt war. Sie hat die Geste seit Jahren nicht mehr gesehen, und sie spürt, wie ihr ein bisschen warm ums Herz wird. Mattias hat auch einen guten Grund, beunruhigt zu sein. Ihr Verhalten in den letzten Tagen war nicht gerade normal, fast schon verrückt. Was wäre passiert, wenn er nicht plötzlich aufgetaucht wäre? Hätte sie bei den Nachbarn an die Tür gehämmert? Die Polizei angerufen? Ruud?

Sie schlägt den Blick nieder. Sie murmelt eine Art Entschuldigung, meint, sie könne sich verhört haben. Vielleicht habe die Zugluft in dem Moment, als sie die Wohnungstür öffnete, das Fenster zum Hof zugeschlagen und ihre Fantasie in Gang gesetzt. Gleichzeitig versucht sie sich einzureden, dass alles andere – das Geräusch von Schritten und der Schatten vor der Badezimmertür – nur Hirngespinste waren, ausgelöst durch Stress und Schlaflosigkeit. Trotzdem kann sie das unbehagliche Gefühl nicht ganz abschütteln. Irgendetwas in der Wohnung ist anders. Etwas, das sich nur als ein leichtes Aufrichten der Nackenhaare erahnen lässt.

Sie versucht Mattias zu überreden, zum Essen zu bleiben. Sie will ihm von dem Phantombild von Billy erzählen, das dem blonden Mann, der sich Isak nennt, so ähnlich sieht. Sie würde es ihm gerne in Ruhe erzählen, damit es nicht verrückt klingt. Außerdem will sie nicht allein in der Wohnung sein.

Aber Mattias hat zu tun. Er sagt das ohne weitere Erklärungen. Macht klar, dass er keine weiteren Fragen beantworten wird. Also bringt sie ihn nach draußen.

Sein Motorrad ist groß, schwarz und sieht neu aus. Der

Sattel hat zwei Sitze, die wie kleine Sessel aussehen, und als er eines der Gepäckfächer öffnet, sieht sie einen zweiten Helm darin. Er bemerkt ihren Blick und schlägt das Fach schnell wieder zu.

»Ruf an, wenn irgendwas ist. Du hast ja meine Handynummer.«

Sie nickt, umarmt ihn unbeholfen.

»Hast du am Wochenende Zeit, Vera?«

»Ja natürlich.« Sie glaubt, dass er sie zum Mittag- oder Abendessen treffen will.

»Du kannst dir nicht zufällig vorstellen, ein paar Tage nach Hause zu fahren? Es ist lange her. Papa würde sich freuen. Am Sonntag ist Mamas Geburtstag. Du weißt, was ihm das bedeutet.«

»Vielleicht«, murmelt sie. Ihr ist klar, dass keine der üblichen Ausreden überzeugend wäre. Es ist sehr viel schwerer, Mattias ins Gesicht zu lügen, als es am Telefon zu machen.

»Gut«, sagt er, als wäre es schon beschlossene Sache. »Dann sehen wir uns morgen Nachmittag zu Hause, da können wir weiterreden. Jetzt muss ich los.«

Er startet sein Motorrad, bevor sie protestieren kann. Dann klappt er das Visier seines Helms herunter und winkt ihr, während er langsam davonrollt.

Sie bleibt eine ganze Weile unten auf der Straße stehen. Sie sammelt mindestens zehn Minuten lang Mut, bevor sie es wagt, wieder hoch in die Wohnung zu gehen. Das Unbehagen hängt noch immer wie ein unsichtbarer Nebel darin. Sie öffnet das Fenster, um das Gefühl loszuwerden. Anschließend holt sie die Putzsachen und wischt den Boden, bis das Zimmer nach Schmierseife stinkt. Vor Anstrengung ist sie ganz verschwitzt, daher geht sie ins Schlafzimmer und zieht ihre Bluse aus. Im BH stellt sie sich ans Fenster. Sie lehnt sich gegen den Rahmen und bleibt ein paar Minuten so stehen, bis die Spannung nachlässt. Die Narbe am rechten Arm sieht ziemlich rot aus, aber im Moment juckt sie nicht.

Nachher, vielleicht in einer Stunde, wird sie Mattias anrufen und ihm erklären, dass sie leider verhindert ist, dass sie diesmal wieder nicht nach Hause fahren kann, um Mamas Geburtstag zu feiern. Er wird nicht überrascht sein, nicht einmal wirklich enttäuscht.

Sie geht in die Ankleidekammer, um ein trockenes Hemd zu holen. Unter einem der Regalbretter steht der Ikea-Hocker, obwohl sie sich sehr gut daran erinnert, dass sie ihn in die Ecke zurückgestellt hat.

Die eine Ecke der Kiste mit ihrer Trauersammlung ragt über das Regalbrett hinaus. Und als Veronica sie vorsichtig und mit zitternden Händen herunterholt, entdeckt sie, dass der Deckel nicht richtig aufliegt.

24

SOMMER 1983

Der kleine Kiesweg war kaum zu finden, wenn man nicht genau wusste, wo man suchen sollte, dachte Månsson. Zwei fast unsichtbare Reifenspuren entlang einer steinernen Einfriedung, die zwischen zwei Äckern lag. Hier in der Gegend gab es massenhaft solcher halb zugewachsener landwirtschaftlicher Wege, und im Prinzip war keiner von ihnen auf irgendeiner Karte verzeichnet.

Ein Reifen geriet in ein Schlagloch, wodurch das Untergestell des Saabs über den Boden schabte.

Bure fluchte. »Verdammt, der Dienstwagen ist fast neu. Bist du dir sicher, dass Rooths Alte uns nicht reinlegen wollte?«

Månsson schirmte die Augen mit der Hand ab und starrte zum dunklen Waldrand jenseits des Ackers hinüber.

»Dort!« Er zeigte auf den Umriss eines niedrigen Daches, das gerade noch unter den Baumkronen zu erkennen war.

Sie ließen den Wagen mitten auf dem Weg stehen und gingen das letzte Stück zu Fuß.

Neben einer Pfütze entdecken sie einen tiefen Reifenabdruck im lehmigen Boden. Wahrscheinlich stammte er von Rooths Amazon, und während Bure den Abdruck fotografierte, sah Månsson sich um. Das kleine Pumpenhaus lag genau auf der Grenze zwischen Acker und Wald, so wie Nilla Rooth es gesagt hatte.

Die Wände waren aus gelblich braunem Backstein, der

mit den Jahren eine grüne Schicht bekommen hatte. Das Dach war unter der Moosdecke eingesunken, und stellenweise reichte das Laubwerk bis an die Dachziegel. Es sah beinahe so aus, als würde sich das Haus ducken. Als wolle es sich ganz klein machen und im Schatten verstecken.

Irgendetwas an dem fensterlosen kleinen Gebäude und dem dunklen Wald dahinter gab Månsson ein unbehagliches Gefühl, und es dauerte eine ganze Weile, bis er darauf kam, warum. Die Stille. Kein Zirpen von Grillen, kein Vogelgezwitscher, weder vom Feld noch aus dem Wald. Nur ein kaum hörbares Rauschen, wenn der schwache Wind durch die Baumkronen blies.

Erst als sie sich der Tür an der kurzen Seite des Häuschens näherten, hörten sie ein Geräusch. Ein röchelndes Gebell, fast ein Schrei, es kam irgendwo aus dem dunklen Wald. Die beiden Kriminalpolizisten zuckten zusammen.

»Was zum Teufel war das?«, fragte Borg.

»Ein Fuchs«, antwortete Månsson. »Nichts, wovor ein großer Kerl Angst haben müsste.«

Borg warf ihm einen bösen Blick zu, und sein Kollege grinste. Månsson spürte, wie ihm der Schweiß über den Rücken rann. Die Wärme war erdrückend, und dieser ganze Sommer fühlte sich an wie ein einziger langer Saunagang.

An der Tür zum Pumpenhaus befanden sich ein stählerner Riegel und ein kräftiges Hängeschloss, aber Borg fand auf Anhieb den richtigen Schlüssel an Rooths Schlüsselbund. Die Tür schwang lautlos auf, ließ schwüle, feuchte Luft frei und einen ekelhaften Geruch, den Månsson sofort wiedererkannte. Verfaultes Fleisch.

Er sah die anderen beiden an, ohne etwas zu sagen. Bure schaltete die Taschenlampe ein, die er aus dem Kofferraum ihres Wagens geholt hatte, und ging voran.

Das Pumpenhaus war ungefähr dreißig Quadratmeter groß und das Dach bis zum First offen. Die Pumpe, die sich einmal darin befunden hatte, war entfernt worden, wahrscheinlich schon in den Sechzigerjahren, als die Höfe ringsum an die kommunale Wasserversorgung angeschlossen worden waren. Aber die Feuchtigkeit und Kühle der Quelle, die tief unter dem Boden des Hauses lag, saß noch immer in den Wänden fest und mischte sich mit dem Geruch nach Verwesung und Blut.

Von der Decke hingen drei Tierkadaver herab. Rostfreie Fleischerhaken waren durch die schmalen Hälse gesteckt worden, bevor die Tiere mithilfe von Ketten hochgezogen und am Dachbalken aufgehängt worden waren.

Die Bäuche und Brustkörbe waren leer, die Füße baumelten in der Luft, nur wenige Zentimeter über dem blutbefleckten Steinboden. Das Licht der Taschenlampe strahlte in leere, glänzende Augen, und die beiden Stadtpolizisten stockten.

»Zwei Rehkitze und ein Rothirsch«, stellte Månsson fest. »Die darf man beide um diese Jahreszeit noch nicht schießen.«

Der Lichtkegel der Taschenlampe fuhr im Kreis herum, dann schien Bure einen Lichtschalter gefunden zu haben, denn es klickte, und ein paar alte Neonröhren leuchteten auf. Eine zerbeulte Kühltruhe wurde an einer Längsseite sichtbar, und ganz hinten im Raum befand sich eine niedrige Tür. Bure steckte die Taschenlampe weg und holte die Kamera hervor. Das Klicken des Auslösers hallte zwischen den Steinwänden wider.

Månsson ging auf die Kühltruhe zu. Sie war so groß, dass ein erwachsener Mann darin Platz hätte; einen fünfjährigen Jungen könnte man problemlos darin verstecken. Der weiße Deckel war voller blutiger Fingerabdrücke.

Månsson öffnete sie vorsichtig einen Spaltbreit. Dann holte er tief Luft. Machte sich gefasst.

Die Kühltruhe war in zwei große Fächer aufgeteilt. Im rechten befanden sich etwa zwanzig ordentlich beschriftete Päckchen in verschiedenen Größen:

Fasan Juli -83, Rehschulter Juli -83, Hirschfilet Juni -83, Hirschschinken Juni -83.

Im anderen Fach lagen große durchsichtige Plastiktüten. Er hob sie hoch und entdeckte ein schwarz-weißes Dachsfell. Borg sah ihm über die Schulter.

»Und?«

Månsson schüttelte missmutig den Kopf. »Nur ein Haufen Fleisch und Felle, die Rooth noch nicht verkauft hat.«

An der entgegengesetzten Längsseite des Raumes stand eine Werkbank aus rostfreiem Stahl, auch die voll mit Blutflecken, und darüber hing ein Werkzeugbrett mit einem Dutzend Messern und Fleischäxten in verschiedenen Größen. Auf einer elektrischen Kochplatte thronte ein großer Topf. Borg hob den Deckel an und zuckte augenblicklich zurück.

»Verdammt, was zum Teufel ist das?«

Månsson sah in den Topf hinein. Ein Gehörn schaute aus einer schwarzgrauen, breiigen Flüssigkeit hervor. Der Gestank der Masse war überwältigend.

»Ein Rehbockschädel«, sagte er. »Das Geweih sieht ganz gut aus. Bronzefarben oder vielleicht silbern. Rooth kocht das Fleisch ab, um das Geweih aufhängen und verkaufen zu können.«

»Mhm.« Borgs Gebrumm hörte sich an, als hätte der Mann gerade etwas Neues gelernt, was Månsson gut gefiel. Es war immerhin ihm zu verdanken, dass sie jetzt hier waren. Dank ihm näherten sie sich der Lösung des

Falles, und es war an der Zeit, dass die Kriminalbeamten das anerkannten.

»Kommt und seht euch das an!« Bure hatte die niedrige Tür am anderen Ende des Raumes geöffnet. Dahinter befand sich ein kleiner Raum, der nicht größer als fünf oder sechs Quadratmeter sein konnte.

Das Licht der Neonröhren reichte nicht bis dorthin, und Bure hatte wieder die Taschenlampe angeschaltet. Er beleuchtete ein altes Metallbett, auf dem eine fleckige Matratze und eine Decke lagen. Neben dem Bett stand ein Elektroofen, und darunter lagen eine leere Branntweinflasche und ein Bündel Herrenzeitschriften, deren Seiten sich vor Feuchtigkeit wellten.

Draußen im Wald bellte wieder der Fuchs. Es klang jetzt näher, gellender, fast wie ein Kinderschrei, und Månsson erschauderte unfreiwillig. Bure ließ den Lichtkegel an einem Ende des Bettes verharren, wo ein Metallgegenstand an einer Sprosse hing.

Ein Paar Handschellen.

25

Eines der ersten Dinge, die sie bemerkt, als sie aus dem Wald heraus auf die große Ebene gelangt, sind die vielen Windräder. Weiße Stahltürme, beinahe hundert Meter hoch, schnurgerade aufgereiht, mit roten Augen, die nachts im Takt blinken. Windriesen, so nennt sie sie im Stillen. An windigen Tagen hört man ihren Herzschlag mehrere Kilometer weit. Ein dumpf pulsierendes Grollen, das ihr Unbehagen verursacht.

Als sie Kind war, gab es noch keine Windriesen. Damals waren die Silos die höchsten Türme. Große, glatte Metallzylinder, ein oder zwei pro Hof, manchmal sogar mehr. Sie stellte sie sich immer als Silbertürme vor, die schweigsam die Felder, Höfe und Menschen bewachten. Jetzt waren die Türme Zwerge in Gesellschaft von Riesen, geschrumpft wie so vieles andere aus der Kindheit auch.

Einmal nahm Mattias sie mit hinauf auf ihren Silo. Das war, bevor Billy verschwand, zu einer Zeit, als Mattias noch ihr bester Freund war und sie nie wollte, dass der Sommer jemals zu Ende ging. Sie warteten, bis Billy seinen Mittagsschlaf machte, sie wollten nicht, dass das kleine Plappermaul hinter ihnen herrannte.

Sie erinnert sich noch an das Gefühl, das sie hatte, als sie die rostige Leiter hinaufkletterte. An die Vibration in dem warmen Metall, die Nervosität, weil sie etwas ganz und gar Verbotenes taten, und das Vertrauen, das Mattias ihr einflößte.

»Schau nach oben, Vera. Schau immer nur nach oben.«

Sie befolgte seinen Rat. Sie sah sich erst um, als sie das leicht gewölbte Dach des Silos erreichten. Die Höhe, in der sie sich befand, verwandelte ihren Magen in einen Klumpen aus Schreck und Erregung.

Mattias zeigte ihr alles von dort oben. Den einige Kilometer entfernten Kirchturm im Dorf. Den Hof Ängsgård, den Onkel Harald vom Großvater übernommen hatte und der dreimal so viele Silbertürme hatte wie die anderen. Die Hügelkette und den Nordwald, der in der Ferne wie ein stacheliger dunkler Strich die Sicht begrenzte. Wenn sie den Kopf drehte und Richtung Süden sah, gab es keine derartigen Hindernisse. Nur einen Flickenteppich aus gelben und grünen Feldern bis hin zum Horizont, und über ihnen ein blauer Himmel, der nicht enden wollte. Es war das erste Mal, dass ihr klar wurde, wie groß die Welt eigentlich war. Das erste Mal, dass dieses Gefühl von Unruhe sie beschlich.

Das Vogelnest war aus Stöckchen, Zweigen und groben Papierfetzen von Saatgutsäcken gebaut. Es lag eingekeilt zwischen zwei Dachstreben des Silos, versteckt unter einer halb abgerissenen Dachplatte, die vor Wind, Nässe und Krähen schützte. Drei grün-blau-weiße Eier lagen mitten im Nest.

»Habichte«, sagte Mattias mit Überzeugung. »Die rauben Hühner und Enten. Sogar Fasane, sagt Onkel Harald. Das sind Wilderer.« Er spuckte über die Dachkante und nickte ihr zu. Es dauerte einen Moment, bis sie begriff, was er meinte. Was er von ihr verlangte.

Hinterher schwor sie, es niemals jemandem zu erzählen. Dass das für immer und ewig ihr Geheimnis bleiben würde. Erst als sie unten ankamen und ihren kleinen Bruder, so schnell ihn seine Beine trugen, zum Haus rennen sahen, wurde ihnen klar, dass es nicht so sein würde.

Das Autoradio knistert, der Sender schwankt ein paar Sekunden lang zwischen Rauschen und Musik, bevor er sich für Ersteres entscheidet. Sie dreht am Schalter, bis sie einen Lokalsender findet, der alte Hits spielt. Sie landet mitten in einem Abba-Song und dreht das Radio lauter. Dann kurbelt sie die Seitenfenster ein Stück herunter. Ihr Wagen hat keine Klimaanlage, daher sucht sie nach der Fensterstellung, die maximale Kühle bringt, ohne dass der Luftzug die Musik übertönt.

Hasta mañana 'til we meet again.

An die ersten beiden Stunden Fahrt gestern Abend kann sie sich kaum erinnern. Sie hat nur eine vage Erinnerung daran, dass sie das Notwendigste in eine Tasche geschmissen hat, die Treppen hinuntergerannt ist und sich in den Wagen gesetzt hat. Sie erinnert sich, an Södertälje vorbeigefahren zu sein, wo ihr klar wurde, dass sie auf dem Weg Richtung Süden war. In Linköping hielt sie völlig erschöpft an und verbrachte die Nacht in einem unpersönlichen Motel mit klappernder Klimaanlage und billigen Bettlaken. Trotzdem war es besser, als zu Hause zu bleiben. Denn irgendjemand war in ihrer Wohnung gewesen. Ein Einbrecher, der durch das Hoffenster geklettert war und ihre Sachen durchsucht hatte, so still und heimlich, dass er kaum Spuren hinterlassen hatte. Wenn der Hocker und die verschobene Schachtel nicht gewesen wären, hätte sie sich beinahe davon überzeugen lassen, dass er nie da gewesen war. Dass ihr Zuhause noch ein sicherer Ort war.

Sie musste ihn überrascht haben, als sie die Wohnungstür aufschloss. Wahrscheinlich war er in den Flur geschlichen, um sich zu vergewissern, dass er richtig gehört hatte, hatte dann festgestellt, dass sie auf der Toilette saß, und es sehr eilig gehabt zu verschwinden.

Sie hätte Mattias anrufen und ihm alles erzählen können, ihm sagen können, dass wirklich jemand da gewesen war, dass sie es sich nicht eingebildet hatte. Dass es Spuren gab, die nicht einmal er von der Hand weisen konnte. Aber Mattias ist nicht mehr ihr bester Freund. Heutzutage hat er eigene Geheimnisse, die er nicht mehr mit ihr teilt. Beim Gedanken daran bekommt sie schlechte Laune, deshalb dreht sie das Autoradio lauter und singt den Text mit.

Don't know where, don't know when ...

Das war einer der Lieblingssongs ihrer Mutter. Er war auf einer der Schallplatten, die ihre Mutter ihr oft vorgespielt hatte, bevor Billy geboren wurde. Veronica fragt sich, ob die Schallplatten immer noch im Schrank unter dem Plattenspieler stehen. Wahrscheinlich tun sie es. Ihr Vater räumt nichts weg. Schon gar nicht die Sachen der Mutter. Also sind die Platten bestimmt noch da, zusammen mit den James-Last-Alben, die sie und Mattias ihm nach Billys Verschwinden jedes Jahr zu Weihnachten schenkten und die er fast nie hörte. Das letzte Mal war Veronica zu Hause, als ihr Vater dreiundfünfzig wurde. Sie möchte glauben, dass das erst letztes Jahr oder vielleicht vorletztes Jahr war. Tatsächlich ist es fünf Jahre her. Ein halbes Jahrzehnt. Ein bisschen länger, als Billy leben durfte. Oder vielleicht nicht.

Der Song ist zu Ende, es folgt Werbung, daher stellt sie das Radio wieder leiser.

Inzwischen hat sie Zeit gehabt, alles genau zu durchdenken und die Puzzleteile so zusammenzusetzen, dass ein Muster entsteht, das irgendwie logisch erscheint.

Die Fakten: Eigentlich hätte sie zur Zeit des Einbruchs eine Gruppentherapie im Bürgerzentrum leiten sollen, somit wäre niemand in der Wohnung gewesen.

Die Schlussfolgerung: Der Einbrecher ist jemand, der ihre Gewohnheiten kennt. Jemand, der sie ausspioniert, ja sogar überwacht hat.

Sie denkt an den Raucher auf der Straße bei ihrem Zuhause. Daran, dass sie die Person nie in ein Haus gehen oder aus einem herauskommen sah. Alles, was sie gesehen hat, waren ein dunkler Umriss, die Glut einer Zigarette und später eine paar Kippen im Rinnstein. Rote Prince, genug, um sich vorzustellen, dass der Raucher in letzter Zeit mehrmals dort unten auf der Straße gestanden und schweigend geraucht haben konnte, während er vielleicht zu ihrem Fenster hinaufschaute.

Der Blonde raucht. Genau wie sie hätte er gestern bei der Trauertherapie sein müssen. Außerdem ist er ungefähr fünfundzwanzig Jahre alt, hat Erinnerungen, die sowohl zu Billys Verschwinden passen als auch zu ihrem Garten zu Hause bei den Eltern. Wenn man dann noch die seltsame Anziehung hinzurechnet, die sie zu ihm verspürt, nicht zu sprechen von der unheimlichen Ähnlichkeit mit dem Phantombild – welche Schlussfolgerung darf sie daraus ziehen?

Sie hat den Gedanken mehrmals durchgespielt, hat aber trotzdem Mühe, ihn zu akzeptieren. Wenn Isak Billy ist – und sie denkt das »wenn« vor allem, um sich selbst im Zaum zu halten –, wird das ihr gesamtes Leben auf den Kopf stellen. Es wird das Leben ihrer gesamten Familie auf den Kopf stellen, was der eigentliche Grund dafür ist, dass sie sich überhaupt auf diese Reise gemacht hat. Denn sie hätte heute Morgen auch wieder nach Hause fahren können. Sie hätte das Wohnungsschloss austauschen lassen, sich eine Alarmanlage anschaffen und das Fenster zum Hof ordentlich schließen können. Aber das hat sie nicht gemacht.

Natürlich hat sie in den letzten Jahren an Billy gedacht. Sie hat sich gefragt, wer er geworden wäre, wenn er hätte aufwachsen dürfen. Ob er ein guter Sportler geworden wäre wie Mattias oder gerne geschrieben hätte wie ihre Mutter und sie selbst. Vielleicht hätte Billy Vaters Sanftheit geerbt, sein Interesse fürs Kochen und für Pflanzen? Träume und Spekulationen, in jedem Fall bis jetzt. Denn plötzlich gibt es vielleicht eine Möglichkeit, Antwort auf diese Fragen zu bekommen.

Das Erste, woran sie dachte, als sie in diesem harten Hotelbett aufwachte, war, dass sie mit ihrem Vater sprechen müsse. Dass sie ihm erzählen müsse, dass sein jüngster Sohn wahrscheinlich lebte, und dass jetzt alles vielleicht nicht gut, aber zumindest viel besser werden würde. Und sie wollte Auge in Auge mit ihm sprechen, wie eine gute Tochter. Ihrem Vater zuliebe, sagt sie sich jetzt selbst bestimmt schon zum zehnten Mal. Auch wenn sie weiß, dass das nicht die ganze Wahrheit ist.

»Hasta mañana«, summt sie vor sich hin. Sie hebt die Stimme, um das Rauschen des geöffneten Fensters zu übertönen. »'til we meet again.«

26

SOMMER 1983

Månsson war aufgestanden und wollte gerade seine Sachen zusammenpacken, als es an der halb geöffneten Tür zu seinem Büro klopfte.

Britt vom Empfang stand auf der Türschwelle. Er nahm seine Jacke von der Rückenlehne, um ihr zu signalisieren, dass sie unpassend kam, aber sie ließ sich nicht abwimmeln.

»Du hast Besuch«, sagte sie kurz.

»Jetzt? Ich wollte gerade gehen. Ich habe schon seit zwei Wochen nicht mehr mit der Familie zusammen gegessen«, erklärte er.

Es sollte Dorsch mit Senfsoße geben, darauf hatte er sich schon den ganzen Tag gefreut, genauso wie auf das Zusammensein mit Malin und den Jungen. Darauf, dass er ein paar Stunden lang nicht an das dunkle Pumpenhaus mit seinem schrecklichen Inhalt denken musste.

Britt nickte. »Du solltest den Besuch lieber empfangen.«

Månsson seufzte.

»Aber dann musst du mir einen Gefallen tun. Sei so nett und komm in fünf Minuten wieder und behaupte, der Bezirkspolizeichef sei am Telefon.«

Månsson legte seine Jacke beiseite, setzte sich auf den zerschlissenen Schreibtischstuhl und dachte an das Essen, zu dem er wahrscheinlich zu spät kommen würde. Da fiel ihm auf, dass Britt gar nicht gesagt hatte, wer der Besucher war, und dass er sie zuerst hätte danach fragen sollen, bevor er einwilligte zu bleiben.

Es klopfte an seiner Tür, aber noch bevor er den Besucher hereinbitten konnte, stand Harald Aronsson im Zimmer.

»Ich will ihn sehen«, sagte er schroff, ohne irgendeine Form der Begrüßung.

Månsson richtete sich ein wenig auf. »Tja, also …«, begann er, aber Aronsson unterbrach ihn.

»Tommy Rooth. Ich will ihn sehen. Sofort!« Aronsson verschränkte die Arme vor der Brust und starrte ihn an.

»Also …«, sagte Månsson noch einmal, um Zeit zu gewinnen. Er schielte zur Tür und hoffte, dass Britt auftauchen und ihn retten würde.

Aronsson starrte ihn weiter mit seinem Raubvogelblick an, und Månsson konnte nicht anders, als unbehaglich auf seinem Stuhl herumzurutschen. Er dachte wieder ans Essen, an Malin und die Jungen, die auf ihn warteten.

»Okay. Aber nur ganz kurz«, sagte er.

Månsson tippte langsam den Code zu der wuchtigen Tür ein, die den Bürotrakt der Wache von den Zellen trennte. Dass das eine schlechte Idee war, war ihm schon auf dem kurzen Weg durch den Gang klar geworden. Er hätte Aronssons Begehr einfach ausschlagen und das Treffen beenden sollen. Leider hatte er das nicht getan, und jetzt war es zu spät. Er wünschte sich, Bure und Borg wären da. Es wäre sehr viel einfacher gewesen, wenn einer von ihnen mit Aronsson gesprochen hätte, aber er hatte die beiden Kriminalbeamten den ganzen Tag noch nicht zu Gesicht bekommen.

Irgendetwas an Harald Aronsson machte ihm Angst. Seine ganze Entschlossenheit verwandelte sich in Zweifel, sobald der groß gewachsene Mann ihn anschaute. Månsson hatte nicht als Einziger dieses Gefühl. Es gab nur wenige Leute im Dorf, die es wagten, Aronsson zu widersprechen, aber jetzt gerade war das ein schwacher Trost.

Kant, der Polizist, der in dem kleinen Glaskabuff saß und Wache schob, stand auf, als die beiden Männer hereinkamen. Er machte ein paar Schritte auf sie zu und hob die Augenbrauen. Månsson machte eine Handbewegung, die zeigen sollte, dass alles in Ordnung war. Er musste ruhig bleiben und verhindern, dass die Situation entgleiste.

»Rooth«, sagte er. »In welcher Zelle sitzt er?«

»Ist etwas passiert?« Kant blieb stehen und ließ seinen Blick zwischen Aronsson und Månsson hin- und herwandern.

»Nein, nein, wir wollen nur kurz nach ihm sehen«, antwortete Månsson. »In welcher Zelle sitzt er?«

Der Polizist warf Månsson noch einmal einen langen Blick zu.

»Vier.«

Månsson drehte sich um und machte Aronsson ein Zeichen, ihm zu folgen. So langsam er konnte, ging er über den grauen PVC-Boden.

Der Gefängnistrakt besaß nur vier Zellen, und die von Rooth lag ganz hinten in der Ecke. Månsson blieb vor der Tür stehen. Er wartete einen Moment, bevor er die Fensterluke öffnete, die sich in Augenhöhe befand.

Rooth saß auf der Pritsche in dem kahlen Raum. Er schaute kaum auf, als er das Geräusch an der Luke hörte. Er sah bedrückt aus, und von seiner sonst so arroganten Miene fehlte jede Spur. Als er Månsson bemerkte, richtete er sich ein bisschen auf, und sein Blick wurde wieder etwas trotziger.

Månsson drehte sich um, nickte Richtung Luke und drückte gleichzeitig seinen Rücken gegen Klinke und Schloss.

»Hier, bitte. Da ist er.«

Aronsson starrte Månsson mit seinem Raubvogelblick an. Er machte nicht die geringsten Anstalten, durch die Luke zu schauen. Aronsson war einen Kopf größer als er. Sein Blick brannte auf Månssons Gesicht, und da verstand er, was Aronsson eigentlich wollte. Er wusste, was passieren würde, wenn er noch einmal einknickte.

Er senkte das Kinn und verschränkte die Arme, bevor er Aronssons Blick erwiderte. Unter den anderen Gerüchen im Gefängnistrakt erkannte er plötzlich den Geruch nach Schweiß und begriff, dass er von ihm selbst stammte. Aronsson schaute ihn weiter stumm an.

Månsson spürte, wie ein Schweißtropfen über seine Schläfe rann. Er kniff die Lippen zusammen. Er musste sich äußerst anstrengen, um nicht den Blick abzuwenden. Er durfte nicht ausweichen.

»So, da sitzt er. Wolltest du ihn nicht sehen?«

Aronsson verzog keine Miene. Månsson meinte, die Sekunden ticken zu hören. Er zählte sie still mit, während ihm der Schweiß den Rücken hinabrann.

Als er bei acht war, drehte Aronsson plötzlich den Kopf und beugte sich leicht vor, um durch die Luke schauen zu können. Dann richtete er sich langsam wieder auf. Der verkniffene Zug um Mund und Kinn wurde ein wenig weicher.

»Bist du zufrieden?«, wollte Månsson wissen. Der Rücken seines Uniformhemdes war so feucht, dass er fast an der Zellentür kleben blieb.

Aronssons Mundwinkel bewegten sich nach oben und deuteten ein Lächeln an, aber er sagte immer noch nichts. Er machte erst den Mund auf, als sie wieder an der Rezeption waren.

»Danke, Krister.«

»Keine Ursache.« Månsson versuchte entspannt zu klingen. Als ob das, was gerade im Gefängnistrakt passiert war, ganz normal wäre.

Er wartete einen Moment darauf, dass Aronsson sich auf den Weg machte, aber anstatt durch die Glastür zu gehen, blieb er stehen. Aronsson streckte die rechte Hand aus, und nach kurzem Zögern ergriff Månsson sie. Es war ein fester Händedruck, Aronsson hielt seine Hand, nickte ihm zu und machte ein Gesicht, das Månsson zuerst nicht richtig deuten konnte. Dann verstand er plötzlich. Es war etwas, wofür er hart arbeitete; aber in letzter Zeit hatte er immer öfter daran gezweifelt, ob er es jemals bekommen würde.

Respekt.

Månsson reckte sich leicht, räusperte sich und drückte Aronssons Hand noch ein wenig fester.

»Ich habe nur meine Arbeit gemacht, Harald.«

27

Sie nähert sich der Kreuzung, sieht das Schild und geht vom Gaspedal. Plötzlich ist sie nervös. Fünf Jahre sind es her. Obwohl es sich nicht so lange anfühlt. Vielleicht liegt es daran, dass alles genau gleich aussieht. Erst kommen die viereckigen Lagerhallen der Erbsenfabrik draußen auf dem Feld. Die Autos der Wochenendschicht stehen auf dem Parkplatz, zehn, zwölf, mehr nicht. Viel weniger als früher, als sie selbst den Sommer über dort jobbte. Das meiste wird heutzutage bestimmt von Maschinen gemacht. Das ist billiger und effektiver. Dann bleibt für die Aktionäre mehr Geld übrig. Das Logo des Eigentümers auf der Fahne ist ein anderes als beim letzten Mal, aber das Schild ganz oben auf der Wellblechwand ist dasselbe: *Erbsenfabrik – stolzer Sponsor der Miss Erbse seit 1965.*

Sie denkt an ihre Mutter, die mit gerade mal siebzehn Jahren den allerersten Miss-Erbse-Wettbewerb gewonnen hat. Trotz des zweifelhaften Titels und egal, wie altbacken die Idee mit dem ganzen Schönheitswettbewerb ist, verspürt ihr jugendliches Ich immer noch einen gewissen Stolz darauf, dass ihre Mutter die Schönste von allen war. Aber das würde sie niemals zugeben, im Grunde nicht einmal sich selbst gegenüber.

Nach der Kreuzung links kommt das große rote Gebäude der Ziegelei von Reftinge. Aus der Ferne sieht es ganz gut aus, aber wenn man näher kommt, sieht man die zugenagelten Fenster und den kaputten Stacheldrahtzaun, an dem Plastiktüten festhängen und im Wind flattern. Auf dem verwitterten Betonplatz liegen lange weiße Zylinder, die darauf warten, zu neuen Windriesen zusammengesetzt zu werden. Sie gehören Strids Maschinenwerkstatt, die sich direkt neben der Ziegelei befindet und seit den Achtzigerjahren auf Windkraftwerke spezialisiert ist.

Sie erinnert sich noch ganz gut an die Gebrüder Strid. Zwei kantige Männer mit Stiernacken, die sich bei Onkel Haralds Festen immer am Getränkestand herumtrieben und ihrer Mutter ab und zu sehnsüchtige Blicke zuwarfen, wenn sie glaubten, dass es keiner mitbekam. Wie alt war sie selbst, als man anfing, sie genauso anzusehen? Vielleicht fünfzehn oder sechzehn. Mehr nicht.

Direkt hinter der Werkstatt und der Tankstelle liegt der Sportplatz mit der Holztribüne, die in den Achtzigerjahren vor allem zum heimlichen Rauchen und Knutschen diente. Der Raum unter der Tribüne war abgeschlossen, aber es war ein Leichtes, über den Zaun ins Halbdunkle zu klettern. Sie erinnert sich an die Aufregung, den Geschmack und Geruch von Zigaretten, von einem anderen Menschen. An das Gefühl, etwas Verbotenes zu tun, etwas, das Mama und Papa nicht gut finden würden. Das Gefühl, dass das ganze Leben vor einem lag und alles möglich war. Sie lächelt ein bisschen bei dieser Erinnerung, aber bis sie an dem steilen Hang ist, der in den Ort selbst hinunterführt, hat sie den Gedanken wieder abgeschüttelt.

Reftinge liegt in einer Senke, einer lang gestreckten geologischen Abweichung, die in die Ebene hineinschneidet. An einem Ende steigt die Senke fast unmerklich an, bis sie zwanzig, dreißig Kilometer südlich der Ortschaft wieder auf eine Höhe mit der Ebene kommt. Am anderen Ende wird sie immer schmaler, verschwindet tief im Nordwald und endet als steile Schlucht oben am Berghang, wo man früher einmal Steinkohle abgebaut hat. Die Kohlegrube ist der Grund dafür, dass auf Reftinges Kommunalwappen sowohl eine Getreideähre als auch Schlägel und Eisen zu sehen sind. Veronica hat diese Erklärung bei irgendeinem Dorffest gehört und versucht den Satz mit der leicht nasalen Stimme ihrer Mittelstufenlehrerin in Richtung Rückspiegel aufzusagen. Es gelingt ihr gut genug, um ein kleines Lächeln auf ihr Gesicht zu bringen.

Am Fuße der Senke schlängelt sich ein träges Flüsschen, eigentlich eher ein Bach, mitten durch den Ort, und parallel dazu verläuft eine Bahnlinie. Zehn Meter Brücke, mehr braucht es nicht, um den westlichen Teil von Reftinge mit dem östlichen zu verbinden.

Unterhalb der Anhöhe, am Anfang der Hauptstraße, trifft man auf zwei fast identische, einander gegenüberhängende Schilder: Pizza-Döner-Salat. Als Veronica zur Schule ging, gehörte die größere der beiden Pizzerien der Familie ihrer Klassenkameradin Lidija. Lidija war eigentlich zu dick und zu alltäglich, als dass sich die Jungs für sie interessierten, aber im Gegenzug war sie so großspurig und schlagfertig, dass niemand es wagte, sich mit ihr anzulegen. Außerdem hatte sie nicht nur ein Videogerät, sondern auch einen Sodastreamer und eine Popcornmaschine zu Hause, was in Kombination mit den Gratispizzen, die ihr Vater immer spendierte, Lidija zu einem der populärsten Mädchen der Klasse machte.

Veronica fragt sich, was Lidija jetzt macht, ob sie eine von denen ist, die geblieben sind, oder ob sie weg ist. Wahrscheinlich Letzteres.

Ein bisschen weiter vorn, nach einer Reihe von dreigeschossigen Mietshäusern, liegt das Dorfzentrum. Rathaus, Polizeiwache, Pflegezentrale, Bücherei und Schule. Dann kommt der Platz mit der Dorfkneipe, dem Blumenladen und dem einzig verbliebenen kleinen Lebensmittelgeschäft. Sie ist sich ziemlich sicher, dass Tante Berit und Onkel Sören ihn immer noch betreiben. Sie kann sich kaum vorstellen, dass sie irgendetwas anderes machen. Als sie daran vorbeifährt, kommt ihr der Laden viel kleiner vor als in ihrer Erinnerung. Vielleicht trügt sie ihr Gedächtnis, vielleicht hat man die Ladenfläche aber auch einfach verkleinert, sie nach und nach stillgelegt, so wie das ganze Dorf. Die Bank und die Post sind Anfang der Neunzigerjahre verschwunden, der Fotograf, der die Familienporträts aus ihrer Trauersammlung aufgenommen hat, ist auch weg, und der Möbelladen musste schließen, als ein Ikea in der Stadt öffnete. In dem niedrigen Gebäude befindet sich jetzt der Flohmarkt des Sportvereins, an allen ungeraden Freitagen geöffnet, wie ein Pappschild in einem der Fenster mitteilt.

Sie kurbelt das Seitenfenster ganz herunter und legt den Ellenbogen auf den Rahmen. Die Straße vor ihr ist leer, bis auf einen alten Mann, der so langsam auf seinem Damenrad fährt, dass es rein physisch eigentlich unmöglich sein müsste. Es gibt nicht viel, was in Reftinge an einem Samstagnachmittag mitten im Sommer passiert. Und sonst auch nicht, wenn man ehrlich ist.

Fast am Ende der Hauptstraße, kurz bevor man am Bahnhof vorbeifährt, an dem seit den Siebzigerjahren kein Zug mehr gehalten hat, liegt der Grill-Imbiss, der der eigentliche Mittelpunkt des Dorfes ist. Hier finden sich zumindest ein paar Anzeichen menschlichen Lebens.

Auf dem Kiesplatz vor dem Imbiss zählt sie zwei Traktoren und drei Pick-ups, alle in der gleichen grünen Farbe. Das Logo auf den Türen kennt sie gut. Aronssons Farming. Onkel Haralds Firma, die er nach einer Studienreise in die USA Ende der Achtziger umbenannt hat, was seitdem ein beliebtes Gesprächsthema bei allen Familienessen war. *In Amerika, versteht ihr, da …*

Vor dem Imbiss drängen sich ein paar Männer in Flanellhemden und hochgekrempelten Ärmeln in den Schatten des vorgezogenen Daches. Sie starren ihrem Wagen hinterher. Onkel Haralds Angestellte arbeiten trotz der Hitze an einem Samstag. Die Saat unterscheidet nicht zwischen Wochentagen und Wochenenden. Hier draußen sind Sommer und Herbst eine einzige lange Reihe von Ernten, von den Erdbeeren und Frühkartoffeln im Juni bis zu den Zuckerrüben im November.

Sie fährt über die Brücke, kommt an der kleinen Feuerwache vorbei und fährt weiter durch das Viertel mit den Einfamilienhäusern. Mehrere Reihen von gleichen einstöckigen Häusern in rotem Reftinge-Ziegel, der nicht mehr hergestellt wird, und dahinter anderthalbgeschossige Häuser aus den Siebzigerjahren mit dunkleren, düsteren Fassaden. Ungefähr die Hälfte ihrer alten Schulkameraden wohnte hier. Der Rest verteilte sich gleichmäßig auf Bauernhöfe und Mietshäuser.

Der Kirchberg bringt sie wieder zurück auf die Ebene. Die kleine weiße Kirche, die auf dem östlichen Kamm der Senke thront, stammt aus dem zwölften Jahrhundert, verkündet die vernünftige Lehrerinnenstimme in ihrem Kopf, und Veronica dreht schnell das Radio lauter, bevor die Stimme weiterreden kann. Sie landet mitten in »Self Control« von Laura Branigan, einem ihrer Lieblingssongs.

Jeden Sonntag gingen sie in die Kirche, die gesamte Familie Nilsson-Aronsson. Sie, Mama, Papa, Mattias, Billy, sogar Onkel Harald. Hübsch und ordentlich angezogen, so wie ihre Mutter es wollte. Niemand traute sich zu protestieren. Also saßen sie und Mattias die Gesänge und die

Predigt ab und schielten gelegentlich zu dem kleinen Bild an der Decke, das man nur von den allersten Sitzbänken aus erkennen konnte. Ein Bockskopf mit gebogenen Hörnern. Wahrscheinlich war es einer der Handwerker gewesen, die im 18. Jahrhundert alle Zeichen des Katholizismus übertüncht hatten, der diesen scheußlichen kleinen Kopf hinterlassen hatte. Vielleicht als Scherz. Das glaubten sie und Mattias damals jedenfalls. Aber der höhnisch grinsende Kopf dort oben an der Decke konnte genauso gut eine Warnung sein. Eine Erinnerung daran, dass man das Vergangene zwar verbergen konnte, dass es aber immer noch da war.

Papa hörte auf, in die Kirche zu gehen, nachdem Billy verschwunden war, deshalb war sie seitdem nur noch ein paarmal dort gewesen: zur Beerdigung ihrer Mutter und zu Mattias' Hochzeit. Unterschiedliche Zeremonien, aber beide ungefähr genauso furchtbar.

Sie denkt wieder an das Eis, an ihre Mutter. Sie stellt das Radio noch lauter, um die Gedanken zu verdrängen. Einen Moment lang befindet sie sich wieder in der behaglichen Dunkelheit unter der Tribüne. Mit dem Gefühl, jung zu sein und voller Erwartungen. Unsterblich.

You take my self, you take my self control.

Als sie schon halb die Kurve an der Kirche genommen hat, fällt ihr ein, dass sie kurz am Grab der Mutter halten sollte. Aber noch bevor sie es schafft, den Fuß vom Gaspedal zu nehmen, hat sie schon beschlossen, es auf den nächsten Tag zu verschieben.

Als sie am Pfarrhof und am Gemeindehaus ganz oben auf dem Kamm vorbeigefahren ist, ist sie aus dem Dorf heraus und befindet sich wieder auf normaler Höhe. Die Straße verengt sich, entledigt sich des Mittelstreifens und streckt sich langsam aus. Sie wird zu einem scheinbar ewig langen Strich zwischen den Feldern und den gigantischen Windradriesen.

Hier und da sieht man Schotterwege abzweigen und grüne Briefkästen, die zeigen, dass es zwischen dem Dorf und ihrem eigenen Hof noch andere Häuser gibt. Als sie Kind war, gab es zehn Briefkästen; sieben, als sie wegzog. Jetzt sind es noch vier. Veronica sieht mehrere Mähdrescher und Traktoren bei der Arbeit. Fast alle in derselben Farbe und mit demselben Logo wie die Fahrzeuge vor dem Imbiss. Onkel Haralds Imperium wächst offenbar weiter.

Rund drei Kilometer vom Dorf entfernt erkennt sie schließlich den schiefen Pfosten mit dem wohlbekannten Briefkasten und wird langsamer. Sie biegt trotzdem noch zu schnell ab, sodass sie auf dem Kies etwas ins Schleudern gerät. Das Dach des Hauses ist ein paar Hundert Meter weiter durch das Gehölz zu sehen. Es ist jetzt der höchste Punkt Backagårds. Der Silo, wo sie und Mattias das Habichtnest gefunden hatten, wurde schon lange abgerissen.

Auf dem Kiesweg zum Hof begegnet sie noch einem grünen Pick-up. Der Fahrer trägt eine Kappe und eine Pilotensonnenbrille und telefoniert. Er nickt ihr zu, als die Fahrzeuge mit wenigen Zentimetern Abstand aneinander vorbeigleiten. Sie glaubt, ihn vage zu kennen. Patrik Soundso. Einer von Mattias' alten Klassenkameraden, und da taucht sofort eine andere Jugenderinnerung auf. Der Geruch nach Partykeller, auf dem Plattenspieler läuft ein Stehblues. Der Geschmack von Spucke, Tabak und Alkohol, Hände, die an ihrem Körper herumfummeln. Sie hat eine ganze Reihe solcher Erinnerungen, aber es gelingt ihr, ihr Gedächtnis im Zaum zu halten, bevor es diese hervorkramt.

Auf dem Feld zwischen der Straße und dem Hof wurde schon gedroschen. Große Heuballen liegen auf dem Stoppelfeld verteilt. Die Wärme macht den Horizont diesig, und am Himmel kreisen zwei Milane im Aufwind. Sie kreisen und kreisen, während sie auf dem Feld nach Beute Ausschau halten. Veronica denkt wieder an den Bockskopf, unterdrückt einen Schauder. Es ist höchste Zeit, dass sie sich zusammenreißt. Sie wird langsam immer nervöser, wie vor einer Gruppentherapiesitzung. Erregung, Erwartung. Oder einfach Spannung. Sie macht das ihrem Vater zuliebe, versucht sie sich einzureden.

Sie fährt jetzt im Schatten der Kastanienallee, die zum Hof führt. Ein paar Bäume scheinen halbtot zu sein, trockene, kahle Äste recken sich in den Himmel.

Um den Hofplatz herum sind die Gebäude u-förmig angeordnet. Das Wohnhaus auf der kleinen Anhöhe wird von den Gebäuden flankiert, in denen früher der Kuhstall und die Tenne untergebracht waren, die aber, mit Ausnahme des Fahrzeugschuppens, wo ihr Vater den Wagen abstellt und wo sich die Werkstatt befindet, seit fünfundzwanzig Jahren leer stehen. Sie betrachtet die Gebäude. Die Tür zum Kuhstall hat einen neuen Stahlriegel mit einem kräftigen, glänzenden Hängeschloss bekommen. Sie muss an den kleinen Melkraum darin denken. An den Geruch, die Dunkelheit, die raue Luft. An ihre Panik, als sie bemerkte, dass sich die Tür nicht öffnen ließ.

Bei der alten Tenne ist der Dachfirst um einige Dezimeter gesunken. Die Dachziegel sind grau, und alles in allem wirkt das Gebäude müde und resigniert. Stroh und Laub schauen hier und da aus der Regenrinne heraus, und an den Hausecken wachsen Gras und Nesseln.

Ein großer grüner Dieseltank mit dem Logo von

Aronssons Farming fällt ihr ins Auge. Den gab es noch nicht, als sie das letzte Mal hier war. Der Metalltank ärgert sie, er passt nicht in die Umgebung, er sieht zu industriell und modern aus. Noch ein Zeichen dafür, dass Onkel Harald überall ist.

Die Tür zum Wohnhaus ist abgeschlossen. Sie klopft ein paarmal, ohne dass jemand kommt und öffnet, was sie ein bisschen beunruhigt. Papa erwartet sie, sie hat ihn heute Morgen vom Hotel aus angerufen. Normalerweise schließt er nie ab, wenn er zu Hause ist.

Der Ersatzschlüssel liegt an seinem üblichen Platz, ganz vorn im Blumenkasten, der unter dem nächsten Fenster hängt. Sie schließt auf. Ein wohlbekannter Geruch empfängt sie. Ein Geruch, der im Bruchteil einer Sekunde aus Veronica Lindh wieder Vera Nilsson macht. So riecht zu Hause. Sie verabscheut den Geruch, oder zumindest versucht sie sich das einzureden. Aber gerade heute fällt es ihr schwerer als sonst.

»Hallo, Papa!«

Keine Antwort. Sie geht hinein und schließt die Tür hinter sich. Trotz der Wärme draußen ist die Luft in dem alten Steinhaus kühl, und vom plötzlichen Temperaturunterschied bekommt sie eine Gänsehaut.

Links befindet sich das Herrenzimmer, in dem immer noch der Geruch von Großvaters Zigarren in der Tapete hängt. Dahinter ist die gute Stube mit den dunklen, schweren Möbeln und Mutters Klavier, das seit zwanzig Jahren verstummt ist. Veronica geht nach rechts durch das Esszimmer in die Küche. Auf dem Küchentisch liegt die aufgeschlagene Zeitung, und daneben steht eine halbvolle Tasse mit kaltem Kaffee. Kein Papa.

Im Haus ist es beinahe mucksmäuschenstill. Die einzigen Geräusche sind das Ticken der Wanduhr im Esszimmer und das Summen einer dicken Fliege am Küchenfenster. Die Fliege stößt immer wieder gegen die Scheibe, ohne zu begreifen, warum sie nicht weiterkommt. Ab und zu stürzt sie auf das Fensterbrett, wo sie erschöpft liegen bleibt, bis sie genug Kraft gesammelt hat, um ihren eitlen Fluchtversuch wieder aufzunehmen.

Veronica schaut ins Büro. Der Schreibtisch ist voller Papierstapel und Dokumente. Die meisten davon tragen den Briefkopf von Aronssons Farming, auf den anderen prangt das Logo eines Energieunternehmens oder der Kommune. Einige Papiere scheinen Dokumente und Vereinbarungen bezüglich einer Baugenehmigung zu sein.

Das zerschlissene Ledersofa steht noch an der einen Wand, aber der klobige Fernseher ist neu. Ein großer Bildschirm in diesem neuen Breitbildformat, an das sie sich noch nicht richtig gewöhnt hat. Sie fragt sich, wann ihr Vater den angeschafft hat. Neben dem Sofa liegt ein Haufen Decken und Kissen, und auf der einen Armlehne steht eine Pillendose. Sie kann der Versuchung nicht widerstehen, sie sich genauer anzuschauen. Schlaftabletten, verschrieben vor einem knappen Monat. Seltsam, soweit sie weiß, hatte ihr Vater nie Schlafprobleme. Sie versucht sich daran zu erinnern, wie es unmittelbar nach Billys Verschwinden war, aber sie weiß nur, wie es ihrer Mutter ging. Um sie schlichen alle herum. Ihre Mutter schaffte es nicht, das Bett zu verlassen, und ihretwegen mussten im Haus immer alle flüstern. Das taten sie, auch noch Wochen nachdem die Mutter in ein Heim eingewiesen worden war, das man um jeden Preis auch nur so nennen durfte. Heim – bloß nicht das Wort sagen, das alle anderen in der Gegend für diese Einrichtung benutzten. Irrenhaus.

Das Fenster steht leicht offen, und Veronica vernimmt

ein leises Geräusch aus dem Garten. Die hohen Pappeln, die den Garten säumen, bewegen sich kaum. Sogar hier draußen auf der Ebene ist es ungewöhnlich windstill. Das Geräusch, das sie gerade gehört hat, ertönt jetzt etwas lauter. Ein Metallwerkzeug, das auf Erde und Stein trifft.

Sie geht wieder in die Küche, öffnet die Küchentür und tritt auf die erhöht liegende Terrasse, die an der Rückseite des Hauses entlangläuft. Sie lässt die Tür einen Spaltweit offen, eine letzte Chance für die Fliege zu entkommen.

Von hier aus kann sie den größten Teil des Gartens überblicken. Die verwilderte Wiese, den Obstgarten, das Baumhaus, das sie und Mattias gebaut haben, und die hohle Ulme, die der blonde Mann in der Gruppentherapie erwähnt hat. Es fällt ihr immer noch schwer, ihn in Gedanken Isak zu nennen, aber sie ist auch noch nicht bereit, ihm einen anderen Namen zu geben.

Jenseits des Obstgartens wächst Gestrüpp, das sich bis zum Ende des Gartens hinzieht, und dahinter erahnt sie das Maisfeld. Am Horizont sieht man die weißen Spitzen von zwei Windrädern, den allerersten im Ort, die Onkel Harald nur wenige Monate nach Billys Verschwinden aufstellen ließ. Sie steigt von der Terrasse hinunter, um sie nicht mehr sehen zu müssen.

Rechts liegt der ummauerte Rosengarten. Er ist nach Süden ausgerichtet, und wenn sie sich richtig erinnert, wurde er von ihrem Urgroßvater einmal als Küchengarten angelegt. Ihr Vater war es, der ihn dann nach seiner Hochzeit mit der Mutter instand setzte und umgestaltete. Er errichtete die weiß verputzte Mauer, um ihn besser vor Wind zu schützen, baute Beete und eine Laube, erneuerte die Wege und pflanzte nicht zuletzt all die schönen Rosenbüsche wie ein verspätetes Hochzeitsgeschenk. Ihre Mutter liebte Rosen. Und auf diese Weise sollte sie sie sehen und riechen können, sobald sie das Schlafzimmerfenster öffnete.

Veronica hat diese Geschichte früher gemocht. Sie stellte sich vor, dass der Rosengarten die Liebe ihres Vaters zur Mutter symbolisierte. Nach Billys Verschwinden und dem Tod der Mutter war der Rosengarten stattdessen zum Zufluchtsort ihres Vaters geworden. Zum Versteck. Vielleicht würde sie das jetzt ändern können?

Das Holztor an der Längsseite der Mauer ist geschlossen, aber es sind Geräusche aus dem Garten zu hören, und die Türklinke ist nicht eingerastet. Veronica zieht die Tür einen Spaltweit auf und schaut hinein. Schwerer Rosenduft schlägt ihr entgegen, lässt sie innehalten. Genauso roch das Schlafzimmer ihrer Mutter.

Innerhalb der hohen Mauern ist nichts von dem Verfall zu sehen, der auf dem restlichen Hof herrscht. In den schnurgeraden Rabatten stehen gepflegte Rosen, die entweder an der Mauer emporklettern oder mithilfe von Rankgittern aufrecht gehalten werden. Auf dem Weg schaut nicht das geringste Unkraut zwischen den Platten hervor, und an der Seite zum Wohnhaus hin steht die Laube fast komplett eingebettet in perfektes, üppiges Grün. Das kleine Bauwerk hat kein Dach, nur ein paar Querbalken, um das sich dichte Rosen ranken.

Hinter der Laube, in der Ecke unterhalb vom Schlafzimmerfenster ihrer Mutter, hockt ihr Vater auf allen vieren. Er steckt zur Hälfte unter einem der größten Büsche des gesamten Gartens.

Sie bleibt stehen und beobachtet ihn einen Moment lang still. Er ist erst achtundfünfzig, aber seine Art sich zu bewegen wirkt seit der Beerdigung der Mutter beschwerlich, langsam, als wäre jede Bewegung eine Kraftanstrengung. Hier und jetzt bewegt er sich allerdings schnell, fast geschmeidig. Seine Hände in den Gartenhandschuhen fahren hin und her, reißen winziges Unkraut heraus, werfen es in den Eimer, der neben ihm steht, und ziehen eine kleine Harke über den Kies. Sie glätten jede Unebenheit aus, bis die kleinen Steine perfekt liegen. Sie leuchten kalkweiß, so wie die Rosen über seinem Kopf.

Veronica stößt die Tür ein wenig weiter auf, macht einen Schritt in den Garten und öffnet den Mund, um nach ihrem Vater zu rufen, aber bevor sie dazu kommt, gibt eine der alten schmiedeeisernen Angeln ein Quietschen von sich.

Bei dem plötzlichen Geräusch dreht sich ihr Vater heftig um. Seine Augen sind aufgerissen, aber der erschrockene Ausdruck verschwindet im selben Moment, in dem er sie erkennt, und verwandelt sich in das milde Lächeln, das ihr so vertraut ist.

»Hallo, Vera, bist du schon da? Du wolltest doch erst heute Nachmittag kommen?«

Er richtet sich auf, erhebt sich erst auf die Knie und dann mit etwas Mühe auf die Füße. Er klopft seine Hose ab und kommt ihr auf dem kleinen Weg entgegen. Seine Schritte sind wieder schwerfällig und langsam.

»Es ist fast zwei«, sagt sie, umarmt ihn und küsst ihn auf die Wange. Er riecht nach Erde, Rasierwasser und noch irgendetwas, das sie besorgt. Vielleicht ist es der Geruch des Alters.

»Oh, ich muss wohl die Zeit vergessen haben. Hast du gegessen, soll ich was kochen?«

»Nee, danke. Eine Tasse Kaffee reicht.« Wie immer verändert sich ihr Dialekt, ohne dass sie darüber nachdenkt.

Ihr Vater legt den Arm um sie und führt sie behutsam zum Gartentor. Aber sie will noch nicht gehen. Sie bleibt vor dem Busch mit den rosa schimmernden Blüten stehen, der neben der Laube gepflanzt ist und dessen Grün sich über das ganze Dach erstreckt.

»Wie schön er geworden ist«, sagt sie. »Und so groß.«

Sie schaut auf das kleine Messingschild, das neben dem Busch in der Erde steckt. Magdalena. Die ganz persönliche Rose ihrer Mutter, die ihr Vater selbst gezüchtet hat. Und die er seit zwanzig Jahren hegt und pflegt.

»Der da ist auch schön.«

Sie zeigt auf den großen Busch, um den herum er gerade so eifrig sauber gemacht hat. Sie weiß, dass er auf seinen Garten stolz ist, und seine Rosen zu loben ist ein einfacher, aber wirksamer Weg, seine Laune zu heben.

»Das ist auch einer von deinen, oder?«

»Hm.« Papa nickt zufrieden.

Sie hat seinen Kummer schon aus der Ferne gespürt, hat ihn bereits am Tor bemerkt, vielleicht sogar schon von der anderen Seite der Mauer aus. Aber er verschafft ihr keinen Kick, denn sein Leid ist auch ihr eigenes. Ihr Vater hat zugelassen, dass das Leid sein ganzes Leben erfüllt. Er hat es im Garten hinter den Mauern eingefriedet, wo er es behutsam und sorgfältig hegt, genau wie seine Rosen. Sie selbst bevorzugt das Leid anderer.

Plötzlich wird ihr klar, dass ihr die Gruppentherapie fehlt. Es ist eine Art Abstinenz, und das Gefühl wird immer stärker, während sie bei ihrem Vater steht und den Rosenduft einatmet. Sie schaut weg, schließt die Augen, versucht, das Gefühl loszuwerden. Seine Hand berührt linkisch ihren Rücken. Das hilft, zumindest ein bisschen. Sie öffnet die Augen, legt den Kopf auf seine Schulter und sieht ihn verstohlen an.

Er kommt ihr vor wie immer. Trotzdem war vorhin irgendwas an seinem Gesichtsausdruck, als er sich umdrehte, unmittelbar bevor er erkannte, dass sie am Tor stand. Sie kann sich nicht erinnern, diesen Ausdruck schon einmal bei ihm gesehen zu haben, aber vielleicht war es auch der Schatten unter dem Busch, der ihr einen Streich gespielt hat.

Sie gehen langsam auf das Haus zu, und als sie die Küchentür erreichen, ist sie fast schon davon überzeugt, dass sie sich geirrt hat. Dass alles nur eine Illusion war, ein Hirngespinst.

Denn wenn sie es nicht besser wüsste, würde sie sagen, dass das, was in seinem Gesicht stand, Angst war.

28

SOMMER 1983

Månsson schaffte es immerhin bis zum Nachtisch, ohne an den Fall Billy zu denken oder darüber zu sprechen. Er schaufelte drei Portionen Dorsch in sich hinein, während er aufmerksam zuhörte, als Malin und Johan von ihren jeweiligen Schultagen erzählten. Es gelang ihm sogar, zwischen den Bissen ein paar höfliche Fragen einzuschieben. Das Telefon im Flur, das er inzwischen wieder einzustöpseln gewagt hatte, blieb still.

Alles in allem war es ein perfekter Abend, auch wenn er sich gewünscht hätte, dass Jakob ein wenig gesprächiger gewesen wäre. Er hatte vorsichtig versucht herauszufinden, ob die Sticheleien der Freunde aufgehört hatten, jetzt, wo Tommy Rooth hinter Schloss und Riegel saß, aber er hatte keine klare Antwort bekommen.

Jakob wurde bald vierzehn, was kaum ein Alter war, in dem man sich seinen Eltern anvertraute. Månsson fand trotzdem, dass er als Vater sein Bestes gab, er spendierte Chips und Limonade, wenn Jakob und seine Freunde abends im Hobbyraum Würfelspiele machten. Er bemühte sich, die eintönige industrielle Musik gutzuheißen, die sein Sohn hörte, und fragte auch nicht mehr nach, warum der Junge eine dünne Strähne langer Haare im Nacken tragen musste. Aber meistens verdrehte Jakob nur die Augen und grunzte zur Antwort, wenn er versuchte mit ihm zu sprechen. Von Malin hatte Månsson erfahren, dass diese Saison wohl Jakobs letzte in der Fußballmannschaft wäre. Seine Enttäuschung darüber konnte er kaum verbergen, zumal er der Trainer der Mannschaft war. Er fragte sich, was aus dem kleinen Jungen geworden war, der mit einer Spielzeugpistole im Bett geschlafen hatte und genau wie sein Papa Räuber fangen wollte. Er wünschte sich, er hätte damals besser achtgegeben.

Aber heute Abend wollte Månsson sich nicht die Laune verderben lassen, nur weil er als Vater vielleicht zu kurz kam. Er war einfach froh darüber, endlich einen ungestörten Moment mit seiner Familie verbringen zu können.

»Wie läuft es denn so?«, fragte seine Frau, als die Jungen ihre Dessertteller weggestellt und sich unten im Hobbyraum vor den Fernseher gesetzt hatten.

»Gut. Wir warten auf die Ergebnisse der Proben aus dem Pumpenhaus und aus Rooths Auto. Aber das ist eher eine Formalie. Wir haben ihn.«

Månsson merkte, dass er die letzten beiden Sätze von Bure oder Borg übernommen hatte. Er mochte die beiden Polizisten aus der Stadt inzwischen mehr. Er verspürte eine Art widerwilligen Respekt, der zugenommen hatte, seitdem sie darauf verzichtet hatten, Rooth in ein Gefängnis in der Stadt zu überführen. Damit hatte Månsson eigentlich gerechnet. Dass sie den Bezirkspolizeimeister dazu überreden würden, dem Dorfpolizisten den Verdächtigen wegzunehmen, um selbst den Ruhm einheimsen zu können.

»Vermutlich wollte Rooth Aronsson erpressen und von ihm eine Entschädigung für die Jagd und für seinen Lebensunterhalt erzwingen, um den er seiner Meinung nach betrogen worden ist. Stattdessen ist etwas schiefgelaufen und Billy gestorben. Ich könnte mir vorstellen, dass die Leiche irgendwo im Wald hinter dem Pumpenhaus liegt. Wir suchen mit voller Kraft.«

»Und Rooth hat immer noch nicht gestanden?« Malin

legte noch eine schokoladenüberzogene Birne auf seinen Teller.

Månsson schüttelte den Kopf. »Ich glaube auch nicht, dass er es machen wird.«

»Warum nicht?«

»Weil manche Verbrechen so grauenhaft sind, dass der Täter nie gesteht, obwohl er überführt ist. Dafür gibt es zwei Gründe.«

Er legte den Dessertlöffel beiseite und hielt einen Finger in die Luft, genau wie Bure neulich, als der ihm denselben Gedankengang erklärt hatte.

»Erstens: Gesteht man etwas so Schreckliches wie den Mord an einem Kind, dann ist man auch ein schrecklicher Mensch. Ein böser Mensch. Verwandte und Freunde haben keine andere Wahl, als den Kontakt abzubrechen und Abstand zu halten. So verliert man auf einen Schlag die geringe Unterstützung, die man möglicherweise noch hat.«

»Aber sie werden doch die Beweise sehen. Wenn man vor Gericht verurteilt wird, ist man doch in den meisten Fällen auch schuldig.«

»Ja, aber hier geht es um Gefühle, nicht um Logik. Den Menschen fällt es unglaublich schwer zu akzeptieren, dass jemand, den sie gut kennen, mit dem sie vielleicht sogar Kinder haben, etwas Furchtbares getan haben könnte. Dass sie so eng mit so jemandem zusammengelebt haben, ohne etwas zu merken.« Månsson ließ die Hand sinken und trank einen Schluck Kaffee. »Solange es kein Geständnis gibt, kann man sich noch einreden, dass ein Justizirrtum vorliegt, dass man sich nicht selbst geirrt hat. Man sieht ganz einfach nur das, was man sehen will.«

»Hm.« Malin goss sich Kaffee in die Tasse. »Diese

Überlegung gründet auf dem Gedanken, dass alle Menschen entweder gut oder durch und durch schlecht sind. Dass es nicht möglich ist, ein guter Freund oder liebender Ehemann und gleichzeitig ein Verbrecher zu sein. Obwohl das durchaus möglich ist«, fügte sie halb als Frage, halb als Feststellung hinzu. »Ein Bankräuber kann ein guter Vater sein, ein Mörder ein guter Freund.«

»Natürlich kann er das«, stimmte Månsson zu und nickte.

»Wie auch immer, es kann wohl kaum die Angst sein, Nahestehende zu verlieren, die Rooth davon abhält zu gestehen?« Malin hob eine Augenbraue. »Er hat schließlich keine Freunde und auch kaum Familie, die ihn unterstützt. Das halbe Dorf hatte ihn doch schon zum Täter erkoren, bevor ihr ihn geschnappt habt.«

»Das ist richtig«, sagte Månsson. »Rooth gehört zur anderen Kategorie.«

»Und das heißt?«, fragte Malin, noch bevor er den zweiten Finger in die Luft strecken konnte.

»Dass das Verbrechen, dessen er verdächtigt wird, so grausam ist, dass er es nicht einmal sich selbst gegenüber eingestehen kann. Das kommt häufiger bei Leuten wie Rooth vor, die eine übertriebene Selbstwahrnehmung haben.«

Malin stellte die Kaffeetasse ab.

»Du meinst also, dass Rooth – egal, wie viele Beweise ihr vorlegt – nicht sagen wird, was er mit Billy Nilsson gemacht hat, weil er sich damit selbst eingestehen müsste, dass er ein grausamer Kindermörder ist.«

Månsson nickte langsam und wollte gerade antworten, als Jakob wieder in die Küche kam. Er hielt eine leere Schüssel in der Hand, die er hin- und herschwenkte.

»Gibt's noch Chips?«

»Im Vorratsschrank«, sagte Malin. »Nimm für Johan auch welche mit, ja?«

Jakob brummte irgendeine Antwort. Månsson blickte auf den Rücken seines ältesten Sohnes, wobei ihm einfiel, dass er ihn etwas hatte fragen wollen.

»Sag mal, Jakob …«

»Hm.«

»Kennst du die Geschwister Nilsson? Mattias und Vera.«

Jakob kramte weiter im Vorratsschrank, bevor er sich umdrehte. »Was meinst du mit kennen?«

Månsson versuchte, sich nicht von dem schroffen Tonfall provozieren zu lassen. Jakob starrte ihn an, gab dann aber nach.

»Ich weiß, wer sie sind, aber wir sind nicht befreundet, wenn du das wissen willst.«

»Wie sind sie?«

Jakob zuckte mit den Schultern. »Mattias ist so ein Sportlertyp.«

»Aha. Und Vera?«

Noch ein Schulterzucken, vielleicht etwas genervter als das erste.

»Was soll mit ihr sein?«

»Wie ist sie so?«

Jakob zog eine schwer zu deutende Grimasse. »Man hört so einiges über sie. Also, gleich fängt die Krimiserie an, ich will nichts verpassen …«

Er drehte sich weg und machte ein paar Schritte auf die Tür zu.

»Hat sie viele Freunde?«

Jakob blieb auf der Schwelle stehen. »Nicht bei den Mädchen«, antwortete er und verzog etwas den Mund. »Aber den Jungs gefällt sie.«

Liebling

Wenn der Sommer zu Ende ist, werden wir von hier weggehen. Das hast Du mir einmal vor langer Zeit versprochen. Erinnerst Du dich daran? Du hast versprochen, dass es dann nur noch uns beide gibt. Für immer. Ich weiß, dass Du manchmal andere hast. Ich rieche sie an Deiner Haut. Aber das hat keine Bedeutung. Zumindest versuche ich mir einzureden, dass es keine hat, aber das wird immer schwieriger. Du kommst nicht mehr so oft zu unserem Treffpunkt und nimmst mich nicht mehr in deinem Auto mit wie früher. Bist Du mich leid? Das will ich einfach nicht glauben. Du bist nicht so. Oder doch? Ist das alles ein einziger großer Irrtum?

29

Vera. Vee-raa!«

Die Stimme ihrer Mutter weckt sie. Sie schreckt mitten in einem Atemzug auf. Einen verwirrten Moment lang sieht sie sich nach ihr um. Ihr Herz klopft vor Freude, vor Sehnsucht. Dann schaltet sich das Gehirn wieder ein. Tatsächlich befindet sie sich in ihrem und Mattias' altem Zimmer. Aber sie ist kein Kind mehr. Und diesen Winter wird ihre Mutter seit zwanzig Jahren tot sein.

Ihr Vater und sie saßen vorhin lange unten in der Küche. Sie versuchte den Mut zu fassen, das Phantombild hervorzuholen und zu erzählen, was sie über den Blonden dachte. Aber auf einmal waren Mut und Überzeugung wie weggeblasen, und sie wechselten einen Haufen leerer Worte über Belanglosigkeiten. Über die Hitze, die Ernte, darüber, wie lange ihre Autofahrt gedauert hatte. Sie benahmen sich wie zwei Schlittschuhläufer, die vorsichtig umeinander kreisten. Sie zogen kleine, sachte Bögen, um das dünne Eis nicht zu zerstören, das sie beide von der kalten, schwarzen Tiefe trennte.

Als ihr Vater vorschlug, dass sie nach oben gehen und sich ein bisschen von der Reise ausruhen sollte, während er für das Abendessen einkaufen fuhr, nahm sie den Vorschlag an. Sie redete sich selbst ein, dass es besser wäre, heute Abend darüber zu sprechen, wenn sie sich ein bisschen aneinander gewöhnt hätten.

Sie hat keine Ahnung, wie lange sie geschlafen hat. Auf dem alten Radiowecker leuchten zweimal zwei Nullen. Sie überlegt, ob sie versuchen soll, die Uhr zu stellen, aber merkt, dass sie vergessen hat, wie es geht. Alles hier drin sieht aus wie immer, nur kleiner und trauriger, ungefähr wie unten im Dorf. Mattias' staubiges Modellflugzeug steht noch im Regal, und darüber wölbt sich am Dachgesims ein wenig die Tapete. Das Poster aus der Zeitschrift *Okej*, das sie irgendwann Mitte der Achtzigerjahre über ihren Schreibtisch gepinnt und aus Faulheit nie abgehängt hat, ist verblichen, und eine Ecke hängt herunter.

Mattias und sie teilten sich dieses Hochbett, nachdem Billy geboren worden war. Und auch Jahre nachdem Billy verschwunden war, blieben sie zusammen, obwohl ihr altes Zimmer wieder frei war. Niemand schlug etwas anderes vor, weder Papa noch Mattias oder sie selbst. Später, als Mattias an der Polizeihochschule anfing, gehörten das Stockbett und das Zimmer ihr allein, außer an den Wochenenden, an denen er sie zu Hause besuchte. Wobei er dann ehrlich gesagt meistens bei Cecilia übernachtete, was noch ein Grund ist, warum sie die blöde Kuh nicht leiden kann.

Sie hat die Türen zu Billys Zimmer und dem ihrer Mutter kontrolliert. Beide sind abgeschlossen, wie immer. Noch in derselben Nacht, in der Billy verschwand, zog ihr Vater auf das Ledersofa im Arbeitszimmer um, denn ihre Mutter brauchte Ruhe. Zwei Jahrzehnte später hält er sich immer noch dort unten auf, und die Zimmertüren oben bleiben verschlossen. Sie selbst ist seitdem auch nicht mehr darin gewesen. Bevor der blonde Mann aufgetaucht ist, hat sie nicht mehr an die Zimmer gedacht. Nicht einmal zu den wenigen Gelegenheiten, bei denen sie zu Hause war. Sie fragt sich, wie es wohl darin aussieht. Ob ihre Erinnerungen stimmen und ob der Blonde etwas wiedererkennen würde, wenn er da wäre.

Sie schwingt die Beine über die Bettkante und nimmt das Phantombild aus einem Seitenfach ihrer Reisetasche.

Vielleicht hat die Vernunft sie eingeholt, denn jetzt entdeckt sie zwischen dem Bild und dem Blonden mehr Unterschiede als früher. Oder aber sie sucht nur nach einer passenden Entschuldigung, um nichts erzählen zu müssen. Ihre Unsicherheit wird von der Stille im Haus verstärkt. Sie hallt im Gang von den verschlossenen Türen wider.

Ein Motorengeräusch unterbricht ihre Gedanken. Ihr Vater ist vom Einkaufen zurück. Sie hört ihn die Tür öffnen und in der Küche hantieren.

»In einer halben Stunde gibt es Essen«, ruft er.

Mattias erscheint genau richtig zum Abendessen. Dieses Mal mit dem Auto und glücklicherweise ohne Frau und Kinder. Seine Anwesenheit macht alles viel schwieriger, und sie beschließt, das Gespräch mit ihrem Vater auf morgen zu verschieben.

Es dauert nicht lange, bis ihr klar wird, dass Mattias und ihr Vater ziemlich oft zusammen essen, nur sie beide. Sie bekommt mit, dass Mattias sogar manchmal übernachtet, was den zusammengerollten Militärschlafsack erklären würde, der in ihrem alten Zimmer auf dem unteren Stockbett liegt.

Sie essen an dem großen Eichentisch in der Küche, an dem eigentlich Platz für sechs Personen ist. Trotzdem sitzen sie unnötig zusammengedrängt an einem der beiden kurzen Enden, als würden sie sich aneinanderklammern und wollten um jeden Preis den leeren Raum um den restlichen Tisch herum vermeiden. Über der Lampe hängt eine spiralförmige Fliegenfalle. Sie sieht neu aus, wahrscheinlich ist sie das Einzige hier drin, das ausgetauscht oder verändert wurde. Der fleckige Holzboden, der Flickenteppich, die vergilbte Tapete, die Küchenschränke, die schon vor Jahren hätten neu gestrichen werden müssen – alles ist gleich geblieben. Die Fliege, die vorhin versucht hat durch das Fenster zu entkommen, hängt an dem braunen Kleister der Falle fest. Zumindest glaubt Veronica, dass es dieselbe Fliege ist. Das grünlich schwarze Insekt bewegt sich nicht mehr.

Als sie beim Kaffee angekommen sind, ändert sie ihre Meinung. Vielleicht liegt es an dem Cognac, den ihr Vater austeilt, dass sie ihren Mut wiederfindet.

»Ich habe von Mama geträumt«, beginnt sie und spürt die Nervosität in der Kehle sitzen.

»Aha.« Die Stimme ihres Vaters klingt wie immer abwartend.

»Ich spreche meistens in einer meiner Gruppen über sie. Trauerbewältigung. Es gibt da einen Mann, ungefähr fünfundzwanzig Jahre alt. Blond, blauäugig …«

»Vera.« Mattias sieht sie böse an, aber sie schaut weg.

»Dieser Mann nennt sich Isak. Er erzählt Dinge von sich. Kindheitserinnerungen. Von einem fünfjährigen Kind, das verschwindet, einem Garten mit einem Baumhaus und einer hohlen Ulme …«

Ihr Vater sieht auf. Sein Blick ist auf einmal wacher, er ist auf der Hut.

»Alles scheint irgendwie zu stimmen. Und dann habe ich das hier gesehen.« Sie greift mit der Hand nach ihrer Gesäßtasche, spürt die Hitze in ihren Wangen aufsteigen.

»Also, Vera …«

Mattias ist jetzt wütend, aber das Blut fließt warm und schnell durch ihre Adern, und sie lässt sich nicht aufhalten.

»Seht mal!« Sie legt triumphierend das Phantombild auf den Tisch. Dann wartet sie, bis die beiden den Text gelesen haben und verstehen, was das Bild darstellen soll.

»Dieser Mann, Isak, er sieht so aus. Fast haargenau. Er sieht aus, wie Billy jetzt aussehen würde.«

Es wird still. Ihr Vater holt seine Lesebrille aus der Brusttasche seines Hemdes und zieht das Bild zu sich heran. Sie weicht weiterhin Mattias' Blick aus. Ihr Herz klopft laut gegen die Brust. Sie starrt dem Vater ins Gesicht, wartet auf eine Reaktion, die doch kommen muss, versucht sie sich vorzustellen. Freude, Tränen, Kummer, vielleicht sogar Wut. Aber nichts passiert.

Nach einer gefühlten Ewigkeit, wobei es tatsächlich nur ein paar Sekunden gedauert haben kann, schiebt ihr Vater das Phantombild beiseite.

»Das ist nicht dein kleiner Bruder«, sagt er so unerwartet hart, dass sie und Mattias zusammenzucken. »Billy kommt nie mehr zurück, Vera. Ich habe mich damit schon lange abgefunden. Ich dachte, das hättest du auch getan.«

Sie folgt Mattias nach draußen zum Wagen. Ihr Vater hat bereits Gute Nacht gesagt und sich im Arbeitszimmer eingeschlossen. Das Licht des Fernsehers flimmert unter der Tür hindurch. Die Enttäuschung lässt ihre Bewegungen schwerfällig werden. Auch wenn sie sich eingeredet hat, dass sie das alles für ihren Vater gemacht hätte, war es in Wahrheit genauso sehr ihrer selbst wegen. Sie hat die gute Tochter sein wollen, die Billy findet, die ein für alle Mal das Rätsel löst. Das war idiotisch, sieht sie jetzt ein. Um den Kummer ihres Vaters zu lindern, braucht es mehr als ein paar vage Erinnerungen und ein computersimuliertes Bild. Wenn man bedenkt, was sie über Trauer alles weiß, hätte ihr das klar sein müssen. Sie hätte nicht einmal daran denken dürfen, zu ihm zu kommen, bevor sie keine sicheren Beweise hat. Stattdessen ist sie übereifrig gewesen und hat ihn verärgert.

Draußen ist es schon fast dunkel. Eine Nachtigall singt in der Kastanienallee. Es klingt wehmütig und hallt schwach zwischen den heruntergekommenen Gebäuden wider. Mattias lehnt sich gegen die Motorhaube seines Jeeps, holt ein zerknittertes Päckchen Zigaretten aus der Hosentasche, reicht ihr eine und zündet sie zwischen den gewölbten Händen an.

»Ich wusste nicht, dass du rauchst.«

»Das tu ich auch nicht.« Er grinst, bläst den Rauch aus dem Mundwinkel. »Versprich, dass du mich nicht bei Cecilia verpetzt.«

»Was das Rauchen angeht?«

Mattias wirft ihr einen Blick zu, geht aber nicht auf die Provokation ein.

»Wann hast du dieses Phantombild gefunden?«, fragt er stattdessen.

»Vor ungefähr einer Woche.« Sie versucht gleichgültig zu klingen.

»Und wann wolltest du es mir erzählen?«

»Das habe ich doch gerade gemacht.«

Sie zieht die Schultern hoch und weicht seinem Blick diesmal nicht aus. Sie starren sich eine Weile an, bis sie die Taktik ändert.

»Denkst du manchmal an ihn? An Billy? Was aus ihm geworden wäre?«

Mattias sieht weg, die Bewegung ist an sich schon ein Eingeständnis.

»Du musst vorsichtig sein, Vera«, murmelt er.

»Was meinst du damit?«

»Ich meine, dass du nicht einfach hier auftauchen und lauter Sachen in Gang setzen kannst.«

»Was soll das heißen: auftauchen. Du hast doch gesagt, dass ich nach Hause fahren soll.«

»Ja, um Mamas Geburtstag zu feiern. Nicht um Papa an den Kopf zu schleudern, dass Billy vielleicht noch lebt.«

Sie schaut weg, zieht wütend an ihrer Zigarette.

»Ich weiß, dass du es gut meinst«, fährt er fort. »Du solltest nur nachdenken, bevor du redest. Nicht einen Haufen Schlussfolgerungen ziehen, bevor wir die Sache nicht näher untersucht haben. Manchmal will man so gerne, dass etwas wahr ist, dass man für die Wahrheit blind wird.«

Sie starrt ihn an und überlegt, ob sie ihm weiter böse sein soll. Aber seine Stimme klingt nicht mehr so schulmeisterlich, und außerdem hat er »wir« gesagt. Wir wie in sie und er.

Sie ziehen beide noch mal an ihren Zigaretten. Dass er heimlich raucht, kann sie nicht ganz fassen. Mattias ist der ehrlichste Mensch, den sie kennt. Zumindest war er das früher. Sie denkt an die Schachtel in ihrer Ankleidekammer. Plötzlich stellt sie sich vor, dass Mattias sie geöffnet hat. Das wäre nicht so schwer gewesen, wie sie gern hätte. Schließlich hat sie sogar gehört, wie er in die Kammer gegangen ist. Aber warum sollte Mattias in ihren Sachen wühlen?

»Ich hab den Schlafsack in unserem Zimmer gesehen«, sagt sie, ohne genau zu wissen, warum. Vielleicht will sie ihn bestrafen, aber sie bereut es sofort. »Wie schlimm ist es?«, fährt sie sanfter fort.

Er antwortet nicht, zupft nur einen Tabakkrümel von der Zunge. Jetzt schämt sie sich. Sie hat eine Grenze übertreten, sich in Dinge eingemischt, die sie nichts angehen.

»Cecilia und ich machen eine Paartherapie.«

»Aha«, sagt sie, was eine vollkommen idiotische Antwort ist. Aber erstaunlicherweise freut sie sich trotz Mattias' Unglück vor allem darüber, dass er sich ihr anvertraut hat. Bevor ihr eine bessere Erwiderung einfällt, richtet er sich auf, wirft den Zigarettenstummel auf den Boden und tritt ihn aus.

»Geh jetzt ins Bett. Papa hat Onkel Harald, Tess und Tim für morgen Abend eingeladen, um Mamas Geburtstag zu feiern. Cecilia, ich und die Mädchen kommen auch. Halt dich zurück und sag bitte nichts mehr über Billy. Wenn das Wochenende vorbei ist, verspreche ich dir, dass ich herausfinde, wer dieser Isak wirklich ist. Okay?«

Sie nickt still. Dann bleibt sie noch stehen und sieht zu, wie die Rücklichter seines Wagens in der dunklen Allee verschwinden.

30

Was tut man, wenn man sein Allerbestes gibt, aber trotzdem scheitert? Wenn man es nicht schafft, einen Schlussstrich unter eine Sache zu ziehen, sondern sich so lange an etwas oder jemanden klammert, dass es schließlich das Einzige ist, was man hat und was einen hält? Veronica wünscht sich, sie könnte auf diese Fragen eine Antwort finden.

Sie liegt wieder im Stockbett auf der unteren Matratze. Im Haus ist es still und dunkel. Das einzige Licht kommt von den vier blinkenden Nullen auf dem Radiowecker. Sie erinnern sie an den Anrufbeantworter zu Hause in ihrer Wohnung, an die Nachricht, die sie immer noch nicht gelöscht hat.

Eigentlich weiß sie ganz genau, warum sie nicht von Leon lassen kann. Sie hatte vor ihm andere Beziehungen, andere Männer. In den meisten Fällen hat sie schon vorher gewusst, dass es nicht mehr als ein paar Monate halten würde. Manchmal nicht einmal so lange. Und wenn es dann zu Ende war, war es immer von ihr ausgegangen. Aber die Beziehung zu Leon war anders. Es war ihr erster richtiger Versuch, etwas Beständiges zu haben, und sie strengte sich wirklich an, damit es funktionierte. Vielleicht ging es deshalb so schief? Weil sie so viel von sich gab, dass es dann unmöglich wurde loszulassen, obwohl sie offenbar nicht gut für einander waren. Und eine noch drängendere Frage war: Ist sie gerade dabei, anstatt von Leon jetzt von dem blonden Mann besessen zu sein? Offensichtlich fühlt sie eine gewisse Anziehungskraft, vermutlich eine andere als zwischen Bruder und Schwester. Ist es das, worum sich alles dreht? Eine neue Besessenheit?

Am liebsten würde sie einfach zurück nach Stockholm fahren, den missglückten Ausflug hinter sich lassen und sich stattdessen auf das konzentrieren, was wichtig ist. Darauf, ihren Job zu behalten und nicht ihr zerbrechliches Leben wegzuwerfen, das sie sich so mühsam aufgebaut hat. Aber sie kann jetzt nicht wegfahren, nicht, bevor sie den Geburtstag der Mutter gefeiert haben, was bedeutet, dass sie mindestens bis nach dem morgigen Abendessen hier festsitzt. Ihr Vater wird bestimmt sagen, dass es nicht gut ist, nachts zu fahren, dass sie bis zum nächsten Morgen bleiben soll, aber er wird nicht darauf bestehen und nicht versuchen, sie zurückzuhalten. Und Mattias auch nicht, so wie sie ihr Gespräch von vorhin einschätzt. Ihr großer Bruder hat sich verändert, und sie fragt sich, ob er das Gleiche über sie denkt. Wenn er überhaupt an sie denkt. Vielleicht hatte er mit »wir« jemand anderen als sie gemeint.

Sie schließt die Augen, holt ein paarmal tief Luft. Ihre Gedanken schweifen ab, landen allmählich irgendwo zwischen Traum und Wachen.

Schau nach oben, Vera. Schau immer nur nach oben.

Mattias und sie sind zurück auf der Leiter. Er hinter ihr, Vibrationen im warmen Metall. Die Farben fließen ineinander, die Geräusche ändern sich. Mattias' Stimme verwandelt sich in die der Mutter. Laut, aufgebracht.

»Ist euch klar, was ihr getan habt? Ihr habt Vogelbabys getötet!«

»Onkel Harald sagt, dass es im Wald nur Platz für einen Jäger gibt. Dass ein richtiger Jäger nicht …« Die Hand der Mutter trifft Mattias' Wange, dann seinen Scheitel. Einmal, zweimal, dreimal, mehrmals.

»Harald bestimmt nicht, was du tust. Er ist nicht dein Vater.«

Mattias' Schluchzen wird immer lauter. Sie macht sich klein, bereitet sich vor. Aber statt des aufgeregten Atems ihrer Mutter hört sie ein anderes Geräusch. Ein leises Rasseln, das in einen Knall übergeht.

Auf einmal ist sie wach. Dieses letzte Geräusch stammt nicht aus ihrem Traum, dessen ist sie sich sicher. Sie steht vorsichtig auf und geht ans Fenster. Die hellen Nächte, die man vom Frühsommer kennt, sind einer tiefschwarzen Augustnacht gewichen. Es ist sternenklar, und der beinahe volle Mond verbreitet einen silbernen Schein, wodurch die hohen Pappeln lange Schatten über die Wiese und den hinteren Teil des Gartens werfen. Über den dunklen Feldern blinken die roten Augen der Signalleuchten an den Windriesen.

Es ist Jahre her, seit sie zuletzt dort unten war. Schon bevor Billy verschwand, war dieser Teil des Gartens ein Ort, den sie lieber mied. Die halbtoten, dornigen Büsche rissen schmerzhafte Kratzer oder verfingen sich in den Haaren. Und manchmal fand man Skelettteile auf dem Boden. Reste von Tierkadavern, die vor langer Zeit dort unten begraben worden waren.

Das Geräusch, das sie geweckt hat, wiederholt sich nicht. Sie späht vorsichtig aus dem Fenster, aber alles, was sie draußen hört, sind die Grillen und das schwache Heulen einer einsamen Eule. Sie will gerade wieder ins Bett zurückkehren, als sie aus dem Augenwinkel eine Bewegung wahrnimmt. Schnell dreht sie den Kopf, aber alles, was sie sehen kann, ist eine leichte Veränderung zwischen den Schatten. Vermutlich ein Tier. Ein Reh, das hereingeschlichen ist, um Fallobst zu fressen. Oder jemand mit rotem Pelz, schwarzer Schnauze und spitzen Zähnen, der gerne nach alten Knochen gräbt.

Dann hört sie wieder ein Geräusch. Ein schwaches

Quietschen, das sie von vorhin wiedererkennt. Das gusseiserne Scharnier vom Tor zum Rosengarten. Sie verändert ihre Position, versucht, eine bessere Sicht zu bekommen. Von der Fensternische aus, in der sie steht, sieht man nur einen kleinen Teil der weißen Mauer. In Billys Zimmer oder besonders dem ihrer Mutter hätte sie eine viel bessere Aussicht über den Garten, und zur Sicherheit geht sie hinüber und rüttelt an den Türklinken, obwohl sie weiß, dass sie verschlossen sind. Einen Moment lang bleibt sie im oberen Flur stehen. Die Wanduhr zeigt Viertel nach zwei.

Ohne Licht zu machen, geht sie die Treppe hinunter und klopft leise an der Tür zum Arbeitszimmer. Unter dem Türspalt ist es dunkel.

»Papa, bist du wach?«

Keine Antwort. Sie versucht es noch einmal, etwas lauter und fester.

»Papa, ich glaube, da ist jemand draußen im Rosengarten.«

Immer noch keine Antwort. Sie klopft ein drittes Mal und versucht dann, die Tür zu öffnen, aber entdeckt verwundert, dass sie ebenfalls abgeschlossen ist. Von innen ist kein Laut zu hören. Ihr Vater hat wahrscheinlich eine Schlaftablette genommen und schläft so tief, dass er sie nicht hört. Aber warum hat er die Tür abgesperrt? Sie denkt an seinen verschreckten Gesichtsausdruck vom Nachmittag. An die Haustür, die ungewöhnlicherweise verschlossen war, und nun auch noch die Tür zum Arbeitszimmer.

Sie schleicht in die Küche und sucht nach einem Fenster, von dem aus sie die Mauer zum Rosengarten besser sehen kann. Es dauert ein paar Sekunden, bis sich die Augen wieder an die tiefe Dunkelheit draußen gewöhnt haben. Als es so weit ist, sieht sie, dass die Tür zum Rosengarten offen steht.

Ihr Herz schlägt laut. Da draußen ist jemand, jemand, der sich gerade in den Rosengarten geschlichen hat. Ein Eindringling, genau wie in ihrer Wohnung. Das Gefühl von gestern ist wieder da. Die Machtlosigkeit, die Furcht, sich nicht verteidigen zu können. Sie will wieder nach oben rennen, Mattias anrufen und sich in ihrem Zimmer einsperren. Sie möchte sich unter der Bettdecke verstecken, bis die Gefahr vorüber ist, genau wie als Kind. Aber was macht sie, wenn der Eindringling beschließt, ins Haus zu kommen?

Plötzlich fällt ihr etwas ein, das diese Frage beantwortet. Sie rennt in die Diele und öffnet den Verschlag unter der Treppe. Sie schiebt das lose Brett in der Wandtäfelung beiseite und streckt die Hand in den Hohlraum. Einen Moment lang tastet sie darin herum, ohne etwas zu finden, und fühlt sich angreifbar, wie sie so mit dem Rücken zur dunklen Diele dasteht.

Sie schiebt den Arm noch weiter in den Hohlraum hinein, so weit, dass es in den Sehnen zieht. Sie nimmt den leichten Geruch nach Waffenöl wahr und ist erleichtert, als ihre Finger auf Holz und kaltes Metall stoßen.

Sie zieht die Schrotflinte aus ihrem Versteck und klappt gekonnt den Lauf herunter. Die Waffe ist leer, aber auf einem Regalbrett im Verschlag findet sie zwei Patronen in gelbem Wachspapier. Die Patronen stammen aus der selbst gebastelten Munition ihres Großvaters, die eine klemmt etwas, und sie muss sie zurechtrücken. Die Büchse dagegen gehörte ihrer Mutter, was bedeutet, dass ihr Vater sie nie angerührt hat. Außerdem verabscheut er Waffen. Er will sie noch nicht einmal anfassen.

Sie schließt die Waffe wieder, legt den Kolben an die

Achsel und zielt probehalber Richtung Diele. Die Angst nimmt ab, macht etwas anderem Platz. Einem Gefühl der Sicherheit und Macht. Der Kontrolle. Onkel Harald hat ihr beigebracht, mit einem Gewehr umzugehen. Wie man atmet, wie man den Schuss behutsam auslöst – nicht gewaltsam abdrückt. Sie wünschte sich, sie hätte die Waffe gestern Abend gehabt. Dann hätte sie sich niemals vor Angst aus dem Haus jagen lassen. Nie im Leben!

Sie senkt das Gewehr, achtet darauf, dass es gesichert ist. Dann schleicht sie sich zurück zum Arbeitszimmer und klopft noch einmal. Die Tür ist noch immer zu und abgeschlossen.

So leise wie möglich geht sie wieder in die Küche, bleibt stehen und lauscht. Die Tür zum Rosengarten steht noch offen.

Ein anderes Gefühl breitet sich allmählich in ihr aus, sodass es in ihren Schläfen zu pulsieren beginnt. Wut. Jemand ist dort draußen im Rosengarten, jemand, der bei ihrem Vater eingebrochen ist. Vielleicht ist das schon einmal passiert, was erklären würde, warum er alle Türen abschließt. Warum er Tabletten nehmen muss, um zu schlafen. Er hat Angst.

Ihre Wut wird immer größer. Normalerweise würde sie jetzt an ihren Therapeuten denken und eines der Werkzeuge anwenden, die der etwas zu große Bengt ihr an die Hand gegeben hat, um sich zu beherrschen. Stattdessen beschließt sie, sich die Wut zunutze zu machen.

Sie holt tief Luft, öffnet die Terrassentür und schlüpft hinaus. Die Nachtluft ist feucht und geschwängert von spätsommerlichen Düften. Sie trägt nur ihre Schlafanzughose und ein Unterhemd und müsste eigentlich frösteln. Aber das Adrenalin erhitzt ihr Blut und schärft ihre Sinne.

Sie glaubt, einen schwachen Laut von jenseits der Mauer zum Rosengarten zu hören. Da ist jemand drin, dessen ist sie sich sicher. Aber diesmal ist sie die Jägerin, zum ersten Mal seit Langem hat sie die Kontrolle.

Sie drückt den Gewehrkolben fester gegen die Achsel, lässt den Daumen über den Abzug gleiten und blickt über den Lauf hinweg, so wie Onkel Harald es ihr beigebracht hat. Sie ist barfuß und bewegt sich beinahe lautlos die kleine Terrassentreppe hinunter, den Kiesweg entlang, bis zur Tür zum Rosengarten.

31

SOMMER 1983

Die Stadtpolizei hatte ihn hereingelegt, das war Månsson inzwischen klar. Als das Amtsgericht Tommy Rooth letzte Woche in Untersuchungshaft nahm, hätte er im Stadtgefängnis bleiben sollen, anstatt hierher zurückgebracht zu werden. Was Månsson als eine artige Geste ihm und seinen Leuten gegenüber interpretiert hatte, war in Wirklichkeit eine Schutzmaßnahme für Bure und Borg. Es ging nicht darum, wem die Ehre gebühren sollte, den Fall gelöst zu haben, sondern darum, den Rücken frei zu haben, wenn es ihnen entgegen jeder Vermutung nicht glücken sollte, die nötigen Beweise zu beschaffen, um den Verdacht gegen Rooth zu erhärten.

Und jetzt saß Månsson allein da, mit einem übersäuerten Magen und dem Schwarzen Peter, der nur wenige Meter von seinem Büro entfernt in einer Zelle saß. Er riss zwei Samarin-Tütchen gleichzeitig auf und schüttete den Inhalt in das Wasserglas, das auf seinem Schreibtisch stand.

In den vergangenen Nächten hatte er Albträume wegen des Pumpenhauses gehabt. Er war sich ganz sicher, dass Tommy Rooth Billy Nilsson dorthin gebracht und ihn auf diesem scheußlichen Bett gefangen gehalten hatte. Aber obwohl sie eine ganze Woche lang dort draußen gesucht hatten, vier verschiedene Polizeihunde zum Einsatz gekommen waren, sie einen großen Suchtrupp gebildet hatten und erst den umliegenden Wald und dann die Felder um das Pumpenhaus herum durchkämmt hatten, hatten sie keine Spur von dem Jungen gefunden. Der Nordwald und der Bergrücken, auf dem er lag, waren über fünfzehn Quadratkilometer groß. Es gab dort Schluchten, Steilhänge, Sandgebiete und Abschnitte, in denen der Tannenwald so dicht stand, dass die Sonne nicht bis zum Boden drang. Rooth kannte die Gegend wie seine eigene Westentasche. Er wusste, wo man einen Körper so verstecken konnte, dass er nie mehr gefunden wurde.

Nicht einmal die Blutflecke, weder die aus dem Pumpenhaus noch die in Rooths Amazon, ergaben ein eindeutiges Resultat. Eine unselige Mischung aus verschiedenen Sorten von Tierblut, wobei die Laborleute nicht hatten ausschließen, aber auch nicht bestätigen können, dass menschliche Spuren darunter waren. Laila, die gesehen hatte, wie Rooth an der Tankstelle versucht hatte, Billy aus dem Wagen zu sich zu locken, blieb zwar bei ihrer Aussage, aber sie hatte das nur aus der Ferne beobachtet, und der Staatsanwalt bezweifelte immer mehr, dass das Gericht ihr wirklich glauben würde, Tommy Rooth gesehen zu haben.

Genauso wenig wie die Stadtpolizei und sicher auch das Amtsgericht verstand Oberstaatsanwalt Hammarlund, dass die Menschen hier draußen es gewohnt waren, einander aus weiter Ferne zu sehen. Dass man die Leute an ihrer Körperhaltung erkannte, ihrem Gang, ihrer Kleidung und daran, welchen Wagen sie fuhren, und nicht nur an ihren Gesichtern. Leider lohnte es sich nicht, diese Sache zu erklären. Der Zwischenfall an der Tankstelle war ohnehin nur ein Indiz und kein felsenfester Beweis für Rooths Schuld.

Rooth selbst stritt ab, den Jungen angefasst zu haben, sagte sonst aber nichts, obwohl Berg und Bure ihn mehrere Stunden am Tag in die Mangel nahmen. Die beiden Kriminalbeamten waren im Verhörraum immer lauter und verschwitzter geworden, während Rooth still auf seinem Stuhl saß, neben sich einen Anwalt und auf den Lippen dieses arrogante Grinsen. Die Angst, die er beim ersten Verhör gezeigt hatte und auch später, bei Aronssons Auftauchen an der Zellentür, war nicht mehr zu sehen. Warum auch?

Bei ihrem letzten Treffen hatte der Verteidiger, der Rooth gerichtlich zugewiesen worden war, sie mit aller Deutlichkeit auf die offensichtlichen Mängel in den polizeilichen Ermittlungen aufmerksam gemacht: keine Leiche, keine technischen Beweise, keine Zeugen. Nichts, was den Verdacht erhärten und das Amtsgericht dazu veranlassen konnte, die Untersuchungshaft auszudehnen.

Das Fax, das die Sekretärin Britt gerade auf Månssons Schreibtisch gelegt hatte, zeigte, dass der Staatsanwalt offenbar diese Einschätzung teilte:

Oberstaatsanwalt J. Hammarlund hat heute um 17:12 Uhr angeordnet, dass Tommy Rooth, geboren am 21.10.1947, unverzüglich auf freien Fuß gesetzt wird.

Månsson stürzte die Samarin-Mischung hinunter und verschüttete dabei etwas auf sein Uniformhemd. Er wünschte sich, im Glas wäre etwas bedeutend Stärkeres.

Das hier war seine Sache, das hatten Bure und Borg klargestellt. Und jetzt wäre er gezwungen, einen Kindermörder freizulassen. Gegen Rooth bliebe sicherlich ein begründeter Verdacht bestehen, und die Ermittlungen liefen rein formell noch ein paar Wochen oder Monate weiter. Sie würden unvoreingenommen weiterarbeiten, das zumindest konnte er der Familie und der Presse sagen. Er wusste jetzt schon, dass er nicht sehr überzeugend klingen würde. Alle Beteiligten ahnten bereits, wie diese Sache ausginge. Tommy Rooth käme davon, und die Familie Nilsson würde niemals erfahren, was mit ihrem kleinen Jungen passiert war.

Månsson schloss die Augen, schluckte und spürte, wie das Samarin mit dem Sodbrennen in Brusthöhe zusammentraf. *Verdammt noch mal!*

Er stand mühsam vom Schreibtischstuhl auf und öffnete die Tür. Von dort warf er einen kurzen Blick zur Empfangstheke. Es war bereits Feierabendzeit, aber anstatt nach Hause zu gehen, standen die beiden Sekretärinnen da und flüsterten mit zwei uniformierten Polizisten. Ihrer Körpersprache und Mimik nach hatte Britt ihnen den Inhalt des Faxes schon mitgeteilt. Månsson drehte sich um und ging Richtung Zellen. Er spürte ihre Blicke im Nacken.

32

Eine Schrotflinte ist keine komplizierte Waffe. Zwei schlichte Läufe, genauso viele Patronen. Man muss kaum anvisieren, nur halten und schießen. Wenn das Ziel nicht mehr als zehn Meter entfernt ist, ist die Wahrscheinlichkeit zu treffen größer als die danebenzuschießen. Und im Unterschied zu einer Kugelwaffe spielt es keine Rolle, wo am Körper man trifft. Der Blutdruckfall, den die Schrotladung verursacht, lässt das Herz sofort stillstehen, sodass die Beute eher am Schock als an der Verletzung stirbt. Veronica hat die Worte von Onkel Harald im Hinterkopf, als sie vorsichtig durch die leicht geöffnete Gartenpforte späht. Das Geräusch, das sie vorhin gehört hat, ist jetzt noch deutlicher, aber der Spalt ist zu klein, um feststellen zu können, woher es kommt.

Sie atmet tief durch, dann schlängelt sie sich durch die Öffnung, wobei sie darauf achtet, die Tür nicht zu berühren, damit die Scharniere nicht quietschen. Als sie drin ist, presst sie den Rücken gegen die Mauer und lässt das Gewehr über den Rosengarten wandern. Alles ist still. Die einzige Bewegung, die sie bemerkt, kommt von dem Windspiel, das an einem Dachbalken im Pavillon hängt und ein paar zarte, metallische Töne von sich gibt. Abgesehen von einigen dunklen Schatten unter den großen Büschen ist der Pavillon bei der Magdalenarose der einzige Platz, wo die Sicht teilweise immer noch eingeschränkt ist. Sie weiß, dass dort eine Bank steht. Ein gutes Versteck, vielleicht sogar das einzige im ganzen Rosengarten.

Langsam bewegt sie sich vorwärts. Die Öland-Steine unter ihren Füßen sind kühl und rau. Die Platten sind rötlich, fast rosa, aber im Mondschein sehen sie weiß aus.

Die Töne des Windspiels verändern sich, werden schwächer, unregelmäßiger, und gerade als sie um die Ecke des Pavillons biegt, ziehen ein paar Wolken auf. Der Garten wird beinahe komplett schwarz. Sie bleibt stehen, wartet darauf, dass sich ihre Augen an die Dunkelheit gewöhnen. Aber bevor sie im Dunkeln etwas erkennen kann, sind die Wolken weg, und der Platz badet wieder im weißen Licht. Die Bank befindet sich nur ein paar Meter von ihrem Gewehrlauf entfernt. Der Pavillon ist leer. Hier ist niemand.

Sie lässt das Gewehr ein Stück sinken, fragt sich, ob alles nur Einbildung war, eine Folge dessen, was sie zu Hause erlebt hat, und ob das Geräusch, das sie gehört hat, nicht einfach vom Windspiel kam.

Sie ist schon fast davon überzeugt, als ihr bewusst wird, dass etwas nicht stimmt. Das Windspiel hat beinahe aufgehört zu klingen, die kleinen Metallstangen bewegen sich nur noch ein bisschen. Sie geben einzelne zarte Töne von sich. Sonst ist es im Rosengarten völlig still, genauso wie draußen in den Bäumen. Nicht das kleinste Anzeichen von Wind.

Dann bewegt sich jemand hinter ihr, und sie dreht sich um. Sie sieht gerade noch, wie die Pforte zuschlägt. Hört schnelle Schritte draußen auf dem Kies.

Verdammt!

Sie rennt den Gang entlang, lehnt die Schulter an die Holzpforte und drückt sie ein paar Zentimeter auf, bevor sie zuschlägt. Durch den Türschlitz sieht sie, dass die Klinke eingerastet ist. Sie ist eingesperrt. Laut fluchend sieht sie sich nach einem Ausweg um. Da entdeckt sie eine hölzerne Leiter in der Ecke neben den Beeten.

Die Leiter reicht nicht ganz hinauf, aber hoch genug, dass sie ein Bein über die Mauer schwingen und sich rittlings daraufsetzen kann. Der Garten ist leer, aber sie sieht, dass sich einige der untersten Zweige drüben bei den Obstbäumen bewegen.

Ohne nachzudenken, schwingt sie die Beine über die Mauer und springt beidfüßig auf den Kiesweg hinunter, das Gewehr in der einen Hand. Sie landet schwer, kleine Steine schneiden ihr in die Fußsohlen und lassen sie aufstöhnen. Sie verliert das Gleichgewicht, muss sich mit der freien Hand abstützen und schürft sich dabei die Hand auf. Trotzdem steht sie schnell wieder auf. Sie rennt durch das hohe Gras, und nach wenigen Metern sind ihre Füße feucht. Sie hofft, nur vom Tau, ist sich aber nicht sicher.

Dann hört sie Zweige an Stoff reiben und rennt, so schnell sie kann, hinterher, das Gewehr im Anschlag. Sie kommt an der Sonnenuhr vorbei, an einigen alten, knorrigen Obstbäumen und läuft weiter durch das Gebüsch. Zum zweiten Mal heute Nacht wird ihr physisches Gedächtnis aktiviert. Sie weiß, wie man sich im Unterholz bewegt, sie hat es oft mit Onkel Harald gemacht. Man muss die Oberfläche gering halten. Eine Seite nach vorn gewandt, Arme und Waffe dicht an den Körper gepresst. Spitze Zweige ritzen rote Striemen in ihre nackten Schultern und Arme, aber sie spürt den Schmerz kaum.

Ein großer Dornbusch steht ihr im Weg, die Dornen zu spitz, als dass sie zwischen seinen Zweigen hindurchlaufen könnte. Der Eindringling ist offenbar nicht zu dem gleichen Schluss gekommen, denn ein paar Triebe schaukeln noch hin und her. Sie rennt um den Busch herum, macht einige Sekunden gut.

Der Mond verschwindet wieder hinter einer Wolke, sodass sie den Zweig nicht sieht, der gegen ihre Stirn schlägt und sich in ihren Haaren verfängt. Sie bleibt stehen und macht sich mit der linken Hand frei. Es ist fast kohlschwarz im Dickicht, und blindlings weiterzulaufen ist keine gute Idee. Stattdessen geht sie in die Hocke, richtet die Schrotflinte nach vorn und lauscht.

Alles, was sie hört, ist ihr eigener Atem und das Blut, das gegen ihr Trommelfell rauscht. Wer auch sich immer dort vorn in der Dunkelheit befindet, ist genau wie sie stehen geblieben. Dieser große Busch muss wehgetan haben, wahrscheinlich hat er brennende Kratzer hinterlassen oder zumindest eine gewisse Vorsicht hervorgerufen.

Eine Lücke tut sich zwischen den Wolken auf, und genau vor ihr knackt es im Dickicht. Sie nimmt eine Bewegung wahr, dann wird es wieder dunkel. Reflexartig hat sie den Kolben gegen die Wange gedrückt, entsichert und den Zeigefinger um den Abzug gelegt. Sie lauscht und wartet auf das nächste Loch in der Wolkendecke.

Sie bemerkt ein Schlurfen, als würde etwas über den Boden geschleift. Dann rascheln wieder Blätter an Kleidung, aber es klingt jetzt anders als vorhin. Weicher, nicht so kratzig.

Die Wolken verziehen sich und geben das Mondlicht frei. So schnell sie kann, bewegt sie sich vorwärts, lässt die Waffe entsichert. Der Kolben liegt an der Wange, der Lauf ist nach vorn gerichtet. Sie geht an einem weiteren dichten Gestrüpp vorbei, schlüpft durch einen schmalen Spalt und wäre fast in den rostigen alten Drahtzaun am Ende des Gartens gerannt.

Veronica bleibt stehen. Unter dem Zaun ist eine tiefe Furche, und nur wenige Meter dahinter steht der Mais wie eine dunkle Wand. Aus der Ferne hört sie immer noch das Rascheln von jemandem, der durch das Feld rennt. Der Vorsprung wird mit jedem Schritt größer, ist schon zu groß. Sie lässt die Waffe sinken, sichert sie. Die Jagd ist vorbei.

Der Adrenalinrausch ebbt ab, sie beginnt zu frieren, spürt die Schmerzen in den Füßen und die brennenden Kratzer an Schultern und Armen. Sie sieht sich auf der Lichtung um, auf der sie sich gerade befindet. Erschaudert.

Der Ort, an dem Billys Schuh gefunden wurde, kann nur einen Steinwurf von hier entfernt sein, dort vorn im Mais. Genau auf dem Fluchtweg des Eindringlings.

Sie zittert wieder, oder vielleicht überläuft sie ein Schauer, da bemerkt sie, dass sie beobachtet wird. Ein Lebewesen, zehn, fünfzehn Meter entfernt, beim Zaun. Sie dreht sich um, hebt die Waffe an und entsichert sie in einer einzigen Bewegung.

Ein Tier. Ein hundeähnliches, kleines Tier mit spitzen Ohren, den Kopf zur Seite gelegt. Es sitzt ganz still da und sieht sie an. Ein Fuchs.

33

SOMMER 1983

Månsson öffnete die Tür zum Zellentrakt, woraufhin der Uniformierte, der in dem kleinen Glaskabuff saß, aufstand.

»Er soll freigelassen werden«, sagte Månsson und machte eine Geste in Richtung Rooths Zelle. Der Polizist wirkte nicht überrascht, also hatte die Klatschtante Berit ihm wohl auch schon alles erzählt.

»In Ordnung, ich erledige das.«

Månsson machte eine abwehrende Handbewegung. »Nein, ich kümmere mich selbst darum. Kannst Feierabend machen.«

Månsson wartete, bis die Tür hinter dem Polizisten zugeschlagen war, bevor er den Kopf in das Glaskabuff steckte. Er beugte sich vor und nahm den Gummiknüppel, der unter dem Schreibtisch in einem Rohr steckte. Er zog die Schlaufe über den Daumen, wickelte die Schnur einmal ums Handgelenk und ließ den Knüppel kreisen, bis er fest in seiner Hand lag.

Rooth lag auf seiner Pritsche und las einen abgenutzten Krimi, der aus dem mageren Bestand der Haftbücherei stammen musste. Als Månsson in die Zelle kam, sah er auf und schlug das Buch zu.

»Der Polizeichef höchstpersönlich.« Rooth hatte zu seinem üblichen arroganten Ton zurückgefunden. »Wenn Sie reden wollen, müssen Sie meinen Anwalt anrufen. Ich sage nichts ohne …«

Månsson schlug mit dem Knüppel auf die Pritsche, fünf Zentimeter von Rooths Fuß entfernt, sodass der

Mann zusammenzuckte und das Buch fallen ließ. Das Geräusch hallte zwischen den Steinwänden wie ein Pistolenschuss.

Rooth sah kurz erschrocken aus, aber er erholte sich schnell. Dann richtete er sich auf, die Augen zu Schlitzen und der Mund zu einem harten Strich gepresst.

Månsson begegnete seinem Blick. Er stellte sich Rooth im Pumpenhaus vor. Er sah Billy Nilsson auf dem schrecklichen Bett. Wieder hob er den Knüppel, aber aus irgendeinem Grund zögerte er.

Rooth wand sich. »Mein Vater hat mich immer geschlagen … Na ja, schlagen ist vielleicht nicht das richtige Wort. Er prügelte mich grün und blau. Meine erste Erinnerung an ihn ist, dass er über mich gebeugt dasteht und mich mit einem Gürtel schlägt. Ich hätte nicht gedacht, dass Sie auch so ein Typ sind, Månsson.«

Månsson umfasste den Knüppel und versuchte den Mut zu finden weiterzumachen.

»Er hat das so lange getan, bis ich gelernt habe zurückzuschlagen«, sagte Rooth. »Sobald ich siebzehn war, habe ich den Alten ordentlich vermöbelt und bin abgehauen, zur See. Da gab es auch ganz schön viele Schlägereien. Wenn man einmal gelernt hat, dass die Dinge so laufen, ist es leicht, damit weiterzumachen. Aber Sailor hat sich um mich gekümmert, er hat dafür gesorgt, dass es nicht zu schlimm wurde.«

Er verstummte, deutete auf den Gummiknüppel.

»Was ich damit sagen will, ist, dass ich Prügel gewohnt bin. Richtige Prügel. Nur, damit Sie es wissen, Månsson. Wenn Sie etwas aus mir rausprügeln wollen, müssen Sie also bereit sein, verdammt hart zuzuschlagen.«

Månsson schluckte. Er versuchte, das Bild von Billy Nilsson aufrechtzuerhalten, sich an seine Wut und Frustration zu klammern. An den Hass, den er Tommy Rooth gegenüber empfand. Aber Zweifel begannen an ihm zu nagen. War er wirklich so ein Mensch? Noch immer stand er mit erhobenem Knüppel da und starrte Rooth an. Dann ließ er langsam den Arm sinken und machte einen Schritt zurück. Plötzlich war ihm übel.

»Der Staatsanwalt hat beschlossen, Sie freizulassen, zumindest vorläufig«, murmelte er. »Sie stehen aber immer noch unter Verdacht. Sie dürfen die Kommune nicht verlassen, verstanden?«

Rooth stand auf, nickte langsam. »Sie hätten jemand anderen schicken können, um mir das mitzuteilen«, sagte er. »Sie hätten sich diese Erniedrigung sparen können. Warum haben Sie das nicht gemacht?«

Månsson atmete tief durch. »Die Familie Nilsson ist völlig durcheinander«, sagte er leise. »Das Einzige, was sie wollen, ist zu erfahren, wo ihr kleiner Junge ist. Ihn nach Hause zu holen.«

Vor seinem inneren Auge sah Månsson Johan und Jakob, als sie in Billys Alter waren. Er senkte die Stimme noch etwas und brauchte sich nicht anzustrengen, um seine Worte echt klingen zu lassen.

»Sie sind selbst Vater, Rooth. Sie müssten verstehen, was Ebbe und Magdalena Nilsson durchmachen. Stellen Sie sich vor, Ihr kleiner Sohn wäre verschwunden. Ebbe wandert herum wie ein Gespenst, und Magdalena hat sich im Schlafzimmer eingesperrt. Sie hat das Bett nicht verlassen, seit Billy …«

In Rooths kantigem Gesicht tat sich etwas. Eine kurze Veränderung des Blicks. Rooth schien es selbst zu merken, denn er sah weg und fuhr sich mit der Zunge über die Lippen. Månsson dachte auf einmal an Vera Nilsson. An den unruhigen Ausdruck in ihren Augen.

»Geben Sie ihnen ihren Seelenfrieden, Rooth«, fuhr er fort. »Sie sind der Einzige, der das kann.«

Rooth leckte sich wieder die Lippen. Er öffnete den Mund, als wollte er etwas sagen. Zögerte.

Månsson dachte an die Nilsson-Kinder, wie sie oben am Fenster standen. Wie Vera und Mattias zu ihm heruntergeschaut hatten, darauf warteten, dass er ihren kleinen Bruder fand. Ihrem Albtraum ein Ende bereitete. Er hielt die Luft an.

Rooths Gesicht verzog sich noch einmal minimal, er wirkte beinahe gequält. Dann wurden seine Züge langsam wieder normal. Er schüttelte den Kopf.

»Ich habe nicht mehr zu sagen.«

Er klang überhaupt nicht triumphierend, nur resigniert. Trotzdem reizte es Månsson. Die Wut kehrte plötzlich zurück, stärker als vorhin. Es pochte hinter seinen Schläfen.

Er dachte wieder an Vera Nilsson. An ihren großen Bruder, ihren Vater, ihre Mutter. An Harald Aronsson, Malin und die Jungs. An alle anderen im Dorf, die darauf vertrauten, dass er die Wahrheit ans Licht brachte. Dass er dafür sorgte, dass Billy nach Hause kam. Das Pochen ging in ein Dröhnen über.

Ich tue, was ich kann, dachte Månsson. Ich versuche, ein guter Ehemann zu sein, ein guter Vater. Ein guter Polizist. Aber manchmal ... Er hob den Knüppel, umfasste den Griff so fest, dass seine Finger weiß wurden. Manchmal genügt man einfach nicht.

34

Normalerweise schläft Veronica tief, wacht spät auf, und es dauert lange, bevor Körper und Geist wieder funktionieren. Heute nicht.

Draußen hängt der Nebel dicht über der Wiese, macht das Maisfeld und die Windriesen unsichtbar. Das Haus ist ganz still. Weder aus dem Arbeitszimmer noch aus der Küche sind Geräusche zu hören. Sie hat wieder geträumt, das weiß sie. Wie sie nach Billy sucht, immer wieder seinen Namen ruft, aber die einzige Antwort, die sie bekommt, ist das Rauschen des Windes im Maisfeld. Oder vielleicht ist es das Geräusch von jemandem, der rennt.

Sie schleicht ins Bad. Die alten Rohre tröten dumpf, als sie am Wasserhahn dreht. Es prustet und stöhnt eine Weile, bevor schließlich ein dünner Strahl Warmwasser hervorkommt. Sie setzt sich in die alte Badewanne. Das Email ist gelblich und rau, die blanke Oberfläche weggescheuert von Millionen Wassertropfen, die seit den Tagen ihrer Großeltern in die Wanne gelaufen sind. An der Wand hängt immer noch die kleine Sanduhr mit den Worten: *Zähneputzen ist nicht schwer, zwei Minuten hin und her.*

Langsam wäscht sie sich die Spuren der nächtlichen Jagd ab. Durch das Wasser brennen die Wunden an Armen und Füßen. Obwohl sie lange duscht, lässt sich eines nicht wegspülen. Ein Gefühl, das die Jagd mit sich gebracht hat und während der Nacht noch gewachsen zu sein scheint. Das die Intensität der Träume wieder verstärkt hat. Es gibt keinerlei Beweis dafür, dass das nächtliche Ereignis irgendetwas mit dem Einbruch in ihre Wohnung zu tun hat. Trotzdem wird sie das Gefühl nicht los, dass die Ereignisse zusammenhängen. Dass etwas um sie herum passiert, was sie nicht richtig versteht. Ein seltsames Versteckspiel, bei dem sie nicht richtig weiß, nach wem oder wonach sie sucht. Nicht einmal, wo sie mit der Suche anfangen soll.

Ihre Finger betasten die Narbe am Unterarm. Die Haut dort ist heller und ein wenig härter als drum herum. Es ist interessant, wie ein Körper einen Defekt heilt. Dass er das Umfeld stärker macht, als es vorher war. Der Körper lernt aus seinen eignen Fehlern, im Gegensatz zum Gehirn.

Sie trocknet sich ab, zieht Unterwäsche an, Jeans und ein langärmeliges T-Shirt. Sie macht sich einen Pferdeschwanz und schleicht dann die Treppe hinunter. Es ist erst kurz nach sieben.

Das Wagen startet beim zweiten Versuch. Über den Stoppelfeldern vor dem Haus hängt noch der Nebel, wirbelt über den Kiesweg und um die Scheinwerfer herum. Kurz bevor sie die Hauptstraße erreicht, entdeckt sie ein Schild, das am Wegesrand steht und das sie gestern nicht bemerkt hat. Ein Firmenlogo, das einen Windradpropeller darstellt. Sie erkennt es von den Papieren auf dem Schreibtisch ihres Vaters wieder.

Auf dem Weg in die Stadt schaut sie sich die Windräder, an denen sie vorbeifährt, genauer an. Sie bemerkt dasselbe Logo darauf. Die Rotorblätter bewegen sich unerhört langsam, als wären die Windriesen gerade dabei aufzuwachen.

Sie parkt den Wagen auf dem Platz vor der Kirche. Die dicke, weiß verputzte Friedhofsmauer erinnert an diejenige um den Rosengarten, ist aber nur ein Drittel so hoch.

Es ist beinahe windstill. Nur die Spitzen der hohen Bäume, die die Toten vor dem Wind schützen, bewegen sich ein wenig. Der Nebel hängt wie eine Glocke über dem Friedhofsweg und verstärkt den Buchsbaumgeruch. Er erinnert sie an die Beerdigung. Sie umrundet die weiße Kirche. In ein paar Stunden ist Gottesdienst. Sie denkt an den grinsenden Bockskopf oben an der Decke und fragt sich, ob es ihn noch gibt. Aber warum auch nicht?

Das Grab ihrer Großeltern väterlicherseits ist ein grauer, unansehnlicher Stein in der Mitte einer Gräberreihe. Nichts Besonderes, typisch für die Familie Nilsson. Das Grab ihrer Großeltern mütterlicherseits ist der genaue Gegensatz. Es befindet sich in einer eigenen Ecke des Friedhofs, misst sicher fünfzehn, zwanzig Quadratmeter, eingefasst von schnurgeraden Bordsteinen. Am Kopfende steht ein großes Grabkreuz aus schwarzem Metall. »Aronssons Familiengrab« steht darauf in so glänzenden goldenen Buchstaben, dass Onkel Harald sie kürzlich erneuert haben muss. Darunter, im sauber geharkten Kies, befinden sich drei dunkle Grabsteine: der Stein der Eltern ihres Großvaters, seiner unverheirateten Schwester und der von ihm selbst und der Großmutter. Landwirt Assar Aronsson. Ehefrau Alva.

Der Grabstein ihrer Mutter steht etwas abseits, genau neben dem Familiengrab, direkt an der Friedhofsmauer. Er ist aus einem leicht rosa schimmernden Stein, dessen Namen Veronica vergessen hat.

Magdalena Nilsson geb. Aronsson
21. August 1948 – 18. Dezember 1983

Zu beiden Seiten des Steins ist ein Rosenbusch mit perfekt getrimmten Rosen gepflanzt. Ein weißer und ein rosafarbener, genau wie diejenigen im Rosengarten. Ihr Vater musste mehrmals die Woche hier sein.

Unter dem Namen ihrer Mutter ist schon seiner eingemeißelt.

Ebbe Nilsson
3. April 1945 –

Nur das Todesdatum fehlt noch. Aber es ist der leere Platz unter den Namen der Eltern, der ihren Blick anzieht. Der Platz, an dem Billys Namen stehen müsste. Vor ungefähr zehn Jahren deutete jemand an, sie sollten Billy für tot erklären lassen, aber ihr Vater wurde nur wütend, was nicht oft passiert. Die Mutter sollte unter keinen Umständen neben einem leeren Sarg liegen. Seitdem hatte niemand mehr gewagt, die Sache anzusprechen, nicht einmal Onkel Harald.

Trauer verlangt absolute Hingabe, bevor der herzzerreißende Schmerz in etwas übergeht, das leichter zu handhaben ist. Die menschliche Psyche versucht immer, einen hellen Punkt zu entdecken, auch in der tiefsten Dunkelheit. Sie sucht nach einem Funken Hoffnung, an dem man sich festhalten kann. Es war wohl die Hoffnung, die die Mutter zerstört hat. Solange Billys Körper nicht gefunden wurde, blieben die Hoffnung und die Fragen. *Wo ist Billy jetzt gerade? Was macht er? Wer bringt meinen kleinen Jungen abends ins Bett, wer tröstet ihn, wenn er weint?*

Die Ärzte behaupteten, dass die Mutter auf dem Weg aus der Depression heraus war. Veronica selbst vermutet, ihre Mutter habe resigniert. Habe eingesehen, dass sie niemals eine Antwort bekommen würde, dass die Steine, das Eis und der See das Einzige waren, wodurch die Hoffnung Ruhe geben würde.

Sie geht neben dem Grabstein in die Hocke. Räuspert sich, versucht, irgendetwas zu sagen.

»Hallo, Mama. Ich bin's.« Die Worte klingen holprig, als stammten sie von jemand anderem, und ihr wird klar, wie dumm das alles ist. Sie haben nie vertraulich miteinander geredet, als die Mutter noch lebte, und es jetzt zu versuchen, auf diese Weise, wirkt wie ein Filmklischee.

Peinlich berührt steht sie auf, bürstet eingebildete Sandkörnchen von den Hosenbeinen. Plötzlich bekommt sie wahnsinnig Lust auf eine Zigarette und ärgert sich, dass sie nicht ein paar von Mattias geschnorrt hat, als sie gestern Abend die Gelegenheit dazu hatte.

Dann entdeckt sie etwas, das sie vorher nicht bemerkt hat. Einen kleinen Gegenstand auf dem Grabstein. Einen kleinen schwarzen Stein, ganz glatt und kalt in ihrer Hand, als wäre er von Millionen Wellen blank gescheuert worden. Sie lässt ihn über ihre Handfläche rollen. Ihr Vater hat den Stein hier nicht hingelegt, dessen ist sie sich sicher. Also muss der Stein erst vor Kurzem hier platziert worden sein, sonst hätte er ihn aller Wahrscheinlichkeit nach weggenommen, weil er die perfekte Harmonie störte.

Das Gefühl von heute früh ist wieder da, jetzt noch stärker. Irgendetwas geht hier vor. Und außerdem nimmt eine andere Einsicht langsam Gestalt an, zieht Kraft aus dem kleinen Stein in ihrer Hand: dass sie herausfinden muss, was es ist.

Schnellen Schrittes geht sie auf ihren Wagen zu. Einen kurzen, unangenehmen Moment lang, gerade als sie durch das Tor hinausgehen will, hat sie das Gefühl, dass jemand an der Kirche steht, sie spürt beinahe den Blick im Nacken. Aber als sie sich umdreht, ist der Friedhof leer, und das Einzige, was sich bewegt, sind ein paar Elstern, die krächzend zu einem der hohen Bäume auffliegen.

Sie trifft Punkt acht vor dem Tante-Emma-Laden ein. Kunststoffboden, Neonröhren, Wände und Decke, die schon lange eine Auffrischung nötig gehabt hätten. Der Duft nach frischem Gebäck von der Brotabteilung lässt ihren Magen laut knurren. Aber der Wunsch nach einer Zigarette übertrumpft den Hunger, und ihre Neugierde ist noch größer. Mit etwas Glück kann sie vielleicht alle Bedürfnisse auf einmal befriedigen.

»Na so was, Vera, bist du das?«

Tante Berit kommt hinter der Kasse hervor, um sie zu umarmen. Sie war eine alte Klassenkameradin ihrer Mutter. Ihre beste Freundin, würde Berit selbst sagen, aber Veronica ist sich ziemlich sicher, dass ihre Mutter diese Ansicht nicht teilte.

Berit sieht fast aus wie immer. Etwas grauhaariger, etwas kräftiger, ein paar Raucherfalten mehr um den Mund herum. Bequeme Schuhe und praktische Kleidung, eine große rote Strickjacke mit dem Logo des Ladens auf der Brust. Sie ist fünfundfünfzig, genau wie ihre Mutter jetzt wäre, sieht aber ein paar Jahre jünger aus, womit sie wahrscheinlich die Einzige im Dorf ist. Tante Berit war immer der Typ, der mehr sprach, als er Luft bekam, deshalb musste sie jeden Satz mit einer deutlich hörbaren Einatmung beenden.

»Mein Gott, wir haben uns mindestens vier, fünf Jahre nicht gesehen. Oder ist es noch länger he-eer?«

Berit ist mit Onkel Sören verheiratet, einem groß gewachsenen Mann mit Vollbart, Unterbiss und sanften Augen – er sieht ein bisschen aus wie ein Schauspieler, der immer die netten Papa-Rollen im Fernsehen spielt. Sören steckte ihr und Mattias manchmal ein Eis zu, wenn sie beim Einkaufen mit dabei waren, wahrscheinlich um eine Gelegenheit zu haben, mit ihrer Mutter zu reden. Seine Familie betreibt den kleinen Supermarkt im Dorf seit drei Generationen, weshalb er, Berit und ihre zwei Kinder mit Nachnamen immer nur Händler genannt werden, obwohl sie eigentlich Möller heißen. So läuft das hier draußen.

Man ist nicht nur man selbst, sondern auch seine Eltern und Großeltern. Sören und Berit Händler. Erik Schreiner. Sven Postbote, Inger Schneiderin. Sie selbst wird immer Vera sein, Ebbes und Magdalenas Tochter, egal, was auf ihrem Führerschein steht oder im Standesamtsregister.

Innerhalb weniger Minuten gelingt es Tante Berit, die wesentlichen Neuigkeiten zu erzählen. Wie es ihr selbst geht (gut, trotz diverser Krämpfe, Kurzatmigkeit). Wie es ihren Kindern geht, von denen Veronica nicht mehr weiß, wie sie heißen, nur dass die Namen mit L anfangen (auch gut). Der Junge, Ludde (so hieß er), ist in Trelleborg, seine Schwester Lena wohnt noch im Ort. Beide sind natürlich verheiratet und haben mehrere Kinder.

Sie schaffen es auch, das unvermeidliche Thema anzusprechen, dass Veronica noch keine Kinder hat (wie schade) und noch nicht einmal einen Mann (du hast wahrscheinlich einfach noch nicht den Richtigen gefunden). Statt Tante Berit zu unterbrechen und selbst Fragen zu stellen, lächelt Veronica ein bisschen traurig und murmelt irgendetwas Zustimmendes, so wie man es von ihr erwartet. Denn so benimmt sich Vera Nilsson, Ebbes und Magdalenas Mädchen.

»Hast du deinen Onkel getroffen?«, fragt Tante Berit.

Sie schüttelt den Kopf. »Noch nicht.«

»Nein, er hat wahrscheinlich keine Zeit, so beschäftigt wie er mit seinen neuen Windmühlen ist.«

Veronica erwidert nichts, wartet nur auf die Fortsetzung, die garantiert noch kommt.

»Neunzig Meter hoch, hast du das gehört? Wir haben nichts gesagt, als er die anderen gebaut hat, aber diese neuen, die er da plant, sind fast doppelt so hoch. Große Ungetüme, die man überall sehen und hören wird. Die das ganze Dorf verschandeln werden.«

Tante Berit schüttelt den Kopf und sieht sich dann schnell um, als wolle sie sichergehen, dass niemand zuhört.

»Und ich bin wahrlich nicht die Einzige, die so denkt. Es heißt, dass die Baugenehmigung angefochten werden soll. Hat dein Vater davon nichts erzählt?«

Veronica schüttelt wieder den Kopf.

»Na ja, das ist vielleicht auch nicht das Wichtigste, worüber Ebbe mit dir reden möchte. Du bist schließlich nicht so oft zu Hause, meine ich.«

»Nein.« Veronica schluckt auch diesen kleinen, schlecht versteckten Vorwurf, während sie überlegt, wie sie sich ihrem eigentlichen Anliegen nähern könnte.

Tante Berit sieht aus, als würde sie auf einen Anlass warten, weiter über Onkel Haralds Windkraftwerke zu sprechen, aber da sie keinen bekommt, lässt sie das Thema fallen. Ihre Stimme wird weicher.

»Du wirst deiner Mutter immer ähnlicher, Vera. Genauso schön.«

Veronica weiß, dass es ein Kompliment ist, trotzdem mag sie es nicht.

Tante Berit seufzt und legt den Kopf schief. »Magda war auch eine rastlose Seele. Das hast du von ihr geerbt.«

Zu Veronicas Überraschung streicht ihr die andere Frau leicht über das Haar. Sie erkennt die Gelegenheit und beschließt, sie zu ergreifen.

»Ist Mama deshalb nach Kopenhagen gegangen?«, fragt sie. »Weil sie rastlos war?«

Die Frage scheint Tante Berit zu überraschen. Sie kneift die Lippen zusammen, zupft an ihrer Jacke, kann aber nicht der Versuchung widerstehen, weiterhin beste Freundin zu spielen.

»Dein Großvater …« Tante Berit zögert, fängt neu an.

»Assar und deine Mutter waren sehr unterschiedlich. Magda gefiel es auf dem Hof nicht. Sie war nicht …« Erneutes Zögern. Wahrscheinlich weiß Tante Berit nicht viel mehr. Dass sie ihre Mutter Magda nennt, reicht schon, um Veronica das klarzumachen. Ihre Mutter hasste diesen Spitznamen. Sie beschließt, das Gespräch in die richtige Richtung zu lenken.

»Aber dann kam Mama nach Hause«, sagt sie. »Und heiratete Papa.«

Tante Berit nickt, der beunruhigte Gesichtsausdruck verschwindet. »Ebbe war schon seit der Schulzeit in Magda verliebt. Die meisten Jungen waren in sie verschossen. Außer meinem Sören, natürlich«, fügt sie hinzu, etwas zu schnell, um wirklich glaubwürdig zu klingen. »Im Unterschied zu den anderen Jungen versuchte Ebbe aber nie, mit ihr auszugehen. Er war zu schüchtern, blieb meist im Hintergrund. Aber man brauchte nur zu sehen, wie Ebbe Magda anschaute, um zu wissen, wie es um ihn stand. Er vergötterte dein Mutter, hätte alles für sie getan.«

Veronica murmelt zustimmend. Dass ihr Vater den Boden anbetete, auf dem ihre Mutter ging, ist nicht gerade eine Neuigkeit. Aber sie muss geduldig sein, behutsam das Gespräch auf den Sommer 1983 bringen.

»Alle waren überrascht, als Magda plötzlich wieder zu Hause war«, fährt Tante Berit fort. »Alles ging so schnell. Die Verlobung, die Hochzeit, Mattias' Geburt …«

Berit lächelt schief, und Veronica spürt, wie sie innerlich zu kochen beginnt. Auch dieses Gerücht hat sie schon gehört. Dass ihr Papa nicht Mattias' Vater ist. Dass ihre Mutter in Kopenhagen von einem anderen schwanger geworden war und ihr Opa und Onkel Harald sie nach Hause geholt und dafür gesorgt hatten, dass sie heiratete, um der Schande zu entgehen. Sie kann sogar verstehen, wie es zu diesem Gerücht kam. Mattias ist einen Kopf größer als ihr Vater, hat breite Schultern, grobe Hände und die gleichen markanten Gesichtszüge wie Onkel Harald. Man muss sich wirklich anstrengen, um etwas von ihrem Vater bei ihm zu finden. Trotzdem weiß sie, dass es da ist.

Sie steckt die Hand in die Gesäßtasche ihrer Jeans, spürt einen Zettel und erinnert sich daran, dass es das Phantombild ist. Ein paar Sekunden lang ist es still.

Sie tappt im Dunkeln, so viel ist klar. Sie weiß immer noch nicht, was oder wen sie sucht. Aber es gibt auf jeden Fall eine Schlüsselfigur in dieser ganzen Geschichte. Eine Person, die auf irgendeine Weise die Wahrheit über Billy kennen muss. Also beschließt sie, direkt zur Sache zu kommen.

»Tommy Rooth«, sagt sie. Der Name ruft genau die erschrockene Reaktion bei Tante Berit hervor, die Veronica erwartet hat, weshalb sie ein klein wenig Schadenfreude empfindet. »Du hast ihn bestimmt gekannt, oder?«

Berit zieht die Jacke enger um sich, sieht sich um, als habe sie Angst, dass jemand zuhört. Der Laden ist immer noch leer, und einen Moment später gewinnt der Klatschinstinkt wieder die Oberhand.

»Na ja, gekannt. Wir sind zusammen in die Schule gegangen, er, ich und Magda. Sören, Ebbe und dein Onkel im Übrigen auch. Tommy sah gut aus, aber niemand mochte ihn. Man wusste irgendwie nie, woran man bei ihm war. Ein unangenehmer Typ, der trank und ständig Ärger machte.«

Sie verzieht den Mund, sodass die Raucherfalten tiefer werden.

»Er hat meinem Sören mal eine Flasche auf den Kopf geschlagen, unten im Volkspark. Wir waren so sechzehn, siebzehn. Das hätte schlimm ausgehen können. Tommy versuchte, sich an mich heranzumachen, und Sören ging dazwischen. Er musste mit acht Stichen genäht werden, aber wir haben nicht die Polizei verständigt.«

»Nicht?«

Tante Berit schüttelt den Kopf. »Tommys Vater kam mit einem ganzen Hirsch zu Sörens Eltern, als Schmerzensgeld. Das war nicht das erste Mal, dass er hinter seinem Sohn herräumen musste. Kurz danach ging Tommy zur See. Es ging das Gerücht, dass er seinen Vater niedergeschlagen hatte.«

Veronica versucht, ernst und gleichzeitig mitfühlend auszusehen. Sie denkt an das Foto von Tommy Rooth in der Zeitung. An den dunklen, etwas gefährlichen Blick. Sie versucht sich vorzustellen, wie er eine siebzehnjährige Tante Berit anmacht, aber es fällt ihr schwer.

»Onkel Sören war doch der Letzte, der Rooth gesehen hat, nachdem …«

Sie lässt das Ende des Satzes in der Luft hängen.

Tante Berit beißt direkt an. »Ja. Auf der Schnellstraße nach Süden, an dem Abend, an dem die Polizei ihn freigelassen hat. Der direkte Weg nach Trelleborg und zu den Fähren ins Ausland. Er fuhr diesen hässlichen roten Volvo, als wäre der Teufel hinter ihm her.«

Sie schnaubt verächtlich durch die Nasenlöcher. »Ein Skandal, dass Månsson Rooth nicht eingesperrt lassen konnte. Dass er nie seine Strafe dafür bekommen hat, was er mit dem kleinen Billy gemacht hat.«

Der Name bringt Tante Berits Redefluss zum Stocken. Sie dreht sich um und beginnt nervös, ein paar Kaffeepackungen in einem Regal herumzuschieben. Sie wirkt auf einmal sehr unzufrieden mit der Platzierung der Waren. Das Gesprächsthema beunruhigt sie, und Veronica sieht, dass Tante Berit sich jeden Moment mit dem Hinweis, dass sie wieder an die Arbeit muss, entschuldigen wird.

»Gab es niemanden im Dorf, der mit Rooth zu tun hatte?«, versucht sie ein letztes Mal etwas zu erfahren, was sie nicht schon weiß.

Tante Berit schüttelt den Kopf, rückt noch einmal die Kaffeepackungen zurecht und streckt sich ein wenig.

»Nur dieser andere Trunkenbold.«

»Trunkenbold?«

Tante Berit dreht sich um. Sie streicht ein paarmal über ihre Strickjacke, energisch, als wolle sie etwas Unangenehmes loswerden. Etwas, das sich an sie klammert, obwohl man es nicht sieht.

»Kjell-Åke Olsson«, murmelt sie. »Genannt Sailor.«

35

Veronica steht noch vor dem Geschäft, reißt wütend die Plastikfolie von der Zigarettenpackung und will sich gerade eine Prince anzünden, als ein großer schwarzer BMW mit getönten Scheiben genau vor ihr haltmacht. Die Tür öffnet sich, und eine kurvige Frau in Veronicas Alter springt heraus.

»Ich dachte mir doch, dass du es bist, Vera!«

Es ist Lidija, ihre alte Klassenkameradin, die sie seit mindestens zehn Jahren nicht gesehen hat. Vielleicht sogar noch länger, sie sind sich in dieser Frage nicht ganz einig. Sie sieht kaum einen Tag älter aus. Sie ist hübsch, gut gekleidet, trägt hohe Schuhe und einen Hosenanzug. Ihr Haar ist frisiert, die Fingernägel sind lang und manikürt. Sowohl sie als auch ihr teurer Wagen wirken hier im Ort fehl am Platz, aber das scheint Lidija nicht im Geringsten zu stören. Sie spricht laut und lacht noch lauter.

»Hast du schon gefrühstückt, Vera?«

»Äh, nein …«

»Ich war gerade auf dem Weg zu Papa runter. Komm mit, er wird sich freuen, dich zu sehen.«

Veronica will gerade eine Ausrede formulieren, aber Lidija unterbricht sie, bevor ihr etwas Gutes einfällt. Außerdem hat sie vergessen, im Laden etwas zu essen zu kaufen, also steigt sie in ihren klapperigen Wagen und folgt Lidijas großem BMW. Sie ist über ihre spontane Entscheidung selbst überrascht. Das sieht ihr gar nicht ähnlich. Auf der anderen Seite ist der ganze Morgen schon ungewöhnlich. Das seltsame Gefühl vom Friedhof hat sie noch nicht losgelassen, und im Moment weiß sie nicht genau, wie sie damit umgehen soll.

Sie parken vor einer der Pizzerien am Ortsrand, derjenigen mit dem Schild »Schanklizenz« neben dem Eingang. Veronica erinnert sich an Lidijas Vater Branko als einen bulligen Mann, einen von denen, die in den Sechziger- und Siebzigerjahren mit Bussen aus Jugoslawien hergebracht wurden, um die schwedische Wirtschaft in Gang zu halten. Jetzt ist er bedeutend kleiner, aber spricht immer noch mit lauter Stimme.

»Magenbypass«, lacht er und klopft sich auf den Bauch. »Ich habe fünfundvierzig Kilo abgenommen. Fünfundvierzig, das ist eine halbe Lidija.«

»Hör auf, Papa!« Lidija verdreht die Augen und küsst ihren Vater auf beide Wangen.

Er fordert sie beide auf, sich zu setzen, und obwohl es noch früh am Morgen ist, tischt er massenhaft Essen auf.

»Versuch gar nicht erst zu protestieren«, flüstert Lidija. »Probiere einfach ein bisschen, dann freut er sich.«

Veronica bedient sich, was Branko gut gefällt. Er ruft seinem Angestellten ein paar Worte zu, die Veronica nicht versteht, und setzt sich dann an ihren Tisch.

»Wie schön, dich zu sehen, Vera«, sagt er. »Wie geht es deinem Papa? Er war schon lange nicht mehr hier.«

»Danke, gut«, erwidert Veronica überrascht. Isst ihr Vater Pizza? Er kocht sich doch lieber sein eigenes Essen. Was er im Übrigen ziemlich gut kann.

»Hat Lidija dir schon erzählt? Sie ist ein richtiger Rockefeller …«

»Still, Papa«, sagt Lidija. Sie versucht, ihm die Hand auf den Mund zu legen.

Die beiden streiten eine Weile spielerisch miteinander, und Veronica spürt, wie ein bemühtes Lächeln ihre Wangen verkrampft. Sie versucht, sich ihren Vater hier vorzustellen.

»Was er sagen will, ist, dass ich ein paar Unternehmen gegründet habe und dass es ganz gut läuft. Haarpflegeprodukte, Lotionen, Parfums.«

»Hier in Reftinge?«, fragt Veronica und bemerkt selbst, dass sie ziemlich überrascht klingt.

»Warum nicht? Reftinge ist perfekt. Niedrige Mieten, ein Haufen Arbeitskräfte. Wir haben eine Internetseite, über die die Kunden ihre Waren bestellen. Meine Mädchen packen und verschicken sie mit der Post. Wir haben Kunden im ganzen Land.«

Lidijas Vater schüttelt den Kopf. »Ich bin gerade dabei, das mit dem Internet zu lernen. Lidija sagt, ich muss. Aber ich weiß nicht. Man kann einem alten Hund keine Zauberei beibringen.«

»Keine Tricks, sagt man. Und man kann es doch, wenn der alte Hund nicht den ganzen Weg in die Stadt fahren will, um seine Bankgeschäfte zu erledigen.«

Sie necken sich wieder, und Veronica schaut weg. An der Wand entdeckt sie ein paar Fotografien und lässt ihren Blick darauf ruhen. Es sind Bilder von Gästen, und auf einem erkennt sie zu ihrer Überraschung ihren Vater. Er hat noch mehr Haar, und die Farben auf dem Foto sind etwas verblasst, weshalb sie schätzt, dass es mindestens zehn Jahre alt ist. Ihr Vater sitzt zusammen mit einem anderen Mann an einem Tisch und hebt sein Bierglas zuprostend Richtung Kamera. Der Mann neben ihm ist teilweise von seinem Arm verborgen, Veronica erkennt ihn nicht.

»… Nagelstudios«, sagt Lidija, und Veronica merkt, dass sie den Anfang des Satzes verpasst hat. »Ich habe schon zwei, aber in ein paar Jahren werde ich Franchisepartner in jedem Einkaufszentrum in Schonen haben. Fast-Nails, das wird eine große Sache, du wirst sehen.«

»Cool«, sagt Veronica. Dabei schielt sie noch einmal zum Bild ihres Vaters. Er sieht ziemlich fröhlich aus, aber wie immer ist sein Blick sorgenvoll.

»Übrigens, Branko«, sagt sie, als es Zeit wird zu gehen. »Kennst du Kjell-Åke Olsson, genannt Sailor?« Die Frage folgt eher einer Eingebung, sie weiß nicht genau, welche Antwort sie erwartet.

»Ja klar. Sailor war Stammgast hier, bevor er anfing, ein bisschen zu spinnen. Er wurde aus dem Dorfkrug ausgeführt …« Branko macht eine abgehackte Handbewegung, als gefiele ihm nicht, was er erzählt.

»Ausgeführt?«

»Ja, oder wie sagt man?« Er winkt Lidija, ihm zu helfen, aber dann findet er selbst das richtige Wort.

»Ausgeschlossen, so heißt es. Niemand wollte mehr mit ihm trinken. Sailor hat gesagt, dass sie ihm ins Bier gespuckt haben.«

»Weil er Tommy Rooth kannte?«

Branko zieht eine Grimasse. »Sicher. Die Menschen hier sind nachtragend. Ich finde das nicht richtig. Das Leben ist zu kurz. Wenn dein Papa nichts gegen Sailor hat, habe ich auch nichts gegen ihn.«

»Papa?«

Sie sieht, dass Lidija Branko am Ärmel zupft, aber er lässt sich nicht stoppen.

»Ebbe und Sailor waren Kumpels. Sie tranken manchmal ein Glas zusammen. Guck mal, hier.« Branko geht zu dem Foto an der Wand und zeigt auf den Mann neben ihrem Vater. »Da«, sagt er. »Das ist Sailor.«

36

Das Altersheim Ekhagen liegt am östlichen Ende des Dorfes, nicht weit von der Kirche entfernt. Veronica war seit dem Tod ihres Großvaters nicht mehr hier. Mindestens fünfzehn Jahre, sicher mehr, aber sie mag nicht nachrechnen. Sie hat jetzt anderes im Kopf. Der Zettel mit dem Phantombild steckt noch in ihrer Hosentasche. Sie schiebt die Hand hinein und befühlt ihn vorsichtig.

Im Altersheim hängt Kaffeeduft über dem grauen Linoleumboden. Wo der Flur etwas breiter wird, stehen unbequeme Bauernmöbel aus massivem Holz herum. Genau wie die Bauernmalereien, die die Wände bedecken, sind sie geerbt. Zurückgelassene, sperrige Dinge einer anderen Zeit, um die sich niemand mehr kümmert, was auch eine ziemlich passende Beschreibung für Sailor ist.

Veronica hört schon am Tonfall der Pflegerin, dass er nicht gerade einer der Lieblingspatienten des Heims ist. Er sitzt bei geschlossener Tür in seinem Zimmer in einem Rollstuhl und hat eine Decke über den Knien, obwohl es mindestens fünfundzwanzig Grad warm ist. Sein Körper ist zusammengesunken und ausgemergelt. Seine Nase und seine Wangen sind mit kleinen geplatzten Äderchen übersät, das Merkmal eines Alkoholikers, das sie aus der Therapiegruppe wiedererkennt.

»Jetzt bekommst du Besuch, Kjell-Åke. Das ist doch nett.«

Pflegerin Marie, eine Schulkameradin, deren Name Veronica wieder einfällt, bevor sie auf das Namensschild schielen konnte, hat sie gleich wiedererkannt. Sie scheint die Erklärung zu akzeptieren, dass Sailor ein alter Freund ihres Vaters ist, auch wenn ihr Blick etwas anderes verrät.

Sailor starrt Marie an, dann Veronica. Sein Mund hängt schief, und in einem Mundwinkel hat sich ein weißer Schleimklumpen gebildet. Die Lippen bewegen sich schwach, bilden kleine feuchte Laute.

»Ich heiße Vera Nilsson«, sagt sie.

Es fühlt sich komisch an, diesen Namen auszusprechen, was nicht verwunderlich ist. Sie hat ihn immerhin schon lange nicht mehr benutzt.

»Die Tochter von Ebbe und Magdalena«, fügt sie hinzu, da er kein Zeichen des Wiedererkennens von sich gibt. »Vom Backagård. Sie kennen meinen Vater.«

Der Name des Hofs lässt Sailor ein wenig den Kopf heben. Veronica sieht einen Funken in seinen Augen aufleuchten, aber er sagt immer noch nichts. Sein Blick wandert wieder von ihr zur Pflegerin. Veronica dreht sich zu Marie, um ihr zu signalisieren, dass sie jetzt allein zurechtkommt, aber die Pflegerin missversteht sie.

»Wie ich schon sagte, ist Kjell-Åke dement. Es ist nicht mehr viel mit ihm los. Er sitzt meistens nur da.«

»Okay.« Sie sieht Marie immer noch an, und nach einer Weile versteht die Pflegerin endlich den Wink.

»Ich muss weiter, du kommst sicher ohne mich klar, Vera.« Sie klingt ein bisschen unzufrieden, als ob sie lieber noch geblieben wäre. »Kjell-Åke kann manchmal etwas laut und ausfallend werden, aber er ist nicht gefährlich. Läute einfach, wenn etwas ist. Dann holen wir ihn sofort zum Essen.«

Veronica wartet, bis das Geräusch von Maries Birkenstocksandalen verklungen ist, bevor sie einen Stuhl heranzieht und sich zu Sailor setzt. Er riecht leicht nach Urin und nach etwas Süßlichem, von dem sie lieber nicht wissen will, was es ist.

»Sie und Tommy Rooth, Sie waren doch Freunde«, sagt

sie, ohne auch nur den Versuch zu machen, mit Small Talk anzufangen.

Sailors Augen werden schmal. »Du bist Aronssons Tochter.« Halb zischt er, halb stammelt er die Worte hervor.

»Nichte«, korrigiert sie. »Harald ist mein Onkel.«

»Verdammte Fotze«, sagt er. Dann richtet sich sein Blick nach innen, und der böse Ausdruck verschwindet. Seine Finger zupfen an der Decke herum.

»Sie haben Geschäfte miteinander gemacht, Sie und Tommy. Jagd«, fährt sie fort.

Das letzte Wort scheint zu wirken. Sailors Gesichtsausdruck wird wieder wacher. Die Wut kommt zurück.

»Verpisst dich. Und alle anderen auch. Neugierige Scheißkerle. Ich sage nichts. Unsere Geschäfte. Meine und Tommys. Aronsson ist ein verdammtes Arschloch.«

»Sie mochten meinen Onkel nicht?«

Der Alte schaut auf. »Verdammtes Arschloch, Aronsson.«

»Ja, das sagten Sie bereits.«

Sie bleibt sitzen, wartet darauf, dass er noch etwas sagt, aber Sailor presst die Lippen zusammen.

»Tommy Rooth und Sie, Sie haben im Nordwald zusammen gejagt, oder? Obwohl es das Jagdrevier meines Onkels war«, versucht sie es noch einmal.

Sailor beugt sich vor, grinst. »Vielleicht. Vielleicht Tommy. Vielleicht der Wald, vielleicht …« Sein Blick erlischt wieder, seine Finger suchen wieder nach der Decke.

Veronica seufzt. Mit dem Alten kann man nicht reden, das Ganze ist vollkommen sinnlos. Was hatte sie von diesem Besuch eigentlich erwartet? Dass Sailor ihr erklären würde, wer im Garten ihres Vaters herumgeschlichen ist oder Steine auf das Grab ihrer Mutter gelegt hat? Sailor, der sich nur zwischen seinem Zimmer und dem Speisesaal hin- und herbewegt.

Draußen hört sie die Kirchenglocke zum Gottesdienst läuten. Die Alten essen am Sonntag also schon um elf Uhr zu Mittag.

Verzweifelt überlegt sie, was sie noch sagen könnte. Sie will gerade aufstehen und gehen, als sie etwas bemerkt. Ein wohlbekanntes Gefühl, das sie kurz nach Luft schnappen lässt. Sie lehnt sich in ihrem Stuhl zurück und studiert Sailor eingehend. Sein Blick. Wie er an der Decke herumfingert. Die kleinen Veränderungen in seinem Gesicht.

»Sie trauern«, sagt sie weich. »Sie trauern um Ihren Freund, nicht wahr, Kjell-Åke?«

Sailor antwortet nicht. Er schaut weiter auf seine Knie, aber die Finger haben auf einmal aufgehört herumzuzupfen.

»War Tommy ein guter Freund?«, fragt sie. Der Alte sitzt still da, aber sie glaubt etwas wie ein Nicken registriert zu haben.

»Waren Sie ein guter Freund, Kjell-Åke?«

Dieses Mal ist das Nicken deutlicher.

»Ich hab Tommy geholfen, als er neu auf See war. Er war noch ein junger Bengel. Ich hab ihm Sachen beigebracht, hab nach ihm geschaut.« Sailor verstummt.

Sie wünscht sich, sie hätte einen Notizblock mitgenommen.

»War Tommy ein guter Freund?«, versucht sie es wieder.

Sailor schaut auf. Seine Augen sind blank. »Ein guter Freund lässt einen nicht im Stich«, sagt er dumpf. »Tommy war nicht so. Nie. Nicht vor diesem Sommer.«

»Denken Sie, Tommy hat Sie im Stich gelassen? Dass er Sie verlassen hat?«

Sailor sieht wieder nach unten, ohne etwas zu sagen.

»Sie haben sich um Tommy gekümmert. Sie waren ein guter Freund, aber er hat Sie hier zurückgelassen. Er hat Sie unter Leuten gelassen, die wütend auf ihn waren für das, was er getan hat, wütend auf Sie, weil Sie ihn gekannt haben.« Sie stockt, will sich vergewissern, dass sie ihn nicht verloren hat.

»Ich war ein guter Freund, Tommy«, murmelt Sailor. »Ein guter Freund.«

»Har er nie von sich hören lassen? Später?« Veronica merkt, dass sie den Atem anhält.

»Nie.« Er schüttelt den Kopf. »Keinen Ton.«

Veronica zwingt sich, kurz zu warten, anstatt ihn mit einer Frage zu unterbrechen.

»Er hat bekommen, was er verdient hat«, sagt Sailor barsch. Seine Stimme ist auf einmal schärfer.

»Wer, Tommy?«

»Nein! Aronsson. Er hat genau das bekommen, was er verdient hat. Er hätte ihm nicht so blöd kommen dürfen. Er hat Tommy das tägliche Brot genommen. Seiner Familie. Also hat Tommy das gemacht. Tommy …« Die Worte scheinen irgendwo zwischen Hirn und Mund festzuhängen. Sailors Blick flackert, wird unruhig.

Sie holt tief Luft.

»Was hat Tommy gemacht?«, fragt sie.

Die Lippen des Alten geben feuchte Laute von sich. Als würde er nach Worten suchen, ohne die richtigen zu finden.

»Was hat Tommy mit meinem kleinen Bruder gemacht?«

»Die Hü-hütte«, sagt der Alte.

»Welche Hütte?«

»Im Askedal. Die Jagdhütte. Es war nicht Tommys

Schuld …« Der Rest des Satzes verschwindet in Gemurmel.

Sie beugt sich vor.

»Erzählen Sie von der Hütte.«

»Zum Teufel damit!«, schreit Sailor plötzlich, sodass Spucke in ihr Gesicht fliegt und sie zurückzuckt. Er beginnt, sich im Rollstuhl vor und zurück zu wiegen. »Eine geheime Hütte ist geheim. Warum hast du nichts gesagt, Tommy? Warum hast du nicht gesagt, wie es war?«

Er verstummt abrupt, sinkt zusammen. Die Finger zupfen wieder an der Decke.

»Kjell-Åke?«, versucht sie. »Sailor?«

Veronica legt vorsichtig die Hand auf sein Knie, aber er reagiert nicht. Sie glaubt das schwache Geräusch von Sandalen zu hören, die sich nähern.

Da kommt ihr eine Idee. Sie holt das Phantombild hervor, faltet es auf und legt es auf die Knie des Alten. Die Schritte draußen kommen näher. Es klingt nach zwei Personen. Sailor schaut das Bild an. Dann sie.

»Erkennen Sie ihn, Sailor?«

Jetzt sind Stimmen zu hören, eine Hand auf der Türklinke. Veronica nimmt das Phantombild, hält es dem Alten vor das Gesicht. Er wendet den Blick ab, als ob es etwas Unangenehmes darstellen würde. Seine Lippen bewegen sich wieder.

»Die Wahrheit findet sich da oben«, murmelt er. »Tief drinnen im Wald, wo niemand sie findet. Das habe ich ihm gesagt.«

»Wem?«

Die Tür öffnet sich. Marie und noch eine Pflegerin stehen im Türrahmen. »Zeit zum Mittagessen, Kjell-Åke.«

Veronica zieht das Phantombild zurück, will es gerade zusammenfalten und in die Tasche stecken, aber das Blatt rutscht ihr aus den Fingern und landet auf dem Boden. Marie beugt sich vor und hebt es auf.

»Ach, kennst du den hübschen Isak?«

»Wen?«

»Den hübschen Isak. Ja, also so nennen wir ihn. Sailors Neffen.« Sie wedelt mit dem Phantombild hin und her und dreht es dann so, dass ihre Kollegin es auch sehen kann.

»War Isak hier?« Ihr Magen zieht sich zusammen. »Wann denn?«

»Vor einem guten Monat oder so. Nicht gerade der Typ, den man gleich wieder vergisst, wenn du verstehst?« Marie zwinkert ihr zu und wendet sich dann an Sailor. »Na denn, Kjell-Åke. Dann rollen wir mal in den Speisesaal. Ich glaube, heute gibt es Kohlrouladen, die magst du doch.«

Der Alte grinst. Von der früheren Unruhe ist in seinem Gesicht keine Spur mehr zu sehen. Veronica will gerade aufstehen, aber in dem Moment, als die Pflegerin nach dem Rollstuhl greift und die Bremsen löst, streckt Sailor sich vor und nimmt Veronicas Hand.

»Danke, dass du zugehört hast, Vera«, sagt er, ungewöhnlich klar. »Und grüß deinen Vater. Sag ihm …«

Sailor stockt, scheint den Faden wieder zu verlieren. Er drückt weiter ihre Hand mit seinen dünnen Altmännerfingern, als ob er sie nicht loslassen wolle.

»Was sagen?« Veronica sieht aus den Augenwinkeln, wie Marie sich vorbeugt, um mithören zu können. Seine Stimme ist schwach, kaum mehr als ein Flüstern.

»Sag Ebbe, dass der Sommer bald zu Ende ist.«

37

An manche Dinge aus der Kindheit erinnert man sich besser als an andere. Sie kennt zum Beispiel immer noch den gesamten Text von Abbas »The Winner Takes It All«. Abba trennte sich im Januar desselben Jahres, in dem Billy verschwand. Sie weiß, dass ihre Mutter traurig darüber war, und ist sich ziemlich sicher, dass sie den Song deshalb so oft spielte, sowohl auf dem Plattenspieler als auch auf dem verstimmten Klavier in der guten Stube.

Später, als ihre Mutter im Pflegeheim war, schloss sich Veronica oft in ihrem Zimmer ein, nachdem sie die Mutter besucht hatten, setzte die Kopfhörer auf und hörte genau diesen Song. Die traurige, helle Stimme, die sie ein bisschen an die ihrer Mutter erinnerte. Die Worte, die sie damals noch nicht richtig verstand, die sich aber trotzdem irgendwie passend anhörten.

Nachdem Leon sie verlassen hatte, spielte sie das Lied wieder. Sie hörte es nächtelang, anstatt zu schlafen, und bildete sich ein, dass es genau beschrieb, wie sie sich fühlte. Dass sie es Leon nur zu erklären brauchte, dann würde er wieder ihr gehören.

Sogar das Nummernschild des grünen Volvo 245, mit dem sie jeden Sonntag zum Pflegeheim fuhren, ist ihr noch in Erinnerung. KBH 278. Das Gleiche gilt für den Geruch in dem alten Gebäude, die Anzahl der Schritte vom Eingang bis zu Mamas Zimmer oder wie viele Schattenquadrate das Gitter auf dem Steinboden bildete, wenn die Sonne durch das Fenster schien. Das alles kann sie innerhalb von Sekundenbruchteilen hervorrufen.

Andere Sachen dagegen – wie man deutsche Verben konjugiert, die chemische Bezeichnung für Quecksilber oder in welchem Jahr Karl XII. mit einem Messingknopf erschossen wurde – sind völlig weg, obwohl sie sich einmal bemüht hat, sie zu behalten. Eigentlich beweist das wohl nur, dass das Gehirn sein eigenes Leben lebt und sich nicht kontrollieren lässt, nicht einmal von einem selbst.

Was das Askedal angeht, so erinnert sie sich nur noch daran, dass es tief im Nordwald liegt und es dort einmal ein Kohlebergwerk gab. Die Wege zum Tal sind schon lange unbrauchbar und vom Nadelwald überwuchert, und Veronica hat nur eine vage Vorstellung davon, wie man dorthin kommt.

Nachdem sie über eine Stunde aufs Geratewohl herumgefahren ist, entdeckt sie schließlich einen kleinen, halb zugewachsenen Forstweg, der ihrer Meinung nach in die richtige Richtung führt. Sie holpert ihn etwa fünfhundert Meter entlang, bevor er aufhört.

Sie steigt aus dem Wagen und nimmt die kleine Taschenlampe mit, die sie zusammen mit dem Mixtape und den TÜV-Unterlagen im Handschuhfach aufbewahrt. Sie versucht zu berechnen, in welcher Richtung das Askedal liegt und wie weit es weg ist.

Es gelingt ihr halb. Die Richtung stimmt, aber sie muss fast eine Dreiviertelstunde durch den dichten Nadelwald stiefeln, doppelt so lange, wie sie gedacht hatte, bevor sie auf Laubbäume trifft. Ihr Pullover ist zu dem Zeitpunkt schweißnass, und ihre Turnschuhe sind wie zwei Lehmklumpen, nachdem Veronica in Schlammlöcher getreten ist, die der Hitze entgangen sind, indem sie sich in der Reifenspur der Waldfahrzeuge versteckt haben.

Während der Wanderung hat sie genug Zeit nachzudenken. Der blonde Mann ist im Dorf gewesen. Er hat sich als Isak präsentiert und Sailor im Heim besucht, also kann es wohl kaum ein Zufall sein, dass er in ihrer Therapiegruppe aufgetaucht ist.

Sailors fragmentarische Erzählung scheint zu bekräftigen, dass Tommy Rooth Billy entführt hat, um sich an ihrem Onkel zu rächen. Wenn Isak wirklich Billy ist, bedeutet das, dass Rooth ihn nicht getötet hat, wie alle dachten. Was passierte in diesem Fall nach der Entführung, und was meinte Sailor damit, dass hier die Wahrheit zu finden sei? Warum tauchte Isak erst jetzt auf, und warum gab er sich nicht einfach zu erkennen? Und wenn er nicht Billy war, wie ihr Vater und Mattias behaupteten, wer war er dann, und was wollte er?

Es gibt noch weitere Fragen, die mindestens genauso gut sind. Zum Beispiel, wie all das mit dem Vorfall von heute Nacht zusammenhängt und mit dem glatten Stein auf dem Grab. Ganz zu schweigen von den vielleicht noch brennenderen Fragen: warum sie mutterseelenallein hier in den Wald geht und was sie zu finden hofft.

Als sie an der Talschlucht ankommt, bleibt sie an der Kante stehen, geht in die Hocke und versucht sich ein Bild des Geländes unterhalb von ihr zu machen. Der Hang ist zu steil für Waldmaschinen, und die Laubbäume und Büsche entlang des Abhangs bilden ein Dach, sodass es fast unmöglich ist, bis ganz nach unten zu sehen. Aus dem gleichen Grund lässt sich die andere Seite nur erahnen, aber sie vermutet, dass die Schlucht einige Hundert Meter breit ist.

Ein schiefes Warnschild an einem Baumstamm mit dem Hinweis *Achtung! Erdrutschgefahr* weckt eine alte Erinnerung. Daran, dass Onkel Harald einmal gesagt hat, man solle nie im Askedal jagen gehen, weil die Gefahr besteht, dass die Hunde oder Jäger in eines der Löcher stürzen, die durch Absenkungen in den Stollen entstanden sind.

Sie verschnauft noch eine Minute, bevor sie sich vorsichtig an den Abstieg macht. Der Boden ist mit einer dicken Schicht Laub in unterschiedlichen Verrottungsstadien bedeckt, was den Untergrund rutschig und unberechenbar macht. Auf halbem Weg nach unten strauchelt sie und rutscht einige Meter auf dem Po, bevor sie einen Birkenstamm zu fassen bekommt und sich wieder hochziehen kann. Jetzt sieht sie den Grund. Eine grüne Matte aus Moos, Gras und Bodendeckerpflanzen, hier und da unterbrochen von Büschen und durch Sturm gefällten Bäumen, die sich in der lockeren Erde nicht halten konnten. Sie erkennt auch eine Menge unterschiedlicher Gruben in verschiedenen Größen, die durch Absenkungen entstanden sind.

Hier unten ist es beinahe totenstill. Alles, was man hört, ist das Klopfen eines Spechts irgendwo in der Ferne. Das Blattwerk über ihr filtert das Licht, verwandelt es in eine trübe Mischung aus Tag und Nacht. Sie sieht sich um, erkennt, dass sie sich wahrscheinlich ziemlich genau in der Mitte der Schlucht befindet, und überlegt, in welcher Richtung sie weitergehen soll.

Wenn sie Tommy Rooth oder Sailor wäre, zwei Wilderer, die einen sicheren Platz für ein Lager suchten, würde sie so weit nach oben wie möglich gehen. Also folgt sie diesem Instinkt. Sie beginnt, sich vorsichtig nach Norden zu bewegen, die leichte Steigung hinauf.

Die Erde ist weich, bei jedem Schritt sinkt der Fuß ein paar Zentimeter ein. Der Grund der Talschlucht gleicht einer grünen Mondlandschaft. Die meisten Absenkungen sind nicht viel tiefer als ein Meter und haben einen ungefähr dreimal so großen Durchmesser. Der Boden darin sieht genauso aus wie ringsherum, aber Veronica probiert lieber nicht aus, ob er sie trägt, sondern umrundet die Löcher vorsichtig auf ihrem Weg nach oben.

Nachdem sie etwa zehn Minuten gegangen ist, entdeckt sie ein erstes Anzeichen menschlicher Aktivität. Einen Haufen verbogenen Metallschrott, der schon halb verrostet ist. Sie erkennt ein Rad und einen Block und vermutet, dass sie zu irgendeinem Seilzug gehört haben. Direkt daneben wäre sie fast über eine nahezu vollständig zugewachsene Betonplatte gestolpert, die wahrscheinlich einmal das Fundament irgendeines Gebäudes gewesen ist, das hier gestanden hat, als das Bergwerk noch in Betrieb war. Als sie zum Rand der Schlucht hinaufschaut, meint sie eine Vertiefung zu sehen, die ein Rest des Kieswegs sein könnte, der einmal hier herunterführte. Oberhalb der Vertiefung steht der Nadelwald hoch und dicht, was bedeutet, dass der Weg vor vielen Jahren aufgegeben worden sein muss, lange bevor Rooth und Sailor sich hier aufhielten.

Sie geht die Schlucht weiter hinauf und entdeckt etwas, das wie ein Pfad aussieht. Er ist zu schmal und zu wenig zertrampelt, um von Menschen zu stammen, weshalb sie auf Rehe tippt, was sich bestätigt, als sie einige kleine Abdrücke in einer Schlammpfütze erkennt. Huf- oder Fußabdrücke sind nicht zu sehen. Auch keine Feuerstellen, Entnahmemarkierungen auf Bäumen, Unterstände oder irgendetwas anderes, was darauf hindeuten könnte, dass hier Menschen gewesen sind. Rein theoretisch könnte sie die erste Person hier unten sein, seit Rooth und Sailor den Platz verlassen haben.

Sie kommt an einem Haufen morscher Schwellen vorbei, neben denen auf dem Boden ein Metallgerippe liegt, das den Rädern nach zu urteilen einmal ein Grubenwagen war. Dann gelangt sie zu einem großen, dichten Gestrüpp. Der Wildpfad führt mitten hindurch, und sie überlegt, ob sie außen herumgehen und auf der anderen Seite wieder nach dem Trampelpfad suchen soll, aber aufgrund einer Eingebung folgt sie ihm weiter. Als sie die Zweige zur Seite biegt, um vorwärtszukommen, ist sie gezwungen, sich zu bücken und den Kopf zu beugen, daher stößt sie fast gegen den kleinen Schuppen, der sich ein Stück weit im Dickicht versteckt. Vielleicht lag er zu abseits, als man das Bergwerk abriss, und war bereits in Vergessenheit geraten, oder der Untergrund ringsumher war schon damals so unsicher, dass man mit den Abrissfahrzeugen nicht hier heraufkam.

Warum auch immer, so gibt es den Schuppen noch, auch wenn die Natur auf gutem Wege ist, ihn zunichtezumachen. Hier und da brechen Pflanzen durch die grauen Planken hindurch, und oben auf dem Blechdach haben Moos, Laub und Gras eine so dicke Schicht gebildet, dass sich die Wände biegen.

Sie macht einen Schritt darauf zu und spürt etwas Rundes unter dem einen Fuß. Als sie hinunterschaut, sieht sie eine leere Branntweinflasche, halb in der Erde vergraben. Als sie um die Ecke des Schuppens geht, findet sie noch eine.

Die Reste einer Tür liegen auf dem Boden, und der Eingang bildet ein schwarzes Loch. Vom Dachvorsprung neben der Tür hängt etwas Weißgelbes herunter. Als sie näher kommt, sieht sie, dass es ein Windspiel aus Tierknochen und Geweihstücken ist, in die jemand Löcher gebohrt und sie auf einer langen Lederschnur aufgefädelt hat. Sie unterdrückt ein Schaudern, geht auf die Türöffnung zu und schaut hinein.

38

Als sie ein Kind war und zu Hause auf dem Hof Verstecken spielte, sperrte sie sich einmal aus Versehen in dem alten Melkraum im Kuhstall ein. Die schwere Tür fiel ins Schloss, und es dauerte über eine Stunde, bis man sie fand und befreite. Eine Stunde, in der sie so weinte, dass ihr die Stimme versagte, und so an die Tür hämmerte, dass ihre Hände schmerzten.

Sie, Mattias und drei seiner Freunde spielten damals miteinander. Mattias fiel es immer leichter, Freunde zu finden, als ihr. Was nicht besonders erstaunlich war. Er war offen, freundlich und loyal und außerdem gut im Turnen und einigen Ballsportarten. Das macht einen Jungen bei beiden Geschlechtern beliebt, zumindest in der Mittel- und Oberstufe. Manchmal, eigentlich sogar ziemlich oft, war sie deshalb neidisch auf ihn.

An jenem Tag waren es er und seine Freunde, die sie retteten. Sie befreiten sie aus dem Melkraum und erzählten den Eltern nichts darüber, was passiert war. Sie erinnert sich, dass Mattias sie sogar tröstete, wenn sie nachts aufwachte, weil sie wegen der Dunkelheit, der Feuchtigkeit und der Kälte Albträume hatte. Ein Jahr später, sobald Billy alt genug war mitzuspielen, brachte ihr Vater ein Hängeschloss an der Tür an und benutzte den Raum, um Winterreifen aufzubewahren. Aber der Geruch des Melkraumes sitzt immer noch in ihrem Kopf fest. Das wird er ihr Leben lang tun. Ein feuchter, roher Geruch, fast genauso wie der im Schuppen, mehrmals muss sie stehen bleiben und sich klarmachen, dass sie nicht mehr neun Jahre alt ist und von ihrem großen Bruder weder gerettet noch getröstet werden muss.

Fünf Minuten lang durchsucht sie den Schuppen. Alles, was sich darin befindet, sind ein rostiger Ofen, ein Stapel Holz und ein paar leere Bier- und Branntweinflaschen. Auf einem Regal steht eine Kiste mit leeren Hülsen, und daneben liegt eine uralte Packung Sturmstreichhölzer. Das, was sonst noch hier drin gewesen sein kann, ist schon lange verschwunden. Sie weiß natürlich nicht mit Sicherheit, ob der Schuppen wirklich der Platz ist, den sie sucht. Aber dem scheußlichen Windspiel und den leeren Patronenhülsen nach zu urteilen, ist das Gebäude eine verlassene Jagdhütte, und die Branntweinflaschen draußen und drinnen sprechen eine deutliche Sprache. Es wird wohl kaum mehrere Jagdhütten im Askedal geben, und ihr Bauchgefühl sagt Veronica, dass sie den richtigen Ort gefunden hat. Dagegen findet sie nichts, was irgendeine ihrer vielen Fragen beantworten könnte.

Daher beschließt sie, das Dickicht zu verlassen und dem Pfad weiter nach oben in die immer schmaler werdende Schlucht zu folgen. Es ist dunkler hier, die Steilwände rücken immer weiter aneinander, je mehr die Steigung zunimmt. Außerdem wird der Pfad immer steiler, und an manchen Stellen lugt der Fels hervor. Der Stein ist schwarz und porös, erinnert an Asche, was dem Tal wahrscheinlich seinen Namen gegeben hat.

Eine große Absenkungsgrube zwingt sie, stehen zu bleiben. Sie ist über zehn Meter breit und erstreckt sich über das, was vom Talgrund übrig ist. In der Mitte des grünen Trichters gähnt ein schwarzes Loch. Sie hört Wasser plätschern und schließt daraus, dass das Loch bis zu einem der Stollen hinunterreicht. Vielleicht ist es sogar einer der senkrechten Schächte, die sich darunter befinden, in diesem Fall kann das Loch richtig tief sein. Zwanzig Meter, vielleicht mehr, und garantiert mit Wasser gefüllt.

Der Hals einer weiteren kaputten Branntweinflasche ragt nur einen Meter vom Loch entfernt aus dem Gras hervor. Sie spürt, wie ihr Puls schneller wird. Das Loch ist eine perfekte Stelle, um etwas loszuwerden, von dem man nicht will, dass es jemals wiedergefunden wird, und diese Flasche deutet darauf hin, dass Rooth und Sailor hier gewesen sind.

Sie sieht sich um, versucht auszumachen, ob es eine Möglichkeit gibt, besseren Einblick zu bekommen, ohne sich in den abfallenden Trichter begeben zu müssen. Aber es gibt keine Alternative. Der Boden im Trichter sieht immerhin einigermaßen fest aus, also beschließt sie, es zu versuchen. Sie macht einen vorsichtigen Schritt über den Rand und prüft ein paarmal mit dem Fuß. Als nichts passiert, tritt sie etwas kräftiger auf. Sie verlagert das Körpergewicht und macht noch einen Schritt. Der Boden hier ist weniger bewachsen und fühlt sich beinahe fester an als weiter oben. Langsam bewegt sie sich auf die Mitte des Trichters zu, ein Schritt nach dem anderen. Das Geräusch von fließendem Wasser wird immer lauter, und sie nimmt einen feuchten, unterirdischen Geruch wahr, der sie ein bisschen an den in der U-Bahn erinnert.

Jetzt sieht sie deutlich die gegenüberliegende Wand des Lochs. Fest zusammengepresste Erde, aus der sich Wurzelfasern wie haarige Würmer hervorstrecken. Darunter schwarzer Fels und Dunkelheit.

Sie macht kleinere Schritte, schiebt die Füße zentimeterweise vor, bis sie die Kante erreicht. Dann greift sie nach der Taschenlampe, richtet den Lichtstrahl nach unten und beugt sich vor, um hinunterschauen zu können. Langsam, vorsichtig …

Das Loch ist gar nicht so tief, wie sie gedacht hat. Sie sieht den Boden etwa drei, vier Meter weiter unten. Dort liegt ein Haufen Erde, Laub und Steine, wahrscheinlich eine Mischung aus dem eingestürzten Dach und dem, was bei späteren Regenfällen nachgerutscht ist. Um den Haufen herum hat sich eine Wasserlache gebildet, deren Oberfläche unaufhörlich durch Tropfen von der Lochkante gebrochen wird. Das Wasser erstreckt sich in die Dunkelheit, und es lässt sich ein Raum dort unten erahnen, der bedeutend größer als das eigentliche Loch zu sein scheint.

Sie dreht die Taschenlampe und versucht, weiter in die Schatten hineinzuleuchten. Der Lichtkegel der billigen, kleinen Lampe ist schwach und dünn und reicht nur wenige Meter weit, bevor die Dunkelheit ihn schluckt. Als sie ihn nach rechts richtet, entdeckt sie etwas genau am Außenrand des Kegels. Sie versucht, die Lampe still zu halten, kneift die Augen zusammen, um besser sehen zu können. Ein kleiner heller Stock schaut aus einem Haufen Schutt hervor. Aber als sie sich weiter vorbeugt, erkennt sie, dass es überhaupt kein Stock ist, sondern ein Knochen.

Die Wahrheit findet sich da oben, zischt Sailors Stimme in ihrem Kopf.

Der Riss in ihrer Brust weitet sich, gibt die Eiseskälte frei. Alles Blut wird aus ihrem Kopf gesaugt, sie gerät ins Wanken. Und ohne Vorwarnung gibt die Kante nach, und sie fällt mitten hinein in die kalte Dunkelheit.

Liebling

Ich habe gestern versucht, Dich zu erreichen, habe bei Dir zu Hause angerufen und bin sogar an Deinem Haus vorbeigefahren. Ich weiß, dass ich gegen die Regeln verstoße, dass ich unsere Abmachung breche. Aber nichts von Dir zu hören macht mich verrückt.
Ich kann nicht glauben, dass Du mich verlassen hast. Nicht jetzt, wo ich Dich am meisten brauche. Dass alles, was Du gesagt hast, all die Worte, die Du geflüstert hast, nur Lügen waren. Oder hast Du vielleicht damals genauso an sie geglaubt wie ich? Hast geglaubt, dass es wirklich einmal ein Wir geben könnte?
Ich hasse Dich, und zugleich liebe ich Dich noch immer. Mehr als jemals zuvor. Ist das nicht merkwürdig?

39

Als sie wieder zu sich kommt, liegt sie bäuchlings auf dem Grund des Lochs. Wasser tropft ihr ins Gesicht, ihr Kopf tut weh, und im Mund schmeckt sie Erde. Sie muss sich den Kopf angeschlagen haben, aber das Laub und die Erde scheinen den Fall gedämpft zu haben, und zu ihrer Erleichterung hat sie sich nichts gebrochen. Sie bringt sich in eine Sitzhaltung. Abgesehen von ein paar Schürfwunden und den Kopfschmerzen hat sie keine größeren Verletzungen als eine aufgeplatzte Augenbraue. Sie presst den Handrücken gegen die Stirn, um die Blutung zu stoppen, während sie versucht, sich zu orientieren. Die Taschenlampe ist in der Pfütze neben ihren Füßen gelandet und funktioniert zuerst nicht. Aber als sie sie ein paarmal schüttelt und gegen ihre Handfläche schlägt, geht sie wieder an.

Sie leuchtet um sich herum. Der Hohlraum, oder besser die Grotte, in der sie gelandet ist, ist größer, als sie gedacht hätte. Ungefähr sieben Meter im Durchmesser, und der Haufen, auf dem sie sitzt, befindet sich fast in der Mitte. Innen zwischen den Wänden beträgt die Deckenhöhe nur ungefähr einen Meter, aber über ihrem Kopf ist sie deutlich höher. Das Loch dort oben ist kein perfekter Kreis mehr, sondern hat an der einen Seite, wo der Boden nachgegeben hat, eine Kerbe bekommen. Kleine Erdklumpen und Steine stürzen immer noch herunter und platschen in die große Pfütze zu ihren Füßen.

Sie leuchtet nach rechts in die Dunkelheit und findet schnell das, was sie sucht. Den Haufen mit dem darin steckenden Knochen.

Die Pfütze ist nur ein paar Zentimeter tief, und ihre

Schuhe sind schon so nass, dass sie das Wasser kaum bemerkt, als sie sich vorsichtig näher heranschiebt. Die Taschenlampe beleuchtet das, was sie für einen Haufen Müll rund um den Knochen gehalten hat, was sich aber als ein schmales Gehörn, die Reste von Pelz, Sehnen und Schalenfüßen entpuppt. Ein Rehkadaver, wahrscheinlich ein Tier, das vor ziemlich langer Zeit in das Loch gefallen ist. Die Anspannung in ihrem Körper nimmt ab, geht in Angst über, als ihr klar wird, in welche Klemme sie geraten ist. Sie befindet sich in einem verlassenen Stollen tief im Wald, an einem Platz, an den selten oder nie Menschen kommen.

Sie klettert auf den Haufen zurück. Es ist zu weit hoch bis zur Kante, als dass sie daranreichen könnte. Sie untersucht den Rest der Grotte, sucht nach etwas, worauf sie stehen könnte. Das Einzige, was sie findet, sind ein paar verrottete Holzpfeiler, die an der einen Wand unter einer Menge Steine eingekeilt liegen, sowie eine verrostete Blechkanne. Es gibt nichts hier, nichts, was ihr helfen könnte, wieder hinaufzukommen.

Panik beginnt in ihrer Brust zu brodeln, breitet sich nach oben in den Hals aus, als die Taschenlampe ein paarmal flackert und dann ausgeht. Das gedämpfte Licht, das durch das Loch fällt, erhellt nur etwa einen Quadratmeter vom Boden der Grotte. Der restliche Raum ist genauso pechschwarz und kalt wie der alte Melkraum. Und dieses Mal sucht niemand nach ihr. Wird niemand kommen.

Sie spürt, dass ihre Atmung ungleichmäßig wird, eine Vorwarnung, dass eine Panikattacke bevorsteht, und sie kehrt hastig zum Lichtkegel des Lochs zurück. Sie setzt sich auf den Laubhaufen, vergräbt den Kopf zwischen den Händen und versucht, nicht zu hyperventilieren.

Ein

Aus

Eiiin

Auuus

Warum verdammt noch mal ist sie hierhergefahren, auf einer sinnlosen Jagd nach einem Gespenst. Jetzt sitzt sie hier unten fest. Festfestfest …

In ihrem Kopf dreht sich alles, das Blut, das von ihrer aufgeplatzten Augenbraue läuft, zwingt sie, das eine Auge zuzukneifen. Einen Moment lang fürchtet sie, das Bewusstsein zu verlieren. Da glaubt sie auf einmal, Ruuds Stimme in ihrem Kopf zu hören.

Beruhige dich jetzt, Veronica, du musst dich beruhigen! Das hier ist nur ein vorübergehendes Problem, eine Hürde, über die du hinwegkommen musst.

Die Hammerschläge in der Brust verlieren an Heftigkeit. Die Grotte, das Loch, dieses ganze verdammte Tal sind nur eine weitere Hürde, die sie nehmen muss. Genau wie Leon, Ruud und die Vereinbarung. Vorübergehende Hürden.

Es gelingt ihr, einen tiefen Atemzug zu nehmen. Dann noch einen. Die Panik lässt langsam nach.

Sie richtet sich auf, steht auf und schlägt die Taschenlampe noch einmal gegen die Hand. Sie erwacht sofort zum Leben. Veronica geht durch die Pfütze und erkundet weiter die Grotte, diesmal sorgfältiger. Die Seite, auf der der Rehkadaver liegt, zeigt zum Ende der Schlucht hin, und der Boden dort ist trocken. Nur wenige Meter hinter dem Bündel aus Pelz, Gehörn und Knochen befindet sich eine glatte Bergwand, was bedeuten könnte, dass der Stollengang hier aufhört, wo der Fels härter wird. Dass man deswegen eine Höhle gegraben hat, vielleicht um Dinge aufzubewahren, wofür die Reste der Blechkanne ein Zeichen wären. Und wenn dies das Ende des Ganges ist, muss er in die andere Richtung weitergehen. Sie schaut auf die Pfütze, sieht, wie sie sich von der Mitte der Grotte zu der Wand hin ausbreitet, wo die eingekeilten Holzpfeiler sind.

Als sie dorthin geht, erkennt sie, dass die Pfeiler einmal das Stützgewölbe eines eingestürzten Ganges gebildet haben. Das Wasser sickert mühelos zwischen den untersten Steinen hindurch, und es dauert nur ein paar Minuten, genug von ihnen wegzuschaffen, um auf die andere Seite leuchten zu können. Die Luft, die hindurchströmt, riecht fast noch feuchter und erdiger. Aber da sich der Luftzug in ihre Richtung bewegt, steigt ihre Hoffnung, dass es irgendwo am anderen Ende eine zweite Öffnung gibt. Sie nimmt ein paar Steine weiter oben weg und leuchtet noch einmal hinein. Auf der anderen Seite weitet sich der Hohlraum, wird zu einem schmalen Stollen. Das Licht der Taschenlampe glitzert in dem Wasser, das den Boden bedeckt.

Die Holzstützen, die unter den Steinen eingeklemmt sind, machen es möglich, die Öffnung unten am Boden vorsichtig zu vergrößern, und bald ist sie groß genug, dass Veronica hindurchkriechen kann. Sie dreht sich um, schaut zu dem sicheren Lichtfeld zurück. Versucht, nicht an die Dunkelheit im Melkraum zu denken.

Sie steckt sich die Taschenlampe in den Mund und schlängelt sich durch die Öffnung hindurch. Das Wasser unter ihr ist eiskalt, durchnässt ihre Kleider und lässt sie nach Luft schnappen.

Es ist einfacher als gedacht, auf die andere Seite zu gelangen, und einmal dort, kann sie in dem Gang beinahe aufrecht stehen. Der Boden ist von einem reflektierenden Wasserspiegel bedeckt, der von dem abfließenden Wasser der Grotte hinter ihr gespeist wird, aber auch von Hunderten von Tropfen und Rinnsalen, die an den unebenen, blanken Felswänden hinunterlaufen. Nach einer Weile bemerkt sie, dass die Wasseroberfläche nicht ganz still ist, sondern sich leicht bewegt und in die Dunkelheit vor ihr fließt.

Hier und da schauen große verrostete Bolzen hervor, wahrscheinlich lag ein Gleis im Stollen, das entfernt wurde, als das Bergwerk geschlossen wurde. Sie bewegt sich gebückt vorwärts, leuchtet mit der Taschenlampe, bevor sie einen Fuß vorsetzt. Das Wasser plätschert um sie herum, kleine Wellen brechen die glatte Oberfläche und ziehen das Licht der Taschenlampe an sich.

Alle drei Meter sitzen verrottete, fast schwarze Holzpfeiler zwischen Querstreben eingeklemmt, die sich an der Decke befinden. Veronica passt auf, nicht an die Stützpfeiler zu kommen. Sie verdrängt den Gedanken daran, wie viele Tonnen Erde und Berg sich über ihrem Kopf befinden, und geht weiter.

Der Stollen führt leicht bergab und biegt ein wenig nach links. Ersteres weiß sie sicher, es genügt, auf das Wasser am Boden zu schauen, aber das Zweite ist nur so ein Gefühl. Sie bildet sich ein, dass der Stollen dicht an der Seite des Tals entlangführt, an der sie heruntergekommen ist. Dass es sicher nur einer von vielen Stollen ist, die unterschiedlich tief liegen und die ganze Senke unterführen. Das Gefühl beunruhigt sie, umso mehr, als sie bemerkt, dass von den Wänden immer mehr Wasser herunterläuft.

Ungefähr fünfzehn Meter in den Gang hinein hat sich der flache Wasserspiegel in einen träge dahingleitenden Bach verwandelt, der ihr bis an die Knöchel reicht. Sie bleibt einen Moment stehen. Der Stollen führt weiter abwärts, folgt sicherlich dem Talboden, was bedeutet, dass der Wasserspiegel weiter steigen wird. Sie spürt immer noch den schwachen Windzug von vorhin. Irgendwo dort vorn gibt es ein Luftloch, irgendeine Öffnung.

Nachdem sie weitere zehn Meter gegangen ist, reicht ihr das Wasser bis zu den Knien und zwingt sie, sich immer langsamer vorwärtszubewegen. Das Geräusch von plätscherndem Wasser nimmt zu. Sie spürt die Bewegung des Wassers an der Rückseite ihrer Schenkel, dann am Po. Die Kälte ist beinahe schmerzhaft und lässt ihre Bewegungen schwer werden. Als das Wasser ihre Taille erreicht, wird die Strömung stärker, und sie versteht, was das heißt, noch bevor sie zur Einsturzstelle kommt.

Die Decke ist eingebrochen, und der Stollen wird fast komplett von zwei großen Felsbrocken blockiert, die mehrere Tonnen wiegen müssen. Sie kann zwischen ihnen hindurchleuchten, spürt den Windzug, sieht, dass der Stollen auf der anderen Seite hinter einer Biegung verschwindet. Aber sie kommt nicht weiter.

Sie flucht laut, vor allem um die Panik zu vertreiben. Ihr klappern inzwischen die Zähne, und die Muskeln an Armen und Beinen zucken unkontrolliert. Sie leuchtet noch einmal die Felsblöcke an, bemerkt, dass das Wasser genau vor ihnen nach unten gesaugt wird. Sie steckt die Hand ins Wasser und befühlt die Felsen. Ungefähr in Kniehöhe entdeckt sie eine Öffnung, und nach weiterem Abtasten rechnet sie sich aus, dass sie breit genug sein müsste, um hindurchschwimmen zu können. Auf jeden Fall auf dieser Seite.

Sie schlottert, spürt, dass das Muskelzucken in Zittern übergeht. Wie viel Zeit hat sie noch, bis die Kälte sie bewegungsunfähig macht? Eine Viertelstunde vielleicht. Oder noch weniger, wenn sie den Rest des Körpers in das eiskalte Wasser taucht. Und was passiert, wenn sie auf halbem Wege stecken bleibt? Um sich das auszurechnen, braucht man nicht übertrieben schlau zu sein.

Zum ersten Mal zieht sie ernsthaft in Erwägung umzukehren. Um dann zu versuchen, ausreichend Steine im Stollen zu sammeln und eine Pyramide zu bauen, die hoch genug wäre, dass sie hinaufklettern und den Rand des Lochs erreichen könnte. Dann fällt ihr ein, dass sie die Steine, die sie aus der Einsturzmasse freibekommen konnte, schon weggeräumt hat, als sie in den Stollen gekrochen ist, und selbst wenn sie wider Erwarten noch mehr Steine freimachen könnte, würden sie bei Weitem nicht ausreichen. Ihre einzige Chance, wenn sie sich nicht unter das Loch in der Höhle setzen und um Hilfe rufen will, was sehr wahrscheinlich vergeblich wäre, ist es, durch diese Öffnung zu tauchen. Bis zum anderen Ende der Biegung zu schwimmen und dort herauszuklettern, woher die Luft kommt.

Ein Windstoß, der durch die großen Felsbrocken fährt, bringt einen schwachen Waldgeruch mit sich. Das hilft ihr bei der Entscheidung. Sie knipst die Taschenlampe aus und steckt sie in die Hosentasche. Ein paarmal holt sie tief Luft. Dann geht sie in die Knie und taucht in das eiskalte schwarze Wasser.

Die Strömung zieht sie schneller zur Öffnung, als sie gedacht hätte. Das Wasser ist so kalt, dass ihr Kopf zu zerspringen droht. Die Öffnung ist nicht groß, sie tastet um sich herum, bekommt eine Unebenheit am Stein zu fassen und zieht sich voran. Sie hält die Augen offen, aber eigentlich ist das unnötig. Die Dunkelheit hier unten ist genauso kompakt wie im Melkraum, also schließt sie die Lider. Sie konzentriert sich darauf, sich mit den Fingern voranzutasten.

Ein neuer Griff mit der rechten Hand bringt sie ein gutes Stück vorwärts. Sie strampelt mit den Beinen, schlägt sich das Knie an, und der Schmerz ist so stark, dass sie beinahe innehält. Sie tastet wieder um sich herum, sucht nach einer hervorstehenden Kante. Es gelingt ihr, sich wieder einige Dezimeter vorwärtszuschieben, bevor sie gestoppt wird. Sie sitzt fest, genau wie sie befürchtet hat, und nur mit einer Hand schafft sie es nicht freizukommen. Der Sauerstoffvorrat verbraucht sich schnell, wird von der Kälte und ihrem immer heftiger schlagenden Herzen aufgeschluckt.

Es glückt ihr, die andere Hand vorzuziehen und zu Hilfe zu nehmen. Sie sucht nach einem neuen Griff, aber alles, was sie fühlt, sind glatte Oberflächen und Unebenheiten, die zu klein sind, um die Finger darum schließen zu können. Die Lungen brennen, es blitzt vor ihrer Netzhaut. Ihre linke Hand scheint plötzlich nicht mehr zu funktionieren, und sie kann sie nicht mehr bewegen, wie sie will. Es ist nur eine Frage der Zeit, bis dasselbe mit der rechten Hand passiert.

Ihr Körper bewegt sich keinen Zentimeter, obwohl das Wasser immer schneller um sie strömt. Sie hat keinen Sauerstoff mehr, und es fühlt sich an, als würden ihre Lungen gleich platzen. Auf der Netzhaut explodiert ein Feuerwerk, das langsam in Schwärze übergeht, wie die Bildröhre eines alten Fernsehers. Ein letzter Gedanke, fünf Worte, die in ihr pulsieren.

Du

Kannst

Nicht

Hier

Sterben!

Die Wut verleiht ihr neue Kraft. Sie streckt den rechten

Arm so weit wie möglich vor. Es sticht in den Fingern, die Hand ist kurz davor abzuknicken, als sie eine deutliche Kante spürt. Das muss das andere Ende der Öffnung sein.

Ihre Finger krümmen sich zu einer Kralle, aber es gelingt ihr, sie um die Kante zu schließen. Mit allerletzter Kraft stemmt sie sich mit dem rechten Arm ab und dreht gleichzeitig den Körper. Der Druck auf sie nimmt zu, das Wasser strömt um ihren Kopf, sodass es in den Ohren dröhnt. Der Mund will sich öffnen, um einen Atemzug zu nehmen und ihre Lungen mit schwarzem Grubenwasser zu füllen.

Deshalb beißt sie die Zähne zusammen, hält dagegen an, bis ihre Kiefer knacken, während sie sich weiterhin windet. Und plötzlich kommt sie frei, wird wie ein Pfropfen aus einem Abfluss gespült. Sie stößt sich erst den Kopf an, dann das Knie. Sie strampelt mit den Beinen, erreicht den Grund und drückt sich hoch. Sie kann nicht länger die Luft anhalten. Ihr Mund öffnet sich, sie atmet ein. Die Lungen füllen sich, nicht mit Wasser, sondern mit kalter, feuchter Luft, die einen schwachen Duft nach Wald mit sich trägt.

40

Das Luftloch befindet sich direkt hinter der Biegung, genau wie sie es sich vorgestellt hat. Ein Erdrutsch hat eine etwa zehn Zentimeter breite Öffnung in der Decke geschaffen, um die herum die Erde locker ist. Ihre von der Kälte steifen Finger sind hart wie eine Hacke, als sie Grasbüschel und Steine herausreißt. Sie kneift die Augen zusammen, weil ihr Erde ins Gesicht fällt. Ihr Körper zittert unkontrolliert. Aber nach nur wenigen Minuten Arbeit ist das Loch groß genug, dass sie sich mit den Füßen gegen die eine Tunnelwand stemmen und sich hindurchschieben kann.

Als Kopf und Arme aus dem Loch hinausschauen, greift sie nach Grasbüscheln am Boden der Senke. Zentimeter für Zentimeter zieht sie sich heraus, bis der ganze Körper draußen an der warmen Luft ist. Sie rollt sich auf den Rücken, ihr Körper zittert noch, und plötzlich bricht sie in Gelächter aus. Sie lacht so, dass ihr die Tränen kommen, sie bebt vor Lachen, und gleichzeitig zittert ihr Körper noch vor Kälte. Sie muss wie ein Waldgespenst wirken. Ein Troll oder Alb, der nass und schmutzig und mit blutigem Gesicht aus der Unterwelt hervorgekrochen ist.

Die Lachattacke geht vorüber, aber das Kältezittern bleibt. Trotz der steifen Finger gelingt es ihr, den durchnässten Pullover auszuziehen, aber das hilft nur vorübergehend. Sie braucht Wärme, mehr Wärme, als diese schattige Senke zu bieten hat.

Sie kämpft sich aus der Vertiefung heraus und versucht sich zu orientieren. Sie erkennt, dass sie nicht weit von dem dichten Gestrüpp herausgekommen ist, in dem sich der Schuppen befindet. Sie stolpert dorthin.

Das gestapelte Brennholz darin ist mit Sicherheit uralt, aber es liegt unter einem Dach, und der Wind, der durch die Bretter bläst, hat dafür gesorgt, dass es trocken bleibt. Die Sturmzündhölzer, die sie vorhin gefunden hat, sind zum Glück fast genauso trocken, daher dauert es nur wenige Minuten, bis sie mithilfe einiger Handvoll Reisig in dem kleinen Ofen ein Feuer angezündet hat. Wie alles andere, was mit Wald und Natur zu tun hat, hat sie diese Fertigkeit Onkel Harald zu verdanken.

Sie hängt ihre nassen Kleider neben den Ofen, sitzt zitternd in BH und Unterhose davor und hält die Hände ans Feuer. Sie spürt den stechenden Schmerz, als das Gefühl langsam wiederkehrt, und ist erneut kurz davor, in Gelächter auszubrechen.

Sie hat während ihrer Ausbildung zur Therapeutin über dieses Phänomen gelesen, aber es nie wirklich erlebt. Die Überlebenseuphorie. Das Gefühl erinnert an einen Kokainrausch, und einige Minuten lang fühlt sie sich unsterblich. Als habe sie überhaupt keine Sorgen auf der Welt. Aber so, wie ihre Körpertemperatur langsam wieder normal wird, kehrt auch ihre Gemütsstimmung wieder zum Normalzustand zurück.

Was hat dieser idiotische Ausflug eigentlich gebracht? Die Frage ist leicht zu beantworten. Überhaupt nichts. Natürlich hat sie das gefunden, was wahrscheinlich Sailors und Rooths Hütte ist, aber es gibt nichts, was darauf hindeutet, dass Billy jemals hier gewesen ist. Nichts, was seinen Tod entweder bestätigt oder einen Hinweis darauf gibt, dass er überlebt haben kann, was sie im tiefsten Inneren gehofft hat. Und auch wenn Sailors dementes Hirn ein paar klare Sätze hervorgebracht hat, ist sein Gefasel über die Wahrheit kaum zuverlässig. Summa summarum ist sie den Antworten auf all die Fragen, die ihr durch den

Kopf schwirren, nicht näher gekommen. Und Isaks Identität bleibt damit ein Mysterium.

Sie klaubt kleine Steine aus dem Profil ihrer Schuhsohlen und wirft sie verärgert in das Dornengestrüpp gegenüber des Eingangs zum Schuppen. Die Steine stammen aus dem Stollen. Sie sind klein und schwarz und lassen sich fast zwischen den Fingern zerdrücken. Sie bestehen aus Schlacke, Steinkohle von schlechter Qualität, die früher zu Schotter gemahlen und auf Sportplätze und Laufbahnen in halb Schonen gestreut oder einfach draußen im Gelände zu großen Haufen aufgeschüttet wurde. Sie wirft noch einen Schlackestein weg. Er trifft etwas im Dickicht und verursacht einen metallisch klingenden Ton.

Verwundert schaut sie dorthin, schlüpft in die nassen Schuhe und geht hinaus. Das Dornengestrüpp wächst dicht. Sie wirft noch einen Stein in dieselbe Richtung wie den vorigen. Ein erneutes Klingen, lauter diesmal. Da drin liegt etwas, versteckt zwischen den spitzen Dornen. Sie geht wieder in den Schuppen, zieht sich die Hose und den Pullover an, die zwar noch nicht ganz trocken sind, aber zumindest warm. Dann sucht sie sich einen Weg ins Dickicht.

Obwohl sie sich vorsichtig bewegt, graben sich ein paar Dornen fast unmittelbar in ihre Waden. Andere erwischen ihre Arme, und sie verzieht das Gesicht.

Sie hat sich schon zigmal gestochen, als ihr Fuß gegen etwas Hartes stößt. Es dauert einen Moment, bis sie erkennt, dass es sich um eine Art große Kiste handelt, die von einem schmutzigen Tarnnetz verdeckt ist.

Sie zerrt am Netz und spürt Spannung in sich aufsteigen, als sie den Gegenstand aufdeckt. Ein viereckiger Senkkasten aus Metall, etwas größer als eine Waschmaschine, der auf einem gegossenen Betonfundament steht.

Auf der Oberseite befinden sich ein großer Handgriff und zwei Metallösen. Der Senkkasten, in dem bestimmt einmal Dynamit aufbewahrt wurde, ist groß genug für einen ausgewachsenen Mann in zusammengekauerter Stellung und in jedem Fall für ein Kind.

Die Schläge in ihrer Brust sind jetzt fast schmerzhaft, und bevor sie sich an dem Deckel zu schaffen macht, muss sie einen Moment innehalten und die Hände auf die Knie legen, um einen Brechreiz zu unterdrücken. Als sie wieder steht, entdeckt sie etwas auf dem Boden neben dem Betonfundament. Es sind die Reste eines kräftigen Vorhängeschlosses, das wahrscheinlich an den Ösen auf dem Deckel befestigt gewesen ist. Sie hebt es auf. Der Bügel des Schlosses wurde mit einem einzigen Schnitt durchtrennt, wozu sicher ein Bolzenschneider nötig war. Die Schnittstelle sowie der Rest des Schlosses sind ziemlich rostig. Das Hängeschloss lag bestimmt jahrelang auf dem Boden.

Sie richtet sich auf. Dann holt sie ein paarmal tief Luft, greift nach dem Bügel und versucht, den Deckel anzuheben. Er ist schwer, mindestens zehn Zentimeter dick, aber nach ein paar Versuchen gibt er dennoch nach. An spröden, quietschenden Angeln schwingt er auf.

Der Senkkasten ist fast leer, was sie ein wenig durchatmen lässt. Die Innenseite ist mit Brettern ausgekleidet. An der einen Seite gibt es ein Gestell und ein Regal. Auf dem Regalbrett steht eine Spraydose, die sie wiedererkennt. Waffenöl.

Sie begreift sofort, was das bedeutet. Hier haben Rooth und Sailor ihre Waffen zum Wildern versteckt. Büchsen mit Schalldämpfern, für die sie keine Lizenz hatten und die sie nicht zu Hause aufbewahren wollten.

Am Boden des Kastens glänzt etwas. Eine Messinghülse klemmt zwischen den Bodenbrettern fest. Veronica verbiegt sich halb, beugt sich über die Kante und streckt den Arm so weit aus, wie sie kann. Sie zerrt an der Patrone und reißt dabei eine der Latten mit heraus.

Darunter gibt es noch einen Hohlraum. Sie erahnt etwas Dunkles, Viereckiges und beugt sich noch ein Stück vor. Ihre Füße baumeln frei, und einen Moment lang ist sie kurz davor, mit der Nase voran in den Kasten zu stürzen. Dann gewinnt sie ihr Gleichgewicht wieder, löst noch ein paar Latten und streckt sich nach dem Gegenstand. Eine grüne Blechkiste, ungefähr so groß wie ein dickes Buch. Sie nimmt sie an sich, schiebt sich zurück und aus dem Senkkasten heraus.

Das Kästchen ist leicht, und als sie es umdreht, entdeckt sie, dass es nicht verschlossen ist. Sie öffnet es. Leer, wie sie schon geahnt hat. Die Frustration ist so groß, dass sie kurz überlegt, es in das nächste Dickicht zu werfen. Aber dann sieht sie, dass etwas zwischen den Ritzen des Kastens festklemmt. Ein kleiner weißer Zettel, den sie behutsam herauszieht. Das Papier ist gefaltet. Es sieht aus wie ein dreieckiges Fach, und als sie es vorsichtig auseinanderzieht, stellt sie fest, dass etwas darin steckt. Etwas so Dünnes und Helles, dass man es kaum sieht, das aber unmittelbar das Eisloch in ihrer Brust öffnet.

Drei kurze, blonde Haarsträhnen.

41

Es ist beinahe sieben Uhr abends, als sie zu dem kleinen Forstweg zurückkommt, wo sie ihr Auto stehen gelassen hat. Ihre Kleider und Schuhe sind immer noch feucht und stinken nach Grubenwasser, aber die Kletterei aus der Schlucht heraus und die Wanderung durch den Wald haben sie aufgewärmt.

Sie versucht die Kiste so zu tragen, dass sie eventuelle Fingerabdrücke nicht zerstört, und ist so in Gedanken versunken, dass sie den anderen Wagen erst bemerkt, als sie fast davorsteht. Ein grüner Pick-up mit dem Logo von Aronssons Farming.

Der Fahrer steht gegen ihre Motorhaube gelehnt da. Pilotensonnenbrille, grüne Truckerkappe, dunkle Arbeitshosen. Ein Flanellhemd mit hochgekrempelten Ärmeln.

Er hält ein Handy ans Ohr gepresst und dreht sich zu ihr um, als sie aus dem Wald kommt. »Sie ist gerade aufgetaucht. Ich ruf zurück«, hört sie ihn sagen, bevor er das Gespräch beendet.

Es ist Patrik, den sie gestern auf dem Weg zum Hof getroffen hat. Patrik Brink, erinnert sie sich jetzt. Er ist der Sohn von Onkel Haralds Vorarbeiter und außerdem Cecilias Cousin.

Die Erinnerung, die sie das letzte Mal unterdrückt hat, drängt sich an die Oberfläche. Es ist 1986, und sie wird bald siebzehn. Ihre Mutter ist seit drei Jahren tot, genauso lange ist Abba getrennt, und Mattias wohnt in Stockholm. Bei irgendjemandem findet ein Fest im Partykeller statt. Das Licht ist aus, die Luft spannungsgeladen, und auf dem CD-Spieler läuft »Take My Breath Away«. Die fremde Zunge in ihrem Mund schmeckt nach Tabak und

Bier. Eine Hand schiebt sich unter ihren Pullover, knöpft ihre Hose auf. Schnell verdrängt sie die restliche Erinnerung.

Patrik Brink gehörte damals zu den Coolen. Typen mit Führerschein, deren Lebenshöhepunkt wahrscheinlich genau zu dieser Zeit stattfand, irgendwo zwischen sechzehn und zwanzig. Er hat zehn Kilo zugelegt, vor allem an Muskeln, wie es scheint, und die damalige Rotzbremse ist einem gut gepflegten Ziegenbart gewichen, aber ansonsten hat er sich nicht besonders verändert. Sein Selbstbewusstsein scheint unverändert, und er hat ein wettergebräuntes Gesicht, das gar nicht unattraktiv ist. Vielleicht ist er doch einer der wenigen, deren Formkurve nach oben weist. Er nimmt die Pilotensonnenbrille ab und grinst sie an.

»Wo zum Teufel bist du gewesen, Vera?«

Sie sieht ihr Spiegelbild in einer der Autoscheiben und muss zugeben, dass die Frage durchaus berechtigt ist. Ihre Kleider sind voller Schlacke, Blut und Erde. Ihr Gesicht ist dreckig und ihr Haar strähnig.

»Ich bin hingefallen«, sagt sie.

»Wo denn? Und was wolltest du da draußen?«

Sie zuckt mit den Schultern. Sie ignoriert die erste Frage und geht gleich zur zweiten über. »Ich habe eine alte Hütte gesucht, die wir als Kinder hatten. Aber ich habe mich verlaufen.«

Patrik schaut sie an, als würde er ihr nicht wirklich glauben oder sie für nicht ganz richtig im Kopf halten.

»Und hast du sie gefunden? Die Hütte?«

»Mm.« Sie hat schon keine Lust mehr auf dieses Gespräch, dreht sich zur Fahrertür um und sucht in der Hosentasche nach dem Autoschlüssel.

»Was ist das da?« Er nickt zur Blechkiste.

»Ach, das habe ich gefunden.«

»In der Hütte?«

Sie findet den Schlüssel, schließt die Tür auf und legt die Kiste schnell auf den Boden vor den Beifahrersitz. Als sie sich umdreht, hat er den Platz gewechselt. Er steht genau vor ihr, auf der anderen Seite der geöffneten Fahrertür, viel zu nah. Das Lächeln auf seinem Gesicht hat sie schon einmal gesehen, bei anderen Männern. Den Blick auch.

»Alle suchen nach dir, Vera. Deine Leute sind in Sorge.«

»Du meinst meinen Onkel. Mit ihm hast du doch gerade telefoniert, oder?«

Er zieht eine Grimasse, die ihre Behauptung weder bestätigt noch verneint. Dann lächelt er wieder.

»Wie lange arbeitest du schon für ihn?«, fragt sie, vor allem um sein Grinsen loszuwerden.

»Immer mal wieder, seit ich fünfzehn war. Mit Unterbrechung für den Militärdienst und die landwirtschaftliche Uni. Harald hat mich überredet zu studieren. Er hat während der Ausbildung meinen Unterhalt und alles andere bezahlt, er ist mein Mentor, und ich habe den Job als Vormann übernommen, als Vater in Rente ging. Aber das weißt du sicher alles schon.«

Sowohl die Behauptung als auch der Ton provozieren sie. Als ob Patrik Brink so unerhört wichtig wäre, dass sie sechshundert Kilometer weit weg von ihm gehört hätte. In Wahrheit hat sie seit Jahren nicht mehr an ihn gedacht.

»Und deshalb gehorchst du einfach seinen Befehlen? Tust, was dir gesagt wird.« Sie ahmt reflexmäßig seinen unangenehmen Tonfall nach. Es funktioniert besser als gedacht.

»Ich bin Haralds Vormann, nicht irgendeine dämliche

Hilfskraft. Aronssons Farming würde keinen Tag ohne mich auskommen.«

»Ach ja? Ich frage mich, ob Onkel Harald das auch so sieht.«

Patrik beugt sich vor. Sie haben immer noch die Autotür zwischen sich, trotzdem fühlt sich seine Anwesenheit zudringlich an. Sein Blick wandert von ihren Augen über ihren Körper und wieder zurück.

»Du hast dich nicht verändert, Vera.« Seine Selbstsicherheit ist wieder da. »Genauso hübsch wie früher, nur mit etwas mehr Formen. Erfahrener als das letzte Mal. Du erinnerst dich doch an Jockes Partykeller?«

Sie wird von der plötzlichen Lust gepackt, die Autotür zu fassen und sie ihm gegen die Brust zu schlagen. Ihn an den Haaren zu reißen, während er nach Luft schnappt, seinen Kopf gegen das Auto zu drücken und dieses selbstgefällige Grinsen aus ihm herauszuschlagen. Sie weiß, dass sie nicht so denken sollte, dass der etwas zu große Bengt recht damit hat, dass diese Art von Wut nie zu etwas Gutem führt. Also zuckt sie stattdessen mit den Achseln, lässt sich auf den Fahrersitz gleiten und startet den Motor.

»Das Einzige, woran ich mich erinnere, ist, dass du einen verdammt kleinen Schwanz hattest«, sagt sie, bevor sie ihm die Tür vor der Nase zuschlägt.

Die Müdigkeit holt sie auf der Fahrt nach Hause ein, und sie kurbelt das Seitenfenster herunter, damit der Windzug sie wach hält. Jetzt zahlt der Körper für die Anstrengungen und Adrenalinschübe von vorhin, und sie weiß, dass sie dagegen ankämpfen muss. Dennoch merkt sie, dass ihre Gedanken beginnen abzuschweifen, und während draußen die Dämmerung einsetzt, füllt sich ihr Bewusstsein mit Nebel.

Ihre Augenlider fallen zu, der Kopf folgt nach, und obwohl sie zu einem gewissen Teil merkt, was passiert, schafft sie es nicht, Widerstand zu leisten. Der Wagen beginnt, über die Fahrbahn zu schlingern, streift den linken Straßenrand. Die Reifen knirschen warnend über den Rollsplitt. Aber in ihrem Kopf läuft »Take My Breath Away«, und Mama ist tot und Billy verschwunden, und Mattias hat sie verlassen. Der Wagen quert die Fahrbahn, gleitet über den rechten Straßenrand, und seltsamerweise sieht sie, dass es passiert, obwohl ihre Augen beinahe geschlossen sind. Sie begreift, dass sie dabei ist, in den Straßengraben zu fahren, bereitet sich auf den Crash vor, ohne dass sie versucht, ihn zu verhindern.

Da leuchtet etwas direkt vor dem Auto auf. Zwei glänzende Punkte, die das Licht der Scheinwerfer reflektieren. Augen, die auf das heranrasende Fahrzeug starren.

Und auf einmal erwacht ihr Reaktionsvermögen. Ihr Fuß tritt so hart auf die Bremse, dass es in den Gelenken knackt, die Hände reißen wild am Steuerrad und können in allerletzter Sekunde verhindern, dass der Wagen von der Straße abkommt. Die Bremsen kreischen auf, begleitet vom Quietschen der Reifen und dem Zischen des Asphalts. Ein kurzer Ruck im Lenkrad, dann ist alles still.

Einen Moment lang bleibt sie mit klopfendem Herzen und zitternden Armen sitzen. Der Geruch nach Gummi und warmem Asbest zieht durch das geöffnete Seitenfenster herein, sodass sich ihr fast der Magen umdreht. Sie schluckt, öffnet die Tür. Sie steigt aus, um nachzusehen, was für ein Tier sie überfahren hat. Auf dem Feld rechts vom Wagen zeichnen sich drei Windräder gegen den Himmel ab. Sie zwinkern ihr mit roten Augen zu. Die Blätter bewegen sich langsam im leichten Abendwind. Sie geben ein dumpfes, pulsierendes Grollen von sich.

Ihr Magen beruhigt sich wieder. Sie stützt sich auf die Motorhaube, geht langsam um den Kotflügel herum, auf das Schlimmste gefasst. Sie hat schon Wildunfälle gesehen. Sie erinnert sich, dass Onkel Harald über die Weicheier schimpfte, die nicht den Mumm hatten, verletzte Tiere zu töten, sondern sie in Todesangst schreiend liegen ließen. Sie weiß, wie so ein Schrei klingt. Flehend, erschrocken, geradezu menschlich.

Aber das Einzige, was zu hören ist, als sie langsam den Kotflügel umrundet, sind die Grillen und der Herzschlag der Windriesen. Beide vorderen Scheinwerfer sind intakt, und es gibt weder Blut noch Fell oder irgendwelche neuen Dellen in der Stoßstange. Auch keine Blutspuren auf dem Asphalt um den Wagen herum. Sie macht ein paar wackelige Schritte zur Seite und erbricht sich in den Straßengraben.

42

Als sie auf den Hof fährt, wird es schon dunkel. Oben im Wohnhaus brennt Licht, und zwei Autos stehen neben dem ihres Vaters auf der Wendeplatte. Das eine gehört Mattias, das andere ist ein großer, glänzender Land Rover. Sie zögert kurz und beschließt dann, die Blechkiste nicht mit hineinzunehmen.

Als sie leise die Haustür öffnet, hört sie mehrere Stimmen, die sie ziemlich schnell identifizieren kann. Außer ihrem Vater hört sie Mattias, Cecilia und ihre drei Mädchen. Onkel Harald, seine Frau Tess.

Sie schleicht sich ins Haus, geht in die Waschküche und wäscht sich in dem großen Ausguss den schlimmsten Schmutz und das Blut ab. Dann macht sie sich einen Pferdeschwanz. Im hintersten Kleiderschrank findet sie einen Stapel abgelegter Kleider. Jogginghosen, die einmal ihr gehört haben müssen, und einen von Mattias' alten Pullovern, der mehrere Nummern zu groß ist, aber auf jeden Fall die Narbe am Unterarm versteckt. Sie zieht die Kleider an und spiegelt sich in einem der Fenster, bevor sie sich sammelt, um zu den anderen hineinzugehen.

Sie sitzen im Esszimmer, und alle begrüßen sie fröhlich, obwohl sie zu spät kommt. Mattias und die Mädchen wirken dabei einigermaßen aufrichtig, aber Cecilias Freude ist genauso gespielt wie ihre eigene.

Tess und Onkel Harald haben einen Sohn, Timothy. Als Veronica ihn zuletzt gesehen hat, war er nur ein kleines Bündel. Jetzt ist er groß, fünf oder sechs Jahre alt. Der Junge ist schüchtern, will auf den Schoß seines Vaters, verbirgt das Gesicht an dessen Hals. Onkel Harald hält ihn so vorsichtig, als sei er ein Vogelbaby. Sein Gesicht strahlt vor Stolz, und auch wenn der Junge dunkles Haar hat und vor allem seiner thailändischen Mutter ähnelt, muss Veronica an Billy denken. Sie schielt zu ihrem Vater und erkennt an seinem Blick, dass sie nicht allein damit ist. Vor allem nicht, wenn Tess ihren Sohn Timmy nennt.

Onkel Harald ist der Alte geblieben, er ist nur ein wenig grauer und vielleicht runder geworden. Die scharfe Nase und die buschigen Augenbrauen des Großvaters sind noch deutlich erkennbar. Die Augen haben sich nicht verändert. Hart, wachsam. Außer wenn sie Timothy anschauen. Dann werden sie weicher, machen aus ihm fast eine andere Person.

»Begrüße deine Cousine Vera«, sagt er und zwinkert ihr über den Kopf des Jungen zu. »Sie hat heute Abenteuer erlebt. Sie ist hier überall herumgefahren und -geflogen. Sie war sogar unter der Erde, scheint mir.«

Beim Essen versucht Veronica mit Mattias Augenkontakt zu bekommen. Aber er ist vollauf damit beschäftigt, den guten Ehemann, Vater und Sohn zu spielen.

Sie studiert ihren großen Bruder, versucht zu begreifen, was zwischen ihm und Cecilia los ist. Ob sie wegen der Kinder nur tun, als ob. In dem Fall gelingt es ihnen gut. Sie beobachtet sogar, wie Mattias gelegentlich Cecilias Hand nimmt, eine Geste, die sie beinahe so verwundert wie die Tatsache, dass Onkel Harald so ein stolzer Vater ist. Aber was sie am meisten überrascht, ist, dass sie das Essen eigentlich ganz nett findet. Alle sprechen munter durcheinander, füllen das sonst so stille Zimmer mit Reden und Lachen. Sogar ihr Vater sieht ein bisschen fröhlich aus, eilt zwischen dem großen Esstisch und der Küche hin und her, um mehr Wein zu holen und die Schüsseln aufzufüllen. Als alle überschwänglich seine Kochkunst loben, lächelt er ein kleines bisschen. Nicht einmal die vorhersehbare Amerika-Anekdote von Onkel Harald langweilt sie. Vielleicht liegt es am Wein, aber einen Moment lang scheint tatsächlich alles so zu sein, wie es soll. Fast normal. Dann fällt ihr die Blechkiste draußen im Wagen ein. Der Zettel mit der blonden Haarsträhne.

Timothy taut nach dem Essen auf, wagt es, sich auf ihren Schoß zu setzen, während sie eine Geschichte aus einem der abgegriffenen Disney-Alben vorliest, die im Bücherregal stehen. Seine kleinen Patschhände sind klebrig von den Süßigkeiten, mit denen seine Mutter ihn ständig füttert, obwohl er eine doppelte Portion Nachtisch gegessen hat. Als er den Kopf an ihre Brust legt, kann sie es nicht lassen, an seinen Haaren zu riechen. Sie zieht diesen lieblichen Geruch ein, den nur kleine Kinder haben und der das Eis in ihrer Brust wieder zum Knacken und Rumoren bringt. Der Junge streckt einen klebrigen Finger aus und zeigt auf eines der Bilder im Buch. Eine Gestalt mit rotem Pelz und einem listigen Lächeln auf den Lippen.

»Ein Fuchs«, sagt der Junge. »Papa schießt Füchse. Stimmt doch, Papa?«

Onkel Harald dreht sich zu ihnen um und tätschelt dem Jungen den Kopf.

»Ganz genau. Alle Jäger schießen Füchse, sobald sie die Gelegenheit dazu haben, Tim.«

»Warum?«

»Weil es nur Platz für einen Jäger im Wald gibt.« Er zwinkert Veronica über seinem Cognacglas zu, um ihr zu zeigen, dass er Spaß macht. Aus irgendeinem Grund ist sie sich da nicht ganz sicher.

Als es für alle Zeit ist zu gehen, begleitet Veronica sie nach draußen zu den Autos. Es ist fast halb elf, die kleinsten

Kinder sind eingeschlafen und müssen getragen werden. Sie selbst hat drei Tassen Kaffee getrunken und ist in der seltsamen Verfassung, dass ihr Körper am Ende ist, aber ihr Kopf ganz klar.

Draußen gelingt es ihr endlich, Mattias allein zu erwischen. »Ich will dir was zeigen«, flüstert sie. »Etwas, das ich oben im Wald gefunden habe. Ich glaube, es könnte mit Billy zu tun haben.«

»Was denn?« Seine Stimme ist wachsam, angespannt.

Bevor sie etwas sagen kann, taucht Onkel Harald wie aus dem Nichts auf.

»Es ist schön, dich zu Hause zu haben, Vera«, sagt er und klingt, als würde er es meinen. »Schön, die ganze Familie versammelt zu haben.«

Sie nickt, weiß nicht so recht, was sie sagen soll.

»Ohne Familie kommt man nicht klar. Nicht auf Dauer. Oder was meinst du, Mattias?«

Er klopft Mattias auf den Rücken, und sie sieht, dass der Blick ihres Bruders seinem ein wenig ausweicht.

»Hast du übrigens schon mit Ebbe gesprochen? Es ist alles ganz einfach. Er braucht nur zu unterschreiben, dann kümmern wir uns um den Rest.«

»Was unterschreiben?«, fragt sie, einen Moment zu schnell.

Es wird kurz still. Keiner der beiden Männer scheint antworten zu wollen.

»Was soll Papa unterschreiben?«, wiederholt sie.

Bevor einer von ihnen noch etwas sagen kann, hupt Tess.

»Zeit zu fahren«, sagt Onkel Harald. »Wie gesagt, schön, dich zu sehen, Vera. Ich hoffe, es dauert nicht wieder so lange bis zum nächsten Mal.« Er wendet sich an Mattias, klopft ihm noch einmal auf den Rücken. »Wir telefonieren morgen. Und vergiss nicht, mit deinem Vater zu sprechen.«

»Worum geht es denn?«, fragt Veronica, als sie Onkel Harald zum Abschied winken.

»Er will noch mehr Windräder bauen. Doppelt so hohe. Die alten da draußen ersetzen.« Mattias zeigt in die Dunkelheit, auf die andere Seite vom Haus. »Papa muss unterschreiben, dass er dem Bau zustimmt.«

»Das kann er doch nicht machen. Die Windräder nehmen die ganze Aussicht da hinten weg. Man hört den Lärm dann bis in den Garten.«

Mattias zuckt mit den Schultern.

»Ja, schade, dass du dich mit so etwas auseinandersetzen musst, wenn du einmal alle fünf Jahre ein Wochenende zu Hause bist.«

Er klingt nicht unfreundlich, er stellt es nur fest und ist vielleicht ein bisschen betrunken. Trotzdem macht es sie traurig.

»Kommst du, Mattias?«, ruft Cecilia vom Auto aus.

»Ich muss jetzt gehen.« Er wirkt auf einmal reumütig, als sei ihm klar, dass er eine Grenze überschritten hat. »Komm morgen um neun auf der Wache vorbei, dann reden wir weiter.«

Sie nickt. Sie bleibt stehen und sieht dem Wagen nach, während sie überlegt, ihre Sachen zusammenzupacken, sich wie geplant in ihren eigenen Wagen zu setzen und das alles hinter sich zu lassen. Aber sie schlägt sich den Gedanken schnell aus dem Kopf. Sie muss Mattias die Kiste zeigen, damit er ihr hilft, die Puzzleteile zusammenzufügen. Sie zündet sich eine Zigarette an, raucht schweigend.

Irgendwo weit draußen in der Dunkelheit singt eine einsame Nachtigall.

43

Veronica wacht auf, weil sie friert. Das Fenster steht einen Spalt offen, wodurch die Feuchtigkeit der Nacht ins Schlafzimmer gedrungen ist. Sie steigt aus dem Bett und schließt es. Sie fühlt sich wie gerädert, und ihre Hände schmerzen. Die Köchel und Fingergelenke sind noch schwarz von der Kohle, die sich in der Haut festgesetzt hat. Die Schnittwunde über dem Auge brennt immer noch ein bisschen. Sie hat fest und traumlos geschlafen, fühlt sich aber nicht ausgeruht.

Draußen im Garten ist es fast ganz still. Nur ein leichter Wind bewegt die Zweige an den Bäumen. Südwind. Noch keinerlei Anzeichen für den Herbst, obwohl sich der August dem Ende zuneigt.

Als sie in die Küche kommt, hat ihr Vater für sie Frühstück gemacht. Speck, Rührei, geröstetes Brot. Sogar frisch gepressten Orangensaft. Sie will von der Person erzählen, die sie gestern Nacht im Rosengarten gesehen hat. Ihn fragen, warum er nicht aufgemacht hat, als sie an die Arbeitszimmertür geklopft hat, aus welchem Grund er alle Türen abschließt. Worüber er und Sailor sprachen, wenn sie in der Pizzeria zusammen Bier tranken. Aber ihr Vater hat nach dem gestrigen Abendessen immer noch gute Laune. Er redet über die Enkel, lächelt und streicht ihr übers Haar. Deshalb beschließt sie, dass das bis später warten kann. Bis sie mit Mattias gesprochen hat.

»Bleibst du bis zum Wochenende?«, fragt er und scheint davon auszugehen, dass sie Ferien hat, obwohl sie nichts davon gesagt hat. »Am Samstag ist unten im Park Erntefest. Ich hatte eigentlich nicht vor hinzugehen, aber wenn du da bist, dann …«

Sie antwortet diplomatisch, ohne irgendetwas zu versprechen. Dann bricht sie schnell auf, bevor sie seine Enttäuschung sehen kann.

Die Polizeistation im Dorf riecht nach Bürokratie und Reinigungsmittel. Sie war noch nie da, hat also keine Erinnerung, mit der sie den Ort vergleichen könnte, aber wie erwartet gibt es eine kleine Rezeption, an der Mattias sie abholen kommt.

Die Wände in seinem Dienstzimmer sind bedeckt mit Wimpeln, eingerahmten Abzeichen und anderen Polizeisouvenirs aus der ganzen Welt. Sie fragt sich, woher sie stammen, ob er sie von seinem Vorgänger geerbt hat oder ob er wirklich alle Polizeibehörden besucht hat, die hier repräsentiert sind. Greater Manchester Police, Miami-Dade Police Department, Polizei Rheinland-Pfalz. Auf dem Tisch stehen ein sperriger Computerbildschirm und ein Funkgerät, das ab zu rauscht und ein paar abgeschnittene Sätze von sich gibt, die nur mit Mühe zu deuten sind.

Sie kommt sofort zur Sache und erzählt, was im Rosengarten passiert ist. Berichtet von den Begegnungen mit Tante Berit, Lidija und ihrem Vater und schließlich mit Sailor im Altersheim. Sie spricht schnell weiter, bevor Mattias sie mit seinen Fragen und seinem Zweifel unterbrechen kann, und erzählt von dem Schuppen und der Blechkiste, die sie in dem zurückgelassenen Waffenkasten gefunden hat.

Dass sie in den Stollen gefallen ist, lässt sie weg und sagt auch nicht, dass Onkel Harald offenbar Patrik Brink darauf angesetzt hat, ein Auge auf sie zu haben. Mattias muss schon genug verdauen. Er zieht ein Paar Plastikhandschuhe an, dreht und wendet die Blechkiste und schaut sich das kleine Papierdreieck und die Haarsträhne mit einer Lupe genau an. Veronica muss grinsen, weil er ein bisschen wie ein altmodischer Detektiv aussieht.

»Eine Ecke«, murmelt er, eher für sich selbst als zu ihr.

»Was?«

»Das Papier. Das ist die Ecke von einem Umschlag.«

»Aha.« Sie beugt sich vor, schaut auf das Papier, das er vorsichtig in einer Hand hält, und erkennt, dass er recht hat. Wie dumm, dass sie es nicht schon selbst gesehen hat. »Was, glaubst du, kann das bedeuten?«

Er legt das Papierstückchen vorsichtig beiseite. »Wir wissen ja nicht sicher, ob es Billys Haare sind. Ich muss sie zur Analyse wegschicken. Bevor wir das wissen ...«

»Und wenn wir diesen Punkt jetzt mal überspringen«, unterbricht sie ihn. »Einfach mal davon ausgehen, dass es Billys Strähne ist.«

Mattias zuckt mit den Schultern. Er sieht lange nicht so interessiert oder aufgeregt aus, wie sie gedacht hätte.

»Okay, wenn wir mit dem Gedanken spielen, dass es wirklich Billys Haare sind.« Er lehnt sich auf dem Stuhl zurück. »Die Theorie der Polizei war ja, dass Tommy Rooth Billy entführt hat, um Onkel Harald zu erpressen. Wenn das stimmt, könnte die Ecke des Umschlags von einem Erpresserbrief stammen.«

»Aber es kam wohl nie ein Brief?«

»Nein, soweit wir wissen, nicht. Vielleicht hat Rooth trotzdem eine Strähne von Billy abgeschnitten und in einen Umschlag gesteckt. Eine Nachricht geschrieben, in der er Geld verlangt hat. Aber aus irgendeinem Grund wurde der Brief nie abgeschickt. Vielleicht ging die Sache schief, und Billy starb ziemlich schnell, sodass Rooth den Brief weggeschmissen hat. Alles, was übrig blieb, war die Ecke, die in der Kiste feststeckte.«

»Oder alles hat sich ganz anders abgespielt.« Sie holt

das Phantombild hervor, faltet es auf und streicht es auf dem Schreibtisch vor ihrem Bruder glatt. Sie registriert, dass er einen harten Zug um den Mund bekommt.

»Ein Mann, der so aussieht, hat Sailor oben in Ekhagen besucht. Er hat sich als Isak präsentiert und den Pflegerinnen gesagt, dass er der Neffe des Alten ist. Sie erinnern sich gut an ihn. Und als ich Sailor das Bild gezeigt habe, sah man deutlich, dass er ihn erkannte.«

Mattias schaut erst das Bild an, dann sie. Plötzlich sieht er ein bisschen interessierter aus. Er will gerade etwas sagen, als es an der Tür klopft. Eine Frau um die dreißig steckt den Kopf herein. Der Ausdruck in ihrem Gesicht, bevor sie feststellt, dass Mattias nicht allein ist, verrät Veronica sofort, wer sie ist.

»Oh, entschuldige. Ich wusste nicht, dass du Besuch hast.« Die Frau bleibt in der Tür stehen. Sie ist hübsch, hat dunkle Augen, und ihre Haut hat fast den gleichen Bronzeton wie Leons.

»Das ist meine Schwester.« Mattias klingt befangen.

»Aha, hallo«, erwidert die Frau und lächelt, ohne zu sagen, wie sie heißt. Auch Mattias stellt sie nicht vor.

»Gibt es irgendetwas Besonderes?«

»Nichts, was nicht warten kann. Nett, dich kennenzulernen.« Die Frau nickt Veronica zu und schließt die Tür hinter sich.

Mattias weicht ihrem Blick aus. Veronica weiß nicht recht, was sie sagen soll, um die angespannte Stimmung zu lösen, die gerade entstanden ist. Offenbar weiß Mattias es auch nicht, denn er steht plötzlich vom Stuhl auf.

»Komm, ich will dir was zeigen.«

Sie folgt ihm eine Treppe hinunter, an einer Reihe von Schränken, zwei Umkleideräumen und einer geöffneten

Tür vorbei, die in einen winzigen Fitnessraum führt. Sie gehen den Gang weiter, bis sie zu einer Brandschutztür mit der Aufschrift »Archiv« kommen.

Der Raum ist eine rechteckige, fensterlose Schachtel, und obwohl er groß ist, erinnert er sie an den alten Melkraum. Sie schließt die Augen, schluckt.

Die Luft darin ist trocken, gesättigt von dem Geruch nach Druckerschwärze, Staub und Papier. Ein Mittelgang führt zwischen Regalreihen voller Ordner, Zeitschriftensammler und Kartons hindurch. Sie liest die Jahreszahlen auf den Regalbrettern: 1998, 1995, 1993. Mattias geht weiter, biegt zielstrebig um eine Ecke mit der Markierung 1983 und bleibt stehen. Er deutet auf das Regal an der Wand. Blaue Ordner, an die zwanzig Stück, alle mit derselben Vorgangsnummer auf dem Etikett.

»Das ist die Untersuchung zu Billy. Neunzehn volle Ordner, die Månsson hinterlassen hat. Ich bin alles sicher zehnmal durchgegangen, habe mir jedes Verhör durchgelesen, jeden Bericht, jede Aufzeichnung.« Er fährt mit den Fingern über die Ordner. »Was auch immer die Leute sagen, Månsson hat wohl sein Bestes getan. Er hat die Suche nach Billy fortgesetzt, lange nachdem der Staatsanwalt den Fall niedergelegt hatte. Er ist Hinweisen nachgegangen, egal, wie weit hergeholt sie waren. Er hat wohl gehofft, dass Rooth irgendwann hierher zurückkehren würde.«

»Ist er das?« Sie kennt die Antwort schon, bevor Mattias den Kopf schüttelt.

»Das letzte Lebenszeichen ist eine grußlose Postkarte an Nilla Rooth, abgestempelt in Rotterdam. Sie tauchte ungefähr einen Monat nach Rooths Verschwinden auf. Sven Postbote hat sie entdeckt und der Polizei gegeben. Ich glaube, dass Månsson zu Nilla gefahren ist und sie ihr gezeigt hat. Sie muss hier irgendwo liegen. Ich habe sie selbst gesehen.«

Er deutet auf die Ordner.

»Auf der Postkarte ist ein Lastboot, was vermutlich bedeutet, dass Rooth zur See gegangen ist. Es gibt Aufzeichnungen, die belegen, dass Månsson bei Seemannskirchen und Seemannsheimen in Rotterdam und anderen Hafenstädten angerufen hat. Rooth war trotz allem ihr einziger Verdächtiger, der Einzige mit einem Motiv, deshalb kann ich verstehen, dass Månsson nicht aufgeben wollte. Dass er zumindest wissen wollte, wo Rooth war, falls Billys Körper gefunden wurde und sich die Beweislage änderte. Aber er hat ihn nie aufgespürt.«

»Und das Auto? Rooths alter Amazon? Was ist mit dem passiert?«

»Der wurde auch nie gefunden. Wahrscheinlich irgendwo verschrottet.«

»Und Månsson? Was ist aus ihm geworden?«

»Er ist zurück nach Östergötland gezogen. Nach Mjölby, glaube ich. Das war wohl auch gut so. Die meisten gaben ihm die Schuld dafür, dass Rooth noch frei herumlief, auch wenn ich anderer Meinung bin. Ich bin mir nicht sicher, dass ich mehr Erfolg gehabt hätte.«

Mattias zuckt leicht mit den Schultern.

»Lebt er noch?«

»Ich glaube schon. Jemand hat erzählt, dass er krank war. Magenkrebs oder etwas in der Richtung. Du erinnerst dich doch an Månsson?«

Sie nickt. »Er sah immer ein bisschen angespannt aus, und dann hat er so lustig geredet. Ostgotländisch, mit schonischen Wörtern vermischt. Aber ich weiß noch, dass ich fand, dass er freundliche Augen hatte.«

Und dass ich ihn angelogen und gesagt habe, dass wir

gleichzeitig nach Hause gekommen sind, denkt sie. Damit du keinen Ärger bekommst. Denn damals waren es du und ich gegen den Rest der Welt.

»Was willst du eigentlich mit alldem sagen?«

Mattias dreht sich zu ihr um. »Bist du seit dem Sommer damals in Billys Zimmer gewesen? Oder in Mamas?«

Sie schüttelt den Kopf. »Sie sind doch abgeschlossen.«

»Weißt du, warum?«

Sie glaubt die Antwort zu kennen, aber beschließt mitzuspielen. »Nein.«

»Ich habe versucht, Papa dazu zu bringen, runter ins Dorf zu ziehen. Sich eine Erdgeschosswohnung zu besorgen und näher bei den Enkeln zu sein. Onkel Harald hat angeboten, Backagård zu einem guten Preis zu kaufen.«

»Aber?«

»Papa weigert sich umzuziehen. Er will nichts davon hören. Und deshalb weigert er sich auch, Onkel Haralds Baugenehmigungen zu unterschreiben.« Er unterbricht sich, scheint nachzudenken. »Was ich sagen will, ist, dass man früher oder später die Vergangenheit ruhen lassen muss. Sonst läuft man Gefahr, dort hängen zu bleiben.«

Sie gehen zu Mattias' Büro zurück und halten kurz an der Teeküche, um zwei abgestoßene Becher Kaffee zu holen. Auf der Wache ist es fast still, alles, was man hört, ist das Rauschen des Polizeifunks und das Klappern einer Tastatur irgendwo den Gang hinunter.

»Ich schicke die Probe heute ins Labor«, sagt er, nachdem jeder einen Schluck Kaffee getrunken hat. »Auch wenn die Haarsträhne von Billy sein sollte, glaube ich nicht, dass uns das weiterbringt.«

Sie nickt, hat sich das schon gedacht.

»Und dann spreche mit dem Altersheim Ekhagen und

bitte den Leiter anzurufen, falls dieser Isak wieder auftaucht«, fährt Mattias fort. »Was Papa und diese Person angeht, die du im Garten gejagt haben willst …«

»Was heißt hier willst? Ich bin mir sicher. Da war jemand!«

Mattias stellt die Tasse ab und hebt beschwichtigend die Hände.

»Entschuldige, falsche Wortwahl. Aber wenn ich dich richtig verstehe, hast du niemanden gesehen. Genauso wenig wie in Stockholm.«

»Ich bin mir ganz sicher.« Sie bemüht sich, ihn nicht anzuschnauzen, nicht die Wut die Oberhand gewinnen zu lassen. Leider ist es sehr leicht, auf Mattias wütend zu werden.

»Und es kann kein Reh gewesen sein?«

»Ein Reh, das die Klinke zum Rosengarten runterdrückt?«

Er hebt wieder die Hände. »Ich frage ja nur.«

Sie starren sich ein paar Sekunden lang an, dann kapituliert er.

»Wir hatten ein paar Einbrüche in einsam gelegene Höfe zu Beginn des Sommers. Vielleicht sind die Diebe wieder aufgetaucht. Ich werde dafür sorgen, dass die Nachtschicht ab und zu bei Papa vorbeifährt.«

»Gut«, sagt sie. Und fügt dann mit etwas freundlicherer Stimme ein »Danke« hinzu.

Es wird wieder still.

»Bleibst du bis zum Wochenende? Im Park ist Erntefest. Onkel Harald lädt das ganze Dorf zu Essen und Trinken ein. Es gibt bestimmt auch Livemusik.«

»Was ist mit ihm passiert? Warum ist er plötzlich so großzügig?«

Mattias grinst. »Die ganze Geschichte mit den neuen

Windkraftwerken hat ihn ziemlich unbeliebt gemacht. Also versucht er wohl, die Leute mit einem netten Fest milde zu stimmen.«

»Das erklärt die Sache.«

Sie lächelt vorsichtig zurück, merkt, wie sich die Stimmung im Raum wieder entspannt.

»Wie läuft es mit ...«, sie deutet Richtung Tür, »... der Paartherapie?«

Sein Lächeln verzieht sich zu einer Grimasse. »Nicht besonders gut, wenn ich ehrlich sein soll. Ich tue mein Bestes, aber es ist kompliziert. Cecilia und ich kennen uns seit der Mittelstufe. Wir haben ein gemeinsames Haus, gemeinsame Kinder. Ich kann nicht einfach aufgeben.«

Sie denkt an Leon, ist kurz davor, Mattias zu erzählen, was passiert ist, jetzt, wo er sich ihr wieder anvertraut.

»Liebst du sie?«, fragt sie stattdessen. Erst im Nachhinein merkt sie, dass die Frage zweideutig ist.

Mattias zuckt mit den Schultern. »Es gibt verschiedene Arten von Liebe.«

Sie nickt, reibt sich über die Narbe am Unterarm.

»Weiß Onkel Harald, dass ihr Probleme habt?«

Mattias schüttelt den Kopf. »Ich habe es nur Papa erzählt. Cecilia und ich versuchen, die Sache nicht an die große Glocke zu hängen. Wegen der Mädchen.«

Aber auch, weil du weißt, was Onkel Harald sagen würde, denkt sie. Dass er dich drängen würde, bei Cecilia zu bleiben, das zu tun, was er für richtig hält. Und weil es dir sehr schwerfallen würde zu widersprechen. Weil du ein anständiger Junge bist. Ebbes und Magdalenas Junge.

Sie beschließt, das Thema zu wechseln, den Moment der Vertraulichkeit zu nutzen und nach etwas zu fragen, was sie schon viel zu lange mit sich herumträgt.

»Glaubst du … glaubst du, dass Mama uns geliebt hat, Mattias? Ich meine …«, sagt sie schnell, bevor er protestieren kann. »Ein Kind zu verlieren ist das Schlimmste, was einem Menschen passieren kann. Aber sie hatte doch noch uns. Warum hat ihr das nicht gereicht?«

Warum?

Die Frage bleibt im Raum hängen, schweigend trinken sie ihren Kaffee.

»Fühlst du dich manchmal schuldig?«, fragt er und setzt sich zurecht. »Billy konnte ein furchtbarer Plagegeist sein. Zum Beispiel, als er Mama die Sache mit den Habichteiern gepetzt hat. Und Mama hat ihn immer anders behandelt, als wäre er irgendwie …«

»Besonders.«

»Genau. Es kam mir vor, als würden für ihn andere Regeln gelten.« Mattias lächelt unbeholfen, und etwas an diesem Lächeln sorgt dafür, dass sie sich ein bisschen besser fühlt.

»Es war Billy, der angefangen hat, Mama und Papa zu sagen, weißt du noch? Wir haben immer Mutti und Vati gesagt.«

»Ja, ich weiß.« Mattias lacht. »Wir haben erst Mama und Papa zu ihnen gesagt, nachdem …« Er unterbricht sich, schaut weg.

Sie holt tief Luft. Sie beschließt, das Eis in ihrer Brust herauszufordern.

»Ich war an dem Abend damals wütend auf Billy. Ich dachte, er hätte sich irgendwo in einem unserer Verstecke verkrochen und wäre eingeschlafen. Dass Mama seinetwegen unruhig war und dass du es ausbaden müsstest, weil du zu spät nach Hause kamst. Dass es wie mit den Habichteiern sein würde. Ich habe überall gesucht, in der Scheune, im Kuhstall, ich habe ihn lauthals und innerlich beschimpft. Manchmal träume ich noch davon. Davon, dass ich ihn suche und nicht finde.«

Sie zögert, weiß nicht genau, ob sie nicht zu viel gesagt hat. Aber Mattias' Gesicht verrät nichts.

»Und du?«, will sie wissen. »Was fühlst du?«

Sie denkt an die ganzen Ordner unten im Keller. Daran, dass Mattias sie immer wieder durchgelesen hat. Eine Seite nach der anderen, um etwas zu finden, das vorher niemand entdeckt hat. Etwas, das alles zurechtrücken kann, obwohl er weiß, dass das unmöglich ist. Etwas, womit sich das Unerklärliche erklären lässt. Ist sie selbst auch so? Ist es das, worum sich alles dreht? Sie will widersprechen, redet sich ein, dass es einen Unterschied gibt.

»Manchmal …«, beginnt er. Er reibt sich den Nacken. »Manchmal habe ich das Gefühl, dass dieser Sommer immer weitergeht. Dass wir irgendwie immer noch darin leben. Papa, du, ich. Das ganze Dorf …«

Das Telefon unterbricht ihn. Ein unerwartet lautes Signal, das ihn zusammenzucken lässt. Der weiche Ausdruck in seinen Augen verschwindet.

»Hallo? Ja, hi …«

Sie erkennt an seiner Stimme, dass Cecilia am anderen Ende ist. Dass ihr Gespräch vorbei ist.

44

Veronica hat nur eine vage Erinnerung an Rooths Hof. Ein paar verfallene Häuser am Rande des Nordwalds mit grauem Eternitdach, die man von der Landstraße aus sehen konnte. Aber als sie jetzt das abfährt, was sie für die richtige Gegend hält, kann sie weder eine Abzweigung noch ein Hausdach entdecken. Auf einem Acker neben der Straße steht ein riesiger grüner Traktor mit einem Tellerpflug. Der Fahrer ist ausgestiegen und damit beschäftigt, hinten an den Hydraulikschläuchen herumzuziehen. Sie hält den Wagen an und geht zu ihm hin. Es ist ein Mann um die dreißig, den sie nicht wiedererkennt.

»Weißt du, wo Rooths Hof liegt?«, fragt sie ihn.

Der Mann lächelt sie an und schüttelt den Kopf.

»Only speak English.«

Sie versucht es noch einmal auf Englisch, aber der Mann hat einen Akzent, der nicht ganz leicht zu verstehen ist. Zum Schluss zeigt er auf das hintere Ende des Felds, wo einige Bäume in einer Gruppe zusammenstehen, ein Stück vor dem eigentlichen Waldrand.

»May be there!«

Sie geht über das Stoppelfeld. Es ist weiter, als sie gedacht hatte, sicher sieben- oder achthundert Meter, und ihr geschundener Körper beklagt sich. Der schwache Wind ist seit heute Morgen abgeflaut, die Sonne steht hoch, und als sie endlich in den Schatten der Bäume kommt, ist sie ziemlich verschwitzt.

Entgegen der Aussage des Traktorfahrers stehen keine baufälligen Häuser bei der Baumgruppe. Es gibt nur eine Lichtung, die am ehesten wie ein halb zugewachsener Wendeplatz aussieht. Auf der anderen Seite geht der

Acker noch ein paar Hundert Meter weiter, bevor er den Waldrand erreicht. In keiner Richtung sind Gebäude zu sehen.

Sie verflucht lautstark den Fahrer. Aber nach einer Weile gewöhnen sich ihre Augen an das schwache Licht unter den Bäumen, und sie erkennt, dass er doch recht hatte. In der Mitte der Lichtung ist die Erde immer noch so hart, dass kein Gras wachsen konnte. An manchen Stellen sind Reste eines Steinsockels zu sehen, und in der einen Ecke der Lichtung liegt ein Haufen kaputter Ziegelsteine. Als sie das Suchfeld erweitert und zwischen den Nesseln herumstapft, findet sie ein paar rostige Beschläge, kaputte Holzbretter und Reste von Dachpfannen. Hier lag einmal Rooths Hof. Jetzt ist er weg. Dem Erdboden gleichgemacht, als hätte jemand versucht, ihn von der Erdoberfläche zu löschen.

Irgendetwas hier auf der dunklen Lichtung gibt ihr ein unbehagliches Gefühl, und nach einer Weile wird ihr klar, was es ist. Auf der Lichtung ist es still. Keine Vögel zwitschern, kein Laub raschelt. Alles, was sie hört, ist das ferne Motorengeräusch des Traktors. Sie weiß nicht genau, woher das Gefühl kommt, sie ist wirklich nicht der Typ, der abergläubisch ist, aber plötzlich denkt sie, dass an diesem Ort etwas passiert ist. Etwas, was ihm noch anhaftet.

Der Traktor kommt näher, aber als sie sich umdreht und auf den Acker schaut, sieht sie, dass das Motorengeräusch von einem großen grünen Land Rover stammt, der über das Feld genau auf sie zufährt.

Sie erkennt den Wagen wieder und geht ihm entgegen. Er bleibt genau an dem Wäldchen stehen, und Onkel Harald steigt aus. Er streckt sich.

»Du bist wieder auf Abenteuerjagd, wie ich sehe.«

»Ich suche nach Rooths Hof.«

»Ja, das dachte ich mir fast.« Er geht ein paar Schritte. »Woher dieses plötzliche Interesse an Tommy Rooth?«

Sie ignoriert die Frage, deutet auf die Lichtung hinter ihnen.

»Was ist mit dem Hof passiert?«

»Die Bank hat ihn genommen.«

Onkel Harald holt eine Pfeife aus der Brusttasche seines Hemdes und stopft sie sorgfältig, bevor er sie anzündet.

»Rooth kam mit den Rechnungen nicht mehr nach. Die Bank drohte mit Pfändung, und er brauchte Geld. Deshalb tat er, was er getan hat.«

Onkel Harald schweigt, nimmt einen tiefen Zug. Der Rauch duftet süßlich und zugleich stark. Sie hat ihn sicher schon tausendmal diese Pfeife rauchen sehen.

»Was ist aus der Familie geworden?«

»Sie ist ein Jahr später weggezogen. Die Familie war von Anfang an nicht besonders beliebt, und nachdem Billy …« Er beendet den Satz nicht, aber sie kann sich den Rest problemlos denken.

»Aber Nilla und die Kinder hatten doch nichts getan?«

Er zuckt mit den Schultern. »Wer weiß, was Nilla Rooth wusste oder nicht wusste. Ich habe gehört, dass das Jugendamt in Malmö ihr die Kinder weggenommen hat. Vielleicht beantwortet das die Frage.«

Onkel Harald saugt wieder an seiner Pfeife.

»Und du hast der Bank den Hof abgekauft?«

Er nickt. »Hundert Morgen feinstes Ackerland. Das beste in Schonen.«

»Und die Häuser?«

»Ich habe sie abreißen lassen.« Erneutes Achselzucken, aber sie hört, dass sich sein Ton verändert.

»Waren sie in einem so schlechten Zustand?«

»Nein, man hätte den Hof wahrscheinlich sanieren können, wenn man gewollt hätte.«

»Warum hast du ihn dann abgerissen?«

Er nimmt die Pfeife aus dem Mund, sieht sie an. Der Blick in seinen tief liegenden Augen verdunkelt sich.

»Magdalenas wegen.«

Er räuspert sich, als ob seine Stimme gleich versagen würde, und sie fragt sich, ob aus Trauer oder aus Wut. Oder vielleicht beides.

»Mein Vater, dein Großvater Assar, du erinnerst dich doch an ihn?«

»Ein bisschen, ich war erst acht, als er starb.« Der schnelle Wechsel des Gesprächsthemas verwundert sie etwas. »Mama und er haben sich nicht verstanden, daran erinnere ich mich in jedem Fall. Warum?«

Onkel Harald lächelt schief. »Nein, Assar war nicht ganz leicht zu nehmen. Obwohl er vom alten Schlag war, hatte er keine Angst vor neuen Ideen. Davor, Chancen zu ergreifen. Als ihm klar wurde, dass der Krieg bevorstand, rechnete er sich aus, dass man wie niemals zuvor Dinge transportieren müsste. Essen, Brennstoff, Menschen. Also hat er seine gesamten Ersparnisse eingesetzt und seinen Hof verpfändet, um ein paar alte Lastwagen und Busse zu kaufen und sie mit Holzvergasern auszustatten.«

Er kaut auf seiner Pfeife herum, bläst Rauch aus. »Und als der Krieg tatsächlich ausbrach, war er vorbereitet. Er unterschrieb Verträge sowohl mit der Armee als auch mit den Nachbarkommunen. Er arbeitete Tag und Nacht. Mit dem Geld, das er verdiente, kaufte er Immobilien und Ackerland. Er verstand damals schon, dass die Großbetriebe irgendwann alles übernehmen würden. Dass man nach vorn schauen musste. Neues Saatgut und neue Methoden ausprobieren musste. Im Prinzip habe ich es dank deines Großvaters gewagt, auf Windkraft zu setzen, lange bevor es ein anderer getan hat.«

»Gab es nicht eine Reihe Gerüchte über ihn?«, fragt sie. »Zum Beispiel, dass bei Kriegsende ein Haufen Brennstoff für die Holzvergaser aus den Beständen der Armee verschwunden war und irgendjemand alle neuen Lastwagenreifen gegen alte, abgenutzte vertauscht hatte? Großvater hatte doch wohl die Schlüssel und war deshalb Hauptverdächtiger, aber er bezahlte einen anderen, damit der für ihn ins Gefängnis ging?«

Wie erwartet verschwindet Onkel Haralds zufriedene Miene abrupt. »Das war nur dummes Geschwätz. Lügen und Verleumdungen, die von Menschen verbreitet wurden, die neidisch auf Vater waren. Die Leute reden einen Haufen dummes Zeug.«

Seine Pfeife scheint ausgegangen zu sein. Er klopft sie am Absatz seines Gummistiefels aus. Dann tritt er den Tabakrest auf dem Boden fest.

»Du bist doch nie zu Hause, Vera, deshalb erwarte ich nicht, dass du das begreifst. Aber es geht darum, es wie in Amerika zu machen. Immer nach vorn zu schauen. Nicht an dem zu hängen, was einmal war. Diejenigen, die das nicht kapieren …«

»Du meinst, die, die deine Pläne nicht unterstützen, das Dorf in einen einzigen großen Windpark zu verwandeln?«

Er schnaubt, eine Mischung aus Verachtung und Gelächter. »Manchmal bist du deiner Mutter so ähnlich, dass es fast unheimlich ist. Genauso hochnäsig, genauso überzeugt davon, schlauer zu sein als alle anderen. Immer recht zu haben.«

Onkel Harald schüttelt den Kopf und steckt die Pfeife zurück in die Brusttasche.

»Die Zukunft kommt immer, Vera. Egal, ob man es will oder nicht. Das Vergangene dagegen kommt niemals zurück.«

Er dreht sich halb um, macht Anstalten, zu seinem Wagen zu gehen.

»Was, wenn Tommy Rooth Billy nicht getötet hat«, schleudert sie hervor. »Was, wenn etwas anderes passiert ist und Billy vielleicht sogar noch lebt.«

Er bleibt stehen. Sie erwartet, dass er verärgert reagiert. Dass er sie fragt, was zum Teufel sie da redet. Stattdessen schnaubt er bloß.

»Ja, ich habe gehört, dass du etwas spezielle Ideen zu dem Thema hast. Dass du herumläufst und den Leuten Bilder zeigst.«

Er macht einen Schritt auf sie zu, legt den Kopf schief und bekommt einen weichen Ton, der es ihr plötzlich schwerer macht, auf ihn böse zu sein.

»Billy kommt nie mehr zurück, Vera. Tommy Rooth hat ihn getötet und ist damit davongekommen. Gleichzeitig hat er deiner Mutter das Leben genommen, meiner kleinen Schwester. Im Unterschied zu deinem Vater bin ich aber nicht der Typ, der Rosen pflanzt. Ich dachte eigentlich, dass wir uns in dem Punkt ähnlich sind, du und ich.«

Etwas an seinem Tonfall lässt sie aufhorchen. Ein Hauch von Enttäuschung, von dem sie nicht genau weiß, wie sie damit umgehen soll.

»Dein kleiner Bruder liegt irgendwo da oben im Wald«, fährt er fort. »Ganz allein in einem unbekannten Grab anstatt auf dem Friedhof bei seiner Mutter. Tommy Rooth hat ihn dorthin gelegt. Und dafür soll dieser Mistkerl in der Hölle schmoren.«

Er kommt näher, legt die Hand auf ihre Schulter. Ihr erster Instinkt ist es, sich ihm zu entziehen, aber die Geste wirkt echt, genau wie sein sorgenvoller Blick.

»Aber das alles gehört der Vergangenheit an. Und jetzt müssen wir nach vorn blicken. Du, dein Vater, ich – die ganze Gemeinde. Verstehst du, was ich meine, Vera?«

45

Das Haus ist wieder abgeschlossen, als Veronica heimkommt, aber ihr Vater hat wie immer den Ersatzschlüssel hinterlegt. Der Fahrzeugschuppen, wo er den Wagen abstellt, ist leer, also ist er wahrscheinlich in die Stadt gefahren, um einzukaufen. Sie geht ins Arbeitszimmer und ruft ihren Anrufbeantworter an, um zu hören, ob Ruud eine Nachricht hinterlassen hat.

Sie hat drei neue Nachrichten, aber als die ersten beiden abgespielt werden, sind nur leise Atemgeräusche zu hören und dann das Rascheln von jemandem, der auflegt. Einen Moment lang denkt sie, es könne Leon sein, aber das ist natürlich ein idiotischer Gedanke. Warum sollte er sie anrufen, nachdem er so hart dafür gekämpft hat, ein Kontaktverbot zu erwirken?

Sie wartet auf die dritte Nachricht, erwartet weiteres Geraschel. Als sie eine Stimme hört, ist sie überrascht.

»Hier ist Lars. Von der Therapiegruppe. Ich möchte dringend mit dir sprechen. Ruf mich an.« Die schroffe Stimme rattert eine Telefonnummer herunter, verschwindet dann mit einem Klick, ohne Tschüss zu sagen oder zu erklären, worum es geht.

Lars, das ist der Mann mit dem Bart, derjenige, den Ruud bis auf Weiteres aus der Therapie ausgeschlossen hat. Was will er von ihr, und wie ist er an ihre Nummer gekommen? Sie hört sich die Nachricht noch einmal an, ohne daraus klug zu werden. Dabei blättert sie in den Papieren auf dem Schreibtisch. Die Dokumente für die Baugenehmigung des Windkraftwerks liegen noch da, aber sie sind noch nicht unterschrieben.

Aus einem Impuls heraus zieht sie die oberste Schublade auf. In einem der kleinen Fächer für Stifte, Büroklammern und Radiergummis liegt ein altmodischer Türschlüssel. Sie nimmt ihn, wiegt ihn in der Hand, denkt daran, was Mattias über die verschlossenen Räume im ersten Stock gesagt hat. Sie hält auf dem Hofplatz nach dem Wagen ihres Vaters Ausschau, bevor sie sich entscheidet.

Billys Zimmer, das vor langer Zeit einmal ihres gewesen ist, liegt rechts, wenn man die Treppe heraufkommt. Der Schlüssel lässt sich problemlos im Schloss drehen, sie schlüpft hinein und schließt die Tür hinter sich. Das Zimmer riecht nach Teppichboden und Ajax. Das Rollo vor dem Fenster ist zur Hälfte heruntergelassen, sodass alles im Halbdunkel liegt.

An der Wand über dem Bett hängt ein großes Foto von Billy. Das gleiche Atelierfoto, das sie zu Hause hat und das auch im Zeitungsartikel abgedruckt war, nur viel größer. Er lacht in die Kamera, zeigt seine kleinen Milchzähne und seine Lachgrübchen in den weichen Wangen. Es glitzert in den blauen Augen. Sie muss schlucken, um die Kälte in ihrer Brust zurückzudrängen.

Neben dem Foto hängt eine von Billys Zeichnungen, die wahrscheinlich ein Kaninchen darstellen soll, und unten auf dem Bett sitzen die Kuscheltiere ordentlich aufgereiht vor der hellblauen Tapete.

Sie macht ein paar vorsichtige Schritte ins Zimmer hinein. Als Erstes öffnet sie die Schranktür. Der Schrank wirkt viel kleiner, als sie ihn in Erinnerung hat, genau wie der dunkle Innenraum. Kleine-Jungen-Kleidung liegt auf den Regalbrettern. Sie fragt sich, ob Billy dreimal kontrollierte, dass die Tür geschlossen war, bevor er ins Bett ging, so wie sie es machte. Ihr Blick fällt auf ein Holzgewehr, das zwischen dem Bett und dem Bücherregal an der Wand lehnt. Wenn sie sich richtig erinnert, bekam Billy es von Onkel Harald zu Weihnachten, und sie kommt auf den Gedanken, dass auch ihr kleiner Bruder Onkel Haralds unheimliche Geschichten zu hören bekam und sich, so gut er konnte, gegen die Albträume wappnete. Bei dem Gedanken schmerzt es ihr in der Brust.

Ganz oben auf dem Bücherregal stehen noch ein paar andere Holzspielsachen. Ein Traktor mit Anhänger, rollenden Rädern und Magnetkopplung. Daneben eine Egge, deren Spitzen aus den Zähnen eines Metallkamms angefertigt sind. Alle drei sind fein geschnitzt und liebevoll angemalt. Sie weiß, dass ihr Vater sie in seiner Werkstatt gemacht hat. Dass er viele Stunden darauf verwandt haben muss, sie so perfekt hinzubekommen.

Unter den Spielsachen steht eine Reihe Kinderbücher, die Billy von ihr geerbt hat, und daneben liegen ein paar Muscheln und glatte Steine, die er bei einem der wenigen Male gesammelt haben muss, die sie am Strand waren. Der Strand ist sechzig Kilometer weit weg, eine knappe Stunde mit dem Auto. Trotzdem sind sie nicht sehr oft hingefahren. Das Meer machte ihre Mutter unruhig. Veronica fällt wieder der glatte Stein auf dem Grab ein. Ein Stein vom Meer. Sie bereut, dass sie ihn nicht mitgenommen hat.

Auf dem dritten Regalbrett stehen ein paar Legobauwerke. Sie sind ein bisschen zu schwierig für einen Fünfjährigen, also hat Mattias Billy bestimmt beim Bauen geholfen. Neben den Modellen der blaue Reiseplattenspieler aus Plastik, den man zusammenklappen und in einen Koffer verwandeln kann. Eine Platte liegt auf dem Plattenteller. Dem wenigen Staub auf dem schwarzen Vinyl und dem Putzmittelgeruch nach zu urteilen, muss ihr Vater das Zimmer erst vor ein paar Tagen geputzt haben. Wahrscheinlich hat er auch das Bettzeug gewechselt. Sie streicht mit der Hand über das Kissen. Sowohl das Kopfkissen als auch der Bettbezug und das Laken sehen frisch gemangelt aus. Sie riechen nach Waschmittel.

Mitten auf dem Schreibtisch steht ein weiteres Legobauwerk. Es ist noch nicht ganz fertig. Rundherum liegt eine Handvoll loser Legosteine, und es sieht fast so aus, als würden sie darauf warten, dass der Bewohner des Zimmers zurückkommt und sie an ihren Platz steckt. Neben dem Legohaus steht eine kleine Vase mit einer einsamen weißen Rose. Sie stammt aller Wahrscheinlichkeit nach von dem Busch, unter dem ihr Vater am Samstag sauber gemacht hat, als sie nach Hause kam. Die Rose ist frisch und sehr schön. Sie beugt sich vor und riecht daran. Dann spielt sie an den Legosteinen herum, hebt das Bauwerk hoch, stellt es wieder ab. Geht zum Plattenspieler hinüber. Auch der hat einmal ihr gehört, sie hat ihn von ihren Eltern zu Weihnachten bekommen. Als sie später in Mattias' Zimmer zog, hatte der schon eine richtige Stereoanlage, von dem Geld gekauft, das er bei seinem Sommerjob unten in der Eisenwarenhandlung verdient hatte, deshalb blieb der Reiseplattenspieler hier stehen. Wie so vieles andere gehörte er dann Billy.

Sie hebt die Nadel an. Der Plattenspieler klickt, und die Platte beginnt sich zu drehen. Es dauert ein paar Sekunden, bis sie auf dreiunddreißig Umdrehungen in der Minute kommt. Sie setzt die Nadel auf das Vinyl, hört, wie es leise im Lautsprecher knistert. Die Geschichte kennt sie gut, sie erkennt sie sofort an der Stimme des Erzählers wieder. Klaus Klettermaus und die anderen Tiere im Hackebackewald.

Sie setzt sich auf das Bett und hört der Geschichte zu,

stellt fest, dass sie immer noch fast jeden Satz mitsprechen kann, obwohl sie die Geschichte nicht mehr gehört hat, seit sie klein war. Sie und ihre Mutter lagen oft in genau diesem Bett und hörten gemeinsam zu.

Du bist meine kleine Maus, Vera. Meine eigene kleine Klettermaus.

Der Riss in ihrer Brust öffnet sich, wird ein dunkles Eisloch. Sie legt sich hin, bohrt den Kopf ins Kissen. Unter dem Waschmittel riecht es nach Billy, nach Mama.

Sie weinte nicht, als sie erfuhr, dass ihre Mutter tot war, auch nicht bei der Beerdigung, obwohl alle anderen, sogar Onkel Harald weinten. Aber der Geruch des Kissens, das Kinderlied auf der kratzenden Schallplatte und dieses traurige Zimmer, das still auf einen kleinen Jungen wartet, löst etwas in ihr.

Sie weint so, dass sich ihr Körper schüttelt. Der Märchenerzähler erzählt weiter von den Tieren im Hackebackewald, und als sie sich ausgeweint hat und die Tränen von einer lähmenden Müdigkeit ersetzt werden, hat die Nadel die letzte Rille der A-Seite erreicht. »Klettermäuschens Schlaflied« – ihr Lieblingslied.

Sie schließt die Augen und lauscht der wohlbekannten Melodie. Und für einen Moment ist sie wieder fünf Jahre alt. Sie hatte einen Albtraum, wacht erschrocken auf. Mama ist da. Sie liegt neben ihr und flüstert ihr ins Ohr. Vertreibt den Albtraum.

Sch, sch, kleiner Knirps, spielen kannst du morgen. Alle Kinder auf der Welt schlafen ohne Sorgen.

Sie spürt den Atem ihrer Mutter im Nacken. Die Wärme ihres Körpers, der Duft ihres Parfums. Sie macht sich klein, hört weiter zu.

Schlaf in deinem Bettchen nun, ich werde dich nicht stören.

Sie will ihrer Mutter sagen, dass sie nicht stört. Dass sie so lange bleiben darf, wie sie will. Aber das Lied ist so kurz, kaum eine Minute, und die Nadel hat schon die letzte Zeile erreicht. Die Worte, bei denen die Albträume jedes Mal wieder in die Dunkelheit zurückkriechen. Sie schließt die Augen, flüstert den Text mit.

Auch das Füchslein ruhet nun, du wirst es nicht mehr hören.

Und als das Lied zu Ende ist, küsst ihre Mama sie weich auf die Wange. Das Bett knarrt, der Teppichboden seufzt, als sie zur Tür geht. Ein leichter Windzug, dann ist sie weg.

46

Wenn man in seinem alten Kinderzimmer schläft, kommt einem das Bett kleiner und die Wände und Decke sehr viel näher vor, als man sie in Erinnerung hatte. Zugleich sind die Gerüche, die Steifheit des Lakens auf der Haut, die Art, wie Geräusche durch das Zimmer hallen, wohlbekannt. Alles ist so vertraut, so sicher. Und dennoch beunruhigend.

Vielleicht ist das ein weiterer Grund dafür, dass sie nie nach Hause fährt. Weil sie das Gefühl nicht erträgt, dass sie nicht mehr dorthin gehört, dass es nie wieder so sein wird.

Sie wird von einem Telefonklingeln geweckt, hört die Schritte ihres Vaters im Erdgeschoss, dann sein leises »Hallo«.

Es dauert ein paar Sekunden, bis sie begreift, wo sie ist. Schnell steht sie auf. Der Plattenspieler läuft nicht mehr, und die Nadel hat sich wieder auf die kleine Gabel gelegt. Sie klopft rasch das Kissen zurecht, streicht die Decke und den Überwurf glatt.

»Vera«, ruft ihr Vater von unten. »Bist du da?«

Die Scham, ertappt worden zu sein, etwas Verbotenes gemacht zu haben, brennt in ihr. Sie eilt in den Flur hinaus, wirft einen letzten Blick ins Zimmer, um zu kontrollieren, dass es so aussieht, wie sie es vorgefunden hat. Dann schließt sie so leise wie möglich die Tür.

»Komme«, ruft sie, etwas lauter als nötig und dreht dabei den Schlüssel im Schloss.

Sie macht ein paar Schritte die Treppe hinunter, will gerade den Schlüssel in die Tasche stecken, als sie beinahe mit ihrem Vater zusammenstößt. Sie bleiben stehen, ein wenig näher beieinander, als angenehm wäre.

»Wie geht's dir?«, fragt er. »Du siehst ganz erschrocken aus.«

Sie schließt die Faust um den Schlüssel, versucht ihn hinter dem Rücken zu verstecken. »Ich muss eingeschlafen sein«, sagt sie. »Ist es für mich?«

Sie nickt in Richtung Diele und versucht, sich vorbeizuschieben. Aber ihr Vater bleibt stehen. Er sieht sie forschend an, als versuche er herauszufinden, ob sie lügt.

»Der Anruf«, sagt sie. »Ist der für mich?«

Er tritt ein Stück zur Seite. »Ja, jemand von deiner Arbeit.«

Sie eilt nach unten, spürt, dass er ihr hinterherschaut. Er geht weiter nach oben, und sie glaubt zu hören, dass die Klinke zu Billys Zimmer heruntergedrückt und wieder losgelassen wird. Sie schleicht ins Arbeitszimmer, zieht die Schublade heraus und legt den Schlüssel wieder dahin zurück, woher sie ihn genommen hat. Dann greift sie nach dem Telefonhörer, der auf einem der Papierstapel liegt. Es ist Ruud.

»Du bist nicht gerade leicht zu erreichen. Hast du noch nie etwas von Handys gehört?«

»Mm.« Sie fragt sich, wie er an diese Nummer gekommen ist. Ob sie sie auf einem Formular angegeben hat, als sie anfing, für das Bürgerzentrum zu arbeiten? Vielleicht in dem Kästchen für die nächsten Angehörigen. So muss es wohl sein.

»Was machst du in Schonen?«, fügt er hinzu.

»Nichts Besonderes. Nur einen kleinen Ausflug.« Sie flucht innerlich, dass ihr benommener Schädel auf nichts Besseres kommt, aber Ruud scheint nicht darauf zu reagieren.

»Ich habe gute Neuigkeiten«, sagt er, und er klingt, als habe er den Hörer näher zum Mund geschoben. »Bengt hat sein Gutachten abgegeben. Er empfiehlt, dass du weitermachen darfst, und ich habe die Personalabteilung davon überzeugt. Komm her, dann erzähle ich dir mehr. Schaffst du es, morgen Vormittag wieder in Stockholm zu sein?«

»Natürlich«, sagt sie. »Kein Problem.« Sie legt langsam auf, stellt fest, dass sie sich eigentlich freuen sollte. Sie darf ihren Job behalten, hat eine neue Chance bekommen, Isak zu treffen, und kann gleichzeitig den Teil ihres Inneren zufriedenstellen, der nach mehr Kummer schreit. Dem Kummer andrer Menschen, nicht dem Kummer, von dem ihr Zuhause, der Hof Backagård, voll ist. Dennoch kommt keine richtige Freude auf.

Ihr Vater bereitet ein frühes Abendessen zu, bevor sie fährt. Omelett, das sie am Küchentisch essen. Sie spürt, dass sich zwischen ihnen etwas verändert hat, weiß aber nicht genau, was. Dass sie es klären muss, was immer es auch ist, bevor sie fährt.

»Ich war gestern an Mamas Grab«, sagt sie. »Es sah schön aus. Die Rosen …«

»Mm.« Er nickt, kaut weiter.

Sie sucht nach irgendetwas anderem, was sie sagen könnte. Etwas, das ihn milde stimmt.

»Wie lange wäret ihr jetzt verheiratet?« Es kommt einfach aus ihr heraus, aber es scheint zu funktionieren. Ihr Vater schaut auf.

»Sechsunddreißig Jahre am dreizehnten Januar.«

»Ja natürlich …« Sie beißt sich auf die Lippe, als ihr einfällt, dass sie sich am letzten Hochzeitstag ihrer Eltern nicht gemeldet hat, und beginnt eine Entschuldigung zu stottern. Da sieht sie, dass er vor sich hin lächelt.

»In der Nacht davor hatte es geschneit und ordentlich gestürmt. Eine Weile haben wir uns gefragt, ob wir überhaupt bis zur Kirche kommen würden. Der Winterdienst hatte es noch nicht geschafft, den Schnee zu räumen. Aber dein Großvater brachte die Nachbarn dazu, mit anzupacken und mit den Traktoren zu kommen.«

Er schüttelt den Kopf.

»Habt ihr gefroren?« Sie klammert sich an das Thema.

»Allerdings. Mir ging es noch einigermaßen gut im Anzug. Aber Magdalena trug das Hochzeitskleid ihrer Mutter aus dünner Seide, sie muss ganz schön gefroren haben. Ihre Hände waren eiskalt. Aber sie hat sich nicht beklagt, kein einziges Mal.«

»Wo habt ihr gefeiert?«

»Bei deinen Großeltern. Wir hatten nicht so viele Gäste, hauptsächlich die Familie. Warte mal …« Er steht auf und geht ins Arbeitszimmer, wo sie ihn rumoren hört.

»Hier, sieh mal.«

Er legt eine Schwarz-Weiß-Fotografie vor sie hin. Sie hat die Hochzeitsfotos schon einmal angesehen, aber dieses Bild kennt sie noch nicht. Zumindest kann sie sich nicht daran erinnern.

Es ist ein Familienbild, das im Wohnzimmer ihrer Großeltern mütterlicherseits auf dem Hof Ängsgård aufgenommen wurde. Das Brautpaar steht in der Mitte, die Familie der Braut auf der einen Seite und die des Bräutigams auf der anderen. Um sie herum sind ein paar Vasen mit Blumensträußen drapiert.

Opa Assar sieht streng und verbissen aus, wie er da hinter ihrer Mutter steht. Die Ähnlichkeit zwischen ihm und Onkel Harald ganz rechts auf dem Bild war schon damals deutlich. Die gleichen tief liegenden Augen, markanten Augenbrauen und die gleiche scharfe Nase. Die Gesichtszüge ihrer Oma sind etwas weicher. Sie lächelt steif in die Kamera, die hohen Wangenknochen erinnern an die ihrer Mutter. Und an Veronicas eigene.

Ihre Großeltern väterlicherseits sehen viel fröhlicher aus. Familie Nilsson ist eine typische gemütliche schonische Bauernfamilie, die mit den typischen Gerichten – Gans und Baumkuchen – aufgewachsen zu sein scheint, und der Kontrast zu den großen, steifen und etwas hochnäsigen Aronssons ist frappant.

Ihr Vater zeigt ein breites Lächeln, und das Glück in seinen Augen ist so echt, dass es noch immer ansteckend wirkt. Veronica verzieht den Mund zu einem Lächeln.

Ihre Mutter lächelt auf dem Foto auch, aber irgendetwas an ihrem Gesichtsausdruck stimmt nicht. Es dauert einen Moment, bis Veronica klar wird, worin der Fehler liegt. Die Fotografie ist nicht groß, und die Augen der Mutter sind kleiner als ein halber Stecknadelkopf. Als Veronica sich vorbeugt und richtig aus der Nähe schaut, glaubt sie dennoch, den Blick ihrer Mutter wiederzuerkennen. Sie hat ihn schon in ihrem eigenen Spiegelbild gesehen und weiß, was er bedeutet. Und das ist nichts Gutes.

»Sie hätte jeden haben können«, murmelt ihr Vater, und Veronica ist sich nicht sicher, ob er mit ihr redet oder mit sich selbst. »Aber sie hat mich gewählt.«

Als sie gehen muss, ist beinahe alles wie immer. Sie umarmt ihren Vater, küsst ihn auf die Wange. Sie verspricht, vorsichtig zu fahren und anzurufen, wenn sie zu Hause ist. Ein warmer Südwind ist aufgekommen, der die großen Rotorblätter der Windriesen dazu bringt, zum Abschied zu surren, als sie die Ebene hinter sich lässt.

Ihr altes Auto verkraftet die Wärme wie immer schlecht,

und nach rund vier Stunden Fahrzeit muss sie an einer Tankstelle halten, um Kühlwasser nachzufüllen. Ihr Vater hat ihr Proviant mitgegeben, liebevoll mit Käse und Schinken belegte Brote und eine Thermoskanne mit Kaffee, sodass sie auch eine kurze Pause einlegt.

Sie hat gehofft, dass die Autofahrt ihr die Gelegenheit geben würde nachzudenken, Ordnung in die Ereignisse der letzten Tage zu bringen. Sie muss sich auch überlegen, was sie von dem Mann halten soll, der sich Isak nennt. Ist er wirklich der zurückgekehrte Billy? Auf dem Weg hierher war sie sich ihrer Sache beinahe sicher. Jetzt ist sie nicht mehr ganz so überzeugt. Das Gefühl, das sie ins Askedal geführt hat, ist etwas verblasst, aber die Fragen sind geblieben.

Ihr wird klar, dass sie Glück hat, ihre Arbeit behalten zu dürfen. Sie sehnt sich nach der Trauerberatung, vermisst den Kick. Das Beste wäre also, wenn sie sich darauf konzentrieren würde, den Job perfekt zu machen, bis Isak wieder auftaucht und ihr mehr Hinweise gibt.

Diese Strategie klingt vernünftig, sie leert die Kaffeetasse und beschließt, dass die Rast vorbei ist. Als sie die Thermoskanne hochhebt, entdeckt sie darunter ein Stück Klebestreifen. *Eigentum Familie Nilsson* steht in der schnörkeligen Handschrift ihrer Mutter darauf. Das Klebeband hat sich an der einen Seite etwas gelöst, und sie überlegt es abzureißen, aber entscheidet sich dagegen. Ihre Mutter hat ihr beigebracht, in altmodischer Schrift zu schreiben. Schöne Buchstaben, die im Unterschied zu denen, die sie in ihren Therapiesitzungen benutzt, nicht dafür geeignet sind, die Gefühle anderer aufzusaugen. Sie denkt wieder an Leon, an all die Worte, die sie ihm geschrieben hat und die sie jetzt bereut. Worte, von denen sie dachte, sie würden helfen, die aber genau das Gegenteil bewirkten.

Vielleicht machte sich Tommy Rooth die gleichen Gedanken, als er diese Postkarte aus Rotterdam schickte? Mattias sagte, dass außer der Adresse nichts draufstand. Keine Nachricht, keine Erklärung, nicht einmal eine Entschuldigung dafür, dass er seine Familie verlassen hat. Verstand Tommy Rooth das, was sie selbst nicht einsehen wollte? Dass es manchmal keine Worte gibt, die helfen?

Sie packt die Thermoskanne ein, macht sich startklar. Eine Weile sitzt sie mit laufendem Motor da. Vor ihr liegt die Ebene von Östergötland. Eine flache Ackerlandschaft, fast wie zu Hause. Die Heimat von Krister Månsson. Krister Månsson mit den freundlichen Augen und der lustigen Art zu sprechen.

Sie schaltet den Motor aus. Fragt sich, ob das Gasthaus neben der Tankstelle ein Telefonbuch hat. Dann steigt sie aus dem Wagen und geht hin, um nachzuschauen.

47

Krister Månsson hat gerade den Teig in die Form gegossen, als er Bella zur Tür tapsen hört. Die Krallen, die über das Parkett kratzen, dann das eifrige Bellen, unmittelbar bevor es an der Tür klingelt. Montagabends sind er und Bella allein zu Hause. Malin geht mit ihren Freundinnen zu einem Lesezirkel, und statt vor dem Fernseher auf sie zu warten, backt er meistens Gebäck, das sie am nächsten Tag mit ins Lehrerzimmer nehmen kann. Er mag es, wenn sie mit einer leeren Dose nach Hause kommt und erzählt, dass alle ihn grüßen lassen und seine Backkünste loben. Zuckerkuchen mit Rhabarber ist sein Lieblingsrezept, deshalb backt er das so ziemlich alle drei Wochen.

Bella bellt immer noch an der Haustür. Månsson hängt seine Schürze über einen der Küchenstühle und geht in die Diele. Durch das satinierte Glas der Haustür erkennt er einen undeutlichen Umriss.

»Aus, Bella«, sagt er, aber wie gewöhnlich gehorcht ihm der kleine Terrier nicht, deshalb schiebt er ihn mit dem Fuß beiseite, bevor er die Tür öffnet.

»Hallo!« Die rotblonde Frau, die draußen steht, ist etwa dreißig Jahre alt. Im Schein der Außenlampe ist er zunächst überzeugt davon, dass sie eine von Malins Kolleginnen ist. Bella bellt weiter, und er will gerade sagen, dass Malin erst in ein paar Stunden wieder zu Hause ist, als ihm die Frau irgendwie bekannt vorkommt. Und in dem Moment, als sie ihm ein rosa Papiertütchen mit Zucker hinhält, wird ihm klar, wer sie ist.

»Sammeln Sie die immer noch?«, fragt sie.

Sie setzen sich an den kleinen Kieferntisch in der Küche. Bella drückt sich an seinen Stuhl, legt den Kopf schief und knurrt ab und zu, und wie immer steckt Månsson ihr etwas zu, obwohl Malin es nicht mag, wenn er den Hund am Tisch füttert. Der Zuckerkuchen ist in der Mitte noch warm und schmilzt auf der Zunge. Trotzdem fällt es Månsson schwer, ihn herunterzubekommen.

Er versucht sich einzureden, dass es nett ist, Vera Nilsson nach all den Jahren wiederzusehen, und auch wenn ihm diese Sache missglückt ist, ist er wirklich froh darüber, dass es ihr gut ergangen zu sein scheint. Die Frage ist nur, was sie hier macht, bei ihm zu Hause. Gerade jetzt.

Um Zeit zum Nachdenken zu gewinnen, erzählt er ihr die ganze Geschichte, wie er und seine Familie 1984 hierher zurückgezogen sind. Er begründet es wie gewöhnlich damit, dass Malin eine gute Stelle angeboten wurde und die Kinder zurückwollten, was zwar richtig ist, aber er sagt nichts darüber, dass Johan und Jakob in der Schule gemobbt wurden. Dass die anderen Kinder sie verhöhnten, weil ihr Vater ein schlechter Polizist war. Dann erzählt er von der Darmkrebserkrankung 1986, der Behandlung und Genesung. Von seinem Entschluss, seinen Lebensstil zu ändern und den Beruf zu wechseln.

»Sie sind also kein Polizist mehr?«, fragt sie und sieht ihn mit dem forschenden Blick an, den er sofort wiedererkennt, obwohl viele Jahre vergangen sind, seit sie sich gesehen haben.

»Nein. Ich habe hier in Mjölby einen Job als Hortbetreuer bekommen. Ein guter Job, sinnvoll.«

Er nimmt sich noch ein Kuchenstück, vor allem um ihrem Blick auszuweichen. Bellas Schwanz wischt über den Boden.

»Letztes Jahr bin ich in Frührente gegangen und bin jetzt Hausmann. Zweimal die Woche hole ich die Enkel vom Kindergarten ab und verwöhne Malin, wenn sie von der Arbeit nach Hause kommt. Außerdem spielen wir gern Golf.«

Er nimmt einen großen Bissen Zuckerkuchen. Sein Magen protestiert schon, bevor er ihn hinuntergeschluckt hat.

»Und du, Vera?«

»Veronica«, korrigiert sie. »Ich habe meinen Namen geändert, nachdem ich von zu Hause weggezogen bin.«

Månsson hört von ihrem Job und ihrem Studium im Ausland, dass sie jetzt in Stockholm wohnt und Therapeutin ist. Er hört aufmerksam zu, nickt und brummt an den richtigen Stellen. Aber ihn irritiert die ganze Zeit, wie ähnlich sie ihrer Mutter sieht.

Erst als der Kuchen abgekühlt und Bella zu ihrem Korb zurückgetrottet ist, kommen sie auf den Fall Billy zu sprechen. Bis dahin ist er vorbereitet. Er hat sich die Standardsätze zurechtgelegt, die er die seltenen Male von sich gibt, wenn Reporter hartnäckig nachfragen: dass der Billy-Fall aus polizeilicher Sicht als geklärt gilt, dass er natürlich enttäuscht ist, dass es nicht zu einer Verurteilung des Täters kam, aber dass er die ganze Sache schon lange hinter sich gelassen hat.

Das und noch mehr sagt er, es gelingt ihm, die Worte echt und überzeugend klingen zu lassen. Gleichzeitig versucht er, in ihrem Gesicht zu lesen. Er sucht nach Anzeichen der Wut oder Anklage. Zu seiner Erleichterung sieht er nichts dergleichen. Veronica lächelt nur leicht, nickt ab und zu sogar ein bisschen mitfühlend, und Månsson glaubt schon, dass die Gefahr vorüber ist. Schon ist er kurz davor, erleichtert festzustellen, dass er sich unnötig Sorgen gemacht hat, dass sie doch nicht hier ist, um ihn zur Rede zur stellen.

Die Frage, die dann kommt, überrumpelt ihn vollständig.

»Glauben Sie, dass Tommy Rooth wirklich meinen kleinen Bruder getötet hat?«, fragt sie leise, und mehr braucht es nicht, damit er augenblicklich in der Zeit zurückgeschleudert wird. Zurück nach Schonen, nach Reftinge und diesem verdammten Sommer.

48

SOMMER 1983

Er steht auf der Rückseite der Polizeiwache. Die Straßenbeleuchtung ist schon angegangen, aber die Lampe über dem Hof ist kaputt, und der Eingang zum Zellentrakt liegt teilweise im Dunkeln. Die Luft ist schwer, ein Unwetter ist im Anzug. Am Horizont sind schon die Blitze zu sehen.

Månsson hält Rooths Schlüsselbund in der Hand, er hat den Zeigefinger durch den Ring gesteckt und lässt die Schlüssel kreisen. Einer der Schlüssel ist für das Pumpenhaus, zwei für die Türen von Rooths Hof. Der vierte ist der Schlüssel zu Rooths rotem Amazon, der hinten am Zaun steht. Am Schlüsselring hängt auch ein kleines Stück Rehgehörn, durch das Rooth zwei Löcher gebohrt hat. Das Gehörn ist blank, glatt geschliffen von den Schlüsseln und Rooths groben Händen. Am Ende des Hornstücks baumelt ein fünfter Schlüssel, den weder Månsson noch die Kriminalbeamten einem Schloss zuordnen konnten.

Månsson hält ihn hoch. Ein typischer anonymer Hängeschlossschlüssel, der zu jedem verdammten Schloss passen könnte, was Bure und Borg auch anmerkten, als er die Rede darauf brachte. Sie wiesen mit gewissem Recht darauf hin, dass viele Leute irgendwelche Schlüssel aufbewahrten, und sagten, dass sie ein riesiges Schlüsselbund auf dem Hof gefunden hätten, das Månsson gerne durchgehen könne, wenn er sich jetzt mitten in einer Merdermittlung unbedingt auf Schlüssel konzentrieren wolle.

Er verstand, was sie meinten. Trotzdem stört ihn irgendetwas an dem nicht identifizierten Schlüssel. Die anderen Schlüssel am Bund sind welche, die Rooth jeden Tag benutzt. Wichtige Schlüssel, die er bei sich trägt, wohin er auch geht. Und den Schlüssel für das Hängeschloss hat er auch noch an etwas Selbstgebasteltem befestigt, wodurch er aus dem Bund hervorsticht. Das hat doch etwas zu bedeuten. Es muss etwas bedeuten.

Die Tür zum Gefängnistrakt öffnet sich, und Tommy Rooth schlendert heraus. Er trägt eine Plastiktüte mit seinen persönlichen Sachen, aus der er eine Zigarette fischt, die er sich in den Mund steckt. Månsson beobachtet ihn schweigend. Er ist froh, dass er sich besonnen hat, dass er nicht dem Impuls nachgegeben hat, Rooth zusammenzuschlagen. Er ist vielleicht kein besonders guter Polizist, darin können die Kriminalbeamten recht haben, aber er ist auch kein ganz schlechter.

Rooth zündet seine Zigarette an, bleibt stehen und nimmt einen Zug. Er bläst den Rauch zur Seite. Månsson folgt ihm mit dem Blick, erahnt eine Bewegung in einem der dunklen Fenster der Polizeiwache. Wahrscheinlich einer vom Personal, der nicht widerstehen kann, heimlich zuzuschauen. Um zu sehen, ob das Undenkbare wirklich passiert. Dass ein Kindermörder freigelassen wird.

»Hier bitte.« Månsson gibt ihm die Schlüssel, hält mit gestrecktem Arm den Hängeschlossschlüssel zwischen Daumen und Zeigefinger. Als Rooth danach greifen will, lässt er nicht los.

»Wofür ist dieser Schlüssel?«

»Für nichts.« Rooth zuckt mit den Schultern. Er klingt gleichgültig, als würde ihn die Frage überhaupt nichts angehen. Trotzdem ist Månsson sich ganz sicher, dass er lügt.

Rooth scheint sich zu bemühen, Augenkontakt zu halten, lächelt ein schiefes, kleines Lächeln, so wie es Leute machen, die eine Lüge als Wahrheit verkaufen wollen. Månsson starrt den Mann weiter an, er sucht nach irgendeiner Möglichkeit, Rooth wieder in die Zelle zurückzubefördern. Der Niederlage und Verachtung zu entgehen, die ihn erwarten.

Die ersten Regentropfen beginnen um sie herum auf den Asphalt zu fallen. Rooth lächelt unbeirrt weiter.

»Kann ich jetzt gehen?«

Månsson lässt widerwillig das Schlüsselbund los.

»Sie stehen immer noch unter Verdacht, Rooth. Bleiben Sie hier in der Gegend, verstanden?«

Månsson wartet noch und beobachtet, wie Rooth zu seinem Auto läuft. Er sieht den roten Amazon mit peitschenden Scheibenwischern durch das Tor verschwinden. Der Regen verwandelt sich in kleine Rinnsale, die ihm über Stirn und Nacken laufen. Er streicht sich über den Magen, kneift sich in den Bauch, bis der Schmerz seines Griffs alle anderen Gefühle übertrifft.

Es donnert. Ein tiefes, bedrohliches Grollen, das langsam über das Dorf rollt. Ein Ungeheuer, das gerade freigelassen wurde.

49

Ich stand da auf dem Hinterhof der Polizeiwache und sah Rooth in die Augen. Vielleicht bildete ich mir ein, dass man ihm das Böse ansehen könnte. Oder ich hoffte etwas anderes zu sehen. Ein Zeichen von Schuld oder Reue. Einen Hinweis darauf, dass alles nur ein Versehen war, eine idiotische Schnapsidee, die aus dem Ruder gelaufen ist.« Månsson wird still, schaut auf seine Hände.

»Aber das haben Sie nicht?«, fragt Veronica weich.

Månsson schüttelt den Kopf, dreht an seinem Ehering herum.

Månsson ist schmaler, als sie ihn in Erinnerung hat. Und er hat weniger Haare, was nicht besonders erstaunlich ist. Er ist immerhin über sechzig. Ansonsten ist er so ziemlich der Alte. Nachdenklich, einfühlsam. Ein netter Mensch.

Seinen Kummer hat sie bereits gespürt, als er die Tür aufmachte. Bei Kaffee und Kuchen ist er noch gewachsen, obwohl er sein Bestes getan hat, um sie davon zu überzeugen, dass er den Billy-Fall schon lange hinter sich gelassen hat. Jetzt, nachdem er von dem Abend erzählt hat, an dem er gezwungen war, Tommy Rooth gehen zu lassen, scheint er aus der Deckung gekommen zu sein. Sein Kummer deprimiert sie nur, genau wie der ihres Vaters. Vielleicht liegt es daran, dass Månsson und ihr Vater sich ähneln, oder daran, dass sein Kummer ihrem zu nahe ist. Möglicherweise beides.

»Als Sie Ihren Beruf als Polizist aufgegeben haben …«, sagt sie und erhält ein langsames Nicken zur Antwort. »Sie sagen, Sie haben das wegen Ihrer Krankheit gemacht …« Sie legt eine Pause ein, wartet, bis er aufschaut. »Aber es gab vielleicht noch andere Gründe?«

Einen Moment lang sieht er so aus, als wolle er protestieren. Also hebt sie die Augenbraue, um zu zeigen, dass sie die Wahrheit hören will und keine eingeübte Verteidigungsrede. Sie hat diesen Trick schon öfter benutzt und ist sich bewusst, dass er nicht immer funktioniert. Aber Månsson liest ihrem Gesicht genau das ab, was sie erhoffte. Er blickt wieder nach unten, dreht erneut an seinem Ehering.

»Ich habe aufgehört, weil ich nicht mehr konnte. Ich konnte den Gedanken nicht mehr ertragen, dass ich Billys Mörder laufen ließ. Ich lag nachts wach und überlegte immer wieder, was ich hätte anders machen können. Was ich hätte besser machen können.« Er schaut auf. Sein Blick ist leer. »Malin meinte, dass der Billy-Fall mich innerlich aufgefressen hat, genau wie der Krebs. Und sie hatte recht.«

Veronica nickt. Sie sitzt eine Weile stumm da, während sich sein Kummer ausbreitet.

»Mein Bruder Mattias ist jetzt Polizist in Reftinge, haben Sie das gewusst?«

Er lächelt schief. »Ja, ich habe davon gehört.«

»Mattias ist die ganzen Unterlagen sicher zehnmal durchgegangen. Er sagt, dass es bei der Polizeiarbeit keinen Fehler gegeben hat. Dass er genau das Gleiche wie Sie gemacht hätte, wenn er die Ermittlungen geleitet hätte.« Sie sieht, dass Månsson zusammenzuckt, und wartet, bis sein Gesicht wieder entspannt ist, um auf den eigentlichen Grund ihres Besuchs zu sprechen zu kommen.

»Was, wenn es überhaupt nicht so war, wie alle dachten?«, sagt sie. »Was, wenn Billy noch lebt?«

Sie erzählt Månsson die ganze Geschichte. Sie beginnt damit, wie Isak in ihrer Therapiesitzung aufgetaucht ist, berichtet von ihrem Besuch in Reftinge, Sailors Erzählung und dem Fund, den sie im Askedal gemacht hat.

Es ist ein gutes Gefühl, mit jemandem zu sprechen, der zwar alles kennt, aber ein Außenstehender ist. Jemand, der nicht sofort versucht, sie zu unterbrechen, Details kritisiert und ihre Theorie zunichtemacht. Sobald Månsson über die erste Überraschung hinweg ist, hört er stattdessen aufmerksam zu, nicht zuletzt, als sie von dem Senkkasten spricht, der Blechkiste und dem abgerissenen Stück Umschlag.

Sie ist davon überzeugt, dass der Schlüssel an Rooths Schlüsselbund, von dem Månsson gerade erzählt hat, zu dem Hängeschloss passt, das sie an dem Senkkasten gefunden hat. Månsson stimmt ihr zu, meint, das würde erklären, warum Rooth den Schlüssel am Schlüsselbund trug und warum er auf die Frage danach log. Das kleine Geweihstück, an dem der Schlüssel befestigt war, könne außerdem von der gleichen Sorte Bastelei stammen wie das unheimliche Windspiel am Schuppen.

Aber es gibt ein Detail, das nicht passt. Wenn Rooth zum Askedal fuhr, sobald er freigelassen worden war, und dort sowohl die Waffen als auch den Erpressungsbrief aus dem Senkkasten holte, warum war das Hängeschloss dann durchgeschnitten? Schloss Rooth den leeren Kasten hinter sich ab, oder war ein anderer vor ihm da gewesen? Jemand, der den Senkkasten kannte und wusste, was sich darin befand, aber keinen Schlüssel zum Schloss hatte? Den Einzigen, den man in diesem Fall verdächtigen könnte, wäre Sailor.

Månsson ist in dieser Sache anderer Meinung.

»Sailor war ein Säufer, der meistens in der Dorfkneipe

herumsaß. Er und ein anderer Idiot haben es sogar geschafft, in einer Mergelgrube ein Boot zu versenken, als wir nach Billy gesucht haben. Ich glaube einfach nicht, dass Sailor gerissen genug war, hinter Rooth aufzuräumen, auf jeden Fall nicht aus eigener Initiative. Und Rooth saß ohne Besuchserlaubnis in Haft, er kann Sailor also auch keinen Auftrag gegeben haben.« Er kratzt sich nachdenklich am Hinterkopf. »Außerdem kann ich mir nur schwer vorstellen, dass Rooth sich Sailor anvertraut hätte. Tommy Rooth war intelligent und schlau. Sailor als Handlanger bei der Wilderei zu benutzen oder sich sogar von ihm helfen zu lassen, als er die Windschutzscheibe deines Onkels kaputt geschossen hat, das ist eine Sache. Aber ihn an einer Entführung zu beteiligen eine ganz andere. Ein unnötiges Risiko …«

Månsson runzelt die Stirn, steht auf und holt die Kaffeekanne.

»Aber wenn es nicht Sailor oder Rooth waren, die den Kasten geleert haben, wer war es dann?«, fragt sie, als er ihre Tassen gefüllt hat. »Kann Rooth einen anderen Mittäter gehabt haben?«

»Das ist nicht ausgeschlossen.« Månsson nimmt einen Schluck Kaffee.

Plötzlich sieht er irgendwie anders aus. Sein Rücken ist gerader, die Stimme schärfer, und er erinnert ein bisschen an Mattias. Sie stellt fest, dass ihr das gefällt, und muss lächeln.

»Wenn deine Theorie stimmt, Veronica«, sagt Månsson nachdenklich, »wenn Isak Billy ist, dann muss sich jemand um ihn gekümmert haben, als Rooth die Woche im Gefängnis saß. Jemand muss ihn mit Wasser und Essen verpflegt und dafür gesorgt haben, dass ihm nichts passiert.«

»Nilla Rooth? Kann sie es gewesen sein?«

»Tja. Wir waren uns ziemlich sicher, dass Billy in dem Pumpenhaus versteckt worden war, das Rooth als Schlachthaus benutzte.«

»Warum?«

Månsson macht ein Gesicht, als wolle er eigentlich am liebsten keine Details darüber preisgeben. »Es gab dort ein Paar Handschellen und ein altes Bett«, sagt er und schielt zu ihr hinüber, um zu sehen, wie sie reagiert.

Veronica verzieht keine Miene, nickt ihm nur zu und bedeutet ihm fortzufahren, obwohl ihr innerlich kalt wird.

»Wenn Nilla Rooth involviert gewesen wäre, hätte sie sicher alles getan, um das Pumpenhaus geheim zu halten, und mir nichts davon erzählt. Außerdem hatte sie eigene Kinder, sogar einen Jungen im gleichen Alter. Ich kann mir kaum vorstellen, dass sie so etwas gemacht hätte.«

»Wie hat Rooth die Handschellen und das Bett erklärt?« Veronica wundert sich, wie sachlich sie klingt. Offenbar macht Månsson die gleiche Beobachtung, weil er etwas überrascht den Kopf hebt.

»Zuerst hat er nichts gesagt, später, als er einen Anwalt hatte, behauptete er, dass er sich mit Frauen in dem Schuppen traf. Verheirateten Frauen, deren Namen er nicht nennen wollte. Es gab tatsächlich solche Gerüchte über ihn, aber das Ganze klang eher wie eine nachträgliche Konstruktion, die er sich mithilfe des Anwalts ausgedacht hatte.« Månsson nahm noch einen Schluck Kaffee.

»Aber wer auch immer der unbekannte Mittäter war, kann er oder sie Billy aus dem Schlachtschuppen geholt haben, als klar war, dass Rooth gefasst worden war. Und eine Woche später, als Rooth freigelassen wurde, holte er

Billy ab und fuhr, so schnell er konnte, Richtung Süden«, fasst Veronica zusammen.

Månsson nickt. »So kann es gewesen sein.«

»Und dann? Was ist dann passiert? Warum hätte Rooth Billy aus der Gegend wegbringen sollen?«

»Ja, das ist wirklich eine Überlegung wert.«

Månsson und das muntere kleine Hündchen begleiten sie zur Tür. Nach kurzem Zögern umarmt sie ihn zum Abschied. Er riecht nach Zuckerkuchen und Old Spice. Er erwidert die Umarmung, verspricht, dass er weiter über die Sache nachdenken wird, und beteuert, dass sie ihn jederzeit anrufen darf. Es klingt, als würde er es tatsächlich so meinen.

50

Eine Stadt ist ein Ort für alle, die eigentlich woanders zu Hause sind, aber nicht wissen, wo.

Sie hat das in einem Buch gelesen oder vielleicht im Fernsehen gehört. An der Behauptung ist einiges dran. Sie selbst hat in Paris gelebt, London, Berlin und jetzt Stockholm. Dennoch würde sie nicht sagen, dass eine dieser Städte so richtig ihr Zuhause gewesen ist.

Während der letzten Stunden Autofahrt hatte sie Zeit, über Krister Månsson nachzudenken. Darüber, wie liebevoll er von seiner Frau gesprochen hat, über die Fotos von ihnen, den Kindern und Enkeln, die in der Diele und im Wohnzimmer hingen. Månsson musste seit mindestens fünfunddreißig Jahren mit Malin verheiratet sein, trotzdem schien er sich aufrichtig darauf zu freuen, dass sie abends nach Hause kam. Veronica vermisst das, vermisst jemanden, nach dem sie sich sehnen kann. Vermisst es, überhaupt jemanden zu haben.

Sie öffnet die Tür und lauscht in die dunkle Wohnung hinein. Dort drinnen ist es still. Sie schaltet alle Lampen an und entspannt sich erst, nachdem sie sowohl in die Ankleidekammer als auch unter das Bett geschaut hat. Alles sieht genauso aus, wie sie es verlassen hat, und nichts deutet darauf hin, dass jemand hier gewesen ist. Sie öffnet ein Fenster, um wegen der stickigen Luft zu lüften, und schaut zum Ende der Straße hinunter. Es ist kein Raucher zu sehen. Dafür sind die Motten wieder da. Sie kreisen um ihre elektrische Sonne, machen immer wieder den gleichen Fehler.

Von der Küchenarbeitsplatte blinkt ihr das Telefon entgegen. Viermal blinkt es, für ebenso viele Nachrichten.

Erst zwei, bei denen die Person gleich aufgelegt hat. Die dritte Nachricht beginnt auch mit Schweigen, aber gerade als sie zur nächsten Nachricht springen will, beginnt eine Stimme zu reden.

»Hier ist noch mal Lars, von der Gruppentherapie.« Er nuschelt, klingt betrunken. »Du hast nicht zurückgerufen. Verdammte Art …« Er stockt, murmelt etwas, was sie nicht versteht, und bricht dann das Gespräch ab. Sie wundert sich immer noch, wie er an ihre Nummer gekommen ist, erinnert sich selbst daran, dass sie morgen mit Ruud darüber sprechen muss.

Die vierte Nachricht ist von Mattias. »Hallo, ich bin's. Ich wollte nur hören, ob du gut angekommen bist. Also …« Sie ahnt, wie er mit sich ringt. »Es war schön, dich zu sehen, Vera. Wir sollten uns öfter treffen.« Erneute Pause. »Ja, also das war's eigentlich. Pass auf dich auf«, endet er. Er klingt fast unzufrieden mit sich selbst, als habe er eigentlich etwas anderes, Bedeutungsvolleres sagen wollen.

Sie schaltet den Anrufbeantworter aus. Eine Weile starrt sie auf die Lampe, die jetzt mit einem steten roten Licht leuchtet. Keine weiteren Mitteilungen.

Sie drückt den Knopf, um die gespeicherten Nachrichten abzuhören. Leons letzte Nachricht ist noch da, und diesmal hört sie sie von Anfang an.

»Es ist aus, Veronica. Begreifst du das nicht? Ich will keine Briefe mehr bekommen, keine SMS oder Anrufe mitten in der Nacht. Und hör auf, draußen vor der Tür auf mich zu warten. Das ist nicht gesund.« Er seufzt. »Du musst damit aufhören. Liebe Veronica. Du musst jetzt damit aufhören.«

51

Bist du wach, Krister?«

Malins Stimme überrascht ihn. Er hat beinahe eine halbe Stunde still in der Dunkelheit gelegen, während die Ziffern des Radioweckers an Mitternacht vorbeigetickt sind. Er hat zugehört, wie die Atmung seiner Frau tiefer wurde, und seine Gedanken schweifen lassen.

»Entschuldige, ich habe nur über etwas nachgedacht. Habe ich dich geweckt?«

»Nein.«

Er weiß, dass sie lügt, dass sie es seinetwegen tut, damit er kein schlechtes Gewissen bekommt. Sie muss morgen früh aufstehen. Månsson spürt, wie sie im Doppelbett zu ihm herüberrutscht, und er streckt den Arm aus, damit sie den Kopf an seine Achsel legen kann.

»Denkst du an Vera Nilsson?«

»Veronica«, murmelt er.

»Was?«

»Veronica Lindh heißt sie jetzt. Veronica, nicht mehr Vera.«

»Ach ja, das hast du vorhin gesagt. Warum hat sie ihren Namen geändert?«

Er streicht ihr über den Rücken. »Das weiß ich nicht. Vielleicht wollte sie ihre Vergangenheit hinter sich lassen.«

»Aber jetzt will sie das nicht mehr?«

»Nein, anscheinend nicht.«

»Glaubst du, dass ihre Theorie stimmen könnte? Dass Billy Nilsson wirklich noch lebt?«

»Wenn du mich das vor ein paar Jahren gefragt hättest, hätte ich Nein gesagt. Aber nachdem ich Veronica getroffen und ihre Geschichte gehört habe, weiß ich es nicht mehr. Es ist in jedem Fall nicht unmöglich, dass es so ist. Rooth könnte Billy mitgenommen haben, ihn bei irgendjemandem gelassen oder sich sogar selbst um ihn gekümmert haben. Die Frage wäre dann aber, warum? Warum hätte er seine eigene Familie verlassen, um sich um ein fremdes Kind zu kümmern?«

Ein paar Sekunden herrscht Stille. Malin streichelt ihm über die Brust. Er mag das, er mag es, sie in seiner Nähe zu haben.

»Was kannst du da machen, Krister? Was kannst du machen, um Veronica zu helfen, die Wahrheit herauszufinden?«

»Ich weiß es noch nicht. Ich überlege, ob ich versuchen soll herauszufinden, was aus Rooths Frau und Kindern geworden ist. Ob einer von ihnen von Tommy gehört hat. Vielleicht wissen sie etwas, das uns weiterhelfen kann.«

»Gut«, murmelt Malin neben seinem Ohr. »Und jetzt, wo du endlich zu diesem Entschluss gekommen bist, können wir vielleicht schlafen?«

Liebling

Früher einmal wünschte ich mir, der Sommer, die Wärme und der blaue Himmel würden ewig andauern. Später habe ich mich nach dem Herbst gesehnt, in dem Du mich hier wegholen würdest.
Wie konnte ich so dumm sein zu glauben, dass wir eine gemeinsame Zukunft hätten? Hier gibt es keine Linderung, keine Gnade, nur unablässige Qual unter einer unbarmherzigen Sonne, bevor Dunkelheit und Kälte uns verschlingen.
Ich ertrage es nicht mehr, unser Geheimnis allein zu hüten. Was wir getan haben, war falsch, das weiß ich jetzt. Und dafür müssen wir bestraft werden.

52

Der nächste Tag ist genauso warm wie der letzte. Sie duscht lange, zieht wie gewöhnlich eine weiße Bluse und eine schwarze Hose an. Neutral und professionell, wie jemand, der seinen Job ernst nimmt.

Sie nimmt die U-Bahn zum Bürgerhaus und trifft dort Ruud, der guter Laune zu sein scheint. Er umarmt sie, sagt, dass es schön ist, sie zu sehen. Sie gehen in sein kleines, enges Büro. Im Versammlungsraum stehen die Stühle im Kreis. Veronica spürt bei dem Anblick Erwartung in sich aufsteigen. Sie schaut zu dem Stuhl, der am nächsten zur Tür steht. Stellt sich vor, dass Isak dort sitzt.

In seinem Büro erzählt Ruud ein bisschen zu selbstzufrieden, wie er für sie gekämpft hat, die Personalabteilung davon überzeugt hat, dass das Telefonat ein einmaliger Ausrutscher war. Der etwas zu große Bengt hat ihm sicherlich dabei geholfen. Gesagt, dass Veronica ruhig wirkt und sich ihres Fehlers bewusst ist.

»Bengt will dich noch ein paarmal sehen, um auf der sicheren Seite zu sein. Er möchte, dass ihr so schnell wie möglich einen Termin vereinbart.«

Ruud klingt, als ob eigentlich er für ihre Behandlung zuständig wäre. Auch wenn es sie ein wenig ärgert, sagt sie nichts. Sie setzt nur ihre Unterschrift unter die Formulare, die Ruud ihr vorlegt.

»Du hast das Wochenende in Schonen verbracht«, sagt Ruud, als sie fertig sind. »Es ist schön dort im Sommer. Kommst du von dort? Man hört es dir gar nicht an.«

»Nein.« Sie presst ein Lächeln hervor. »Ich bin von zu Hause weggezogen, als ich achtzehn war. Ich hatte es eilig wegzukommen, kann man wohl sagen.«

Sie holt tief Luft, hofft, dass das nicht komisch klang, dass er keine Lust hat weiterzufragen.

»Aha, warum?«

Was er eigentlich wissen will, ist: Wovor wolltest du fliehen?

»Es gab keinen besonderen Grund«, lügt sie. »Das Landleben war nichts für mich. Man sagt, dass es zwei Arten von Menschen gibt, die auf dem Land aufwachsen. Die, die bleiben, und die, die weggehen.«

»Aha«, sagt Ruud. »Und du gehörtest zur zweiten Sorte? Die, die weggehen?«

Sie nickt, hält an ihrem Lächeln fest, bis er es erwidert.

»Wie geht es Lars und den anderen?«, fragt sie auf dem Weg nach draußen. Eigentlich will sie vor allem wissen, ob Isak hier war, während sie weg war, und Lars ist ein guter Anlass. Außerdem muss sie mit Ruud über die Anrufe sprechen.

»Lars kommt leider nicht wieder.«

»Warum nicht?«

»Am Freitagmorgen bin ich nach dem Aufschließen in die Küche gegangen, um Kaffee zu kochen. Als ich zurückkam, war Lars in meinem Büro. Er hat in meinen Papieren gekramt. Ich habe ihn gefragt, was er da macht, da wurde er laut. Er hat gesagt, dass er ein Recht hat, Dinge zu erfahren. Er war offenbar betrunken, also habe ich ihm klargemacht, dass er nicht mehr kommen darf und ich ihn wegen Einbruchs anzeigen würde, wenn er noch mal auftaucht.«

»Oh«, ist alles, was sie hervorbringt, was in dem Zusammenhang etwas albern klingt. Aber es gibt ihr zumindest einige Sekunden Bedenkzeit. »Lars hat am Wochenende ein paarmal bei mir angerufen und Nachrichten hinterlassen.«

Ruud runzelt die Stirn. »Weißt du, was er wollte? Hat er dir gedroht?«

Sie schüttelt den Kopf. »Er hat nur gesagt, dass er reden will, dass ich ihn zurückrufen soll. Was ich natürlich nicht getan habe.«

»Vielleicht musst du deine Nummer wechseln. Warte ein paar Tage, und wenn er sich noch mal meldet, sag Bescheid, dann kümmern wir uns darum. Ich frage mal unseren Juristen, ob es die Möglichkeit einer Anzeige gibt.«

Es gefällt ihr, dass Ruud sich um sie Sorgen macht. Dass sie ihm nicht gleichgültig ist.

»Und dieser blonde Kerl, Isak. Ist er noch mal gekommen?« Sobald sie Ruuds Miene sieht, weiß sie, dass es ein Fehler war nachzufragen. »Ach, vergiss es«, schiebt sie schnell nach. Aber der Schaden ist schon passiert.

Auf dem Weg nach Hause denkt sie wieder an Krister Månsson. Wie er sich anfangs bemüht hat, sie davon zu überzeugen, dass er den Fall hinter sich gelassen hat. Dass er seit Jahren nicht an Billy gedacht hat. Aber es dauerte nicht lange, bis er sich wieder in den ermittelnden Polizisten verwandelte. Er ist umgezogen, hat den Beruf gewechselt, hat sein Leben mit positiven Dingen gefüllt, aber lebt in gewisser Weise immer noch im Sommer 1983, genau wie ihre eigene Familie. Vielleicht mag sie ihn deshalb?

Sie mag auch Ruud. Es bedurfte einer ordentlichen Dosis enthusiastischen Small Talks, bis er wieder auftaute, nachdem sie Isak erwähnt hatte. Sie muss in Zukunft vorsichtig sein, darf ihm nicht den geringsten Anlass zu Misstrauen geben. Was macht sie, wenn Isak nicht mehr auftaucht? Daran will sie lieber nicht denken. Ist es für sie überhaupt noch möglich, die Sache aufzugeben?

Sie hat gerade den Türcode eingegeben und hört das Schloss surren, als jemand ihren Oberarm ergreift und sie herumdreht. Die Finger sind hart und bohren sich in ihre Haut.

»Da bist du ja, Veronica!«

Es ist Lars. Das bärtige Gesicht ist hochrot und von Alkohol aufgedunsen. Sie stellt fest, dass sie mit dem Rücken zur Tür steht und nirgendwohin fliehen kann.

»Warum rufst du nicht zurück? Ich will doch nur mit dir reden? Jetzt zwingst du mich, hierher zu kommen. Vor deiner Tür zu warten wie ein verdammter Stalker. Glaubst du, ich habe nichts Besseres zu tun, was?«

Er drückt ihren Oberarm noch fester, presst sich an sie, so dicht, dass sie seinen Alkoholatem riechen kann.

»Deinetwegen wurde ich aus der Therapiegruppe geworfen, du blöde Schlampe. Du hältst dich für was Besonderes, aber ich weiß, worauf du aus bist.«

»Lars, das ist äußerst unangebracht …«

»Halt's Maul!« Er hält einen groben Zeigefinger vor ihr Gesicht. »Du sollst einfach das Maul halten, kapiert, du kleine Hure? Du glaubst, du bist so verdammt schlau. Dass du alles weißt …«

»Was ist hier los?«

Die Stimme ist ganz nah, aber sie erkennt sie nicht richtig. Lars dreht den Oberkörper und sieht sich um.

»Verpiss dich!«

»Alles okay?« Der Mann kommt einen Schritt näher, und auf einmal wird ihr klar, dass es Isak ist.

»Verschwinde«, zischt Lars.

»Alles okay, Veronica?«, fragt Isak noch einmal, und sie schüttelt intensiv den Kopf. Isak legt die Hand auf Lars' Schulter. »Hey, Kumpel. Du solltest vielleicht …«

Bevor er den Satz beenden kann, dreht sich Lars um

und schlägt ihm mitten ins Gesicht. Der Schlag kommt völlig überraschend, sodass Isak das Gleichgewicht verliert und nach hinten fällt. Er schlägt mit einem harten Knall auf dem Gehweg auf.

Einen Augenblick lang ist es ganz still. Isak liegt der Länge nach auf dem Asphalt, und sie steht noch mit dem Rücken an die Tür gepresst. Vor ihr steht Lars, die Faust in der Luft und mit verzerrtem Gesicht. Dann ändert sich seine Miene plötzlich, zeigt erst Erstaunen und dann Angst. Er lässt die Faust sinken, die Schultern fallen. Er schaut zu Isak, der sich kaum bewegt, dann zu ihr.

»I-ich …«, stammelt er, ohne weiterzukommen. Er schlägt den Blick nieder, macht auf dem Absatz kehrt und rennt davon.

Veronica geht neben Isak in die Hocke. Seine Lippe ist aufgeschlagen, und aus seiner Nase läuft Blut. Er ist bei Bewusstsein, aber sein Gesicht ist bleich, die Augen wirken glasig, und er kann den Blick nicht richtig halten. Als er den Kopf dreht, sieht sie einen dunkelroten Fleck, der sich über den blonden Nacken ausbreitet.

»Wir müssen einen Krankenwagen rufen«, sagt sie.

Er zwinkert ein paarmal, scheint wieder zu sich zu kommen. »Kein Krankenwagen, ich bin okay.«

»Aber du blutest.«

Er fasst sich an den Hinterkopf. Seine Finger werden rot.

»Hilf mir auf.«

Sie tut, was er gesagt hat. Zuerst schwankt er, aber dann scheint er sein Gleichgewicht wiederzufinden.

»Soll ich die Polizei rufen?«

»Nein, nicht nötig. Alles okay«, beteuert er wieder, diesmal mit festerer Stimme.

Er hält sich mit der Hand den Nacken und sieht sie an.

Etwas an seinen blauen Augen löst eine warme Welle in ihr, eine Wärme, die sie schon lange nicht mehr gefühlt hat.

»Wer bist du?«, fragt sie.

Er lächelt, kehrt langsam zu seiner normalen Gesichtsfarbe zurück.

»Ich hatte gehofft, dass du mir helfen kannst, das herauszufinden, Vera.«

53

Isak sitzt zurückgelehnt auf ihrem Sofa. Er drückt sich eine Tüte gefrorener Erbsen an den Hinterkopf. Die Verletzung ist nur äußerlich, sieht schlimmer aus, als sie ist. Sie hat ihm geholfen, die Blutung zu stoppen und die Wunde zu verbinden. Die aufgesprungene Lippe ist geschwollen, was den Mund schief aussehen lässt. Als ob ihn die ganze Situation amüsieren würde.

Sie selbst versucht zu verarbeiten, was gerade passiert ist. Auf einmal wünscht sie sich, sie hätte etwas Starkes zu Hause, und ihr fällt ein, dass sie eine Flasche Whisky im Schrank hat. Es ist kaum der richtige Moment, um sie herauszuholen. Ihr schwirrt jetzt schon der Kopf vor lauter Fragen, wie zum Beispiel der, was Isak vor ihrer Tür machte. Ist er der Raucher, der geheimnisvolle Einbrecher oder sogar noch mehr, wie sie manchmal glaubt, seit sie zum ersten Mal das Phantombild gesehen hat? Vielleicht sollte sie Angst vor ihm haben, aber aus irgendeinem Grund hat sie das nicht.

»Wo sollen wir anfangen?«, fragt sie und setzt sich in den Sessel ihm gegenüber.

Er zuckt leicht mit den Schultern, scheint nachzudenken.

»Ich würde am liebsten erst mal um Entschuldigung bitten.«

»Wofür?«

»Dafür, dass ich in deiner Therapiegruppe aufgetaucht bin, anstatt direkt mit dir zu sprechen. Das war eine idiotische Idee. Entschuldige.«

Er zieht ein Gesicht, das wahrscheinlich schuldbewusst aussehen soll, aber durch die geschwollene Lippe zu einer

Grimasse wird. »Meine einzige Entschuldigung ist, dass ich es nicht gewagt habe. Ich stand mehrmals abends hier unten auf der Straße und habe versucht, den Mut zu finden.«

Eigentlich will sie ihn mit ihren Fragen bombardieren, Antworten aus ihm herauspressen. Aber sie weiß, dass sie die Sache ruhig angehen muss. Sie darf nicht riskieren, das zarte Zusammengehörigkeitsgefühl zu zerstören, das durch das Geschehen an der Haustür entstanden ist.

»Okay«, sagt sie. »Ich verstehe. Aber du musst mir mehr erzählen, bevor ich dir verzeihen kann. Zum Beispiel, wie du heißt.«

Er nickt, bei der Bewegung rascheln die gefrorenen Erbsen an seinem Hinterkopf.

»Ich heiße Isak Welin. Oder zumindest ist das der Name, der auf meinem Führerschein steht. Ich bin in einem Dorf ungefähr siebzig Kilometer von Luleå aufgewachsen. Dunkel und kalt im Winter, Mücken im Sommer und das Ganze.«

Er versucht, ihr ein Lächeln zu entlocken, ist es offenbar gewohnt, auf seinen Charme zu vertrauen.

»Mein Vater ging zur See und war viel unterwegs. Manchmal mehrere Monate am Stück. Als ich etwa zehn Jahre alt war, ist er ganz ausgezogen. Am Anfang habe ich ihn ab und zu besucht, aber das passierte immer seltener. Allmählich haben wir den Kontakt verloren, und ich kann nicht gerade sagen, dass ich ihn vermisst habe.« Er zuckt mit den Achseln. »Letzten Winter wurde meine Mutter krank. Sie bekam Nierenprobleme, und es war die Rede von Transplantation. Das Krankenhaus hat mich als Spender getestet, aber es zeigte sich, dass ich nicht kompatibel war. Mama und ich waren nicht einmal verwandt. Du kannst dir vorstellen, wie schockiert ich war.«

Veronica merkt, dass ihre Atmung flacher wird.

»Meiner Mutter ging es richtig schlecht, deshalb wollte ich sie nicht zur Rede stellen. Stattdessen habe ich ihre Wohnung durchsucht. Ich habe mir alte Fotoalben angeschaut und entdeckt, dass es keine Babybilder von mir gab. Ich hatte mich vorher nie damit beschäftigt, aber als ich weitersuchte, stellte ich fest, dass es vor meinem sechsten, siebten Lebensjahr keinerlei Spuren von mir gab. Keine Taufurkunde, keine Babykleider oder Ähnliches. Und außerdem habe ich mich an das erinnert, was ich schon erzählt habe …«

Er macht eine Handbewegung in ihre Richtung. »Ein großer Garten, viel größer als der zu Hause. Ein Baumhaus, ein hohler Baum. Ein Junge, der verschwunden ist. Und dann dieser Name.«

»Billy«, murmelt sie, es rutscht ihr einfach heraus.

Er nickt wieder, legt die Erbsenpackung auf den Tisch.

»Zum Schluss fiel mir nichts anderes mehr ein, als meine Mutter zu fragen, aber sie regte sich so auf, dass die Krankenschwester ihr ein Beruhigungsmittel geben musste. Also beschloss ich zu warten, bis es ihr besser ging. Die Prognose sah gut aus. Dann bekam sie mitten bei einer Dialysebehandlung im Frühling einen starken Blutdruckabfall. Ich wurde angerufen, kam aber nicht mehr rechtzeitig.« Er schaut weg, seine Augen glänzen. »Ich habe versucht, Papa zu finden, aber er war ein paar Jahre vorher umgezogen, und niemand wusste, wohin. Wahrscheinlich war er wieder auf See. Also habe ich angefangen, im Internet nach Hinweisen zu suchen. Vor allem zu Adoptionen und so was. Als ich mein Geburtsdatum, den Begriff ›Verschwinden‹ und den Namen Billy eingab, tauchte der Artikel über deinen kleinen Bruder auf. Es klingt vielleicht abgedroschen, aber für mich war es, als würde sich eine

Tür in meinem Kopf öffnen. Eine Tür, von der ich gar nichts gewusst hatte.«

Das Herz klopft ihr bis zum Hals, sie kann kaum atmen. »Also hast du weitergesucht?«

»Ja, ich bin nach Reftinge gefahren. Zuerst bin ich einfach herumgefahren, um zu sehen, ob ich etwas wiedererkenne.«

»Und, hast du?«

»Ich glaube schon. Aber ehrlich gesagt bin ich mir nicht ganz sicher. Wie viel weißt du noch aus der Zeit, als du fünf, sechs Jahre alt warst?«

Viel, denkt sie, aber antwortet lieber nicht. Das Gesicht ihrer Mutter schwirrt an ihrer Netzhaut vorbei. Die Zeit vor Billy, als sie noch Mamas *kleine Maus* war.

»Ich bin natürlich am Backagård vorbeigefahren, habe es aber nicht gewagt zu klingeln«, fährt er fort. »Ich hatte ja nichts Konkretes zu sagen. Also habe ich versucht, mich ein bisschen umzuhören, hing in der Dorfkneipe herum und in den Pizzerien. Irgendjemand erzählte von einem alten Alkoholiker, von dem manche dachten, dass er in das Verschwinden von Billy verwickelt gewesen war. Also bin ich zum Altersheim gefahren, um etwas herauszufinden. Ich habe dem Personal gesagt, dass ich der Neffe des Alten bin.«

»Und?« Sie hält die Luft an. Der Puls pocht in ihren Schläfen.

Er schüttelt den Kopf. »Ich hatte ihn noch nie gesehen. Zumindest soweit ich mich erinnern konnte. Das Komische war, dass der Alte sich benahm, als würden wir uns kennen.«

Er richtet sich ein bisschen auf, lächelt und legt den Kopf schief, auf eine Art, die ihr unglaublich bekannt vorkommt.

Sie geht in den Flur und holt das Phantombild, das sie in eine Schreibtischschublade gelegt hat, und gibt es ihm.

»Das soll Billy als Erwachsenen darstellen«, sagt sie. »Aber du könntest es genauso gut sein. Du hast das Bild sicher schon mal gesehen, oder?«

Er antwortet nicht, aber sie weiß, dass er es kennt. Sie weiß, dass er die gleiche Schlussfolgerung aus dem Bild gezogen hat wie sie, aber dass er nicht bereit ist, es auszusprechen. Jedenfalls noch nicht.

»Was passierte dann?«, will sie wissen, als er weiterhin schweigt.

»Tja, ich habe versucht herauszufinden, wie ich deine Familie kontaktieren könnte. Ich habe deinen Vater aus der Ferne im Dorf gesehen, aber ich habe mich nicht getraut, ihn anzusprechen. Was sollte ich sagen? Und dein Bruder ist Polizist, mich also an ihn zu wenden schien mir auch nicht die richtige Wahl zu sein.«

»Warum nicht?«

Er zögert. »Ich habe früher öfter mal mit der Polizei zu tun gehabt. Wegen Dummheiten, die ich verbrochen habe, als ich jünger war. Ich hatte Angst, dass dein Bruder das herausfinden würde, wenn er in meiner Lebensgeschichte herumwühlt. Dass er mich von Anfang an verurteilen könnte. Die einzige Person, die übrig blieb, warst also …«

»Ich.«

»Genau. Du warst nicht gerade leicht zu finden. Ich habe schließlich eine Frau in der Bücherei gefragt, habe behauptet, dass ich ein alter Freund von dir sei. Damals war ich ziemlich oft dort, sodass sie mich kannten. Die Leute mögen mich meistens, vor allem ältere Frauen. Das ist wahrscheinlich meine geheime Superkraft.«

Er lächelt wieder schief, und diesmal kann sie nicht umhin zurückzulächeln.

»Die Büchereitante kannte deinen Vater. Sie hat erzählt, dass du in Stockholm wohnst und nicht besonders oft zu Hause bist. Und dass du außerdem den Namen geändert hast. Ich habe ein Bild von dir in einem alten Schuljahrbuch gefunden, und dann brauchte ich nur noch im Telefonbuch nach allen Veronica Lindhs in Stockholm zu forschen. Es gibt insgesamt fünf von euch, du warst die zweite, die ich aufgesucht habe. Eine Therapeutin war genau das, was ich brauchte. Ich dachte, das muss Schicksal sein. Sobald ich Augenkontakt mit dir hatte, stellte ich fest, dass uns irgendetwas verbindet. Das spürst du doch auch, oder?«

Er sieht sie an, sein blauer Blick bohrt sich direkt in sie hinein, sodass sich das Pochen ihres Pulses von den Schläfen im ganzen Körper ausbreitet. Sie antwortet nicht, steht nur auf, geht in die Küche und holt die Whiskyflasche aus dem Schrank. Sie schenkt sich ein ordentliches Glas ein und leert es in einem Zug. Dann nimmt sie die Flasche und ein zweites Glas mit ins Wohnzimmer.

54

Sie wacht vom Klingeln an der Tür auf und hat das unbehagliche Gefühl, dass sie etwas Wichtiges geträumt hat. Etwas mit Versteckenspielen und mit Windriesen, die mit roten Nachtaugen über das Maisfeld starren. Rosenduft. Obwohl sie versucht, an dem Traum festzuhalten, verwandelt er sich in feinkörnigen Sand, der aus ihrem Kopf rinnt und ein trockenes Gefühl in ihrem Mund hinterlässt.

Die Türglocke läutet noch einmal. Sie steht schlaftrunken auf, zieht den Morgenmantel über und stolpert in die Diele. Im Wohnzimmer stehen noch die Flasche und die Gläser, alle leer. Daneben gibt es zwei Pizzakartons und gebrauchtes Besteck. Eine Decke liegt zerknüllt in der Sofaecke und darauf ein blutiger Verband.

Wie viel hat sie Isak gestern eigentlich erzählt? Das meiste, glaubt sie, und sie bereut es schon. Sie hätte die Sache langsam angehen sollen, sich nicht mitreißen lassen dürfen. Aber seine Erzählung hat sie von Grund auf erschüttert. Und der Whisky hat die Sache nicht besser gemacht.

An der Tür wird immer noch geläutet, was die Kopfschmerzen verschlimmert. Sie geht zur Tür und öffnet sie einen Spalt. Draußen steht Ruud.

»W-was machst du hier?«, stößt sie hervor.

»Ich wollte nur nachsehen, ob mit dir alles in Ordnung ist.«

Er deutet auf die Tür, und Veronica öffnet sie und lässt ihn in die Diele. Der Klingelton hallt noch in ihrem Kopf nach, will nicht richtig nachlassen.

»Ich habe vorhin mit Lars gesprochen. Er hat die Nacht

in einer Ausnüchterungszelle verbracht und war sehr reumütig. Er hat etwas von einem Streit vor deiner Tür gestern Abend erzählt. Er glaubt, er hat irgendwas Übles gemacht.«

Sie beißt sich auf die Lippe. Verdammt! Sie hätte Ruud anrufen sollen, sobald sie gestern ihre Wohnung betrat.

»Mir ist nichts passiert.« Sie überlegt, wie sie erklären kann, was passiert ist, ohne von Isak zu erzählen. Die Klingel in ihrem Kopf schrillt immer lauter, übertönt ihre Gedanken, wird zu einem Alarmsignal.

»Gut. Das Wichtigste ist, dass es dir gut geht.«

Sie nickt, will ihn gerade bitten, mit ins Wohnzimmer zu kommen, als sie sieht, wie sich die Badezimmertür öffnet. Und plötzlich begreift sie, was sie vergessen hat. Wovor sie dieses penetrante Signal warnen wollte. Es hatte nichts mit ihrem Traum zu tun.

»Oh. Guten Morgen!«, sagt Isak, als er vor ihnen in die Diele tritt. Er ist frisch geduscht, die Haare sind nass, und er hat eines von ihren Handtüchern um die Hüfte geschlungen. Ruud starrt Isak an, dann sie. Sie schaut weg, schließt die Augen.

Später sitzt sie auf dem Sofa. Der Kopfschmerz ist in Übelkeit übergegangen, und sie muss den Kopf zwischen die Knie legen, um nicht mitten auf den Boden zu brechen. Ruud ist gegangen, Isak kurz danach. Beide ungefähr gleich wortkarg.

Sie hätte Isak nie hier übernachten lassen dürfen, das war eine idiotische Entscheidung, an die sie sich kaum erinnern kann. Vielleicht sollte sie sich bei Ruud melden. Ihm sagen, wie es war, ihm die ganze Geschichte erzählen. Dass sie immer stärker davon überzeugt ist, dass Isak ihr vor zwanzig Jahren verschwundener kleiner Bruder ist. Aber welche Beweise hat sie eigentlich für diese Behauptung?

Wenn Isak Billy ist, mit Betonung auf dem ersten Wort, was ist dann im Sommer 1983 eigentlich passiert?

Sie haben gestern Abend eine ganze Weile über Isaks Adoptivvater gesprochen, daran erinnert sie sich jetzt. Ob er tatsächlich Tommy Rooth sein könnte. Das Alter stimmt, genauso die Tatsache, dass sie beide zur See gegangen sind. Isak hat das alte Bild von Tommy Rooth im Internet gesehen, aber gesagt, dass sein Vater einen großen Bart und lange Haare hatte und außerdem ziemlich fett war. Es fiel ihm schwer, eine Ähnlichkeit zu erkennen, auch wenn er nicht ausschließen konnte, dass er es ist. Unabhängig davon bleibt Månssons Frage: Wo war Billy, als Rooth im Gefängnis saß, und wer hat sich um ihn gekümmert?

Sören Händler war der Letzte, der Rooths Wagen gesehen hat. War die Fahrt nach Süden nur eine falsche Fährte, genau wie die Postkarte aus Rotterdam? Eine Finte, damit die Polizei im Ausland nach ihm sucht, während er in Wahrheit fünfzehnhundert Kilometer nordwärts gefahren ist? Hat er seine Frau und seine Kinder verlassen, um Billy mit einer neuen Frau unter neuem Namen aufzuziehen, oder den Jungen bei jemandem gelassen, dem er vertraute? Dann bleibt die ewig gleiche Frage. Die, für die man, egal, wie oft man sie hin und her dreht, am Ende eine Antwort finden muss.

Warum?

Isak taucht am gleichen Abend wieder auf. Er steht vor der Tür und sieht ein bisschen verlegen aus.

»Sorry«, sagt er. Er hält ihr eine ziemlich teure Weinflasche hin. »Ich wollte dich nicht in Schwierigkeiten bringen.«

»Es ist nicht deine Schuld.« Sie lässt ihn herein, und er geht dicht an ihr vorbei in die Diele. Er riecht gut, bewegt sich auf eine Art, die ihr gefällt. Weich, katzengleich, mit Selbstvertrauen. Die Schwellung an der Lippe ist ein bisschen zurückgegangen. Sein Lächeln ist jetzt wieder symmetrischer.

In der Küche öffnet er die Weinflasche und füllt zwei Gläser.

»Dein Job …«, beginnt er, aber sie schüttelt den Kopf.

»Vergiss es.« Sie wundert sich, wie leicht sich das sagen lässt. Sie fühlt sich seltsam froh, fast erregt. Nicht sexuell, redet sie sich ein, sondern weil gerade etwas Großes vor sich geht. Etwas Lebensentscheidendes, nicht nur für sie. Der Zweifel, den sie vorhin noch hatte, ist wie weggeblasen. Er ist im selben Moment verschwunden, in dem sie seinem intensiven Blick begegnet ist.

»Was machen wir jetzt?«, fragt er.

Sie hatte fast den ganzen Tag Zeit, darüber nachzudenken. Sie hat sogar ein paar Nachforschungen angestellt.

»Es gibt Tests, die man als Privatperson machen kann. Man schickt eine Blutprobe von dir ein und eine von mir. Das Labor vergleicht sie, und dann erfährt man, ob man verwandt ist. Das ist gar nicht schwer.«

Er nickt, sieht aber nicht ganz überzeugt aus. »Ich habe das auch schon überlegt. Aber es dauert, das Labor ist doch in den USA, oder nicht?«

»Ungefähr einen Monat.«

Er verzieht das Gesicht. »Das ist eine lange Wartezeit.«

Sie sollte sagen, dass schon so viel Zeit vergangen ist, dass es auf einen Monat mehr nicht ankommt. Aber sie ist seiner Meinung. Sie will auch nicht so lange warten. Vor allem nicht nach dem, was in den letzten Tagen passiert ist. Ehrlich gesagt pfeift sie auf den Job, auf Ruud und das

Bürgerzentrum. Sie kommt sogar ohne ihren Trauerrausch aus. Aber sie muss die Wahrheit über Billy erfahren. Jetzt, bald. Bevor ihr Kopf explodiert.

»Es gibt noch eine andere Möglichkeit«, sagt sie.

»Welche?«

Sie zögert. Noch kann sie ihre Meinung ändern, bevor es zu spät ist, aber der hoffnungsvolle Blick in seinen Augen fordert sie auf weiterzusprechen.

»Wir können morgen nach Reftinge fahren. Zusammen. Mit Papa sprechen, uns das Haus anschauen, Billys … *dein* Zimmer anschauen«, korrigiert sie sich, »und sehen, ob du dich dadurch erinnerst, was eigentlich passiert ist.«

55

Bis zum nächsten Morgen hat sie ihre Entscheidung schon unzählige Male bereut. Sie hat sogar überlegt, Mattias anzurufen. Aber sie weiß, was er sagen wird, dass er wütend werden wird. Also ruft sie Krister Månsson an. Wie sie vermutet hat, ist er früh auf. Er war schon mit dem Hund draußen und hat bereits die Zeitung zur Hälfte gelesen. Sie kann ihn richtig vor sich sehen, wie er da am kleinen Küchentisch sitzt.

»Veronica, wie schön, dass du anrufst.«

Sie berichtet von Isaks Geschichte. Von ihrem Plan, nach Reftinge zu fahren. Sie rechnet damit, dass Månsson sie unterbricht, nachfragt, ihr abrät. Vielleicht hofft sie sogar auf Letzteres. Stattdessen hört er einfach zu.

»Meinen Sie, ich soll die Fahrt bleiben lassen? Ist sie eine dumme Idee?«

»Was ist deine eigene Meinung? Was sagt dein Bauchgefühl?«

»Dass Isak Billy ist.« Sie zögert kein bisschen. »Dass er helfen kann, die ganze Sache aufzulösen.«

»Hmmm.« Am anderen Ende ist es still. »Dann …« Månsson räuspert sich. »Dann hast du keine Wahl, Veronica. Du musst diese Reise machen, für dich selbst und für Billy. Ich wünschte, ich hätte mich selbst getraut, auf mein Bauchgefühl zu hören, was diesen Schlüssel anging. Ich hätte Rooth überwachen lassen sollen, herausfinden sollen, wohin er gefahren ist. Wen er getroffen hat. Vielleicht wären die Dinge dann anders gelaufen.«

»Okay«, sie bleibt noch am Telefon, will noch nicht auflegen. Sie hört seine Stimme gern.

»Ich habe übrigens angefangen, nach Rooths Familie

zu suchen. Ich habe ein paar alte Kollegen angerufen, vielleicht hat Nilla Tommy irgendwann später wiedergetroffen oder zumindest von ihm gehört. Ich dachte, vielleicht hat jemand gesehen, ob er einen kleinen Jungen dabeihatte.«

Ihr fällt wieder auf, wie anders er klingt als in der ersten halben Stunde ihres Treffens.

»Denkst du, dabei könnte etwas herauskommen?«, fragt er sie.

Sie denkt an Mattias, daran, dass er schon alle Hinweise zigmal durchgegangen ist und bestimmt auch die Familie Rooth überprüft hat. Zugleich will sie Månssons Enthusiasmus keinen Dämpfer versetzen.

»Ich weiß es nicht, aber es ist auf jeden Fall einen Versuch wert«, erwidert sie.

Es wird still in der Leitung, und sie weiß, dass es Zeit ist Auf Wiedersehen zu sagen. Månsson scheint das Gleiche zu denken.

»Könntest du mich anrufen, wenn ihr zu Hause auf dem Backagård miteinander gesprochen habt?«

»Natürlich, das mache ich.«

»Noch eine letzte Sache, bevor ihr fahrt.«

»Was denn?«

»Im Herbst 1983 haben sich die Bauern in Reftinge davor gescheut, mit dem Pflügen anzufangen. Niemand wollte derjenige sein, der die Überreste eines kleinen Jungen in den Pflug bekam. Nichts deutete darauf hin, dass Rooth Billy in einem Acker begraben hatte. Aber die Menschen benehmen sich nicht immer rational.« Er schiebt den Hörer näher an den Mund. »Einigen wird es nicht gefallen, dass du in der Vergangenheit wühlst. Es fehlen immer noch wichtige Puzzleteile, und es könnte Leute in Reftinge geben, die nicht wollen, dass die Wahrheit ans Licht kommt. Du musst vorsichtig sein, Veronica.«

Sie verspricht es ihm, bevor sie auflegt. Dann lächelt sie still vor sich hin. Immerhin ist sie nicht allein, Månsson steht auf ihrer Seite, und das fühlt sich beruhigend an.

Als Isak eine Stunde später mit einem Armeebeutel über der Schulter vor ihrer Tür steht und sie mit seinen blauen Augen ansieht, schwinden ihre allerletzten Zweifel. Månsson hat recht. Sie muss diese Reise machen.

»Weißt du, wie deine Eltern sich kennengelernt haben?«, fragt sie, als sie die Autobahn erreicht haben und Richtung Süden fahren. »Hatten sie keine Hochzeitsbilder oder so?«

Er schüttelt den Kopf. »Es gab überhaupt keine Bilder von ihnen gemeinsam in dem Album, das ich gefunden habe. Nur Bilder von mir als Kind. Meine Mutter ist auf ein paar von ihnen mit drauf, aber mein Vater nie. Er stand hinter der Kamera. Ich dachte mir, dass meine Mutter alle Bilder von ihm weggeworfen hat, als er abgehauen ist. Dass sie nicht an ihn erinnert werden wollte. Oder er hat einfach absichtlich dafür gesorgt, dass er nie fotografiert wurde.«

Es wird still im Auto, und sie konzentriert sich auf den Verkehr.

»Und dein Vater?«, fragt Isak nach einer Weile. »Wie ist er so?«

»Papa ist ein guter Mensch«, sagt sie. »Du wirst ihn mögen.«

»Waren sie glücklich, er und deine Mutter, bevor …?«

»Ich glaube. Oder …« Sie versucht nachzudenken. »Papa war am glücklichsten, wenn er mit Mama zusammen war.«

»Sie war schön, oder?«

»Jaa …« Sie scheut die Antwort und hofft, dass sie der Frage entgeht, die jetzt wahrscheinlich folgt. Aber sie entgeht ihr natürlich nicht.

»Und deine Mutter? Was hat sie glücklich gemacht?«

Veronica sitzt eine Weile stumm da. Sie versucht, sich das Gesicht ihrer Mutter vorzustellen, und sucht nach Gelegenheiten, bei denen sie gelächelt hat. Bei denen sie wirklich glücklich ausgesehen hat. Sie stellt sich ihre Mutter an unterschiedlichen Orten vor. Zu Hause, in der Kirche, am Schreibtisch, draußen im Garten.

Isak scheint zu glauben, dass sie der Frage ausweichen will, und stellt die nächste.

»Habt ihr euch nahegestanden, du und deine Mutter?«

Vermintes Gebiet, aber sie muss antworten. »Ja, als ich klein war.«

»Aber später nicht?«

»Nicht direkt. Meine Mutter wollte, dass die Dinge auf bestimmte Art und Weise liefen. Sie hat sich sehr leicht aufgeregt.«

Sie findet, dass das keine besonders gute Beschreibung ist, dass es einen besseren Weg geben muss, um zu erklären, wie die Stimmung zu Hause innerhalb von wenigen Minuten kippen konnte. Wie die Veränderung manchmal in der Luft zu spüren war, ohne dass jemand ein Wort gesagt hatte.

»Oder war verzweifelt«, versucht sie, aber auch das ist nicht das richtige Wort.

»Das wird für euch nicht ganz leicht gewesen sein.«

Sie mag Isaks Tonfall nicht, er klingt, als würde er ihre Mutter von dem bisschen beurteilen, das sie gerade erzählt hat, was nicht gerecht ist.

»Mama mochte Kinder sehr«, sagt sie. »Sie hat jeden

Sonntag nach dem Gottesdienst die Kinderkirche abgehalten.«

Sag doch, wie es war, flüstert es in ihrem Kopf. Erzähl, dass Mama am liebsten kleine Kinder mochte. Dass sie das Interesse an dir und Mattias verloren hat, als ihr älter wurdet. Als man euch nicht mehr kontrollieren konnte. Als es einen anderen gab, der leichter zu lieben war. Sag es. Sag die Wahrheit! Erzähl, dass der Einzige, der Mama wichtig war …

Sie spürt seine Augen auf sich ruhen, erkennt, dass sie in das schwarze Eisloch blicken muss, das sich auf einmal in ihrer Brust auftut.

»Du hast gefragt, was Mama glücklich gemacht hat.«

»Ja.« Er beobachtet sie weiter.

Die Kälte quillt aus dem Loch heraus, ersetzt ihr Blut durch Seewasser.

»Billy«, stößt sie hervor. Ihre Stimme bricht. »Du hast Mama glücklich gemacht.«

Sie halten an einer Tankstelle in Jönköping, füllen neues Kühlwasser auf und wechseln den Fahrer. Veronica döst auf dem Beifahrersitz ein, wacht erst auf, als sich der Nadelwald lichtet und die Landschaft flacher wird. Sie beobachtet Isak ein paar Minuten, bevor sie zu erkennen gibt, dass sie wach ist. Sie bemerkt, dass er einen angespannten Zug um den Mund bekommen hat.

Sie sieht das Autobahnausfahrtsschild. Jetzt sind es nur noch fünfzig Kilometer Landstraße. Fünfzig Kilometer, bevor sie zu Hause sind. Isak verändert seinen Griff um das Lenkrad und legt eine Hand auf sein Knie. Er öffnet und schließt sie verkrampft. Sie hat ihn noch nicht nach dem Einbruch in ihre Wohnung gefragt, nach dem Stein auf dem Grab ihrer Mutter oder ob er es war, den sie gejagt hat. Er hat einen Kratzer am Hals, der sehr gut von einem Dornenbusch stammen könnte, wie dem im hinteren Teil des Gartens. Sie hat diese Fragen vor sich hergeschoben, sich eingeredet, dass sie auf die richtige Gelegenheit wartet. Vielleicht zieht sie es aber auch einfach vor, es nicht zu wissen. Jedenfalls momentan nicht.

Sie richtet sich auf, streckt übertrieben die Arme. »Wir sind bald da. Sollen wir noch mal tauschen?«, fragt sie etwas zu munter. Die Antwort ist nur ein Gemurmel.

Die Stimmung wird immer angespannter, je näher sie der Ortschaft kommen. Zum Schluss wird sie so unerträglich, dass Veronica das Autoradio einschaltet, um sie ein bisschen aufzuheitern. Sie landet auf demselben Sender mit alten Hits wie beim letzten Mal. Diesmal kann die Musik ihre düsteren Gedanken nicht verscheuchen. Was hat sie sich eigentlich gedacht, wie das Ganze ablaufen soll? Soll sie ihren Vater einfach um den Schlüssel zu Billys Zimmer bitten und Isak hineinlassen? Hoffen, dass die Legobausteine und das alte Holzgewehr ihn dazu bringen, sich an alles zu erinnern? Dass sich die Lücken schließen und ihnen der sichere Beweis geliefert wird, dass er wirklich ihr verschwundener kleiner Bruder ist? Komisch, noch heute Morgen war sie ihrer Sache so sicher. Vielleicht ist es Isaks Nervosität, die ansteckend wirkt, denn als sie durch die Allee fahren und dann auf den Hof, gewinnt langsam ein anderes Gefühl die Oberhand. Das Gefühl, dass das Ganze ein katastrophaler Fehler ist.

Sie bleiben unnötig lange am Auto stehen, bevor sie in schweigendem Übereinkommen zum Haus hinaufgehen, was ihnen die Gelegenheit gibt, sich ein wenig zu sammeln.

Die Haustür ist abgeschlossen. Sie beginnt im Blumenkasten nach dem Ersatzschlüssel zu wühlen, bereut es aber sogleich. Stattdessen drückt sie auf den Klingelknopf. Dabei hofft sie, dass ihr Vater nicht zu Hause ist, damit sie die Gelegenheit bekommt, noch mal über alles nachzudenken. Da hört sie seine langsamen Schritte in der Diele. Dann das Rasseln des Schlosses. Ihr Vater hat trotz der Wärme eine Strickjacke an. Seine Brille sitzt ein wenig schief, wodurch er ein bisschen verschlafen aussieht, was sein glasiger Blick noch verstärkt, der aber schnell aufklart, als er sie erkennt.

»Vera. Du hier?«

»Hallo, Papa.«

Sie bleibt auf der Treppe stehen. Auf einmal weiß sie nicht genau, was sie sagen oder tun soll.

»D-das ist Isak.« Sie bedeutet ihm, näher zu kommen. »Von dem ich das letzte Mal erzählt habe. Ich … oder wir glauben, dass er Billy sein könnte.« Ihre Worte klingen abwartend, ohne Spannung oder Überzeugung. Gar nicht so, wie sie es sich vorgestellt hat.

Ihr Vater starrt sie an, dann Isak. Der verwunderte Gesichtsausdruck verliert sich und wird durch etwas ersetzt, was sie absolut nicht erwartet hat.

»Verschwindet!«, schnaubt er. »Verschwindet von hier, jetzt sofort.«

»Aber Papa …«

Er macht einen Schritt vor, kommt ihrem Gesicht viel zu nah. Sie tritt einen Schritt zurück.

»Billy ist tot! Verstehst du das nicht?« Er droht Isak mit dem Zeigefinger, aber scheint ihn noch nicht einmal anschauen zu wollen.

»Das ist ein Betrüger, Vera. Ein Betrüger, den du hierhergebracht hast. Ein Fremder, der unsere Tragödie ausnutzt.«

Spucke fliegt mit seinen Worten aus dem Mund und trifft ihre Bluse. Dann wendet sich ihr Vater an Isak.

»Du nutzt einen kleinen, toten Jungen aus«, schreit er so, dass Isak zurückzuckt. »Besudelst das Andenken meines Sohnes.«

»Papa«, versucht sie, aber es ist hoffnungslos. Seine Augen sind jetzt beinahe schwarz.

»Verschwindet von hier, alle beide. Sonst rufe ich die Polizei.«

Er schlägt die Haustür zu, die Tür zum Heim ihrer Kindheit, direkt vor ihrer Nase.

Sie bleiben auf der Treppe stehen, während sie versucht zu verstehen, was gerade passiert ist.

»Wir können ums Haus herumgehen«, setzt sie an. »Wir können uns im Garten umsehen, vielleicht erkennst du da etwas wieder.«

Aber Isak schüttelt den Kopf. »Nein, komm jetzt. Wir hauen ab.«

»Wir sind doch extra hierhergefahren. Wir müssen …«

Er verzieht das Gesicht zu einer angespannten Grimasse. »Dein Vater ruft die Polizei, wenn wir nicht gehen. Ich habe keine Lust, mit den Bullen zu sprechen.«

Er geht zum Wagen, öffnet die Tür und setzt sich auf den Beifahrersitz. Widerwillig kommt sie nach, wirft einen letzten Blick auf das Haus. Im ersten Stock bewegt sich eine Gardine, und sie sieht das Gesicht ihres Vaters oben im Flurfenster hervorlugen. Schnell schaut sie weg.

»Komm jetzt«, ruft Isak vom Auto aus.

Sie fährt so schnell vom Hof, dass der Kies gegen die Kotflügel spritzt. Draußen auf einem der Felder steht ein grüner Pick-up, aber die Entfernung ist zu groß, als dass sie erkennen könnte, ob jemand drinsitzt.

Sie starrt auf die Straße, Isak schaut aus dem Seitenfenster. Keiner von ihnen sagt etwas, bevor sie aus dem Dorf heraus sind und sich auf der Landstraße Richtung Norden befinden.

»In ungefähr zehn Kilometern kommt ein Gasthaus.« Er klingt auf einmal matt, fast traurig. »Halt bitte dort an, Veronica. Ich muss dir was erzählen.«

56

Das Gasthaus ist eine Low-Budget-Raststätte neben der Landstraße, auf halber Strecke zwischen Dorf und Autobahn. Tankstelle, Restaurant und Motel in einem. Sie ist zu aggressiv gefahren, die Temperaturanzeige des Wagens ist fast im roten Bereich, und der Motor zischt warnend, als sie das Fahrzeug parkt.

Isak findet einen Ecktisch im Restaurant. Fleckige karierte Tischdecken. Laminierte Speisekarten mit deutlichen Fingerabdrücken. Sie stellt fest, dass sie seit Stunden nichts mehr gegessen hat. Dass der Hunger ihr Gefühl von Traurigkeit noch verstärkt.

Das Essen kommt schnell, schmeckt vor allem nach Bratfett. Sobald sie aufgegessen haben, lehnt sich Isak in seinem Stuhl zurück. Er holt tief Luft und sieht ein paar Sekunden lang so aus, als würde er gleich anfangen zu weinen. Dann sammelt er sich.

»Es gibt ein paar Sachen, die ich nicht erzählt habe …« Er macht eine Geste, wie um Zeit zu gewinnen. »Ich heiße Isak Welin, und es stimmt, dass ich in der Nähe von Luleå aufgewachsen bin. Dass mein Vater uns verlassen hat und ich vor Kurzem erfahren habe, dass ich adoptiert bin, ist auch wahr.« Wieder holt er tief Luft. »Aber dein Vater hat recht. Ich bin nicht dein kleiner Bruder. Ich bin nicht Billy.«

Alles verkrampft sich in ihr, und sie bekommt kein vernünftiges Wort heraus. Er seufzt, rutscht auf dem Stuhl herum, als müsse er die Worte aus sich herausquetschen.

»Also … Ich war immer von dem Fall Billy fasziniert, seit ich klein war. Ich habe alles darüber gelesen, was ich in die Finger bekam. Es lag wohl daran, dass wir gleich alt waren, fast am selben Tag Geburtstag hatten. Außerdem waren wir uns ziemlich ähnlich. Manchmal fiel das Leuten auf.«

Isak holt einen Geldbeutel heraus, zeigt ihr ein Bild von einem flachsblonden kleinen Jungen. Sie sieht die Ähnlichkeit, absolut. Aber das Foto zeigt definitiv nicht Billy. Auf einmal ist ihr schlecht.

»Das bin ich mit sechs Jahren. Kurz nachdem die Welins mich adoptiert hatten, aber das wusste ich nicht, bis ich nach Mamas Tod ihre Papiere durchging. Sie hatte einen Ordner mit allen Unterlagen. Geburtsurkunde, Adoptionspapiere, die Namen meiner biologischen Eltern, alles. Und mein Adoptivvater ist weder verschwunden noch auf See. Er ist Wirtschaftsprüfer und wohnt mit seiner neuen Familie in Sundsvall.«

Er schaut weg, sieht gequält aus. Ihre Übelkeit nimmt zu.

»Die Erinnerungen, der Garten, die hohle Ulme …?«, stößt sie schließlich hervor.

»Ich bin in den Garten von eurem Hof geschlichen, als ich das letzte Mal dort war. Da habe ich die Reste des Baumhauses und die ganzen anderen Sachen gefunden. Ich habe sogar ein paar Fotos gemacht. Ich glaube, dass dein Vater mich gesehen hat, weil im Haus eine Lampe anging und ich schnell wegrennen musste. Aber ich habe genug gesehen, um mit meiner Erzählung in der Therapiesitzung dein Interesse zu wecken.«

Sie unterdrückt einen Brechreiz. »Warum?«, ist alles, was sie sagen kann.

Sie fährt sich mit den Fingern durch das Haar, starrt auf die Tischplatte.

»Als ich Mamas Wohnung durchging, habe ich meine alten Zeitungsausschnitte über Billy gefunden. So kam ich auf die Idee, mehr herausfinden zu wollen. Eigentlich weiß ich nicht genau, warum.«

Er starrt weiter auf den Tisch, und sie kann sein Geständnis nicht richtig einordnen. Was es bedeutet.

»Meine Mutter und ich standen einander nahe, zumindest dachte ich das, bis ich herausgefunden habe, dass ich adoptiert bin. Vielleicht war das Ganze meine Art, damit umzugehen, dass sie mich mein Leben lang angelogen hat. Ich hatte einen Haufen unbeantworteter Fragen, auf die ich nie eine Antwort bekommen würde. Vielleicht konnte ich stattdessen herausfinden, was mit Billy passiert war.«

Er schaut auf, begegnet kurz ihrem Blick.

»Ich habe von meiner Mutter ein bisschen Geld geerbt, also habe ich meinen Job gekündigt und bin nach Reftinge gefahren, um zu sehen, was es dort herauszufinden gibt. Ich war eine Woche lang hier im Motel. Vielleicht könnte man es als eine Art Seelentrip bezeichnen.«

Er lächelt zaghaft, redet dann weiter. Sie hört ihm nicht mehr zu, sie fühlt sich nur leer. Ihr Vater hatte recht. Isak ist ein Betrüger. Ein Fremder, den sie in ihr Leben gelassen hat. Dem sie ihre Geheimnisse anvertraut hat. Die Geheimnisse ihrer Familie.

»Ich war heute mehrmals kurz davor, alles abzubrechen. Ich hätte es schon lange, bevor wir bei deinem Papa geklingelt haben, tun sollen.« Er greift überraschend nach ihren Händen. »Es tut mir wirklich leid, Veronica«, sagt er, und seine Augen sind immer noch so blau, dass sich sein Blick in sie hineinbohrt.

Sie sitzen einander schweigend gegenüber, jeweils mit einer Kaffeetasse in der Hand. Am liebsten will sie ins Auto springen, nach Stockholm zurückfahren und alles hinter sich lassen. Ihn nie wiedersehen, das Dorf nicht, ihren Vater nicht und auch sonst niemanden von hier. Aber sie kann nicht. Alle Energie hat sie verlassen, und im Moment kann sie nicht einmal genug Kraft aufbringen, um wütend zu sein. Das alles ist genauso ihre Schuld. Sie ist ausgebildete Therapeutin, gewohnt, Geschichten zu hören und zu entscheiden, was Wahrheit ist und was Lüge. Trotzdem ist sie in genau die Falle getappt, vor der Mattias sie gewarnt hatte. Sie hat alle Alarmsignale ignoriert, alle Lücken in Isaks Geschichte. Alles, was nicht die Geschichte gestützt hat, die sie hören wollte.

Manchmal will man so sehr, dass etwas wahr ist, dass man für die Wahrheit blind wird.

Genauso ist es. Sie war blind. Und dadurch hat sie alles verloren.

Isak steht auf und ist eine Weile weg. Als er zurückkommt, legt er einen Schlüssel vor sie hin.

»Zimmer 201«, sagt er. »Ich wohne am anderen Ende des Flurs, wenn du irgendetwas von mir willst. Ich bin für alles zu haben. Aber ich verstehe, wenn du mich nie wiedersehen willst. Ich komme morgen allein von hier weg.«

Sie steht auf, geht zu ihrem Zimmer, ohne ihn auch nur anzuschauen.

Als sie aufwacht, ist es dunkel. Der kleine Kühlschrank brummt leise. Sie setzt sich auf, tastet nach der Nachttischlampe. Ihr Mund und ihr Hals sind ausgetrocknet, aber die Minibar ist erstaunlich gut gefüllt. Sie beginnt mit einer Dose Mineralwasser und geht dann schnell zu dem Fach mit den kleinen alkoholischen Getränken über.

Der Alkohol brennt ihr in der Kehle und verstärkt die Wut, die gerade in ihr aufflammt. Isak hat sie getäuscht, sie für seine Zwecke ausgenutzt. Er hat sie angelogen, ihr Fragen gestellt, sie dazu gebracht, Dinge zu erzählen, die sie noch keinem anderen erzählt hat.

Habt ihr euch nahegestanden, du und deine Mutter?

Was hat sie glücklich gemacht?

Auf dem Tisch neben dem Fernseher steht ein Telefon. Sie wählt die Nummer von sich zu Hause, tippt den Code für den Anrufbeantworter ein. Ihre Finger rutschen ab, sie versucht es noch einmal. Sie hofft, dass ihr Vater angerufen hat. Sie möchte so gerne seine Stimme hören. Hören, dass alles in Ordnung ist, dass er nicht mehr böse auf sie ist. Stattdessen drücken ihre ungeschickten Finger auf die gespeicherte Nachricht von Leon.

Es ist aus, Veronica. Begreifst du das nicht?

Doch, jetzt begreift sie es. Sie begreift, dass Leon auch nur so ein Dummkopf ist. Einer, der ihre Liebe nicht verdient. Nach allem, was sie ihm angetan hatte, brachte er es nicht einmal fertig, wütend auf sie zu sein. Nur enttäuscht, mitleidig, herablassend, ungefähr so wie Ruud.

Sie legt auf, leert noch eine Miniflasche. Dann kommt sie auf die Beine. Der Raum schwankt, hält dann aber wieder still. Sie geht in den Flur hinaus, folgt ihm bis zur richtigen Tür. Klopft an.

Isak öffnet einen Moment später. T-Shirt und Unterhose. Ein überraschtes Gesicht. Sie tritt schnell ein, zwingt ihn rückwärtszugehen. Sie wartet, bis die Tür hinter ihr zu ist.

Dann schlägt sie ihm, so fest sie kann, in den Bauch. Sie trifft ziemlich genau da, wo sie wollte. Er stöhnt auf, krümmt sich. Sie schlägt noch einmal zu, diesmal ins Gesicht. Ihre Fäuste treffen seine Wangenknochen, sie fühlt den Stoß bis in ihren eigenen Kopf. Er fällt auf den zerschlissenen roten Teppichboden, und sie wirft sich auf ihn, reißt und zieht an seinem T-Shirt, bis es kaputtgeht.

»Du Mistkerl, du verdammter Lügner, du Schwein …«

Er fuchtelt mit den Armen, aber sie schlägt sie weg, beugt sich über ihn und presst ihre Lippen auf seine. Beißt ihn, küsst ihn. Jetzt ist sie diejenige, die das Kommando hat. Und kein Mistkerl soll sie jemals wieder bemitleiden.

57

Hinterher liegen sie dicht beieinander in seinem Bett. Sie hat nichts gesagt, nichts erklärt. Trotzdem scheint er sie zu verstehen.

»Sind wir jetzt quitt?«

Veronica antwortet nicht. Seine Lügen haben ihre Welt einstürzen lassen. Ihre wunderbare, perfekte Welt, bestehend aus Kontaktverbot, einer unpersönlichen Wohnung und einem schlecht bezahlten Job mit unbegrenzten Möglichkeiten, von dem Leid anderer high zu werden.

»Ja«, murmelt sie. »Wir sind quitt.«

Er streicht mit dem Finger über ihren Arm, kommt zu dem langen weißen Strich. Normalerweise würde sie den Arm wegziehen, ihn unter dem Laken verstecken. Jetzt nicht.

»Eine diffuse Erinnerung an einen alten Irrtum.«

»Was?«

»Die Narbe. Du wolltest doch danach fragen, oder nicht?« Sie hält den Arm in die Luft. »Letztes Jahr habe ich einen Typen namens Leon kennengelernt. Er war einer meiner Klienten. Die Sache wurde … etwas kompliziert«, fügt sie nach kurzer Überlegung hinzu. »Am Anfang war alles gut. Wir waren so verliebt, dass wir zusammenziehen wollten, darüber sprachen, Kinder zu kriegen.«

»Aber?«

Sie holt tief Luft. »Aber dann verlor er die Lust. Er begann, andere Frauen zu treffen, und fand wohl nicht, dass er mir dieses kleine Detail zu erzählen brauchte.«

»Wie hast du reagiert?«

»Nicht so gut. Genauer gesagt: gar nicht gut.« Sie streicht

mit dem Finger über die Narbe. »Ich war total von ihm besessen. Ich rief ihn an, schickte ihm SMS, schrieb lange Briefe, tauchte bei seiner Arbeit auf, hörte auf, mich um mein Leben zu kümmern. Ich habe abends draußen vor seiner Tür auf ihn gewartet. Zum Schluss bin ich bei ihm eingebrochen, als er nicht da war, und habe die Wohnung verwüstet. Dabei habe ich mich an einer Glasscherbe geschnitten und seinen weißen Parkettboden vollgeblutet. Ich hatte einen üblen Zusammenbruch.«

Isak sieht sie prüfend an, wie um herauszufinden, ob das ein Scherz ist.

»Und was dann?«

Sie holt noch einmal tief Luft. »Die Polizei hat mich aufgegriffen. Ich wurde mit haufenweise Stichen genäht. Dann kam die Anklage. Ich bekam Bewährung und Kontaktverbot. Versprach hoch und heilig, eine Therapie zu machen, um zu lernen, mit meiner Wut umzugehen, und wurde versetzt. So im Nachhinein klingt das völlig verrückt. Es war natürlich auch völlig verrückt. Aber damals habe ich das nicht so gesehen.«

»Wie hast du es dann gesehen?« Er scheint aufrichtig interessiert.

»Dass Leon mich im Stich gelassen hat. Dass er für das, was er getan hat, bestraft werden muss, koste es, was es wolle.«

Isak scheint etwas erwidern zu wollen, aber ein lauter Ton hält ihn zurück. Ein eintöniges Tuten, das vom Flur kommt und so stark ist, dass es durch jede Wand geht. Er springt aus dem Bett, zieht sich seine Hose an und öffnet die Tür. Rauchgeruch und aufgeregte Stimmen dringen herein.

»Feueralarm«, ruft er ihr über die Schulter zu. »Wir müssen raus. Jetzt sofort, das scheint ernst zu sein.«

Sie folgen den anderen Gästen an der Rezeption vorbei auf den Parkplatz.

»Auf die rechte Seite«, ruft ein Mann mit Warnweste und großer Taschenlampe.

Aus der Ferne hört man das Herannahen von Sirenen. Links vom Motel sieht man Flammen. Ein Auto brennt. Die Hitze hat die Seitenfenster zum Bersten gebracht, Flammen schlagen aus dem Inneren hervor und verbreiten dicken, schwarzen Rauch auf dem Parkplatz. Es dauert eine Weile, bis Veronica begreift, dass es ihr Wagen ist.

Die Feuerwehr braucht zehn Minuten, um den Brand zu löschen, und weitere zwanzig, um durch das Gebäude zu gehen und Entwarnung zu geben. Das Hotelpersonal hat unter den wenigen Gästen, die sich draußen an der kurzen Seite des Gebäudes versammelt haben, Decken verteilt. Trotzdem friert Veronica so, dass ihre Zähne klappern.

»Ihr Wagen«, stellt ein Polizist mit einem Notizblock in der Hand fest.

»Ja.« Sie fragt sich, ob er mit Mattias zusammenarbeitet oder ob das Motel in einem anderen Distrikt liegt.

»Gab es ein Problem damit?«, will er wissen.

»Er war schnell überhitzt. Man musste immer mal wieder Kühlwasser nachfüllen.«

»Aha.« Der Polizist schreibt etwas in seinen Block. »Und Sie haben keinen Feind? Jemanden, der den Wagen in Brand gesetzt haben könnte?«

»Nicht, dass ich wüsste.«

Der Polizist notiert ihren Namen, ihre Adresse und ihre Personennummer. Als er fertig ist, kommt der Mann mit der Warnweste und der Taschenlampe zu ihr. »Okay, wir haben die Info bekommen, dass Sie wieder reingehen könnten. Das hier tut uns wirklich leid …«

Isak taucht neben ihr auf. Solange sie mit der Polizei gesprochen hat, hat er sich abseits gehalten. »Was hat der Bulle gesagt?«

Sie gehen auf den Eingang des Motels zu.

»Er hat nur meine Personalien aufgenommen. Hat gefragt, ob ich Probleme mit dem Auto gehabt habe.«

»Aha. Tja, im Grund ist es wohl ein Glück, dass es hier passiert ist und nicht auf der Autobahn.«

Sie nickt. Die lähmende Müdigkeit vom frühen Abend ist zurück. Eigentlich müsste sie wegen des Wagens traurig sein, aber im Moment fühlt sie nichts anderes als Erschöpfung und Leere.

»Was machst du jetzt? Wie kommst du zurück nach Stockholm?«

Sie zuckt mit den Schultern. »Ich nehme morgen wahrscheinlich den Bus in die Stadt und von dort aus den Zug.«

»Dann können wir vielleicht zusammen fahren?«

Bevor sie dazu kommt zu antworten, bleibt er vor ihrer Zimmertür stehen. Sie steht offen, und direkt neben dem Schloss findet sich eine frische Kratzspur. Sie schauen sich an. Er stößt die Tür auf. Ihre Kleider liegen über das Bett verteilt. Sie wühlt darin herum, durchsucht das Außenfach ihrer Tasche.

»Scheiße!«

Isak verschwindet im Flur. Kurz darauf ist er wieder da. »Mein Zimmer ist auch durchsucht worden. Geldbeutel, Schlüssel, Handy. Alles weg.«

58

Als es am nächsten Morgen auf halb acht zugeht, gibt sie auf und ruft Mattias an. Sie hat die Sache gedreht und gewendet und ist zu der Einsicht gekommen, dass sie keine andere Wahl hat.

Die Polizei ist noch einmal da gewesen, derselbe Mann, mit dem sie wegen des Brandes schon gesprochen hatte. Er stellte fest, dass insgesamt vier Türen im Flur aufgebrochen wurden und Isak und sie nicht die Einzigen waren, denen etwas fehlte. Das hilft ihr aber nicht weiter. Sie hat kein Geld, keine Kreditkarte und kein Auto. Sie kann nicht einmal die Nacht im Motel bezahlen. Ihren Vater kann sie nicht anrufen, nicht nach seinem Ausbruch gestern, und Lidijas Nummer kennt sie nicht auswendig. Außerdem sind sie nicht so eng befreundet. Also bleibt nur Mattias.

Leider geht er nicht an sein Handy, und sie hat keine Lust, ihn zu Hause anzurufen und Gefahr zu laufen, mit Cecilia reden zu müssen. Sie setzt sich mit einer Tasse Gratiskaffee in der Hand an die Rezeption und überlegt, was sie tun soll.

»Vera, ist alles okay?«, hört sie plötzlich eine Stimme sagen.

Sie schaut auf. Es ist Patrik Brink, Onkel Haralds Handlanger und ihr eigener Teenagerflirt. Dunkle Arbeitshosen, Flanellhemd, Truckerkappe, genau wie beim letzten Mal. Diesmal grinst er aber wenigstens nicht.

»Klar, warum?«

»Ich bin auf der Hauptstraße vorbeigefahren und habe deinen Wagen erkannt.«

Er weist mit dem Daumen über die Schulter zum Parkplatz hin, wo noch ihr ausgebrannter Wagen steht. Die Feuerwehr hat ihn ein Stück vom Gebäude weggerückt und ihn direkt an die Einfahrt gestellt.

»Was ist passiert?« Er klingt besorgt. Als würde er sich etwas aus ihr machen. Also erzählt sie vom Brand und vom Einbruch.

»Oh, verdammt«, sagt er, als sie geendet hat. »Jetzt sitzt du also hier fest?«

»Ja, so scheint es.«

»Hast du Harald angerufen?«

»Nein.«

»Warum nicht?«

Sie seufzt. Darauf hat sie keine richtig gute Antwort. Weil sie nicht so eine tolle Onkel-Nichte-Beziehung haben, wäre naheliegend.

»Warte!« Er geht zu seinem Pick-up, setzt sich auf den Fahrersitz und holt sein Handy hervor. Sie sieht ihn ein paar Minuten lang telefonieren, dann ist er zurück.

»Hol deine Sachen.«

»Warte mal …«

Patrik ist schon zur Rezeption gegangen und sagt der Rezeptionistin etwas, das Veronica nicht hört. Auf einmal taucht Isak auf. Er schüttelt den Kopf.

»Ich hab niemanden aufgetrieben, der uns helfen kann«, sagt er. »Wie sieht es bei dir aus?«

Patrik kommt zurück, bleibt vor ihnen stehen.

»Gehört er zu dir?«

Sie schaut Isak an und sieht, wie er ihrem Blick ausweicht. Sie überlegt ein paar Sekunden.

»Ja, das tut er«, sagt sie dann.

»Okay«, sagt Patrik. »Geht und holt eure Sachen, dann hauen wir ab.«

Die vier Ferienhäuschen sind rot mit weißen Hausecken und stehen auf der Wiese direkt hinter einer der großen Scheunen vom Hof Ängsgård. Vor dreien von ihnen sind Autos mit polnischen Nummernschildern geparkt, aber das vierte scheint leer zu stehen. Patrik schließt auf und führt sie herum. Zwei Zimmer mit Stockbetten, ein Badezimmer mit Dusche und ein Wohnzimmer mit Fernseher. Sauber, hübsch und funktionell.

»Hier.« Er reicht ihr den Schlüssel. »Ihr könnt bleiben, solange ihr wollt. Es gibt kein Telefon, aber mein Büro liegt dort drüben, wenn du die Versicherung oder so was anrufen musst.« Er zeigt auf eines der älteren Stallgebäude, das anscheinend zu einem Büro umgebaut wurde. »Wir haben hier auch ein paar Autos, wenn du dir eins ausleihen willst.«

Sie weiß nicht recht, was sie sagen soll, aber bekommt schließlich ein »Danke« heraus und ein »Das ist wirklich nett«.

»Kein Problem. Man ist doch für seine alten Freunde da.«

Sie erwartet ein aufreizendes Grinsen, aber er sieht ernst aus.

»Harald ist unterwegs und erledigt ein paar Sachen. Aber er ist in einigen Stunden zurück. Er würde dich gerne sehen, wenn du Zeit hast?«

Die Anweisung ist als freundliche Frage formuliert, und sie muss natürlich Ja sagen.

»Das ist dann wohl alles. Ich hoffe, es gefällt euch hier in unserem kleinen Hüttendorf. Die Polen können manchmal ein bisschen laut sein am Wochenende, aber sie sind harmlos. Melde dich einfach, wenn du noch was brauchst.«

Er zwinkert, nickt Isak zu und lässt sie dann allein.

»Netter Kerl«, brummt Isak, als Patrik Richtung Büro wegfährt. »Kennst du ihn schon lange?«

»Seit ich klein war«, antwortet sie und legt sich auf eines der unteren Stockbetten. »Patriks Vater war früher der Vormann von meinem Onkel. Jetzt hat er den Job übernommen. Mein Bruder ist außerdem mit seiner Cousine verheiratet, also sind wir fast verwandt.«

Isak trägt seine Tasche in das andere Schlafzimmer. »Dein Onkel scheint viel zu sagen zu haben.«

»Mm«, murmelt sie und schließt die Augen.

Es ist Nachmittag, als sie schließlich zum Haupthaus hinübergeht. Kurz vor dem Mittagessen hat sie das Telefon in Patriks Büro ausgeliehen. Dort hat sie mit der Versicherung und mit der Bank gesprochen und einen Schlüsseldienst beauftragt, das Schloss ihrer Wohnung auszutauschen. Aber zuerst muss sie nach Hause kommen. Und um das zu können, muss sie mit Onkel Harald sprechen. Sie hat sich sorgfältig vorbereitet. Sie ist sämtliche Szenarien im Kopf durchgegangen, hat sich fest vorgenommen, nicht böse zu werden, sondern die dankbare Nichte zu spielen.

Sie geht an den vier topmodernen Kuhställen vorbei, atmet den süßen, unverkennbaren Geruch von Kühen ein, der von der warmen, stillstehenden Luft zwischen den Gebäuden noch verstärkt wird. Dann umrundet sie die riesige grüne Maschinenhalle, die wie ein Hangar aussieht. Sie kann nicht umhin, von dem, was Onkel Harald zustande gebracht hat, beeindruckt zu sein. Fuhrgeschäft, Maschinenpark, Land- und Waldwirtschaft, Jagdtourismus, Immobilien und Windkraft. Und sicher noch ein paar Sachen, von denen sie nichts weiß.

Der Ängsgård war schon zu Zeiten ihres Großvaters

groß, aber jetzt ist er der mit Abstand größte Hof in der ganzen Gegend. Sechs glänzende silberne Türme ragen über die Dächer hinaus, doppelt so hoch wie der alte Silo, auf den sie und Mattias einmal geklettert sind. Das schöne, weiß verputzte Haupthaus mit drei Stockwerken und vier Schornsteinen wurde erweitert und sieht jetzt aus wie ein kleines Herrenhaus. Als sie sich ihm nähert, hört sie Gelächter und das Surren eines Motors. Onkel Haralds Land Rover steht genau vor dem Haus. Ein Anhänger ist angekuppelt, von dessen offener Ladefläche eine Rampe hinabführt. Onkel Harald, Tess und Patrik schauen zu, wie Tim auf dem Kiesvorplatz in einem motorgetriebenen Minitraktor herumfährt, der die Farbe von Aronsson Farming hat. Die Steinchen spritzen um die Reifen des Traktors, und der Junge lacht laut. Onkel Harald lacht auch, aber Tess sieht unruhig aus. Sie ruft Tim zu, vorsichtig zu sein. Patrik steht ein paar Meter weg, schräg hinter Onkel Harald und Tess. Er schaut zwischen dem Jungen und seiner Mutter hin und her. Dann entdeckt er Veronica.

»Schön, was?«, sagt Onkel Harald und zeigt auf den kleinen Traktor. »Den habe ich heute Morgen in Eslöv geholt. Spezialanfertigung.«

»Sehr hübsch.« Sie stellt sich neben ihn und tut so, als würde sie die Fahrerei des Jungen bewundern.

»Ich habe gehört, was dir heute Nacht passiert ist.« Onkel Haralds Blick ist noch immer auf seinen Sohn geheftet. »Was für eine schlimme Geschichte. Geht's dir gut?«

»Mm.« Die Fürsorge in seiner Stimme verwundert sie, dämpft die Wut, die sie in seiner Nähe immer empfindet.

»Warum hast du deinen Vater nicht angerufen?«

Sie schüttelt den Kopf. »Nicht der Moment.«

»Habt ihr euch gestritten?«

Der Einfachheit halber antwortet sie nicht.

»Ebbe kann ein richtiger Sturkopf sein. Eine Familieneigenschaft, nicht wahr?« Onkel Harald verzieht den Mund und entlockt ihr unerwartet ein kleines Lächeln.

Tim zieht eine so enge Kurve, dass der Traktor nur noch auf zwei Rädern fährt und seine Mutter vor Schreck aufschreit. Onkel Harald lacht nur.

»Sieh dir das an, Vera. Erst fünf und fährt schon wie ein Profi. Hat vor nichts Angst. Ein bisschen wie du, als du klein warst.«

Sie brummt zustimmend. Patrik ist zu Tess gegangen. Er spricht zu ihr und winkt Tim zu sich, hilft dem Jungen, den Motor des Traktors auszuschalten.

»Bravo, Tim!« Onkel Harald applaudiert. Dann dreht er sich zu Veronica um und holt einen dicken Geldbeutel aus der Gesäßtasche.

»Wie viel brauchst du?«

»Also, ich bin dir wirklich dankbar für deine ganze Hilfe, aber …«

»Hör schon auf«, sagt er und unterbricht ihren obligatorischen Protest. »Als du klein warst, waren du und ich doch beste Freunde, oder nicht? Jedenfalls bis du ein Teenager wurdest.«

Sie antwortet nicht.

»Vielleicht sind wir uns einfach zu ähnlich«, fährt Onkel Harald fort. »Wie deine Mutter und ich. Zwei gleich große Sturköpfe.«

Er wird still, blickt zu Boden. Dann zieht er Scheine aus seinem Geldbeutel.

»Reichen fünftausend?«

»Ich bezahle sie dir zurück, sobald ich eine neue Bankkarte habe«, sagt sie etwas zu schnell.

»Schon in Ordnung.« Sein für gewöhnlich harter Blick ist ein bisschen weicher geworden.

Sie nimmt die Scheine und stopft sie in ihre Hosentasche. Es ging leichter, als sie es sich vorgestellt hat.

Drüben bei der großen Garage hilft Patrik gerade Tim, den Traktor neben Tess' silberfarbenen Mercedes zu parken.

»Tja, ich sollte vielleicht …« Veronica macht eine Geste nach hinten über die Schulter. »Danke noch mal für alles. Ich weiß das wirklich zu schätzen.«

»Ich freue mich, helfen zu können.«

Sie nickt, hat sich gerade umgedreht und ein paar Schritte gemacht, als es kommt:

»Übrigens, kann ich dich im Gegenzug um einen kleinen Gefallen bitten?«

Veronica bleibt stehen. Sie hat dieses Szenario vorhin tatsächlich auch durchgespielt, aber für einen kurzen Moment hat sie geglaubt, dass Onkel Harald ihr aus reiner Nettigkeit hilft.

»Natürlich.« Sie zwingt sich zu lächeln, wartet auf die vorhersehbare Fortsetzung. Das Windkraftwerk, die Baugenehmigung, die Unterschrift ihres Vaters. Wie auch immer Onkel Harald es sich vorstellt, dass sie das hinbekommen soll, wenn sie und ihr Vater nicht miteinander sprechen.

»Das ganze Dorf wird morgen Abend beim Erntefest im Park sein. Es würde mich freuen, die Familie versammelt zu sehen. Ich glaube, deinen Vater würde das auch freuen.«

Sie kann nicht anders als Ja sagen, und in gewisser Weise gefällt es ihr auch, gefragt zu werden. Sie freut sich sogar. Zugleich wird sie das Gefühl nicht los, dass sich eine Katastrophe anbahnt.

Liebling

Ich kann ihnen nicht mehr in die Augen schauen. Sie sind so verlogen. Sie tun so, als wäre ihr Gewissen rein, als hätten sie das Recht dazu, alle zu verurteilen, die abweichen. Ich hasse sie alle dafür, dass sie uns gezwungen haben, uns zu verstecken, unsere Liebe geheim zu halten, sie so eng an unsere Brust zu drücken, dass sie keine Luft bekam.
Wir haben unsere Liebe erstickt, dasjenige in uns getötet, was am schönsten war. Vielleicht habe ich zu viel versucht, vielleicht zu wenig. Vielleicht war unsere Liebe von Anfang an dem Tode geweiht.
Aber ich weiß, dass alles seine Zeit hat, und jetzt ist unsere Zeit gekommen. Es ist an der Zeit, zu ernten, was wir einmal gesät haben.

59

Sie fahren zu Lidijas Vater und bestellen jeder eine große Pizza, die keiner von ihnen aufessen kann, obwohl sie beide halb verhungert sind. Sie haben den ganzen Tag über kaum miteinander gesprochen, nur über praktische Dinge wie zum Beispiel, wo sie essen sollen und was. Sie sind auf vertrautem Terrain geblieben.

»Das, was gestern passiert ist …«, sagt Veronica.

Isak schaut auf. Der blaue Fleck auf seiner Wange, der von ihrem Fausthieb stammt, wird am Rand schon allmählich gelb. Er zuckt mit den Schultern. »Gestern war gestern.«

Er lächelt, und sie stellt fest, dass ihr sein Lächeln immer noch gefällt, obwohl er sie angelogen und manipuliert hat.

»Hier hat sich Sailor also aufgehalten?«, fragt er. »Weil ihn niemand in der Dorfkneipe haben wollte. Weil alle dachten, er hätte mit dem Verschwinden zu tun.«

»Hm.« Sie leert ihre Cola.

Isak sitzt eine Weile schweigend da. »Was glaubst du eigentlich, was passiert ist? Mit Billy? Jetzt, wo du weißt, dass …« Er unterbricht sich, sieht ein bisschen gequält aus, als würde er bereuen, das Thema aufgebracht zu haben.

Sie stellt das Glas ab. Am liebsten möchte sie nicht mehr darüber reden, aber die Frage ist berechtigt. Sie will auch eine Antwort darauf haben, nicht zuletzt ihrer selbst wegen. Was glaubt sie, was passiert ist?

Sie überlegt kurz, ob sie ihm genug vertraut, um auf die Frage zu antworten, und kommt zu dem Schluss, dass sie es trotz allem tut. Es kommt ihr so vor, als habe die gestrige Nacht ihre Beziehung wieder auf Anfang gestellt. Außerdem ist ihr Fazit nicht wirklich etwas, das man geheim halten müsste.

»Alles, was bleibt, ist die ursprüngliche Erklärung«, sagt sie. »Dass Tommy Rooth ihn entführt hat, um von meinem Onkel Geld zu erpressen. Etwas ging dabei schief, und Billy starb. Rooth verließ daraufhin das Land. Ging zur See und kam nie wieder zurück.«

Isak runzelt die Stirn, scheint mit der Antwort nicht ganz zufrieden zu sein.

»An sich klingt das logisch. Aber es gibt eine Sache, die ich nicht richtig aus dem Kopf kriege.«

»Was denn?«

»Tommy Rooth hat seine Familie verlassen, Frau und zwei Kinder. Ließ, soweit bekannt, nie wieder von sich hören. War er wirklich so ein Typ?«

Er wischt sich mit einer der billigen Papierservietten der Pizzeria den Mund.

»So sagt man.«

»Warum ist er dann nicht viel früher abgehauen? Als er im Herbst davor das Jagdrecht verlor und erkannte, dass er weder den Hof halten noch seine Familie versorgen konnte. Warum sollte er so ein schlimmes Verbrechen begehen, um Geld zu beschaffen, wenn er sich am Ende gar nichts aus seiner Familie machte?«

»Tja. Vielleicht wollte er auch nur seine Reisekasse füllen, bevor er ging.«

Isak schüttelt den Kopf. »Das glaube ich nicht. Rooth war in der Gegend unbeliebt, aber er schien sich zumindest um seine Familie zu kümmern. Warum hat er sie dann plötzlich im Stich gelassen?«

»Warum tun Menschen, was sie tun? Dein Adoptivvater, zum Beispiel, hat doch auch seine Familie verlassen.«

»Stimmt.« Isak beugt sich über den Tisch. »Aber er hat weiter Unterhalt bezahlt. Hat zumindest ab und zu angerufen, an Geburtstagen und zu Weihnachten. Er hat sich nicht in Luft aufgelöst.«

Sie sieht ihn an. Etwas an seinem Gesichtsausdruck gefällt ihr nicht. Etwas beunruhigt sie ein wenig.

»Ich glaube, wir werden nie erfahren, wie er gedacht hat«, sagt sie und schaut auf die Uhr, die an der Wand hängt. »Dein Bus geht in fünf Minuten.«

Der Wagen, den sie von Patrik geliehen hat, ist ein großer grüner Pick-up, der ganz neu wirkt. Er hat ein Automatikgetriebe und eine Menge Schalter und Regler. Es gibt sogar einen Monitor im Armaturenbrett, der anzeigt, dass sie sich auf dem Busbahnhof von Reftinge befindet, falls sie das nicht mitbekommen haben sollte.

Sie steht auf dem Parkplatz und schaltet den Motor ab. Dann kramt sie in ihrer Tasche und reicht Isak zwei von Onkel Haralds Fünfhundert-Kronen-Scheinen. »Hier.«

»Nein, du hast schon das Busticket bezahlt. Ich komme schon zurecht.«

»Sei nicht albern. Nimm.«

Isak zögert noch kurz. Schließlich stopft er die Scheine in seine Jeanstasche und sieht aus, aus wüsste er nicht, was er sagen soll.

»Tja, also. Tschüss dann!«

Er steigt aus, zündet sich eine Zigarette an. Lässig wirft er sich seine Tasche über die Schulter und geht auf den gelben Bus zu, der an der Bushaltestelle wartet. Er dreht sich noch einmal um und winkt ihr zu, bevor er einsteigt.

Sie bleibt sitzen, während das Gefühl, das sie in der Pizzeria beschlichen hat, immer stärker wird. Erst als der Bus davongerollt und um die Kurve verschwunden ist, lässt es sich in Worte fassen. Isak verheimlicht ihr etwas, etwas, das er ihr nicht erzählen will oder kann. Wahrscheinlich hat es mit dem Einbruch in ihre Wohnung zu tun und der Sache im Garten neulich nachts. Das wäre jedenfalls nachvollziehbar. Aber trotzdem kann sie sich selbst nicht so ganz davon überzeugen. Sie erinnert sich daran, dass Månsson gesagt hat, es würden wichtige Puzzleteile fehlen, und sie wird den Gedanken nicht los, dass Isak genau so ein Teil in der Hand hält.

In der Auffahrt zu Onkel Haralds Hof begegnet ihr Mattias' Polizeijeep. Er bleibt neben ihrem Wagen stehen und kurbelt das Fenster herunter.

»Ich habe gehört, was heute Nacht passiert ist. Geht's dir gut?« Sein Ton ist kurz angebunden, formell.

»Klar.«

»Gut. Und du hast alles, was du brauchst?«

»Natürlich. Onkel Harald war sehr hilfsbereit.«

Es wird still. Alles, was man hört, sind die Motoren, die sich im Leerlauf befinden.

»Was machst du hier eigentlich?« Sie nickt Richtung Hof.

»Ach, ich habe mit Onkel Harald nur was besprochen.«

»Windkraft, oder?«

Er schnaubt, schüttelt den Kopf. »Schön, dass du okay bist, Vera. Ich muss jetzt los …« Er kurbelt die Scheibe wieder hoch.

»Wir sehen uns morgen Abend«, ruft sie und erhält ein bemühtes Lächeln zur Antwort.

60

Der Volkspark wurde Anfang des 20. Jahrhunderts angelegt. Freilichtbühne, Tanzpavillon und ein großer Festsaal. Der bedeutende Sozialdemokrat August Palm soll dort einmal eine Rede gehalten haben, aber niemand weiß mehr genau, wann.

Onkel Harald hat mit nichts gegeizt. Der große Innenhof ist mit Hunderten bunter Lichter geschmückt. Der Lotteriestand wurde zur Bar mit zwei weiß gekleideten Barkeepern umfunktioniert, die Cocktails mischen. Am Schießplatz befinden sich Zapfhähne für Bier und Wein, und die Schlangen dort sind schon lang. Der Abend ist mild, der Sommer hält sich noch. Der Wetterbericht hat ein Gewitter angekündigt, aber noch merkt man davon nichts außer einem leicht klebrigen Gefühl in der Luft. Der Himmel ist wolkenlos, und hoch oben scheint der Erntemond so unnatürlich groß, dass er fast wie ein Teil der Festrequisite aussieht.

Fünf große Grills, bemannt mit ebenso vielen schwitzenden Köchen, verströmen einen appetitlichen Geruch in die Augustnacht. Auf der Freilichtbühne spielt ein Jazzorchester, das nach dem Essen von einer Tanzband im Pavillon abgelöst werden wird. Keiner lokalen Hobbyband, sondern einer bekannten Gruppe, die man manchmal im Fernsehen sieht. Und überall, an strategisch günstigen Stellen, hängen grüne Banderolen, die darüber informieren, wer das ganze Fest bezahlt.

Am Anfang fühlt sich Veronica beobachtet. Sie fühlt sich in dem Kleid, das sie spontan in der Stadt gekauft hat, unwohl, findet es viel zu kurz. Die ganze Zeit zieht sie am rechten Ärmel ihrer kleinen Strickjacke, um sicher zu sein, dass die Narbe nicht hervorlugt. Aber dann trifft sie Lidija und ein paar Frauen, die für sie arbeiten. Und je mehr der Alkohol- und Lärmpegel steigt, desto mehr entspannt sie sich.

Sie läuft zu Tante Berit und Onkel Sören und wird unerwartet herzlich umarmt. Kurz darauf findet sie sich damit ab, dass Tante Berit sie hinter sich herzieht und einem Haufen Leuten vorstellt, die sie seit Jahren nicht gesehen hat. Sie bekommt noch nicht einmal schlechte Laune, als jemand zum zehnten Mal sagt, dass sie ihrer Mutter so ähnlich sieht. Sie entdeckt immer mehr bekannte Gesichter. Marie, die Pflegerin aus dem Altersheim, Sven Postbote, die Gebrüder Strid, Patrik Brinks Vater, Cecilia und die Mädchen. Sie benimmt sich gut, umarmt sogar ihre Schwägerin und fragt, wo Mattias ist. Sie bekommt zur Antwort, dass er arbeitet, aber später kommt. Ihr Vater ist auch da, aber er unterhält sich gerade und schüttelt einer langen Reihe von Leuten die Hand, also wartet sie, bis er allein ist. Schließlich drängt sie sich zu ihm durch und berührt seinen Arm.

»Hallo, Papa.«

»Hallo, Vera. Du bist doch gekommen.« Er sieht überrascht aus, aber nicht böse.

Sie überlegt, was sie sagen soll. Auf dem Weg zur Stadt und zurück hat sie sich etwas zurechtgelegt. Im letzten Moment beschließt sie aber doch, alle eingeübten Sätze fallen zu lassen und stattdessen einfach zu sagen, wie es ist.

»Du hattest recht mit Isak. Es tut mir leid, Papa.«

Er sieht sie ernst an, dann werden seine Gesichtszüge weicher, und er zeigt dieses ruhige Lächeln, das nie richtig seine Augen erreicht.

»Ich weiß, dass du es gut meinst, Vera. Ist er …«

»Er ist weg, ja.«

»Gut.«

Ohne nachzudenken, umarmt sie ihn. Sie hält ihn fest, als ob sie ihn nie wieder loslassen wollte. Er lässt die Schultern sinken, legt die Arme um sie. Streicht ihr über das Haar.

»Mein kleines Mädchen«, murmelt er.

Sie vergräbt den Kopf an seiner Brust. Atmet seinen Geruch ein. Er sagt noch etwas, das sie kaum versteht, aber jetzt gerade spielt das keine Rolle.

»Ebbe!« Als sie Onkel Haralds Stimme hören, lassen sie sich los.

Ihr Onkel scheint bester Laune zu sein. Er ist elegant gekleidet, trägt ein teures weißes Hemd und einen hellen Leinenanzug, der maßgeschneidert aussieht. Er schüttelt ihrem Vater herzlich die Hand, küsst ihr die Wange. Tess und Tim sind auch da, und Patrik Brink steht wie ein Schatten hinter ihnen.

Sie begrüßt sie alle und nimmt dabei plötzlich wahr, dass sie fast von ihrer gesamten Familie umgeben ist und dass sie sich dabei ausnahmsweise nicht unwohl fühlt.

Onkel Harald führt sie an einen großen Tisch, der für die Familie reserviert ist. Veronica hat ihren Vater zum Tischherrn und Patrik Brink auf der anderen Seite. Das Essen ist gut, der Wein ebenso. Onkel Harald hält eine vorbildlich kurze Begrüßungsrede von der Bühne aus. Es gelingt ihm, ruhig und unterhaltsam zu sein, was ihm einen dröhnenden Applaus zum Dank beschert. Ihr Vater spricht während des Essens nicht sehr viel, aber Patrik erzählt ihr, was aus anderen alten Bekannten geworden ist, und benimmt sich wie ein Gentleman. Immer wieder füllt er die Weingläser, die sich beinahe von selbst zu leeren scheinen.

Nach dem Essen beginnt die Tanzband zu spielen. Sie tanzt erst mit ihrem Vater, später mit Patrik und Onkel Harald.

»Du und Ebbe scheint euch wieder vertragen zu haben«, sagt er. »Es ist lange her, seit ich ihn so glücklich gesehen habe. Er sollte öfter unter Leute kommen. Mattias und ich versuchen ihn dazu zu bewegen, ins Dorf runterzuziehen, damit er näher bei den Enkeln sein kann.«

Und du dein Windkraftwerk bauen kannst, denkt sie, sagt aber nichts. Aus den Augenwinkeln sieht sie Patrik mit Tess tanzen. Sie stellt fest, dass er Onkel Haralds Frau etwas enger hält als sie vorhin. Als Veronica den Kopf dreht, entdeckt sie, dass Patriks Vater das Paar genau beobachtet.

»Ich bin froh, dass du dich entschieden hast, noch zu bleiben«, redet Onkel Harald weiter. »Es bedeutet mir viel, die Familie versammelt zu wissen. Sehr viel.«

Während sie tanzen, lächelt er die ganze Zeit und nickt den Leuten zu. Das ärgert sie, denn sie fühlt sich dabei wie eine Art Trophäe. Die verlorene Nichte, die zurückgekehrt ist und jetzt allen vorgeführt werden soll.

»Ja, das ist dir sehr wichtig. Zu zeigen, dass die Familie zusammenhält.«

»Was ist daran falsch?« Er sieht sie immer noch nicht an. »Was ist falsch daran, für seine Familie nur Gutes zu wollen?«

»Nichts, denn ein Mann, der sich nicht um seine Familie kümmern kann, kann sich wohl kaum um ein ganzes Dorf kümmern.« Sie klingt schnippischer, als sie wollte, trotzdem tut es ihr nicht leid.

Onkel Harald sieht zu ihr hinunter, zieht eine Augenbraue hoch. »Du hast auch den Humor deiner Mutter geerbt, stelle ich fest.«

Ihr gefällt sein Tonfall nicht, genauso wenig wie der Eindruck, eine Spielfigur geworden zu sein. Außerdem schwirrt ihr noch etwas anderes durch den Kopf. Die kaum hörbaren Worte, die ihr Vater ihr vorhin ins Haar geflüstert hat. Plötzlich ist das Gefühl wieder da, das sie an der Bushaltestelle gehabt hat.

Die Musik wird leiser und kann schließlich die Worte ihres Vaters in ihrem Kopf nicht mehr übertönen.

Mein kleines Mädchen. Du konntest schließlich nicht wissen …

Was nicht wissen? Was erzählen sie ihr nicht? Was enthalten sie ihr vor?

Sie lässt ihren Onkel los. »Wenn du so um den Ruf der Familie besorgt bist, solltest du vielleicht mehr darauf achten, mit wem deine Frau tanzt und wie«, sagt sie, dreht sich um und geht mit schnellen Schritten zum Ausgang.

Sie steht ein Stück vom Pavillon entfernt, atmet die Abendluft ein und sehnt sich nach einer Zigarette, als jemand sie am Arm packt und zur Seite zieht. Es ist Mattias. Er ist elegant gekleidet, frisch geduscht und hat noch nasse Haare.

»Komm.« Er führt sie auf die Rückseite des Gebäudes. Erst als sie stehen bleiben, lockert er den Griff um ihren Arm. »Was treibst du verdammt noch mal, Vera?«

»Was meinst du?«

»Dieser Isak oder wie er auch immer heißt. Bringst ihn einfach hierher. Bist du komplett bescheuert?«

Sie weiß, dass er recht hat, aber sie ist betrunken, und vom Tanz mit Onkel Harald hat sie schlechte Laune.

»Ich hab zumindest versucht, irgendwas zu machen, im Gegensatz zu dir!«

»Was zu machen? Was wolltest du denn damit erreichen, dass du dich einem Fremden anvertraust? Ihn mit nach Hause nimmst und ihn Papa zeigst, obwohl ich dich gewarnt hab. Obwohl ich dir erklärt hab …«

Er schüttelt wütend den Kopf, hat den Rest des Satzes offenbar vergessen.

»Also, ich …«

Er scheint ihre Erklärung nicht hören zu wollen. Und in Wahrheit hat sie auch keine gute Erklärung.

»Du kapierst nicht, wie die Dinge hier laufen. Du kannst nicht herkommen, einen Haufen Dreck aufwirbeln und dann einfach wieder abhauen. Und mich hinter dir aufräumen lassen.«

»Einfach wieder abhauen? Du willst von abhauen sprechen? Du warst doch derjenige, der weg ist und mich allein gelassen hat. Oder hast du das verdrängt?«

Mattias schaut sie verwundert an. Dann breitet er die Arme aus.

»Das ist verdammt noch mal fünfzehn Jahre her. Wir waren Kinder. Hatten kindische Ideen, kindische Träume.«

»Du hattest es versprochen«, sagt sie und hört selbst den Teenager in ihrer Stimme.

Mattias seufzt. »Du verstehst das nicht …«

»Das tu ich sehr wohl. Du hast versprochen, dass wir gemeinsam von hier weggehen.« Sie deutet auf den Pavillon und das Fest, das dort noch im vollen Gange ist. »Stattdessen hast du zugelassen, dass sie dich hierbehalten. Cecilia, Onkel Harald, Papa.«

Mattias seufzt, schüttelt den Kopf. »Du verstehst das nicht, Vera«, sagt er noch einmal.

Er holt eine Packung Zigaretten hervor und bietet ihr eine an. Mit seinem Feuerzeug zündet er beide an und wartet, bis sie ein paar Züge genommen hat.

»Niemand hat mich gezwungen, hierher zurückzukommen«, sagt er. »Es war meine eigene Entscheidung.«

Sie schaut ihn prüfend an, versucht herauszufinden, ob er scherzt oder, schlimmer noch, lügt. Sieht keine Anzeichen dafür.

»Ich weiß, was du sagen wirst. Ich weiß, was du denkst. Deshalb fällt es mir so schwer, mit dir zu reden. Weil du mich die ganze Zeit verurteilst.« Er zieht an seiner Zigarette. »Ich bin es ehrlich gesagt wahnsinnig leid, mich dafür zu schämen, dass ich hiergeblieben bin. Ich bin es leid, das Gefühl zu haben, mich vor dir verteidigen zu müssen.«

»Zwei Arten von Menschen wachsen im Schattenreich auf – das hast du gesagt«, zischt sie. »Die, die bleiben, und die, die weggehen. Wir wollten zusammen weggehen!«

»Ich war achtzehn. Was wusste ich schon von der Welt? Weggehen oder bleiben, wir oder die. So sieht man die Welt, wenn man jung ist. Wenn man nicht lange genug gelebt hat, um es besser zu wissen.«

Sie kreuzt die Arme und blickt ihn böse an.

»Wenn man auf dem Land wohnt, ist man automatisch unterlegen«, fährt er fort. »Man wird als rückwärtsgewandt abgestempelt. Muss sich anhören, dass einem der Ehrgeiz fehlt, man fantasielos ist, Angst vor Veränderungen hat und heimlicher Rassist ist. Man muss idiotische Witze aushalten, dass man angeblich Banjo spielt und wie ein Schwein schreit. Als ob es alles Echte, Smarte und Wichtige nur in Großstädten geben würde. Als ob nur dort das Leben stattfinden würde und alles andere unwichtig sei.« Er dreht sich zu ihr um. »Du denkst doch auch so, oder nicht?«

Sie antwortet nicht, starrt ihn weiterhin böse an. Mattias zuckt mit den Schultern.

»Nach zwei Jahren in Stockholm habe ich festgestellt, dass ich gerne auf dem Land lebe. Dass es mir gefällt, wenn die Leute wissen, wer ich bin, wie meine Eltern und Großeltern heißen. Ich habe erkannt, dass ich hier zu Hause bin. Deshalb bin ich zurückgekommen. Deshalb bin ich geblieben. Nicht, weil mich jemand gezwungen hat.«

Er zieht an seiner Zigarette. Bläst den Rauch über die Schulter.

»Ich hätte dir das natürlich sagen sollen. Ich hätte versuchen sollen, es dir zu erklären. Aber du warst so wütend, hattest es so eilig wegzukommen. Und dann …«

Waren wir nicht mehr beste Freunde, denkt sie.

»Das hier ist mein Leben, Vera«, seufzt er. »Meinetwegen kannst du darüber denken, was du willst, aber du kannst nicht einfach auftauchen, wann es dir passt, Chaos anrichten und dann die Frechheit haben, mich zu verurteilen.«

Sie versteht, was er meint, schämt sich sogar fast ein bisschen. Aber Wut und Alkohol sind stärker als ihr Schamgefühl.

»Hast du nicht eine Familie, die du anlügen kannst?«, schnaubt sie. »Wie passt eigentlich Untreue mit diesem Heimat-Gerede zusammen?«

Mattias tritt seine Zigarette im Kies aus. »Scher dich zum Teufel, Vera«, sagt er. Er klingt dabei nicht nur verärgert, sondern auch traurig.

Auf dem Parkplatz stolpert sie in den hochhackigen Schuhen, und der Autoschlüssel fällt zu Boden. Eigentlich ist sie zu betrunken, um zu fahren, aber sie rechnet damit, dass es heute Abend in Reftinge keine Polizeikontrollen gibt. Mattias und Onkel Harald sind sich da bestimmt einig geworden, genauso wie bei allem anderen. Sie ist diesen Ort so leid. All diese stillschweigenden Übereinkünfte, Lügen und Geheimnisse.

Sie hat überhaupt keine Lust, zum Ängsgård zurückzufahren. Keine Lust, in einem knarrenden Stockbett in einer unpersönlichen Hütte zu liegen und dem Saufgelage der Gastarbeiter nebenan zu lauschen. Sie zieht sich die Schuhe aus, wirft sie auf den Beifahrersitz und springt in den Wagen. Bei zweiten Versuch springt der Motor an, dann fährt sie nach Hause.

61

Der Backagård liegt fast vollständig im Dunkeln, als Veronica auf den Hof fährt. Nur eine einzelne Außenlampe leuchtet über dem Fahrzeugschuppen. Ihr Vater ist noch auf dem Fest, was ihr sehr recht ist. Das Einzige, was sie will, ist, aus diesem verdammten Kleid zu kommen, sich abzuschminken und sich ins Bett zu legen. Morgen früh will sie dann ihren Vater bitten, sie zum Zug zu fahren, und dann wird sie nie mehr einen Fuß in dieses Scheißloch setzen.

Es ist schwül geworden, Gewitter liegt in der Luft. Schwere Wolken türmen sich am Himmel auf, lassen nur hier und da ein bisschen Mondlicht durch. Sie sucht nach dem Ersatzschlüssel im Blumenkasten, findet ihn nicht und flucht. Aber als sie an der Klinke rüttelt, stellt sie zu ihrer Überraschung fest, dass die Tür unverschlossen ist. Sie bleibt einen Moment in der dunklen Diele stehen, versucht sich einzureden, dass ihr Vater einfach vergessen hat abzuschließen, aber im Grund weiß sie, dass er nie etwas vergisst. Zurzeit schließt er ja nachts sogar das Arbeitszimmer ab.

Sie lauscht ins Haus hinein, hört zunächst nur das Ticken der alten Wanduhr im Esszimmer. Dann glaubt sie ein schwaches Geräusch aus dem ersten Stock zu hören. Sie erstarrt. Dort oben ist jemand. Vielleicht der Einbrecher, von dem Mattias gesprochen hat. Und da sie mit eingeschalteten Scheinwerfern auf den Hof gefahren ist, ist die Gefahr groß, dass er sie hat kommen sehen. Dass er weiß, dass sie unten in der Dunkelheit steht. Allein.

Sie spürt ein Kribbeln im Nacken, und ihr erster Impuls ist, sich umzudrehen, zum Wagen zu stürzen, wegzufahren und Hilfe zu holen. Aber aus dem Nichts steigt Wut in ihr auf. Der Verschlag unter der Treppe ist nur ein paar Meter entfernt. Vier leise, barfüßige Schritte, dann hat sie ihn erreicht. Sie lauscht intensiv nach Schritten auf der Treppe, während sie das lose Brett zur Seite schiebt. Alles ist still. Die Schrotflinte steht genau da, wo sie sie das letzte Mal hingestellt hat. Sie nimmt sie heraus, schleicht vorsichtig zum Fuß der Treppe. Sie legt den Kolben an die Wange und richtet den Lauf auf den ersten Stock. Von einem der Dielenbretter ist ein leises Knarren zu hören. Der Eindringling ist noch da und kann nirgendwohin fliehen.

Sie lässt den Daumen über die Sicherung wandern. Langsam bewegt sie sich die Treppe hinauf, eine Stufe nach der anderen. Die fünfte und siebte Stufe lässt sie aus, weil sie weiß, dass sie knarren. Einen Augenblick lang ist sie wieder ein Teenager. Leise und vorsichtig schleicht sie die Treppe hoch, damit sie morgen früh glaubwürdig lügen kann, wenn ihr Vater fragt, wann sie nach Hause gekommen ist. Eine Lüge, die aus unterschiedlichen Gründen für sie beide wichtig ist.

Auf halbem Weg nach oben hört sie das Geräusch wieder. Eine Diele, die leise knackt, als jemand darübergeht. Das Geräusch kommt aus dem ersten Stock von rechts. Ihr Herz schlägt schnell, aber sie hat keine Angst mehr.

Oben an der Treppe angekommen, bleibt sie stehen. Langsam lässt sie die Waffe über den Flur wandern. Sie hält den Blick über den Lauf gerichtet, den Daumen an der Sicherung und den Zeigefinger am Abzug. Hier oben ist es dunkler, und es dauert eine Weile, bis sich ihre Augen daran gewöhnt haben, aber als es so weit ist, sieht sie, dass an der Tür zum Zimmer ihrer Mutter der Schlüssel im Schloss steckt und die Tür einen Spaltweit offen steht.

Langsam geht sie darauf zu. Wieder sind Geräusche aus

dem Zimmer zu hören. Sie hält die Luft an, lauscht. Sie registriert die schwere Atmung eines Menschen, das raschelnde Geräusch von Stoff an Stoff. Das Quietschen einer Schublade, die aufgezogen wird. Sachen, die herumgeräumt werden. Sie hält den Kolben mit der rechten Hand weiterhin an die Wange gedrückt, während sie mit der linken behutsam die Tür aufstößt.

Der Mond scheint genau durch das Fenster, sodass das ganze Zimmer silbern schimmert. Die Luft ist voll von Rosenduft, vom Parfum ihrer Mutter, und für einen kurzen Augenblick überwältigt es sie beinahe.

Alles sieht genauso aus, wie sie es in Erinnerung hat. Das Doppelbett mit dem blumigen Überwurf, daneben ein Schminktisch und ein Hocker. An der einen Wand, über dem Sekretär ihrer Mutter, hängt eine große Fotografie. Ihre Mutter schaut in die Kamera, und vermutlich lächelt sie, aber das Mondlicht im Zimmer verzerrt ihr Gesicht, sodass es unendlich traurig aussieht.

Der Mann im Zimmer war so beschäftigt, dass er ihr Kommen nicht bemerkt hat. Er trägt Handschuhe und hat die Kapuze seiner Jacke aufgesetzt, steht mit dem Rücken zu ihr über den Schminktisch gebeugt und wühlt im Schmuck ihrer Mutter herum. Sie zielt auf seinen Rücken, entsichert.

»Stehen bleiben! Sonst schieß ich dir das Hirn weg!«

Der Mann zuckt zusammen. Er hebt die Arme, dreht sich langsam um, trotz ihrer Warnung. Sie legt den Finger um den Abzug. Der Puls dröhnt gegen ihr Trommelfell.

»N-nicht schießen, Veronica, ich bin's.«

Sie erkennt sowohl die Stimme als auch die blauen Augen, noch bevor der Mann die Kapuze heruntergezogen hat. Es ist Isak.

»Was zum Teufel machst du hier?«, stößt sie hervor,

nachdem sich der erste Schock gelegt hat. Sie hält die Schrotflinte auf seine Brust gerichtet, hebt sie ein bisschen, als er so aussieht, als wolle er einen Schritt auf sie zumachen.

Er hält die Hände hoch. »Bitte, Schusswaffen machen mich etwas nervös. Vor allem wenn sie auf mein Gesicht gerichtet sind.«

Er versucht scherzhaft zu klingen, aber sie hört, dass er Angst hat. Sie zielt weiterhin auf ihn.

»Wolltest du den Schmuck meiner Mutter klauen?«

Er antwortet nicht, senkt langsam die Arme und lässt sie am Körper herabhängen. »Es ist nicht so, wie du denkst. Ich bin kein Dieb.«

»Ach so?« Sie deutet mit dem Kinn auf den Schminktisch, wo die Schubladen herausgezogen sind. »Du hast gewusst, dass das Haus während des Fests leer stehen würde. Du hast gewusst, wo der Ersatzschlüssel ist. Wie bist du überhaupt hierhergekommen?«

»Ich hab mir in der Stadt ein Motorrad ausgeliehen.«

»Du meinst, du hast es geklaut.«

Er widerspricht nicht, zuckt nur ein bisschen mit den Schultern.

»Du warst schon mal hier«, stellt sie fest. »Draußen im Rosengarten. Du warst derjenige, hinter dem ich hergerannt bin.«

Er hebt die Arme in einer Geste, die sie als Ja deutet.

»Und in meiner Wohnung?«

Er nickt widerwillig. »Ich habe gesehen, dass das Fenster offen war. Ich hatte nie die Absicht, etwas zu stehlen, weder damals noch jetzt.«

»Nicht? Was machst du dann hier, mitten in der Nacht?«

Er holt tief Luft, seufzt. »Ich versuche, die Wahrheit

herauszufinden. Herauszufinden, was wirklich mit Billy passiert ist.«

Er klingt aufrichtig, andererseits hat er schon ein paarmal gelogen, auf sehr überzeugende Art und Weise.

»Warum?«, fragt sie. »Wenn du nicht mein kleiner Bruder bist, wie kommt es dann, dass du so besessen von etwas bist, das vor zwanzig Jahren passiert ist und mit dem du absolut nichts zu tun hast?«

Er zögert, scheint zu überlegen, bevor er antwortet. »Ich habe dir doch erzählt, dass ich im Frühling nach Mamas Tod meine Adoptionspapiere gefunden habe.«

Er zögert wieder, wartet, bis sie genickt hat.

»Es war keine Überraschung. Ich wusste die ganze Zeit, dass ich adoptiert war, auch wenn ich mich an meine biologische Familie nicht mehr richtig erinnern konnte. Meine Adoptiveltern wollten nie darüber sprechen, und nachdem ich die Unterlagen gelesen habe, weiß ich, warum. Meine biologische Mutter hieß Pernilla. Sie wurde alleinerziehend, als ich fünf war, und schaffte es nicht, sich um uns zu kümmern. Also wurden meine Schwester Åsa und ich irgendwann von zwei verschiedenen Familien adoptiert. Ich hab es geschafft, sie zu finden. Sie wohnt in Gävle, bekommt ihr erstes Kind. Sie erinnert sich gut an mich und an meine Eltern, obwohl sie ihr Bestes getan hat, um uns zu vergessen. Unsere biologische Mutter ist 1989 an Krebs gestorben, und unser Vater …«

Er lächelt sein typisches Lächeln, aber Veronica kann seine ernste Miene darunter deutlich erkennen. Und seinen Kummer. Und plötzlich weiß sie, was er sagen wird, begreift, welches Puzzleteil er ihr vorenthalten hat, und versteht sogar, warum.

»Unser biologischer Vater …«, fährt Isak tonlos fort, »hieß Tommy Rooth.«

62

Veronica lässt die Schrotflinte sinken, sichert die Waffe und bedeutet Isak, sich auf das Bett zu setzen.

»Åsa war erst geschockt darüber, dass ich sie ausfindig gemacht habe«, sagt er. »Sie hat mir die Tür vor der Nase zugeschlagen und gedroht, die Polizei zu rufen, wenn ich nicht verschwinde. Nach einer Weile wurde sie etwas ruhiger. Sie war 1983 sieben Jahre alt und erinnert sich noch an viel zu viel.«

Er zieht die Handschuhe aus, fährt sich mit den Fingern durch das blonde Haar.

»Åsa hat einen Großteil ihres Lebens versucht, alles zu vergessen, was nicht verwunderlich ist. Wer will sich schon an einen Vater erinnern, der ein Kindermörder ist?« Er versucht es erneut mit einem Lächeln. »Ich hatte eine ziemlich chaotische Jugend. Heim, Bewährungsaufsicht, ein paar Monate Gefängnis. Hauptsächlich kleine Sachen. Einbruch, Autodiebstahl, unerlaubtes Fahren.« Er macht eine müde Handbewegung. »Ich war auch in ein paar Schlägereien verwickelt, aber ich fand immer, dass Gewalt nicht mein Ding ist. Ich bin eher der Typ, der Prügel kassiert, als der, der austeilt, wenn du verstehst?«

Veronica entdeckt ihr Spiegelbild drüben beim Schminktisch und sieht, dass sie ihre Kiefer in einer angespannten Grimasse fest aufeinanderpresst. Das erinnert sie an ihre Mutter, und sie versucht, das Kinn zu entspannen.

»Nachdem ich bei Åsa war, habe ich angefangen nachzudenken«, redet Isak weiter. »Sie hatte das schon tausendmal durchgekaut, aber für mich kam es wie ein Blitz aus heiterem Himmel. Wenn unser Vater ein Kindermörder war …« Er stockt, sieht sie mit resigniertem Gesicht an. »Welche Eigenschaften könnte ich dann geerbt haben? Wie der Vater, so der Sohn?«

»Und so hast du beschlossen, mehr herauszufinden? Du bist hierhergefahren, hast herumgeschnüffelt, hast mich in Stockholm aufgesucht.«

Er nickt langsam.

»Das klingt vielleicht idiotisch, aber ich hab gehofft, dass ich vielleicht irgendwo einen Anhaltspunkt finde. Etwas, das erklären würde, warum Tommy das getan hat. Oder, noch lieber, etwas, das darauf hindeutet, dass er unschuldig war. Etwas, woran Åsa und ich uns klammern könnten.«

»Warum hast du das nicht schon im Motel erzählt? Nachdem wir …«

»Ich war kurz davor, es zu tun, aber dann hab ich mich nicht getraut. Manchmal ist es leichter zu lügen. Außerdem mag ich dich.«

Sie holt tief Luft, versucht, die wirren Gedanken in ihrem Kopf zu sortieren. Erstaunlicherweise ist sie nicht besonders aufgebracht. Eher entschlossen, zufrieden. Als sei ihr etwas geglückt. Isak sagt jetzt die Wahrheit, davon ist sie überzeugt. Sie kann sogar verstehen, warum er sich hinter so vielen Lügen versteckt hat. Jetzt, wo sein Geheimnis aufgedeckt ist, kann sie ihm ansehen, wie ausgeliefert er sich fühlt. Wie verletzlich er ist. Auf einmal tut er ihr fast leid. Er ist auch ein Opfer, genau wie sie. Noch ein Mensch, der, obwohl er es erst vor Kurzem erfahren hat, im Schatten des Sommers 1983 lebt.

»Warum hast du einen Stein auf das Grab meiner Mutter gelegt?«

Er zuckt mit den Schultern. »Ich weiß nicht. Vielleicht, um Respekt zu zeigen. Oder um Verzeihung zu bitten, von Åsa und mir. Das klingt blöd, ich weiß.«

Er verstummt, schaut weg.

»Und was hast du gehofft hier drinnen zu finden?«, will sie wissen.

Erneutes Achselzucken. »Ich weiß es nicht. Nachdem du von dem Zimmer erzählt hast, davon, dass dein Papa alles genauso bewahrt, wie es an dem Abend war, als Billy verschwand, wollte ich vor allem herkommen und es mit eigenen Augen sehen. Als ein letzter Versuch.«

Veronica geht zum Schminktisch, den Isak vorhin durchsucht hat. Die Schubladen sind herausgezogen. Sie sieht Schmuckschachteln und glänzende Stoffe, als sie sie wieder zuschiebt. Auf dem Schreibtisch steht eine gerahmte Fotografie ihrer Mutter. Neben dem Foto eine Vase mit zwölf absolut perfekten Magdalenarosen, die mit einer nahezu ebenso perfekten Symmetrie arrangiert sind. Eine der Rosen steht ein bisschen schief in der Vase, wahrscheinlich, weil Isak darangestoßen ist. Sie rückt sie gerade. Die Blütenblätter sind weich wie Samt. Der Duft ist betäubend. Sie war seit zwanzig Jahren nicht mehr hier drin, und genau wie bei Billys Zimmer ist es so, als würde sie direkt in ihre Kindheit eintreten. Ein Ort, an dem die Zeit stillsteht. Die Tür zur Ankleidekammer steht offen. Die Kleider und Jacken ihrer Mutter hängen darin aufgereiht. Sie streicht mit der Hand über die Stoffe, beugt sich vor und riecht daran.

Mein kleines Mädchen. Meine kleine Maus …

Isak bewegt sich so vorsichtig, dass sie nicht hört, wie er aufsteht. Sie nimmt die Bewegung aus den Augenwinkeln wahr, dreht sich um und will gerade das Gewehr ansetzen. Aber er ist nur ans Fenster gegangen, steht da und schaut hinaus. Sie schließt die Tür zur Ankleidekammer, hält das Gewehr so, dass sie es schnell anheben kann.

»Glaubst du, er kam von dort?« Isak zeigt auf den hinteren Teil des Gartens. »Tommy Rooth, mein Papa. Glaubst du, dass er durch das Maisfeld kam und deinen kleinen Bruder geholt hat, in dem Sommer damals?«

»Vielleicht.« Sie stellt sich schräg hinter ihn und schaut hinaus. Der Donner beginnt zu grollen, aber der Erntemond sieht immer noch ab und zu zwischen den schweren Wolken hervor. Dabei verwandelt er die Rosenbüsche dort unten in glänzendes Metall.

»Hast du manchmal das Gefühl, dass dir etwas entgeht?«, murmelt Isak. »Dass sich etwas direkt vor deinen Augen abspielt, was du nicht verstehst, egal, wie sehr du dich bemühst?«

Sie erschrickt. Das Gefühl, das er beschreibt, ist genau das, was sie die letzten Tage umgetrieben hat. Vielleicht ist das gar nicht so verwunderlich, sie sind beide Teil derselben Tragödie. Sie teilen den gleichen Kummer.

»Meine Klienten fragen sich manchmal, wie man das Unbegreifliche begreifen kann«, sagt sie. »Wie man das erklärt, was sich nicht erklären lässt. Manchmal gibt es einfach keine gute Antwort.«

Er nickt langsam. Der Mond wird von den Wolken verschluckt, und der Garten wird dunkel. Am Horizont sind schon die ersten Blitze zu sehen. Weit entfernt, jenseits des Maisfelds, blinken die roten Augen der Windriesen.

»Es gibt noch was, was ich dir erzählen muss. In der ersten Nacht, als ich hier auf dem Hof war, habe ich mich in den alten Kuhstall geschlichen. Dort habe ich etwas gefunden, etwas, das mich beunruhigt.«

Ein plötzliches Geräusch unterbricht ihn. Das Geräusch eines großen Motors, der näher kommt. Dann weitere Motorengeräusche.

»Du musst hier weg!«, ruft sie. »Jetzt sofort.«

63

Der Platz vor dem Haus draußen wird von Autoscheinwerfern erleuchtet. Türen werden geöffnet und zugeschlagen, Schatten bewegen sich auf das Haus zu.

»Hat dich jemand herkommen sehen?«, flüstert sie Isak zu, während sie schnell die Treppe hinuntergehen.

»Ich glaube nicht. Ich war aber auf dem Parkplatz unten am Volkspark, um zu kontrollieren, ob eure Autos dort stehen. Jemand könnte mich gesehen haben.«

»Und wo hast du das Motorrad hingestellt?«

»Auf den Kiesweg, auf der anderen Seite vom Maisfeld.«

»Okay. Papa darf dich auf keinen Fall hier finden. Schleich dich hinten raus, ich versuche, sie aufzuhalten.«

Er nickt, macht ein paar Schritte auf die Küche zu. Plötzlich bleibt er stehen, dreht sich um und scheint etwas sagen zu wollen.

»Hau jetzt ab!«, zischt sie und scheucht ihn weg.

Schnell stellt sie die Schrotflinte in ihr Versteck unter der Treppe zurück und ist gerade wieder in der Diele, als die Haustür geöffnet wird. Es ist nicht ihr Vater. Stattdessen stehen Onkel Harald und Sören Händler davor. Weiße Hemden, hochgekrempelte Ärmel, harte Blicke.

»H-hallo. Was macht ihr hier?«, fragt sie, ohne die Scham darüber verbergen zu können, ertappt worden zu sein.

»Wo ist er?«, fragt Onkel Harald.

»Wer denn?«

»Dein Freund. Isak Rooth. Tommys Sohn. Wo ist er?«

Onkel Harald drängt sich an ihr vorbei und geht schnellen Schrittes auf die Küche zu. Sören packt sie fest am Arm und zieht sie mit sich. Die Küchentür zur Terrasse hin steht weit offen. Der Schein einer Taschenlampe flackert über die Wiese. Sie hört Hundegebell, Rufe.

»Da ist er! Fass!«

Das Hundegebell geht in Gebrüll über, vermischt mit Schmerzensschreien.

»Was zum Henker hast du dir dabei gedacht?«, fragt Sören, während er sie mit sich in den Garten zerrt. »Ihn hierherzubringen, ihn reinzulassen? Rooths Sohn? In das Haus deiner Mutter?«

Die Taschenlampen bewegen sich nicht mehr, sondern haben sich an einem Platz versammelt. Die Hunde bellen aufgehetzt, werden aber sofort still, als Onkel Harald sie anbrüllt.

Das hohe Gras ist nass und kalt an ihren bloßen Füßen. Sie versucht, sich loszureißen, aber Onkel Sören hebt nur ein bisschen den Arm, was sie dazu zwingt, sich auf die Zehenspitzen zu stellen. Er schiebt sie vor sich her auf die Taschenlampen zu. Erst als sie dort sind, lässt er sie los. Die Männer haben einen Kreis gebildet. Patrik Brink ist da, er hält zwei von Onkel Haralds größten Hunden an der Leine. Die beiden Strid-Brüder stehen neben ihm. Hochgezogene Schultern, eckige Körper, die nicht an feine Hemden und Anzughosen gewöhnt sind.

Die Hunde ziehen an der Leine, fletschen Isak die Zähne entgegen, der zusammengekauert in der Mitte des Kreises liegt. Eines seiner Hosenbeine ist zerrissen und feucht. Darunter sieht man aufgerissene Haut.

Veronica holt Luft. Übelkeit steigt in ihr auf.

»Hast du das gewusst?«, faucht Onkel Harald. Er schüttelt sie am Arm, zwingt sie, ihm in die Augen zu sehen. »Wusstest du, wer er ist?«

»I-ich …« Sie versucht, Zeit zu gewinnen, sucht nach der richtigen Antwort. Onkel Harald wartet nicht.

»Mattias hat in der Ferienhütte Fingerabdrücke genommen. Er hat gesagt, dass er wissen will, wer dein Freund eigentlich ist. Wir haben heute Abend das Ergebnis bekommen. Isak Welin. Ein Dieb und Betrüger mit einem ordentlichen Strafregister. Außerdem ist er Tommy Rooths Sohn. Also antworte jetzt, Vera. Wusstest du, dass er der Sohn von diesem Schwein ist, das deinen kleinen Bruder ermordet hat?«

»Warte …« Isak hebt die Hand, aber Patrik tritt ihm mit voller Wucht in den Bauch.

Veronica steht wie versteinert da und sieht all das um sich herum passieren. Wie die Gebrüder Strid Isak hochheben. Ihn zwischen sich zum Rosengarten tragen, ihn gegen die Mauer drücken. Onkel Harald hat sie losgelassen, trotzdem muss sie ihm folgen.

»Was habt ihr vor?«

»Herausfinden, warum er hier ist. Was er will.«

Onkel Harald sieht plötzlich aus, als habe er etwas begriffen. Er packt sie an den Schultern.

»Hat er nach mir gefragt? Nach Timothy?«

Sie schüttelt den Kopf. Versucht sich gleichzeitig zu erinnern. »Ich glaube nicht.«

»Glaubst?« Der Griff wird fester. »Denk genau nach. Hat er etwas über Tim gesagt?«

»Lass mich los, das tut weh.«

»Denk nach!« Onkel Haralds Gesicht ist ganz nah bei ihrem. Seine Augen glühen, die Lippen sind hochgezogen.

»Bist du hinter Timmy her, du Scheißkerl?«, brüllt Patrik Isak an, woraufhin die Hunde wieder zu bellen anfangen.

Einer der Strid-Brüder boxt Isak in den Magen. Einmal, zweimal, dreimal. Er schlägt hart, stumm. Der andere Bruder hält dagegen, damit Isak nicht umfällt.

»Nein«, schreit sie. »Er hat nichts über Tim gesagt. Überhaupt nichts.«

Onkel Harald scheint nicht zuzuhören. Er lässt ihre Schultern los und winkt Sören zu sich.

»Glaubst du, er weiß es?«

»Warum sollte er sonst hier sein? Wie der Vater …«

»Weiß was?«, stößt sie hervor. Aber die Männer drehen ihr den Rücken zu, versammeln sich an der Mauer.

Patrik hat die Hundeleinen losgelassen. Er hält Isak am T-Shirt, schlägt seinen Kopf gegen die Mauer. Isak scheint nicht ansprechbar, sein Blick flackert, die Augenlider sind schwer. Flattern nur, wenn sein Kopf dumpf gegen die Wand schlägt.

Dong.

»Sag, warum du hier bist, du Scheißkerl!«

Dong.

»Bist du hinter Timmy her? Ist es das?«

Dong.

Ein Blutfleck ist an der Mauer zu sehen. Das scharfe Mondlicht lässt ihn schwarz aussehen.

»Hört auf!«, ruft sie, aber keiner beachtet sie.

»Sag, wohin dein Vater Billy gebracht hat!«

Dong.

Der Fleck an der Wand wird größer.

»Sag es, du Schwein!«

Dong.

»Hört auf«, brüllt sie und schlägt mit den Fäusten auf Patriks Rücken ein, so fest sie kann.

Er hört auf, und alle fünf Männer drehen sich nach ihr um. Ihre Blicke sind leer, fast erstaunt. Als ob sie vergessen hätten, dass sie da ist.

»Hört auf!«, schreit sie noch einmal, die Fäuste immer noch in der Luft. »Ihr bringt ihn um!«

64

Die Luft verdichtet sich, der Donner kommt immer näher. Bald wird das Gewitter über ihnen sein.

Sören Händler und einer der Strid-Brüder schleppen sie über den Hof. Sie sieht, wie die anderen Männer Isak auf einen Pick-up heben. Sein Kopf hängt kraftlos herunter, er bewegt sich kaum.

»Ebbe kann jeden Moment da sein. Ich will nicht, dass er mehr als nötig in die Sache hineingezogen wird«, hört sie Onkel Harald zu Patrik sagen.

»Was sollen wir mit ihr machen?«, fragt Sören.

Onkel Harald wirft ihm ein schweres Schlüsselbund zu. Zeigt auf den Kuhstall. Sie versteht nicht richtig, was geschieht. Erst als sie sie in den Stall bringen, zu der verschlossenen Tür des alten Melkraums.

»Nein!« Sie zuckt zurück, versucht sich mit den Füßen gegen den Boden zu stemmen. Der Schreck macht sie so stark, dass die beiden Männer, die sie festhalten, schließlich Onkel Haralds Hilfe brauchen, um sie in die Dunkelheit zu stoßen und die Tür hinter ihr abzuschließen.

Sie stößt gegen etwas, stürzt. Der Boden an ihren Handflächen ist eiskalt, die Luft rau und dumpf, genau wie in ihrer Erinnerung. Die Panik bringt sie auf die Beine. Sie erbricht sich an der Tür, schlägt mit aller Kraft dagegen. Sie schreit, bis sie keine Luft mehr in den Lungen hat. Nichts hilft. Sie ist hier eingesperrt, genau wie damals, als sie klein war. In der Dunkelheit eingesperrt. Etwas streift ihren nackten Fuß, es fühlt sich wie ein weicher Pelz an, und einen Moment lang vermischen sich alle ihre Albträume. Der Melkraum, die Dunkelheit, die Füchse, und sie brüllt, bis ihr Hals brennt.

Dann sinkt sie mit dem Rücken zur Tür zu Boden. Ein unkontrolliertes Schluchzen durchschüttelt ihren Körper. Sie sitzt hier drinnen fest. Gefangen in ihren eigenen schlimmsten Fantasien.

Sie versucht sich zu sammeln, langsam zu atmen.

Ein

Aus

Eiin

Auus

Es ist schwerer als jemals zuvor. Fast unmöglich. Aber nach ein paar Minuten ebbt die Panik doch ein bisschen ab. Eigentlich ist das hier nicht schlimmer als der alte Stollen. Es gibt kein Wasser, nicht tonnenweise Erde und Fels über ihrem Kopf. Und früher oder später wird jemand kommen und sie freilassen. Onkel Harald, Sören oder einer der anderen Kerle.

Sie haben sie eingesperrt. Sie haben sie in der Dunkelheit zurückgelassen, um sie aus dem Weg zu haben. Sie dachten wohl, sie würde sich damit abfinden und schön warten, bis sie zurückkommen. Weil sie Vera Nilsson ist, Ebbes und Magdalenas Mädchen, das, obwohl es hochnäsig und dickköpfig ist, tut, was man ihm sagt.

Verdammt!

Sie schaut auf, versucht sich im Raum zu orientieren. Er riecht stark nach Gummi, und als sie die Hände nach dem Gegenstand ausstreckt, gegen den sie vorhin gestoßen ist, fühlt sie die raue Oberfläche eines Autoreifens. Das muss der Stapel Winterreifen von Papas Auto sein. Das Pelzartige, das sie vorhin gestreift hat, erweist sich als etwas so Lächerliches wie Putzwolle.

Als sie um die Reifen herumgeht, entdeckt sie außerdem etwas anderes. Einen schwachen Streifen silbrigen Lichts, der durch ein Loch in der Wand hereinsickert. Sie betastet die Wand um das Lichtloch herum, fühlt Bretter statt Backstein. Sie fährt mit der Hand darüber und entdeckt eine Kante, irgendeine Klappe, ungefähr in der Mitte der Wand.

Sie schiebt die Finger in die Fuge, versucht, die Klappe hochzuschieben. Sie bewegt sich nur ein paar Millimeter. Sie versucht es noch einmal, zieht, so fest sie kann. Ein leises Knirschen, dann bewegt sich die Klappe um ein paar Zentimeter und lässt noch mehr schwaches Mondlicht herein.

Sie erholt sich einen Moment, schüttelt die Arme aus. Dann versucht sie es noch mal und noch mal, lässt dabei die Wut aus ihrer Brust in ihre Arme wandern. Die Klappe bewegt sich nach und nach, immer ein kleines Stück mehr, bis das Loch groß genug ist, dass sie hindurchklettern kann.

Ihr Kleid bleibt hängen, und es entsteht ein Riss, der immer größer wird, während sie sich durch das Loch schiebt. Die Kerben an den Seiten sind voll von altem Schmierfett, das ihr an den Händen, im Gesicht und in den Haaren kleben bleibt. Sie beachtet es nicht. Die Wut brennt immer stärker in ihr, verleiht ihr ungeahnte Kräfte, und alles, woran sie denken kann, ist herauszukommen.

Die Klappe führt direkt in die Werkstatt ihres Vaters. Genau wie bei den Zimmern im ersten Stock war sie seit ihrer Kindheit nicht mehr hier. Das Licht, das sie gesehen hat, stammt von einem Fenster ganz oben in der Wand. Vielleicht könnte sie sich auf die Werkbank stellen und das Fenster mit einem der Werkzeuge, die sorgfältig aufgereiht an ihren Haken hängen, zerschlagen. Aber durch ein kaputtes Fenster zu klettern, hinunterzuspringen und auf zerbrochenem Glas zu landen ist keine gute Idee. Vor allem nicht barfuß.

Sie rüttelt an der Tür zum Fahrzeugschuppen, in dem ihr Vater normalerweise seinen Wagen abstellt. Die Tür ist von der anderen Seite verriegelt und bewegt sich keinen Millimeter. Es gibt noch eine Tür in der Werkstatt, die in den alten Kuhstall zurückführt. Quer darüber befinden sich eine Metallklinke und ein Hängeschloss. Sie schaut sich nach einem geeigneten Werkzeug um, entdeckt einen kräftigen, gut geölten Bolzenschneider an einem Haken und knipst den Bügel des Hängeschlosses durch, als wäre er ein trockener Zweig.

Sie kommt an einem Stallende heraus. Mit der Hand fährt sie über die Wand und findet eine Metallbox mit einem Hebel. Ein Klick, dann beginnt eine ungleichmäßige Reihe an Leuchtröhren an der Decke zu flimmern. Boden und Wände sind aus weiß gestrichenem Backstein, und auf beiden Seiten des Mittelgangs teilen halbhohe Wände die Längsseiten in große Boxen. Das Doppeltor zum Hof, durch das sie Veronica hereingebracht haben, ist verriegelt und von außen abgeschlossen, und alle Fenster sind von innen zugenagelt. Grobe Bretter, die einander überlappen und die ohne ein ordentliches Brecheisen unmöglich wegzureißen sind. Zwar hängt so eines in der Werkstatt, direkt neben dem Bolzenschneider, aber sie glaubt einen besseren Weg zu kennen, um herauszukommen.

Auf der entgegengesetzten kurzen Seite befindet sich eine kleine Tür, die sie und Mattias benutzten, wenn sie Verstecken spielten, und die man nur von innen öffnen kann. Sie läuft durch den Mittelgang. Die Boxen, an denen sie vorbeikommt, sind alle leer, außer der größten ganz vorn an der Tür. Darin steht etwas Großes, Rechteckiges, ordentlich verdeckt von grünen Persennings. Sie vermutet, dass es irgendwelche Kisten sind, aber als sie an der Tür ist, dreht sie sich um. Plötzlich fällt ihr ein, was Isak über den Kuhstall gesagt hat, kurz bevor sie auseinandergingen.

Ich habe dort etwas gefunden, etwas, das mich beunruhigt.

Sie sucht in dem grünen Canvas-Stoff nach einem kleinen Spalt. Rotes Metall lugt hervor. Daraufhin löst sie einige Gummischlaufen, die die Persenning an ihrem Platz halten, und hebt sie hoch.

Darunter steht ein alter roter Volvo Amazon mit schwarz bemalten Heckscheiben. Ihr ist sofort klar, wessen Wagen das ist. Und plötzlich versteht sie auch, was gerade passiert.

Mattias geht nicht an sein Handy. Eigentlich überrascht sie das nicht. Sie fragt sich, ob er weiß, dass Patrik ihren Wagen in Brand gesetzt und ihre Zimmer durchsucht hat. Denn so muss es gewesen sein, das dämmert ihr jetzt. Dass er nur zufällig vorbeikam und ihren ausgebrannten Wagen erkannt haben will, erscheint auf einmal furchtbar konstruiert, und sie begreift nicht, warum sie das alles nicht gleich durchschaut hat. Sie wollten sie und Isak hierbehalten, ein für alle Mal herausfinden, wer er war.

Die Frage ist an sich nicht, was Mattias weiß, sondern wie viel er lieber nicht herausfinden will. Viel, dem abgeschalteten Handy nach.

Sie wäscht sich das Gesicht in der Küche, öffnet ihre Haare und spült die Reste von Kies und Schmierfett aus. Hinterher steckt sie das Haar nicht wieder hoch. Ihr Kleid ist durchnässt, schmutzig und zerrissen, und außerdem ist sie barfuß. Sie sucht in der Waschküche nach abgelegten Kleidern, aber es gibt keine, die ihr passen. Also läuft sie in den ersten Stock, öffnet die Ankleidekammer ihrer

Mutter und nimmt sich das erstbeste Kleidungsstück. Ein rotes Kleid, das fast perfekt sitzt.

Dann rennt sie die Treppe wieder hinunter und holt die Schrotflinte aus ihrem Versteck im Kabuff. Als sie an dem Spiegel in der Diele vorbeikommt, zuckt sie zusammen. Sie sieht fast haargenau aus wie ihre Mutter. Das offene Haar, das Kleid und dann noch das, was die Ähnlichkeit so verblüffend macht: der wütende Blick in ihren Augen.

Sie hört ein Geräusch von draußen und geht zur Haustür. Öffnet sie. Ihr Vater steht davor. Er starrt sie an, als habe er ein Gespenst gesehen.

»Wo haben sie ihn vergraben?«, fragt sie mit erzwungener Ruhe.

Er starrt sie weiter an, scheint vollkommen paralysiert. Sie macht einen Schritt vor, berührt ihn am Arm.

»Tommy Rooth«, sagt sie. »Wo haben sie ihn vergraben, Papa?«

65

Es hat angefangen zu regnen. Schwere Tropfen prasseln auf das Autodach, sodass die Scheibenwischer immer mehr zu tun haben.

Es ist schwer, in Regen und Dunkelheit etwas zu erkennen, aber sie sind jetzt fast da. Die Windriesen türmen sich um sie herum auf, und dort drüben auf der kleinen Wendeplatte stehen die Autos mit eingeschalteten Scheinwerfern im Kreis. Die Hunde bellen in ihren Zwingern auf der Ladefläche von Patriks Pick-up. Immer wieder wird der Lärm von Donnergrollen übertönt.

Ihr Vater bremst ab, aber noch bevor der Wagen zum Stehen kommt, ist Veronica hinausgesprungen. Schon nach fünf Metern ist ihr Kleid vollkommen durchnässt. Es regnet in Strömen, Millionen von Bindfäden lassen die Welt gestreift aussehen. Die Gebrüder Strid und Sören Händler kommen ihr entgegen, und sie hebt die Schrotflinte an die Achsel.

»Aus dem Weg!«, brüllt sie.

Die Männer starren erst sie an, dann die Waffe und weichen zurück. Hinter ihnen, im Zentrum der Leuchtkegel, die die parkenden Autos werfen, sieht sie Onkel Harald und Patrik. Isak sitzt zusammengekauert und mit gesenktem Kopf vor ihnen auf dem Boden. Onkel Harald hält ein Gewehr in der Hand, scheint eine Patrone in den Lauf zu schieben.

»Isak!«, schreit sie, woraufhin sich alle zu ihr umdrehen.

Ein Blitz, dann ein Donnerschlag, so nah, dass sie ihn spüren kann. Einen Augenblick lang ist sie davon überzeugt, dass Onkel Harald geschossen hat, dass sie zu spät gekommen ist, dass Isak tot ist. Aber dann sieht sie zu ihrer Erleichterung, dass er sich bewegt.

Onkel Harald und Patrik stocken, schauen in ihre Richtung, und auf einmal ist Isak auf den Beinen. In der Hand hält er einen Stein, den er nach Onkel Haralds Kopf schleudert, während er gleichzeitig versucht, das Gewehr zu fassen. Sie hört einen Schrei, sieht, wie das Gewehr aus dem Lichtkegel fliegt. Dann Körper in Bewegung, Arme und Beine, die wild um sich schlagen, als alle drei Männer in einem Knäuel auf dem Boden landen. Fäuste heben und senken sich, Schläge, Stöhnen und Schmerzensrufe sind zu hören.

Sie rennt in den Lichtkegel und richtet ihr Gewehr auf die Männer. »Hört auf!«, brüllt sie. Sie erkennt kaum ihre eigene Stimme. *»Hört auf!«*

Der Tumult stoppt. Onkel Harald ist der Erste, der aufsteht. Sein Hemd ist voller Lehm, sein Gesicht dreckig, und von einer Schnittwunde an der Stirn rinnt Blut, das sich mit dem Regen vermischt. Er starrt sie ungläubig an, als sei sie ein Gespenst. Und als er den Mund aufmacht, wird ihr klar, dass sie genau das ist. Ein Gespenst mitten im Regen, in den Kleidern einer Toten und mit einer Waffe in der Hand.

»M-Magdalena …«, stottert Onkel Harald. »Wie …?«

»Tommy Rooth«, sagt sie. »Ihr habt ihn umgebracht, richtig?«

Onkel Harald starrt sie weiter an. Er öffnet und schließt den Mund mehrmals, bevor er endlich Worte über die Lippen bringt.

»Er sollte es doch nur zugeben. Sagen, was er mit Billy gemacht hat. Aber Tommy hat uns verhöhnt, hat gesagt, dass wir nie etwas aus ihm herausbekommen würden. Dass wir zum Teufel gehen sollen. Und plötzlich hat er aufgehört zu atmen. Das war nie unsere Absicht, wir sind keine Mörder.«

»Und trotzdem habt ihr vor, es noch einmal zu tun.« Sie zeigt mit dem Kinn auf Isak, der leblos am Boden liegt.

»Er weiß, was wir mit Tommy gemacht haben. Er ist hier, um sich zu rächen. Wir müssen uns schützen. Wir haben keine andere Wahl.«

Das Blut rinnt ihm in die Augen, und er versucht, es mit dem Hemdsärmel wegzuwischen. Der glasige Blick verändert sich, auf einmal sieht er noch verwirrter aus.

»Das habe ich dir doch schon erzählt, Magdalena«, sagt er. »Im Heim. Als ich dich besucht habe. Erinnerst du dich nicht daran?«

Veronica hört nicht ihren Vater kommen, kann nicht so schnell reagieren, als er an ihr vorbeirennt und Onkel Harald mit der Faust mitten ins Gesicht schlägt.

Onkel Harald fällt hin, und ihr Vater stellt sich breitbeinig über ihn, packt ihn am Kragen, brüllt ihm ins Gesicht.

»Du hast es ihr erzählt. Du hast Magdalena von Rooth erzählt, obwohl du versprochen hattest, es nicht zu tun. Du hast sie getötet, Harald. Ist dir das klar? Du hast sie getötet!«

Patrik ist inzwischen aufgestanden, zieht ihren Vater weg. Sie wedelt mit der Schrotflinte in seine Richtung, aber Patrik hat schon losgelassen. Ihr Vater sinkt auf die Knie, mitten in eine Pfütze. Der Regen läuft ihm über das Gesicht, spült seine Tränen weg.

Sie versucht zu begreifen, was gerade passiert ist. Was das bedeutet. Aber bevor sie die Puzzleteile zusammensetzen kann, sieht sie aus den Augenwinkeln, wie sich die anderen drei Männer von hinten nähern. Sie geht ein paar Schritte nach rechts, damit sie die Waffe auf alle richten kann.

»Bleibt stehen«, sagt sie. Die Männer gehorchen ihr sofort. Onkel Harald rappelt sich langsam auf. Sein Blick hat wieder die normale Schärfe.

»Vera«, sagt er trocken, spuckt einen Blutklumpen zwischen den aufgesprungenen Lippen heraus. »Meine liebe Nichte.«

Er richtet sich auf, wirft einen verächtlichen Blick auf ihren Vater, der zusammengesunken dasitzt und still weint.

»Ja, ich habe es ihr erzählt, Ebbe. Jemand musste es tun. Magdalena hatte ein Recht darauf zu erfahren, dass das Monster, das ihren kleinen Jungen geholt hatte, tot war. Dass er ihr nicht mehr wehtun würde. Sie war schon mehrere Monate in diesem verdammten Heim, ohne dass es besser wurde, also fand ich, dass es höchste Zeit war, es ihr zu sagen.«

»Sie fing gerade an, sich besser zu fühlen«, murmelt ihr Vater. Seine Stimme ist so schwach, dass man fast nicht hören kann, was er sagt. Trotzdem spürt sie, dass sich ein Eiszapfen in ihr Herz rammt.

Onkel Harald schüttelt den Kopf, schaut sie an. »Dein Vater ist schwach, Vera. Er pflanzt Rosen und kümmert sich um seinen Garten. Ich tue, was nötig ist, um die Familie zu schützen.«

»Ja, das sehe ich.« Sie deutet mit dem Lauf auf Isak, der jetzt auf dem Rücken liegt. Sein Gesicht und seine Kleider sind blut- und lehmverschmiert, er wirkt leblos, aber man kann erkennen, dass sich sein Brustkorb langsam hebt und senkt.

Onkel Harald räuspert sich und spuckt aus.

»Er ist vor einem guten Monat in den Kuhstall eingebrochen und hat Rooths Volvo entdeckt. Das hat er uns gerade erzählt, als du aufgetaucht bist. Ebbe hatte mir schon vor ewig langer Zeit versprochen, den Wagen loszuwerden, aber stattdessen stand er all die Jahre über einfach da drin. Ich hätte es besser wissen müssen.« Onkel Harald schüttelt den Kopf. »Dank Ebbe und dir hat sich Rooth junior hier ausrechnen können, was mit seinem Vater passiert ist. Und wie immer muss ich hinter den anderen aufräumen. Tun, was getan werden muss.«

Sie versucht vergeblich eine Antwort zu finden. Ihr Vater sitzt immer noch mit gebeugtem Kopf da. Er hat also gewusst, was passiert ist, hat gewusst, dass sie Tommy Rooth getötet hatten.

Onkel Harald richtet sich auf, verschwindet in der Dunkelheit. Die übrigen Verschworenen sehen sich an, scheinen nicht genau zu wissen, was sie tun sollen. Der Regen ist in Sprühregen übergegangen, der weich und gleichmäßig auf sie herunterfällt. Ein guter Regen, ein ruhiger Regen, ein Ernteregen. Ein Regen wie gemacht dafür, die Wut zu dämpfen.

Onkel Harald kommt ins Licht zurück. In den Händen hält er sein Gewehr.

»Das Beste für uns alle ist, wenn Isak auf die gleiche Art verschwindet wie Tommy. Mir fällt keine andere Lösung ein. Es gibt einen offenen Schacht dort drüben, unterhalb des Kamms. Am Montag fangen sie an, den Boden zu gießen. Dann liegt er fast neben seinem Vater.« Er deutet mit einem Nicken auf den am nächsten stehenden Windriesen und spannt sein Gewehr. »Das ist doch recht passend, findest du nicht? Und auch noch in Sichtweite des Ortes, an dem alles angefangen hat. Wie der Vater, so der Sohn.«

Er macht ein paar Schritte auf Isak zu. Plötzlich ist der Herzschlag der Windriesen zu spüren. Ein dumpfes, rhythmisches Pulsieren. Sie mag das Geräusch nicht. Sie hat es nie gemocht.

»Du vergisst eins, lieber Onkel«, sagt sie. Dabei versucht sie, seinen ironischen Tonfall nachzuahmen, während sie die Schrotflinte anhebt. Ohne den Blick von ihrem Ziel abzuwenden, entsichert sie die Waffe mit dem rechten Daumen, genauso, wie er es ihr einmal beigebracht hat. »Du bist hier nicht der Einzige, der eine Waffe hat.«

Onkel Harald stockt, schaut sie an. Sein Blick ist wachsam, etwas weniger selbstsicher als eben. Er versucht offenbar herauszufinden, ob sie es ernst meint. Der Abstand zwischen ihnen beträgt nur fünf bis sechs Meter. Es ist unmöglich danebenzuschießen, sogar für einen ungeübten Schützen.

Sie krümmt den Finger um den Abzug. Ihre Atmung geht flach, sie spürt ihren Herzschlag im ganzen Körper, er vermischt sich mit dem Rhythmus der Windriesen um sie herum.

Keiner von ihnen bewegt sich.

»Schieß doch«, sagt er. »Erschieß mich, nur so kannst du mich stoppen.«

Onkel Harald grinst, hebt das Gewehr an und zielt auf Isak. Als sie sanft abdrückt, genau wie er es sie gelehrt hat, und ihm mitten in die Brust schießt, stolpert er nach hinten.

66

Der Rückstoß ist schwächer, als Veronica erwartet hat. Außerdem klingt der Knall aus der Waffe seltsam, und aus dem Gewehrlauf quillt eine weiße Rauchwolke hervor. Sie weiß, woran das liegt, und hofft, dass es trotzdem reicht, aber als Onkel Harald nicht fällt, sondern nur das Gewehr verliert, erkennt sie, dass sie umsonst gehofft hat.

Sein Gesicht und sein Oberkörper sind von einem dünnen weißen Pulver bedeckt. Er spuckt aus, hustet, reibt sich die Augen.

»Salz!« Er lacht laut auf. Dann zwinkert er kräftig und versucht, den Blick auf sie zu heften, aber ohne Erfolg. Das Weiße in seinen Augen ist blutunterlaufen, sieht schrecklich aus. »Du hast mit einer von Vaters alten, selbst gemachten Patronen geschossen.«

Noch einmal spuckt er Salz aus. Die Tränen laufen ihm über das Gesicht, während er weiter lacht. Das Lachen wird lauter, gellender, fast wahnsinnig.

Die anderen Männer schauen sich nervös an. Patrik murmelt etwas. Onkel Harald dreht sich zu ihm um, scheint noch immer nicht richtig sehen zu können. Isak ist zum Leben erwacht und versucht mühsam, vom Boden aufzustehen. Aber sein Körper scheint ihm nicht gehorchen zu wollen.

»Worauf wartet ihr Dummköpfe? Nehmt das Gewehr und erledigt den Job«, sagt Onkel Harald. »Ich sehe nicht genug, um zu schießen, also muss einer von euch es machen.«

Veronica hebt die Schrotflinte wieder an, zielt auf die Männer. Keiner von ihnen bewegt sich.

»Erschießt ihn, sage ich.« Onkel Harald zeigt auf Isak, der es irgendwie geschafft hat, auf die Knie zu kommen. »Wir können ihn nicht gehen lassen, das ist euch doch wohl klar.«

Die Männer winden sich, bleiben aber, wo sie sind.

»Begreift ihr nicht, dass wir alles verlieren werden?«, schreit Onkel Harald. »Alles, was wir hier aufgebaut haben. Unsere ganze Mühe, die viele harte Arbeit wird umsonst gewesen sein. Unsere Familien werden in den Schmutz gezogen werden.«

Veronica hebt die Flinte höher, visiert Sören an, der in der Mitte steht. Sie weiß, dass sie nur noch einen Schuss hat.

»Ihr habt doch verdammt noch mal keine Angst vor einem Mädchen mit einer Salzbüchse?«, brüllt Onkel Harald, ohne dass jemand reagiert. »Verdammte Idioten, dann mache ich es eben selbst.« Er zwinkert wild mit den Augen und macht ein paar vorsichtige Schritte, als würde er auf dem Boden nach dem verlorenen Gewehr suchen.

Auf einmal geht Patrik auf ihn zu. Er beugt sich ruhig hinab, hebt das Gewehr auf und drückt es sich gegen die Achsel. Er kümmert sich nicht darum, dass Veronica mit der Schrotflinte auf ihn zielt.

»Gut, Patrik«, sagt Onkel Harald. »Endlich einer, der es kapiert. Einer, der den Mumm hat, das zu tun, was nötig ist.«

Patrik sieht aus, als wolle er etwas sagen, aber er wird von Motorenlärm unterbrochen. Ein Polizeifahrzeug kommt in hohem Tempo auf dem schmalen Kiesweg angerast. Dahinter noch eins. Das Blaulicht spiegelt sich im Sprühregen, bildet kleine Blitze in der Luft.

»Schieß«, sagt Onkel Harald und klopft Patrik auf die Schulter. »Mach es jetzt. Er hat dich angegriffen, du hattest keine Wahl. Unser Wort gegen ihres. Vier gegen eine …«

Patrik hebt ein wenig die Waffe, sieht erst Onkel Harald an, dann den knienden Isak zu seinen Füßen. Zuletzt Veronica. Sie hat den Finger am Abzug, zielt auf Patriks Gesicht. Über den Lauf hinweg begegnet sie seinem Blick. Der Rhythmus der Windriesen wird schneller und steigert sich zu einem Dröhnen, das durch den Körper hallt.

Eine Sirene beginnt zu heulen, wird von einer Lautsprecherstimme unterbrochen, die sie gut kennt. Mattias.

Patrik starrt sie weiter an, aber sie weicht seinem Blick nicht aus.

»Schieß, Patrik!«, brüllt Onkel Harald. *»Schiiiieß!«*

Das Wort geht in einen gurgelnden Schrei über, als Patrik die Waffe sinken lässt und sie in die Dunkelheit wirft.

67

Als die Sonne aufgeht, sitzen sie und ihr Vater zusammen im Rosengarten. Isak und Onkel Harald wurden schon lange im Krankenwagen weggebracht. Mattias und seine Polizisten haben die anderen Männer in Gewahrsam genommen. Jetzt sind nur noch sie und ihr Vater da, dicht beieinander in dem kleinen Pavillon bei der Magdalenarose, die ihre Blätter über ihnen ausstreckt.

»Wann ist dir klar geworden, dass sie Tommy Rooth ermordet haben?«, fragt sie.

»Ein paar Wochen nach seinem Verschwinden.«

»Wie hast du es herausgefunden?«

»Dein Onkel und ich kennen uns, seit wir klein waren. Ich weiß, wie Harald denkt. Er kann Dinge vor mir nicht sehr lange geheim halten. Er ist kein böser Mann. Er dachte, er würde das Richtige tun. Eine der Frauen, die auf der Polizeiwache arbeiteten, hatte ihn angerufen und ihm erzählt, dass Rooth freigelassen wird. Sie haben in der Nähe seines Hofs auf ihn gewartet. Den Rest kennst du.«

»Warum bist du nicht zur Polizei gegangen und hast gesagt, was sie getan haben?«

Ihr Vater seufzt. »Harald und deine Mutter standen einander nah. Magdalena war sehr labil, sie hatte schon ein Kind verloren, und wenn ihr Bruder auch noch im Gefängnis landen würde …« Er macht eine resignierte Handbewegung. »Also haben Harald und ich eine Vereinbarung getroffen. Ich bewahre sein Geheimnis dafür, dass er Magdalena niemals erzählt, was mit Tommy Rooth passiert ist. Dass er mich gebeten hat, mich um das Auto zu kümmern, war seine Art sicherzugehen, dass ich mein Wort halte. Mir war das egal.«

»Aber Onkel Harald hat sein Versprechen gebrochen? Er hat Mama erzählt, was er getan hat, eine Woche bevor sie entlassen werden sollte.«

»Ja, offenbar hat er das. Er sah das wohl als Wiedergutmachung der Familie gegenüber.«

»Aber Mama war anderer Meinung. Ihr war klar, dass ihr Bruder ein Mörder war. Dass er ihretwegen einem anderen Menschen das Leben genommen hatte.«

Sie sieht ihre Mutter vor sich. Wie sie die Taschen ihres Wintermantels mit schweren Steinen füllt und langsam losgeht. Wie sie die Eiseskälte spürt und das Wasser darunter. Aber irgendetwas an der Geschichte passt nicht richtig zusammen.

»Und dann, nachdem Mama ... Warum bist du da nicht zur Polizei gegangen?«

Ihr Vater zuckt mit den Schultern. »Zu dem Zeitpunkt hatte es kaum noch Sinn. Harald liebte Magdalena genau wie ich. Ihr Tod war eine harte Strafe, und ich sah keinen Grund, die Dinge noch schlimmer zu machen. Außerdem hatte Harald mich mitschuldig gemacht.«

»Und was ist mit der Familie Rooth, hast du an die nicht gedacht? Nilla – und Isak und seine Schwester, die ohne Vater aufwachsen mussten. Ohne zu wissen, was passiert war.«

»Es vergeht kein Tag, an dem ich nicht an sie denke.«

Er senkt den Kopf. Eine Weile sitzen sie schweigend da. Vor einiger Zeit schon hat es aufgehört zu regnen, aber hier und da finden Wassertropfen noch ihren Weg durch das Blattwerk. Einer davon trifft sie am Kinn. Ihr Vater richtet sich auf und streicht ihn mit dem Finger weg.

»Mein kleines Mädchen ...«, sagt er. »So vieles musstest du ausstehen.«

Sie spürt einen Kloß im Hals und schluckt, lehnt ihren

Kopf an seine Schulter. Ein Windstoß fährt über die Mauer, bringt das Windspiel zum Klingen, und sie erschaudert.

»Ist dir kalt?«

Sie nickt. »Aber ich will nicht reingehen. Noch nicht. Es ist so schön hier mit den Regentropfen auf den Blättern. Als ob die Rosen …«

»Als ob sie weinen würden.«

Sie bleiben noch eine Weile stumm sitzen, aber schließlich steht sie auf.

»Ich muss ins Haus und mich umziehen. Kommst du mit?«

Er schüttelt den Kopf. »Geh du nur, ich sitze noch ein bisschen hier.«

Sie streift das feuchte Kleid ab, wirft es in die Waschküche. Dann geht sie ins Zimmer ihrer Mutter, um nach trockenen Kleidern zu suchen. Vom Fenster aus kann sie in den Rosengarten sehen. Dort unten, halb von Blättern versteckt, sitzt ihr Vater zusammengesunken da. Ihr fällt auf, wie alt und verletzlich er wirkt.

Sie findet eine Jeans und einen Pullover in der Ankleidekammer und zieht sie an. Die Kleider sind frisch gewaschen, trotzdem findet sie, dass sie nach ihrer Mutter riechen. Sie geht zu dem kleinen Sekretär. Dort steht eine einsame Rose. Eine weiße, genau wie in Billys Zimmer. Aus einer Laune heraus zieht sie die oberste Schublade auf. Der Füller ihrer Mutter und Briefpapier liegen darin und ganz hinten in der Schublade ein Bündel Briefe, mit einer Lederschnur umwickelt. Sie nimmt sie heraus, löst die Schnur, die zur Befestigung um ein kleines Stück Horn gewickelt ist.

Sie blättert die Umschläge durch. Darin befinden sich Briefe, in der schönen Handschrift ihrer Mutter geschrieben. Veronica geht ans Fenster, um besseres Licht zum Lesen zu haben. Die Briefe riechen schwach nach Holz und Erde, als ob sie an einem feuchten Ort aufbewahrt worden wären, bevor sie hier gelandet sind.

Am untersten Briefumschlag fehlt eine Ecke, und etwas schaut aus dem Loch heraus. Kurze blonde Haare. Sie öffnet den Umschlag. Entdeckt eine kleine, mit blauem Seidenband umwickelte Locke, und ihr Herz beginnt gegen das Eis zu pochen. Sie faltet die Briefe auseinander und liest sie. Einen nach dem anderen, vom ersten bis zum allerletzten. Und während sie das tut, strömt schwarzes kaltes Wasser durch den Riss in ihrer Brust. Dinge, die sie in den letzten Tagen gesehen und gehört hat, verändern und verschieben sich. Es ist nur eine Ahnung, aber genug, um der Geschichte eine ganz neue, schreckliche Bedeutung zu geben.

Der Senkkasten oben im Wald.

Das zerschnittene Hängeschloss.

Der Bolzenschneider in der Werkstatt.

Die Briefe, die nicht hier sein dürften.

Sie hätte jeden haben können. Aber sie hat mich gewählt.

Billy ist tot!

Sie hatte doch uns, warum hat ihr das nicht gereicht?

Als wäre Billy etwas Besonderes.

Mein kleines Mädchen. Du konntest schließlich nicht wissen.

Du

Konntest

Schließlich

Nicht

Wissen

Liebling, beginnt der letzte Brief.

Ich habe mich jetzt entschieden. Es gibt keinen anderen Ausweg. Ich bin traurig, aber zugleich froh. Früher oder später würde er mich ohnehin verlassen, genau wie die anderen Kinder. Genau wie Du. Alle tun es. Sie lassen mich allein zurück.

So ist es für uns alle besser. Dich und mich und unseren Billy. Wir kommen an einen besseren Ort, wo es keinen Schmerz gibt, keine Falschheit. Einen Ort, an dem niemand verlassen wird. Einen Ort, an dem wir immer zusammen sind.

Ich hasse dich, Tommy.

Ich liebe dich.

Langsam geht sie in den Rosengarten zurück. Ihr Körper ist schwer, jede Bewegung erfordert eine unerhörte Anstrengung. Sie setzt sich neben ihren Vater auf die Bank. Er sagt nichts, bewundert weiter die Magdalenarose vor ihnen. Die Sonne ist über die Mauer geklettert. Sie verwandelt die Regentropfen auf den Blättern in Kristall.

»Du hattest recht«, sagt sie, und ihre Stimme klingt hohl. »Ich konnte nicht wissen, dass Isak nicht mein kleiner Bruder ist. Ich konnte nicht wissen, dass Billy nicht mehr lebt.«

Sie legt das Bündel Briefe auf seinen Schoß.

»Aber du wusstest es, Papa.«

Er dreht sich langsam zu ihr um. Sein Blick ist so traurig, dass sie kaum atmen kann.

»Mama und Tommy Rooth. Du wusstest alles, von ihrem Verhältnis, und dass er Billys Vater war. Und trotzdem …«

»Tommy hat sie glücklich gemacht«, sagt er leise. »Jedenfalls am Anfang. Ist es nicht das, was man will? Dass derjenige, den man liebt, glücklich ist?«

»Aber das, was sie getan hat. Wie konntest du?«

»Deine Mutter war deprimiert, Vera. Jahrelang schon. Sie war krank und unglücklich, aber ich habe sie über alles geliebt und den Gedanken nicht ertragen, sie und Billy zu verlieren.«

Veronica schluckt, muss sich zusammenreißen, damit ihre Stimme trägt. »Was war, als du an dem Abend nach Hause kamst?«

Ihr Vater sieht wieder weg. Richtet den Blick auf einen der Rosensträucher.

»Magdalena und Billy lagen in der Badewanne. Sie hatte sie mit Wasser gefüllt und ihm Schlaftabletten verabreicht. Sie hatte die Tabletten zerstoßen und in warme Milch gemischt und auch selbst davon getrunken. Als ich ins Bad kam, war Billy schon nicht mehr zu retten, und Magdalena hatte aufgehört zu atmen. Ich habe sie wiederbelebt, sie dazu gebracht, die Tabletten auszuspucken. Dann habe ich sie ins Schlafzimmer getragen und ins Bett gelegt.«

»Und dann?«

Er schaut sie an. »Dann habe ich getan, was nötig war, um sie zu schützen. Um meine Familie zu schützen.«

»Du hast seinen Schuh ins Maisfeld geworfen. Hast die Polizei angerufen und gesagt, dass Billy verschwunden ist.«

Ihr Vater antwortet nicht.

»Und die Briefe?«, fragt sie, während sie versucht, das Unglaubliche zu begreifen.

»Magdalena sah nach und nach ein, dass sie Hilfe brauchte, dass sie krank war und dass das, was passiert war, nicht ihre Schuld war. Also hat sie mir alles erzählt, auch von den Briefen. Wenn Månsson sie in die Hände bekam, würde ihm klar werden, was passiert war. Magdalena käme für viele Jahre ins Gefängnis. Käme vielleicht nie wieder raus. Die Polizei hatte schon Rooths Hof und das Pumpenhaus durchsucht, ohne die Briefe zu finden, daher dachte ich mir, dass er sie an einem geheimen Ort aufbewahrte. Einem Ort, den nur Menschen kannten, denen er vertraute.«

»Sailor. Er hat dir vom Schuppen und dem Senkkasten im Askedal erzählt.«

Ihr Vater nickt bedächtig. »Es ist erstaunlich, wie viel einem die Leute anvertrauen, wenn man nur bereit ist zuzuhören. Niemand hat Sailor zugehört. Außer Tommy Rooth. Und dann ich.«

»Warum hast du die Briefe nicht zerstört?«

Ihr Vater sagt nichts mehr, aber sie kennt die Antwort schon. Aus dem gleichen Grund, warum er die Türen zu Mamas und Billys Zimmer verschloss und alles darin so bewahrte, wie es gewesen war. Aus dem gleichen Grund, warum er Rooths Auto nicht hatte verschwinden lassen.

»Weil sie Mama einmal wichtig gewesen waren«, murmelt sie. »Ein Teil ihres Lebens.«

Eine Weile wird es still. Alles, was zu hören ist, ist das tropfende Wasser und das schwache Klingen des Windspiels. Jetzt versteht sie alles, alle tragischen Details, die sich jetzt eines nach dem anderen miteinander verbinden und zu einer Fußspur durch den Schnee und auf das Eis hinaus werden.

»Deshalb hat sie sich das Leben genommen. Weil ihr Bruder ihretwegen nicht nur einen unschuldigen Mann getötet hat, sondern auch …« Sie bringt es nicht fertig, die letzten Worte auszusprechen, aber sie sind da. *Den Mann, den sie geliebt hat. Den Vater ihres Herzenskindes.*

Ihr Vater blickt wieder auf. Der Schmerz in seinen Augen bricht ihr fast das Herz.

»Wo …« Ihre Stimme wird zu einem Wimmern. »Wo ist Billy, Papa?«

Er antwortet nicht, dreht sich nur weg und schaut auf die Rosen um sie herum. Rosa Blüten, die sie umarmen. Sie mit ihrem Duft umgeben und vor der Welt verbergen. Und plötzlich sieht sie eine andere Rose vor sich. Eine weiße Rose am Grab ihrer Mutter, eine auf ihrem Sekretär und eine auf Billys Schreibtisch.

Sie steht langsam auf, nimmt das Briefbündel mit und lässt ihren Vater auf der Bank zurück. Es ist erst eine Woche her, seit sie ihn hier gesehen hat, aber es kommt ihr viel länger vor. Sie denkt an den Ausdruck in seinem Gesicht, als sie ihn überrascht hat. Erschrecken, Angst.

Der kreideweiße Kies unter dem großen Rosenbusch in der Ecke ist ordentlich gerecht, ohne die kleinste Unebenheit. Die Rosen sind ebenfalls weiß und unglaublich schön. Mindestens genauso schön wie die Magdalenarose, nur etwas kleiner. Und als Veronica in die Hocke geht und unter den Strauch schaut, sieht sie ein kleines Messingschild, das ein gutes Stück weiter hinten im Boden steckt. Fünf kleine Buchstaben, die das Eis in ihr ein für alle Mal zum Bersten bringen und in offenes, schwarzes Wasser verwandeln.

Billy

Sie hört das Scharnier der Pforte quietschen, hört Schritte, das Geklapper von Schlüsseln an einem Waffengürtel. Sie hat Mattias vom Telefon oben im Flur aus angerufen. Sie hat ihn nicht gebeten zu kommen, ihn um gar nichts gebeten. Trotzdem ist er hier.

Er stellt sich neben sie, legt die Hand auf ihre Schulter. Ohne aufzuschauen, reicht sie ihm die Briefe. Er nimmt sie, drückt ihre Schulter, sagt aber nichts.

Das Windspiel läutet wieder, diesmal lauter. Wehmütige, metallische Töne, die durch den Rosengarten schweben.

»Er war die ganze Zeit da«, flüstert sie. »Trotzdem haben wir ihn nicht gefunden.«

»Du hast es getan«, erwidert Mattias leise. »Du hast ihn gefunden, Vera.«

Sie schaut auf, begegnet seinem Blick. Darin liegt keine Wut, keine Anklage. Nur Kummer. Und Liebe.

Sie legt ihre Hand über seine und drückt sie fest. Irgendwo im hinteren Teil des Gartens bellt ein Fuchs. Ein klagender, einsamer Ruf, der beinahe wie ein Weinen klingt.

EPILOG

Malin streicht vorsichtig mit der Kleiderbürste über die Schulterklappen von Månssons Uniformjacke. Dann richtet sie sicher zum dritten Mal die dunkle Krawatte, bevor sie ganz zufrieden ist. »So, jetzt.«

Er klemmt sich die Schirmmütze unter den linken Arm und betrachtet sich kritisch im Schlafzimmerspiegel. Die Uniform hat die ganze Nacht über draußen gehangen, trotzdem hat sie einen leichten Kellergeruch. Die Hose sitzt am Bauch etwas locker, und zu seiner Zufriedenheit musste er den Gürtel enger schnallen. Insgesamt sieht er gut aus, viel besser, als er erwartet hätte.

»Bist du sicher, dass ich nicht mitkommen soll?«, fragt Malin.

»Natürlich. Du hast genug anderes zu tun.«

»Aber du warst so lange nicht mehr dort. Die Beerdigung könnte …«

Er küsst sie auf die Wange. »Danke, das ist gut von dir gemeint, aber ich schaffe es schon. Außerdem bin ich nicht allein. Sie müssten jede Minute hier sein.«

Im selben Moment hört er Bellas kleine Pfoten auf dem Parkett, dann ihr Kläffen, das dem Klingeln an der Tür zuvorkommt. Månsson holt tief Luft und inspiziert ein letztes Mal sein Spiegelbild.

»Bereit?«, fragt Malin.

Er nickt. »Bereit.«

Veronica Lindh umarmt ihn und küsst ihn auf die Wange, bevor sie Malin begrüßt, als wären sie alte Freundinnen. Månsson reicht dem blonden jungen Mann, der sie begleitet, die Hand.

»Sie müssen Isak sein?«

Der Mann nickt, drückt seine Hand. Seine Bewegungen sind etwas langsam, und er scheint sich in dem dunklen Anzug, den er trägt, nicht wohlzufühlen. Wenn man genau hinschaut, sieht man blaue Flecken in seinem Gesicht. Månsson erinnert sich an den flachsblonden Jungen, der ihn auf Rooths Hof über den Frühstückstisch hinweg einmal schüchtern angelächelt hat. Er spürt, dass ihm die Worte im Hals stecken bleiben.

»Ich habe viel an Sie und Ihre Schwester gedacht«, bringt er dann hervor und räuspert sich. »Kommt sie auch?«

»Nein.« Isak schüttelt den Kopf. »Åsa und ich haben uns darauf geeinigt, dass ich die Familie vertrete. Billy war schließlich unser Halbbruder«, fügt er hinzu, als brauche es eine Erklärung.

Månsson weiß auf einmal nicht mehr, was er sagen soll. Einen Moment lang herrscht peinliche Stille. Hinter seinem Rücken hört er Veronica und Malin miteinander reden.

»Danke«, sagt Malin. »Es bedeutet Krister viel, dass du ihn eingeladen hast. Mehr, als er zugeben will.«

Månsson schielt zu Isak hinüber, aber falls er etwas gehört hat, ist er feinfühlig genug, sich nichts anmerken zu lassen.

»Ich habe uns einen Korb gepackt«, sagt Månsson, dem nichts Besseres einfällt. »Kaffee und Zuckerkuchen mit Rhabarber. Mein eigenes Rezept.«

Isak lächelt schief. »Ich habe seit Jahren keinen Zuckerkuchen mehr gegessen. Den hab ich als Kind geliebt. Rhabarber auch.«

»Gut.« Månsson strahlt.

»Also, alle bereit?«, fragt Veronica. »Wir haben ein ganzes Stück zu fahren.«

Sie hakt sich bei Månsson ein und führt ihn zum Wagen. Isak bleibt zurück und hilft Malin mit dem Kaffeekorb.

»Sie sehen sehr schick aus in Uniform«, bemerkt Veronica, und aus irgendeinem Grund bringt das Månsson ein bisschen zum Erröten. Etwas an ihr ist anders. Etwas in ihrem Blick. Es gefällt ihm.

»Wenn man bedenkt, dass ich der Sache doch so nahe war«, sagt er. »Ich hielt im wahrsten Sinne des Wortes den Schlüssel zu allem in der Hand. Wenn Rooth nur erzählt hätte ... Ich meine, er musste doch begriffen haben, was Magdalena getan hatte.«

Veronica nickt.

»Ich denke, dass Tommy Rooth meine Mutter tatsächlich geliebt hat. Dass er wusste, dass sie krank war, und er es deshalb nicht fertiggebracht hat, sie zu verraten. Die Briefe deuten zumindest darauf hin. Weil er sie aufgehoben hat, meine ich, statt sie einfach zu vernichten.«

»Das kann gut stimmen. Und dein Vater?«, fügt er nach kurzem Schweigen hinzu.

»Der Staatsanwalt hat dafür plädiert, keine Anklage zu erheben. Besondere Umstände ...«

»Das klingt vernünftig.«

»Nach der Beerdigung werden Mattias und ich versuchen, ihn dazu zu bringen, ins Dorf runterzuziehen. Mal sehen, ob es klappt.«

Sie kommen zum Wagen. Die Luft ist klar, eine Schar Schwalben kreist hoch über ihnen. Sie ziehen Runde für Runde, während sie nach oben steigen, um für ihren Flug nach Süden die richtige Höhe zu erreichen.

Månsson bleibt stehen und wendet sein Gesicht zum Himmel.

»Nordwind«, sagt er. »Das erste Mal seit Monaten. Du weißt sicher, was das bedeutet, Veronica?«

»Vera«, sagt sie. »Sie können mich Vera nennen.«

Månsson lächelt vor sich hin. Er denkt daran, wie er das erste Mal mit ihr gesprochen hat, auf dem Hof Backagård. Er kann kaum glauben, dass das zwanzig Jahre her ist. Der kurze Moment von damals fühlt sich immer noch so lebendig an. Als habe er ihn nie richtig verlassen.

Vera lehnt den Kopf an seine Schulter und bleibt ein paar Sekunden so stehen. Ihr Haar flattert im Wind und streift seine Wange.

»Was bedeutet es denn?«, fragt sie. »Nordwind?«

»Das Ende des Sommers«, antwortet Månsson und fühlt sich auf einmal seltsam leicht ums Herz.

ØISTEIN BORGE

KREUZSCHNITT

KRIMINALROMAN

Bogart Bull, Kommissar bei der Osloer Kriminalpolizei, durchlebt eine schwere Zeit, nachdem seine Frau und sein Kind bei einem Unfall ums Leben gekommen sind. Seine Chefin versetzt ihn zu Europol, wo ein mysteriöser Fall auf ihn wartet: Der schwerreiche norwegische Unternehmer und Kunstsammler Axel Krogh ist in seiner Villa in Südfrankreich ermordet aufgefunden worden – doch alle Verdächtigen haben ein wasserdichtes Alibi. Bulls einziger Anhaltspunkt ist ein Gemälde von Edvard Munch, das einen Dämon zeigt. Nichts anderes hat der Mörder aus der Villa entwendet. Bulls Ermittlungen führen ihn schnell zu einem grausamen Verbrechen in der Vergangenheit …

»Borge sorgt für Thrill-time der einsamen Spitzenklasse. Ein genialeres Debüt hat es seit ›Erbarmen‹ nicht mehr gegeben.« *Literaturmarkt.info*

DROEMER

14 Briefe, 14 Opfer, 13 Leichen:
Gänsehaut-Thrill vom Meister der abgründigen Spannung

STEVE MOSBY

DER TOTSCHREIBER

THRILLER

Schierer Zufall bringt die Polizei auf die Spur eines Killers, der den Ermittlern jährlich höhnische Post mit Informationen über sein letztes Opfer zukommen lässt. 14 Briefe, 14 tote Frauen – doch es werden nur 13 Leichen gefunden, säuberlich verstaut in Plastikfässern. Detective Inspector Will Turner ist überzeugt, dass der Mann einen Komplizen haben muss. Außerdem hat er ein sehr persönliches Interesse an dem Fall, von dem niemand erfahren darf. Als plötzlich der Krimiautor Jeremy Townsend auf dem Revier auftaucht und merkwürdige Fragen stellt, vor allem zur Anzahl der Leichenfunde, blickt Will in Abgründe, vor denen er lieber die Augen verschlossen hätte …

»Steve Mosby ist einer von nur einer Hand voll Krimi-Autoren, die meine Fantasie beflügeln.« *Val McDermid*

DROEMER